AVE LIRA

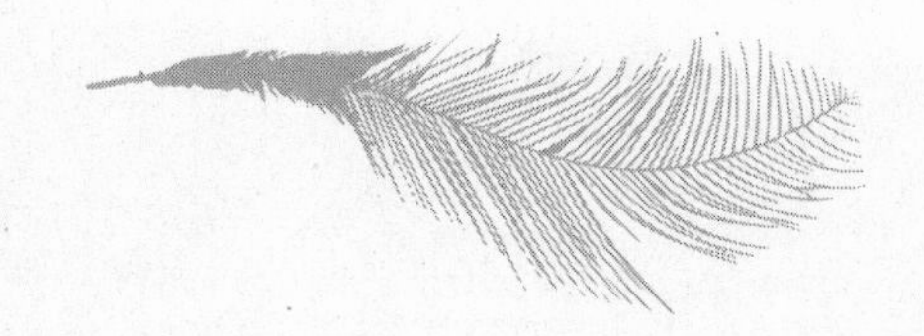

cecelia ahern

AVE LIRA

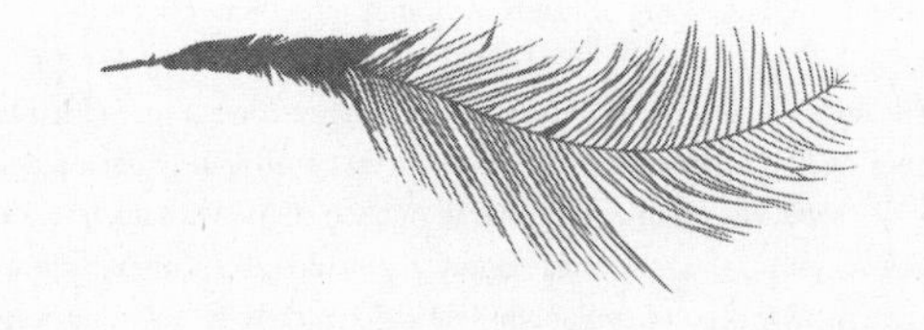

VERGARA

Ave lira

Título original: *Lyrebird*

Primera edición: octubre, 2018

ISBN: 978-607-317-181-6

Impreso en México – *Printed in Mexico*

El papel utilizado para la impresión de este libro ha sido fabricado a partir de madera procedente de bosques y plantaciones gestionadas con los más altos estándares ambientales, garantizando una explotación de los recursos sostenible con el medio ambiente y beneficiosa para las personas.

Penguin
Random House
Grupo Editorial

Para Paula Pea

No es el más fuerte ni el más inteligente de la especie
quien sobrevive, sino el que mejor responde al cambio.

Atribuido a Charles Darwin

Prólogo

Él se aleja de los demás, de la conversación constante que se mezcla en su cabeza con un sonido monótono y tedioso. No está seguro si es el *jet lag* o si de plano no le interesa lo que sucede frente a él. Podrían ser ambas cosas. Se siente alejado, desconectado. Y, si bosteza una vez más, ella no dudará en recriminárselo.

Los demás no notan cuando se distancia o, si acaso se dan cuenta, no dicen nada. Él lleva consigo su equipo de sonido; nunca lo deja atrás, no sólo por su valor, sino porque ahora es parte de él, como una extremidad más. Es pesado, pero está acostumbrado a soportarlo, algo que le resulta extrañamente reconfortante. Siente como si le faltara una parte de sí mismo cuando no lo lleva consigo, y siempre camina como si cargara el bolso del equipo, con el hombro derecho caído hacia un costado, aunque no lo traiga. Quizá signifique que encontró su vocación como sonidista, pero esa conexión subconsciente con el equipo no ayuda en nada a su postura.

Se aleja del claro, de la casa de los murciélagos —que era el tema de conversación—, y se dirige hacia el bosque. El aire fresco lo recibe al llegar a la orilla.

Es un cálido día de junio, el sol se erige sobre su cabeza y le cuece la piel desnuda de la nuca. La sombra es atractiva; un grupo de mosquitos realiza un baile acelerado siguiendo los patrones de luz solar, por lo que parecen insectos míticos. El suelo boscoso se siente acolchado y elástico al contacto con sus pies gracias a las capas de hojas caídas y trozos de corteza. Ya no alcanza a ver al grupo que quedó atrás y deja de prestarle atención para llenarse los pulmones del aroma refrescante de los pinos.

Coloca la bolsa del equipo de audio a su lado y apoya el micrófono sobre un árbol. Se estira, disfruta el crujido de sus extremidades y la flexión de sus músculos. Se quita el suéter y, al hacerlo, se le levanta también la camiseta, lo que revela su abdomen. Luego se ata el suéter a la cintura. Se suelta su larga cabellera y vuelve a atársela en un chongo apretado para disfrutar la sensación del viento en su pegajoso cuello. A poco más de ciento veinte metros sobre el nivel del mar, mira a la distancia hacia Gougane Barra y ve montañas cubiertas de árboles que se extienden hasta el horizonte, sin indicio alguno de vecinos en las cercanías. Ciento cuarenta y dos hectáreas de parque nacional. Es apacible, sereno. Él tiene buen oído para el sonido, pues se ha visto obligado a desarrollarlo con el tiempo. Ha aprendido a escuchar lo que no se oye en un primer momento. Escucha el trinar de las aves, los susurros y chasquidos de las criaturas que se mueven a su alrededor, el ligero zumbido de un tractor lejano que construye una obra escondida entre los árboles. Es un ambiente tranquilo, pero lleno de vida. Inhala el aire fresco y, al hacerlo, escucha cómo truena una ramita a sus espaldas. Rápidamente voltea en dirección al sonido.

Una figura sale disparada y se oculta tras un árbol.

—¿Hola? —grita agresivamente, pues lo han tomado desprevenido.

Pero la figura no se mueve.

—¿Quién anda ahí? —pregunta.

Ella se asoma por un costado del tronco, pero al instante se vuelve a ocultar, como si jugara a las escondidas. Entonces ocurre algo extraño. Aunque él sabe que está a salvo, el corazón le retumba; una acción contraria a lo que debería hacer.

Deja el equipo atrás y lentamente se acerca a ella; los crujidos y chasquidos del suelo a sus pies dan cuenta de cada uno de sus pasos. Se asegura de mantener distancia entre ellos y hace un círculo amplio alrededor del árbol tras el cual ella se esconde. Entonces ella se revela. Se tensa, como si se preparara para defenderse, pero él alza ambas manos en el aire, con las palmas al frente, en señal de rendición.

Ella podría ser casi invisible o camuflarse por completo en el bosque si no fuera por su cabellera rubia platinada y sus ojos verdes, los más penetrantes que él ha visto en su vida. Lo tienen completamente cautivado.

—Hola —dice él en voz baja. No quiere ahuyentarla. Parece frágil, al borde de la huida, apoyada en los dedos de los pies, lista para fugarse en cualquier momento si él hace un movimiento en falso. Así que él se queda quieto, con los pies bien clavados en el suelo y las manos alzadas, como si sostuviera el aire, o quizá como si fuera el aire quien lo sostuviera a él.

Ella le sonríe.

El hechizo se ha consumado.

Ella es como una criatura mágica; él no logra distinguir dónde empieza el árbol y dónde termina ella. Las hojas que les sirven de techo se agitan con la brisa y producen un efecto de luz ondulante sobre el rostro de ella. Por primera vez se observan, dos completos desconocidos, incapaces de despegar sus miradas el uno del otro. Para él, es el instante en que su vida se parte en dos: quién era antes de conocerla y en quién se convertirá después.

PRIMERA PARTE

Una de las criaturas más hermosas y extrañas, y quizá de las más inteligentes del mundo, es aquella artista incomparable: el ave lira… Es un pájaro sumamente tímido y casi siempre muy esquivo… que se caracteriza por su impresionante inteligencia.
Decir que es un ser de las montañas sólo lo define en parte. Es, sin duda alguna, un ser de las montañas, pero ningún espacio que marque y delimite sus dominios, por amplio que sea, es capaz de reclamarlo como ciudadano… Su gusto es tan exigente y definido, y su juicio tan refinado que no deja de ser selectivo en estas hermosas montañas, y es una pérdida de tiempo buscarlo en cualquier otro lugar, salvo en circunstancias de extrema hermosura y grandiosidad.

AMBROSE PRATT,
El repertorio del ave lira

1

Aquella mañana

—¿ESTÁS SEGURA DE QUE PUEDES CONDUCIR?

—Sí —contesta Bo.

—¿Estás seguro de que ella puede conducir? —repite Rachel, pero esta vez se lo pregunta a Solomon.

—Sí —contesta Bo de nuevo.

—¿Será posible que dejes de enviar mensajes mientras conduces? Mi esposa tiene muchos meses de embarazo, y quisiera vivir para conocer a mi primogénito —argumenta Rachel.

—No estoy enviando mensajes. Estoy revisando mi correo electrónico.

—Ah, pues qué mejor —Rachel pone los ojos en blanco y mira por la ventana hacia la campiña que pasa a su lado a toda prisa—. Vas muy rápido. Y vienes escuchando las noticias. Y traes un *jet lag* de terror.

—Ponte el cinturón si tanto te preocupa.

—Mira, ¡qué reconfortante! —murmura Rachel mientras se acomoda en el asiento detrás de Bo y se abrocha el cinturón de seguridad. Preferiría ir atrás del asiento del copiloto para poder vigilar mejor a Bo mientras conduce, pero Solomon echó tan atrás su asiento que Rachel no cabe atrás de él.

—No tengo *jet lag* —contesta Bo y por fin deja el celular, para tranquilidad de Rachel, quien espera a ver que Bo ponga de nuevo ambas manos sobre el volante, pero, en vez de eso, Bo centra su atención en la radio y pasa de una estación a la siguiente—. Música, música, música. ¿Por qué ya nadie habla? —masculla.

—Porque a veces el mundo necesita cerrar la boca —contesta Rachel—. Bueno, no sé tú, pero él *sí* tiene *jet lag*. No sabe ni dónde está.

Solomon abre los ojos cansados para intervenir en la conversación.

—Estoy despierto —dice con pereza—. Es sólo que, ya saben… —Siente cómo los párpados se le cierran de nuevo.

—Sí, ya sé, ya sé, es que no quieres ver a Bo conducir. Lo entiendo —responde Rachel.

Después de un vuelo de seis horas desde Boston, el cual aterrizó a las 5:30 a.m., Solomon y Bo desayunaron en el aeropuerto, recogieron su auto y luego a Rachel para conducir trescientos kilómetros hasta el condado de Cork, al suroeste de Irlanda. Solomon durmió casi todo el vuelo, pero no le fue suficiente. Sin embargo, cada vez que abría los ojos, encontraba a Bo bien despierta, mirando cuantos documentales encontró en el servicio de entretenimiento del avión.

Hay gente que bromea con vivir a base de aire. Solomon está convencido de que Bo puede vivir a base de información. La ingiere a una velocidad astronómica; siempre está hambrienta de información y lee, escucha, pregunta y busca tanto que le queda poco espacio para la comida. Apenas si come, pues la información la energiza, pero nunca la llena; su hambre de conocimiento e información nunca se sacia.

Solomon y Bo, quienes vivían en Dublín, viajaron a Boston para recibir un premio por el documental de Bo, *Los gemelos Toolin*, el cual fue reconocido en la categoría de Contribución Sobresaliente al Cine y la Televisión de los premios anuales que otorga el *Boston Irish Reporter*. Era el decimosegundo premio que recogían ese año, después de numerosos galardones con los que los habían honrado.

Tres años atrás habían dedicado un año entero a seguir y filmar a un par de gemelos, Joe y Tom Toolin, quienes en ese entonces tenían setenta y siete años. Eran granjeros y vivían en una parte aislada de la campiña de Cork, al oeste de Macroom. Bo descubrió su historia cuando investigaba otro proyecto, y al instante le robaron el corazón, la mente y, por añadidura, la vida. Los hermanos siempre habían vivido y trabajado juntos. Ninguno de los dos había entablado una relación romántica con una mujer, ni con nadie en realidad. Habían vivido en la misma granja desde que nacieron, habían trabajado con su padre y se habían hecho cargo de la granja cuando él falleció. Laboraban en condiciones difíciles y vivían en una finca sencilla y humilde con piso de piedra. Dormían en camas individuales y no tenían mayor entretenimiento que un viejo radio. Rara vez salían de su terreno, recibían una compra semanal de manos de una mujer de la localidad, quien les llevaba unas cuantas cosas y les hacía la limpieza. La relación de los hermanos Toolin y su visión de la vida tocaron fibras sensibles del público y del equipo de filmación, pues, debajo de su simplicidad, había una comprensión franca y clara de la vida.

Bo la produjo y dirigió bajo el nombre de su productora, Producciones Boca a Boca, con Solomon en el audio y Rachel tras la cámara. Habían hecho equipo durante los últimos cinco años, desde que hicieron aquel documental, *Animales de costumbres*, en el cual exploraron la disminución del número de monjas en Irlanda. Bo y Solomon llevaban dos años en una relación amorosa, desde la fiesta no oficial del final de la filmación. *Los gemelos Toolin* era su quinta obra, pero era su primer gran éxito, y este año habían viajado por todo el mundo, de un festival de cine a otro, o de una ceremonia de premiación a otra, en donde Bo recibía premios mientras perfeccionaba su discurso de aceptación.

Ahora iban de regreso a la granja de los gemelos Toolin, un sitio que se había vuelto familiar, pero no para celebrar su reciente éxito con el documental, sino para asistir al velorio de Tom Toolin, el más joven de los gemelos, quien nació dos minutos después que su hermano.

—¿Podemos parar a comer algo? —pregunta Rachel.

—No es necesario —en un acto peligroso, Bo se inclina hacia el suelo del asiento del copiloto, con una mano en el volante, y el auto se desvía ligeramente hacia el acotamiento.

—¡Por Dios! —exclama Rachel y cierra los ojos.

Bo toma tres barras energéticas y le lanza una a Rachel.

—El almuerzo —abre la envoltura de la suya con los dientes y le da un mordisco. Mastica de forma agresiva, como si fuera una obligación, como si la comida fuera sólo una fuente de combustible y no de disfrute.

—No eres humana. Lo sabes, ¿verdad? —dice Rachel mientras abre su barra energética y la examina con desilusión—. Eres un monstruo.

—Pero es mi pequeña monstrua inhumana —interviene Solomon con voz aguardentosa mientras estira una mano para apretarle el muslo a Bo.

Ella sonríe.

—Me gustaba más cuando ustedes dos no cogían —comenta Rachel y desvía la mirada—. Antes estabas de mi lado.

—Aún está de tu lado —contesta Bo en tono bromista, pero hablando en serio.

Solomon ignora el comentario.

—Si vamos a rendirle tributo al pobre Joe, ¿para qué me hiciste traer todo mi equipo? —pregunta Rachel con la boca llena de nueces y pasas. Aunque sabe la respuesta, tiene ganas de echarle algo de leña al fuego. Bo y Solomon eran divertidos en ese sentido; nunca eran del todo estables y era fácil sacarlos de quicio.

Solomon abre bien los ojos y examina a su novia. Tras dos años juntos como pareja y cinco años en equipo, es capaz de leerla como un libro abierto.

—No creerás que Bo va al velorio por mera bondad, ¿o sí? —dice en tono burlón—. Los directores laureados y aclamados a nivel internacional necesitan ser receptáculos de historias en *todo* momento.

—Eso suena más lógico —dice Rachel.

—No tengo corazón de piedra —se defiende Bo—. Volví a ver el documental en el vuelo. ¿Recuerdan quién dijo las últimas palabras? Tom. "Cualquier día en el que puedas levantarte de la cama es un buen día". Se me rompe el corazón de pensar en Joe.

—Se te fractura, cuando menos —la joroba Rachel en tono afectuoso.

—¿Qué hará Joe ahora? —continúa Bo, sin prestar atención al comentario de Rachel—. ¿Con quién hablará? ¿Se acordará de comer? Tom era el que organizaba las entregas de comida *y* cocinaba.

—Preparar latas de sopa, alubias en pan tostado y té con pan tostado no es precisamente cocinar. Creo que Joe no tendrá dificultades para tomar la batuta —Rachel sonríe y recuerda a ambos hermanos sentados juntos y remojando pan duro en sopa aguada en las tardes de invierno, después del anochecer.

—Para Bo, ésa es una comida de tres tiempos —dice Solomon en tono burlón.

—Imaginen lo solitaria que será su vida ahora, en esa montaña, en pleno invierno, sin ver un alma durante una semana o más —continúa Bo.

Se permiten un momento de silencio en el que reflexionan sobre el destino de Joe. Lo conocen mejor que la mayoría de la gente. Tom y él los dejaron entrar en sus vidas y contestaron todas sus preguntas.

Durante la filmación, Solomon solía preguntarse cómo podrían funcionar los hermanos si los separaban. Fuera de las idas al mercado y el pastoreo de sus ovejas, rara vez salían de la granja. Un ama de llaves se encargaba de sus necesidades domésticas, lo cual parecía resultarles algo más inconveniente que necesario. Comían rápido y en silencio, engullían la comida a toda prisa antes de regresar a trabajar. Eran como dos gotas de agua, completaban las oraciones del otro y se movían con tanta cadencia y familiaridad que era como un baile, aunque no sofisticado. Más bien, era una rutina que había sido perfeccionada, involuntaria e inconscientemente, a través del tiempo. A pesar de su falta de gracia, y tal vez a causa de ella, era algo hermoso de ver, intrigante de observar.

Siempre eran Joe y Tom, nunca Tom y Joe. Joe era el mayor por dos minutos. Eran idénticos en apariencia, y se mezclaban a pesar de la diferencia en sus personalidades. Curiosamente, hacían sentido en un paisaje discordante.

Conversaban poco entre ellos, y no sentían la necesidad de explicar o describir sus experiencias. Más bien su comunicación consistía de algunos sonidos que tenían un significado especial para ellos: asentían, se encogían de hombros, agitaban la mano, intercambiaban una que otra palabra. Al personal de filmación le tomó algo de tiempo entender los mensajes que pasaban entre ellos. Era tal su sintonía que incluso podían adivinar sus estados de ánimo, preocupaciones y miedos. Sabían lo que el otro pensaba en todo momento, pero no se percataban de lo mágica que era esta conexión. Con frecuencia les asombraba la profundidad con que Bo los analizaba. La vida es lo que es y las cosas son lo que son; no tiene sentido analizarlas, no tiene sentido intentar cambiar lo que no se puede cambiar ni entender lo que no se puede entender.

—No querían a nadie más porque se tenían el uno al otro, y eso les bastaba —agrega Bo. Es una frase que ha pronunciado miles de veces en eventos promocionales para su documental, pero no deja de decirla con convicción—. ¿Estoy en busca de una historia? —pregunta Bo—. Por supuesto que sí.

Rachel le avienta el envoltorio vacío por encima del hombro.

Solomon se ríe entre dientes y cierra los ojos.

—Y dale con lo mismo.

2

—¡GUAU! —EXCLAMA BO A MEDIDA QUE EL AUTO SE APROXIMA A la iglesia y su impresionante entorno—. Llegamos temprano, Rachel. ¿Puedes preparar la cámara?

Solomon se endereza, ya del todo despierto.

—Bo, no vamos a filmar el funeral. No podemos.

—¿Por qué no? —pregunta ella, mientras sus ojos pardos se clavan en los de él con determinación.

—No tienes permiso.

Bo mira a su alrededor.

—¿De quién? No estamos en propiedad privada.

—Ya está. Me largo —dice Rachel y se baja del auto para evitar involucrarse en otra de sus discusiones. Relacionarse con Bo es complicado, no sólo para Solomon, sino para cualquiera que entre en contacto con ella. Es tan necia que es capaz de hacer discutir hasta a las personas más apacibles, como si la única forma en la que supiera comunicarse o averiguar cosas fuera llevándolas al límite hasta provocar una discusión. No lo hace porque disfrute debatir; necesita discutir para averiguar cómo piensan los demás. Su mente no funciona igual a la de otras personas. Aunque es sensible, es más sensible a las historias ajenas que al método por medio del cual las descubre. No siempre se equivoca, y Solomon ha averiguado muchas cosas sobre ella con el paso del tiempo. A veces hay que presionar en momentos incómodos o difíciles, y a veces el mundo necesita que gente como Bo cruce los límites para alentar a otros a abrirse y contar su historia. Pero es cuestión de elegir el momento indicado, y Bo no siempre lo logra.

—No le has preguntado a *Joe* si puedes filmar —le explica Solomon.

—Le preguntaré cuando llegue.

—No puedes preguntárselo justo antes del funeral de su hermano. Es insensible.

Bo mira el panorama, y Solomon sabe que su mente va a mil por hora.

—Pero quizás algunos de los asistentes acepten una entrevista al final y nos cuenten historias desconocidas de Tom, o nos compartan su opinión sobre cómo creen que será la vida de Joe de ahora en adelante. Tal vez Joe quiera hablar con nosotros. Quiero darme una idea de cómo es su vida ahora o cómo será —lo dice mientras da vueltas y absorbe el paisaje en trescientos sesenta grados.

—Imagino que jodidamente solitaria y miserable —exclama Solomon al perder la paciencia y bajarse del auto.

Bo lo sigue con la mirada, aturdida, y le grita:

—Y después iremos por algo de *comida*. Para que no me arranques la cabeza de un mordisco.

—Muestra algo de empatía, Bo.

—No estaría aquí si no me importara.

Solomon la fulmina con la mirada y luego, harto de la discusión que sospecha que perderá, estira las piernas y mira a su alrededor.

Gougane Barra está al oeste de Macroom, en el condado de Cork. Su nombre irlandés, *Guagán Barra*, que significa "la roca de Barra", se deriva de San Finbar, quien construyó un monasterio en la isla de un lago cercano en el siglo VI. Su ubicación aislada favoreció la popularidad del Oratorio de San Finbar en tiempos de las Leyes Penales, pues ahí se celebraban misas católicas ilegales. En la actualidad, el fascinante paisaje lo ha hecho un lugar predilecto para celebrar bodas. Solomon no entiende por qué Joe eligió esta capilla;

está seguro de que Joe no sigue las tendencias de moda ni se inclina por entornos romantizados. La granja Toolin está lo más aislada posible y, aunque debe pertenecer a alguna parroquia, Solomon no tiene idea de a cuál. Sabe que los gemelos Toolin no eran religiosos, algo inusual en hombres de su generación, pero ellos eran hombres inusuales de cualquier manera.

Quizá no crea que sea correcto entrevistar a Joe el día del funeral de su hermano, pero ha pensado en algunas preguntas que le gustaría hacerle. A pesar de que le frustra que Bo no respete los límites, siempre se beneficia de ello.

Solomon se va por su lado para hacer grabaciones de sonido. Cada tanto, Bo señala una zona, un ángulo o un elemento que le gustaría que Rachel capturara, pero en general los deja que hagan lo suyo. Es lo que a Solomon le gusta de trabajar con Bo. Al igual que los gemelos Toolin, Bo, Solomon y Rachel entienden cómo prefieren trabajar los otros miembros del equipo y les dan su espacio. Solomon experimenta una libertad en estos proyectos inexistente en los otros trabajos que hace para pagar las cuentas. Un invierno lo pasó filmando partes inusuales del cuerpo para un programa de televisión llamado Cuerpos grotescos, seguido de un verano en el que grabó un *reality show* de pérdida de peso que le drenó la vida. Agradece hacer estos documentales con Bo; agradece su curiosidad. Lo que le irrita de ella son precisamente las mismas cualidades que le permiten liberarse de sus trabajos habituales.

Tras una hora de filmación, llega el auto de la funeraria, seguido de cerca por Joe, de ochenta años, quien conduce una Land Rover. Joe se baja del jeep, con el mismo traje café oscuro, suéter y camisa que le han visto usar cientos de veces. En lugar de sus botas Wellington, trae puestos un par de zapatos. Incluso en un día tan soleado como éste se pone lo mismo que en los días más crudos del invierno, quizá salvo por alguna capa oculta. Un gorro de *tweed* le cubre la cabeza.

Bo se dirige a él de inmediato. Rachel y Solomon la siguen.

—Joe —dice Bo y le estrecha la mano. Un abrazo habría sido excesivo, pues Joe no se sentía cómodo con el afecto físico—. Lamento mucho tu pérdida.

—No era necesario que vinieran —dice, sorprendido, y los mira a los tres—. ¿No estaban en Estados Unidos cuando los llamé? —pregunta, como si hubieran estado en otro planeta.

—Sí, pero volvimos a casa cuanto antes para estar contigo. ¿Nos permites filmar, Joe? ¿Te parece bien? La gente que conoce tu historia querría saber cómo estás.

Solomon se tensa ante el atrevimiento de Bo, pero también le divierte; le parece que su descaro y su franqueza son singulares, inusuales.

—Anda, adelante —dice Joe y agita la mano con displicencia, como si le diera lo mismo.

—¿Podemos hablar contigo después, Joe? ¿Hay alguna reunión planeada? ¿Té, sándwiches y cosas así?

—Está el entierro y nada más. Nada de alboroto. Hay que volver a trabajar. Ahora trabajo por dos, ¿sabes?

Joe tiene la mirada triste, cansada y ojerosa. Sacan el ataúd del auto, y los miembros del cortejo lo colocan en una litera. Contando al equipo de filmación, hay un total de nueve personas en la iglesia.

El funeral es breve y puntual. El sacerdote lee el panegírico y menciona la ética laboral de Tom, el amor por su tierra, a sus padres que partieron hace mucho y la cercanía con su hermano. El único movimiento que hace Joe, en su estoicismo, es quitarse el gorro cuando bajan el ataúd de Tom a la tumba. Después de eso, vuelve a ponérselo y se dirige al jeep. En su imaginación, Solomon casi lo escucha decir: "Eso es todo".

Después del entierro, Bo entrevista a Bridget, el ama de llaves, aunque es un título un tanto inadecuado pues sólo entrega la comida y quita las telarañas de la casa húmeda. Teme mirar directo a la cámara por miedo a que le explote en la cara, y se muestra reticente, como si cada pregunta fuera una acusación. El oficial Jimmy, el proveedor de alimento para los animales de los gemelos Toolin y un granjero vecino cuyas ovejas comparten la tierra montañosa con las de los hermanos, se niegan a ser entrevistados.

La granja Toolin está a media hora en auto, lejos de todo, en las profundidades de la ladera.

—¿Hay libros en la casa de los Toolin? —pregunta Bo, de la nada. Suele hacer eso, escupir preguntas y pensamientos aleatorios mientras ordena los múltiples fragmentos de información provenientes de distintas partes en su mente para contar una historia clara.

—No tengo idea —contesta Solomon y voltea a ver a Rachel, quien debe tener una mejor imagen y memoria visual que cualquiera de ellos.

Rachel reflexiona al respecto y repasa la lista de tomas en su cabeza.

—En la cocina no —se queda callada mientras recorre la casa—. Tampoco en la recámara. Ni en ningún estante. Tienen mesas de noche con llave junto a sus camas. Tal vez ahí los guarden.

—Y no hay libros en ningún otro lugar.

—No —contesta Rachel confiadamente.

—¿Por qué lo preguntas? —interviene Solomon.

—Por Bridget. Dijo que Tom era un "ávido lector" —Bo frunce el ceño—. Nunca me pareció del tipo lector.

—No creo que puedas distinguir entre alguien que lee o no con tan sólo mirarlo.

—Los lectores definitivamente usan gafas —bromea Rachel.

—Tom nunca habló de ningún libro. Los acompañamos en su rutina diaria durante un año. Nunca lo vi leer, ni siquiera sostener un libro. Tampoco leían periódicos, ninguno de los dos. Escuchaban la radio. Reportes del clima, deportes y *a veces* las noticias. Y luego se iban a dormir. Nada de lectura.

—Tal vez Bridget se lo inventó. La puso muy nerviosa estar frente a la cámara —argumenta Solomon.

—Dio muchos detalles sobre los libros que le compraba en tiendas de segunda mano y ventas de caridad. Le creo que comprara los libros, pero no entiendo por qué nunca vimos libros en la casa o a los hermanos leer. Es algo que me habría gustado saber. ¿Qué le gustaba leer a Tom? ¿Por qué? Y, si leía, ¿lo hacía en secreto?

—No sé —contesta Solomon y bosteza, pues nunca se clava en los detalles insignificantes que Bo disecciona, sobre todo ahora que el hambre y el cansancio vuelven a hacer de las suyas—. La gente dice cosas raras cuando hay una cámara apuntándoles a la cara. ¿Tú qué opinas, Rachel?

Rachel se queda callada un instante y lo reflexiona un poco más que Solomon.

—Bueno, pues en este instante ya no está leyendo nada —dice.

Llegan a la granja Toolin. Están más que familiarizados con el terreno; pasaron muchas mañanas y noches oscuras, bajo la lluvia torrencial, recorriendo esa traicionera tierra. Los hermanos se dividían las labores. En tanto pastores de ovejas de colina, desde el inicio se habían repartido las responsabilidades y se apegaban a eso. Era mucho trabajo para una remuneración tan nimia, pero ambos adoptaron sus papeles designados tras la muerte de su padre.

—Cuéntanos qué pasó, Joe —dice Bo en tono afectuoso.

Bo y Joe se sientan en las únicas dos sillas de la mesa de plástico que está en la cocina de la casa. Es la habitación principal de la casa, y en ella está la vieja estufa eléctrica, de la cual sólo se usan las cuatro hornillas. Es fría y húmeda, incluso en este clima. Hay un enchufe en el muro en donde está conectada una extensión que alimenta todo en la cocina: la estufa eléctrica, el radio, la tetera y el calentador eléctrico. Es un peligro inminente. Y el zumbido del calentador es el enemigo natural del sistema de audio de Solomon. La habitación —de hecho, toda la casa— huele a perro debido a los dos *border collies* que viven en ella. Mossie y Ring, nombrados en honor a Mossie O'Riordan y Christy Ring, quienes fueron esenciales en la victoria de Cork durante la final irlandesa de *hurling* en 1952, una de las pocas veces en que los hermanos viajaron a Dublín con su padre, pues era uno de los únicos intereses que tenían además de la vida agraria.

Joe está sentado en una silla de madera, callado, con los codos en los reposabrazos y las manos entrelazadas sobre el estómago.

—Fue el jueves. Bridget había venido con la comida. Tom debía guardarla. Salí. Vine por mi té y lo encontré en el suelo. De inmediato supe que ya no estaba con nosotros.

—¿Qué hiciste?

—Guardé la comida. Él no alcanzó a hacerlo, lo que significa que murió bastante temprano. Debe haber sido poco después de que me fui. Un infarto. Luego hice una llamada… —asiente en dirección del teléfono en la pared.

—¿Pero antes guardaste la comida? —pregunta Bo.

—Sí.

—¿A quién llamaste?

—A Jimmy, en la estación.

—¿Recuerdas qué le dijiste?

—No sé. "Tom está muerto", supongo.

Silencio.

Joe recuerda que lo están grabando, y se acuerda del consejo que le dio Bo hace tres años sobre no dejar de hablar para ser él quien cuente la historia.

—Jimmy dijo que igual habría que llamar a la ambulancia, aunque yo sabía que ya no podían revivirlo. Entonces vino él solo. Nos tomamos un té mientras esperábamos.

—¿Tom seguía tumbado en el suelo?

—Sí. ¿Adónde lo movía?

—Supongo que a ningún lado —dice Bo mientras esboza una ligera sonrisa—. ¿Le dijiste algo a Tom? Mientras esperabas a Jimmy y a la ambulancia.

—¿Decirle algo? —repite, como si estuviera enojado—. ¡Pero si estaba muerto! Más muerto que el diablo. ¿Para qué le decía algo?

—Quizá para despedirte o algo. Hay gente que hace eso.

—Ah —contesta en tono desdeñoso, desvía la mirada y piensa en otra cosa. Quizás en la despedida que pudo haber dicho o en las despedidas que dijo antes o en las ovejas que había que ordeñar o la documentación que había que llenar.

—¿Por qué escogiste la iglesia de hoy?

—Ahí se casaron Mamá y Papá —contesta.

—¿Tom quería que su funeral fuera ahí?

—Nunca me dijo nada.

—¿Nunca hablaron de sus planes? ¿De lo que les gustaría?

—No. Sabíamos que nos enterrarían con Mamá y Papá en la parcela. Bridget mencionó la capilla. Fue una buena idea.

—¿Estarás bien, Joe? —le pregunta Bo con gentileza y auténtica preocupación.

—No me queda de otra, ¿no crees? —Esboza una sonrisa extraña, tímida, que lo hace parecer un niñito.

—¿Buscarás a alguien que te ayude aquí?

—El hijo de Jimmy. Ya está arreglado. Hará algunas cosas cuando lo necesite. Cargar cosas, lo más pesado. Ir al mercado.

—¿Y qué hay de las tareas de Tom?

—Las tendré que hacer yo, ¿no? —Se agita en su silla—. No hay nadie más que vaya a hacerlas.

Tanto Joe como Tom se entretenían con las interrogaciones de Bo. Ella les hacía preguntas con respuestas obvias; ellos no entendían por qué ella cuestionaba tanto las cosas y analizaba todo, cuando para ellos las cosas eran lo que eran. ¿Por qué cuestionar algo cuando la solución es tan evidente? ¿Por qué intentar encontrar otra solución cuando una sola basta?

—Tendrás que hablar con Bridget. Darle la lista de compras. Cocinar —le recuerda Bo.

Joe parece irritado. Nunca ha parecido disfrutar las labores domésticas, ése era el territorio de Tom, quien tampoco las disfrutaba propiamente, pero sabía que, si esperaba a que su hermano lo alimentara, moriría de inanición.

—¿A Tom le gustaba leer? —pregunta Bo.

—¿Qué? —pregunta Joe, confundido—. Creo que Tom nunca leyó un libro. No desde que terminamos la escuela. Tal vez las notas de deportes cuando Bridget traía el periódico.

Desde donde está parado, Solomon percibe la emoción de Bo, quien endereza la espalda y se prepara para entrar de lleno en lo que la inquieta.

—Al guardar la compra del jueves, ¿encontraste algo inusual en las bolsas?

—No.

Considerando que Joe tiene un dominio bastante básico de la lengua, Bo reformula la pregunta.

—¿Había algo distinto en ellas?

Él la mira fijamente, como si estuviera a punto de decidir algo.

—Para empezar, había demasiada comida.

—¿Demasiada?

—Dos barras de pan. Dos jamones y quesos. No recuerdo qué más.

—¿Algún libro?

Joe la vuelve a mirar fijamente. Es la misma mirada. Ha despertado su interés.

—Uno.

—¿Puedo verlo?

Se levanta y saca el libro de bolsillo de un cajón de la cocina.

—Ahí tienes. Se lo iba a dar a Bridget. Pensé que era de ella, y los otros también.

Bo lo examina. Es una gastada novela negra que Bridget compró en algún sitio. Lo abre con la esperanza de encontrar alguna inscripción, pero no hay nada.

—¿No creerás que Tom se lo pidió?

—¿Por qué iba a hacerlo? Y, si lo hizo, entonces no sólo estaba malo del corazón. —Dice esto mientras mira a la cámara y suelta una risotada.

Bo se aferra al libro.

—Volviendo a los deberes de Tom. ¿Cuáles son las tareas que harás ahora en la granja?

—Lo de siempre —se queda pensativo, como si fuera la primera vez que reparara en ello, en todas las cosas que Tom hacía durante el día y sobre las que él nunca pensaba, o en las cosas sobre las que discutían por las noches—. Él se encargaba del pozo junto a la casa de los murciélagos. Hace años que no voy allá. Tendré que atender eso, supongo.

—Nunca habías mencionado la casa de los murciélagos —dice Bo—. ¿Nos llevarías a verla?

Los cuatro adultos, acompañados de uno de los leales perros pastores, se suben al jeep de Joe. Atraviesan la propiedad por senderos de tierra que parecen peligrosos en verano, por no imaginar cómo serán en invierno o en días de tormenta o mañanas heladas. Un octogenario no puede hacer esto solo; dos octogenarios apenas si podían. Bo espera que el hijo de Jimmy sea un joven fuerte que haga más de lo que Joe le pida, pues Joe no es un hombre al que le guste pedir ayuda.

Una reja oxidada interrumpe su camino. Solomon se le adelanta a Joe, se baja del jeep de un brinco y la abre. Luego corre para alcanzarlos. Joe se estaciona en un claro en el bosque, y Solomon baja su equipo. El resto del sendero deben andarlo a pie. El perro, Mossie, corre por delante de ellos.

—Es tierra mala, nunca pudimos hacer nada con ella, pero igual nos la quedamos —les dice Joe—. En los treinta, Pa plantó píceas de Sitka y pinos contorcidos. Les va bien en tierras malas y con ventiscas. Como ocho hectáreas. Se puede ver el parque de Gougane Barra desde allá arriba.

Caminan por los senderos y llegan a un claro con un cobertizo que alguna vez estuvo pintado de blanco, pero ahora está deslavado, desgastado por el tiempo, y deja ver el burdo concreto bajo la pintura. Las ventanas están tapiadas. Aun en un día tan hermoso como éste, es desolador; la construcción austera contrasta con la belleza del entorno.

—Ésa es la casa de los murciélagos —explica Joe—. Hay cientos ahí. Jugábamos allá adentro cuando éramos niños —dice y suelta una risotada—. Nos retábamos a entrar, cerrar la puerta y contar hasta que pudiéramos.

—¿Cuándo fue la última vez que estuviste aquí? —pregunta Bo.

—Eh. Veinte años. Más.

—¿Con cuánta frecuencia Tom atendía esta zona? —pregunta Bo.

—Una, dos veces por semana, para asegurarse de que el pozo no se contaminara. Está allá, atrás del cobertizo.

—Si no podían sacarle provecho a esta tierra, ¿por qué no la vendieron?

—Después de que Pa murió, la tierra estuvo en venta. Un tipo de Dublín quería comprarla y construir una casa aquí, pero no pudo hacer nada con la casa de los murciélagos. Vinieron unos ambientalistas —saca la barbilla para enfatizar su irritación— y dijeron que eran murciélagos poco comunes. No podían tirar el cobertizo ni construir alrededor porque arruinaría su ruta de vuelo, así que eso fue todo. La sacamos del mercado. ¡Mossie! —Joe llama al perro, quien acaba de desaparecer.

Dejan de filmar. Rachel se acerca a la casa de los murciélagos y se asoma por las ventanas para intentar ver algo a través de las grietas de la madera. Bo nota que Solomon se aleja, con el equipo de sonido en mano, en dirección hacia el bosque. Espera que haya escuchado algo interesante para grabar, así que lo deja ir. Aun si no es el caso, sabe que los trajo a él y a Rachel muy temprano, sin comida, y que ellos no funcionan sin alimento, a diferencia de ella. Además, ya empezó a percibir su irritación. Lo deja ir para que pase unos momentos solo.

—¿Dónde está el pozo?

—Allá arriba, después de la casa de los murciélagos.

—¿Te importa si te filmamos mientras revisas el pozo? —le pregunta.

Joe le contesta con el mismo gruñido que ella reconoce como una señal de que hará lo que ella quiera, que le da igual, independientemente de que le parezca muy extraña.

Mientras Rachel y Joe hablan de murciélagos —Rachel puede mantener una conversación sobre casi cualquier cosa—, Bo da un paseo alrededor del cobertizo. Atrás hay una cabaña ruinosa, cuyo exterior está en las mismas condiciones que la casa de los murciélagos, casi sin pintura blanca y con burdo concreto gris asomándose detrás del pasto crecido. Mossie deambula frente a la cabaña y olisquea el suelo.

—¿Quién vivía aquí? —grita Bo.

—¿Qué? —dice él, pues no la escuchó bien.

Bo examina la cabaña. La construcción tiene ventanas. Están limpias.

Joe y Rachel la siguen y dan vuelta en el sendero hacia la cabaña.

—¿Quién vivía aquí? —repite Bo.

—La tía de mi Pa. Hace mucho. Se fue y llegaron los murciélagos —vuelve a reírse. Cierra los ojos mientras intenta recordar su nombre—. Kitty. Nos gustaba atormentarla. Ella nos pegaba con un cucharón de madera.

Bo se aleja un poco de ellos para acercarse más a la cabaña y examina el terreno. A un costado de la casa hay un pequeño huerto de frutas y verduras. Hay flores silvestres en un jarrón en una de las ventanas.

—Joe —dice Bo—, ¿quién vive aquí ahora?

—Nadie. A lo mejor, murciélagos —bromea.

—Pero mira.

Joe se asoma y reconoce todo lo que ella ya observó. El huerto, la cabaña, las ventanas relucientes, la puerta pintada de verde con pintura más fresca que la de cualquier otra cosa en los alrededores. Está muy confundido. Bo rodea la cabaña. Encuentra una cabra y dos gallinas pastando.

Con el corazón acelerado, exclama:

—¡Hay alguien viviendo aquí, Joe!

—¿Intrusos? ¿En mi tierra? —dice con furia, una emoción que Joe Toolin y su hermano jamás exhibieron en el tiempo que Bo pasó con ellos.

Con las manos empuñadas a los costados del cuerpo, Joe se lanza a la carga tan rápido como puede, y Bo intenta detenerlo. Mossie los sigue.

—¡Espera, Joe, espera! ¡Déjame ir por Solomon! ¡Solomon! —grita, sin querer alertar al habitante de la cabaña, aunque no tiene alternativa—. Rachel, filma todo esto. —Rachel ya está haciendo lo suyo.

Pero a Joe le da igual el documental y agarra la perilla de la puerta. Está a punto de abrirla de golpe, pero se detiene; a fin de cuentas, es un caballero. En vez de eso, toca a la puerta.

Bo mira hacia el bosque en el que Solomon se internó y luego voltea a ver la cabaña de nuevo. Quiere matar a Solomon; no debió dejarlo irse. Fue muy poco profesional de su parte. Lo dejó irse porque sabía que estaba hambriento, porque, al ser su novia, sabe cómo se pone. Gruñón, disperso, ansioso. Sin duda, una de las partes más frustrantes de tener una relación amorosa con un colega es que te debe importar si tus decisiones provocan que él pase hambre. El sonido se verá afectado. Pero al menos tendrán la imagen, y ya podrán agregarle sonido después.

—Ten cuidado, Joe —dice Rachel—. No sabemos quién está ahí.

Nadie contesta el llamado, así que Joe empuja la puerta y entra. Rachel va detrás de él, seguida de Bo.

—¿Qué demo...? —Joe se detiene en el centro de la habitación, mira a su alrededor y se rasca la cabeza.

Bo se apresura a señalar elementos singulares que quiere que Rachel grabe.

Es una cabaña de una sola estancia. Hay una cama individual pegada a un muro y una ventana pequeña que da al huertito. Del otro lado hay un fogón, una estufa parecida a la que tiene Joe en su casa, y una mecedora junto a varios estantes de libros. Los cuatro estantes están llenos hasta el tope, y a su lado hay varias pilas de libros en el suelo.

—Libros —dice Bo en voz alta, anonadada.

Hay media docena de tapetes de lana de oveja en el suelo, sin duda para calentar el gélido suelo de piedra durante los desesperantes inviernos en una casa sin calefacción, salvo por el fogón. Hay cobertores de lana en la cama y cobertores de lana en el sillón. En una mesa lateral hay un pequeño radio.

El interior de la cabaña exuda una sensación evidentemente femenina. Bo no está segura de por qué le parece así. Sabe que su percepción está sesgada por el jarrón de flores; no se percibe olor alguno, pero se siente femenina, a diferencia de la sensación rústica de la casa de campo de Tom y Joe. Ésta se siente distinta. Cuidada, habitada, y además hay un cárdigan rosa doblado sobre el respaldo de una silla. Le hace una seña a Rachel.

—Ya lo tengo —contesta. La frente no deja de sudarle.

—Sigue filmando. Vuelvo en un minuto —dice Bo y sale corriendo de la cabaña en dirección al bosque—. ¡Solomon! —grita tan fuerte como puede, a sabiendas de que no habrá vecinos que se molesten. Regresa al claro frente a la casa de los murciélagos, lo ve un poco más abajo, en el bosque, parado, mirando algo, como si estuviera en un trance. El bolso del equipo de audio está en el suelo, a varios metros de él, y el micrófono está apoyado contra un árbol. El hecho de que ni siquiera esté trabajando la saca de quicio.

—¡Solomon! —grita de nuevo, hasta que por fin él la voltea a ver—. ¡Encontramos una cabaña! ¡Alguien vive ahí! El equipo, rápido. ¡Muévete! ¡Ya! —No está segura de que sus palabras tengan sentido o de haberlas dicho en el orden adecuado, pero necesita que se mueva, necesita el audio, necesita capturar la historia.

Pero lo que Bo escucha en respuesta es un sonido distinto a cualquier cosa que haya oído jamás.

3

Es un poco como el graznido de un ave, o de algo no humano, pero proviene de un ser humano, de la mujer que está parada junto al árbol.

Bo corre hacia el bosque y la canasta de la mujer rubia sale volando por los aires, su contenido cae al suelo, mientras la mujer observa la escena, aterrada.

—No pasa nada —le dice Solomon y le tiende las manos para tratar de calmarla, de pie entre Bo y la extraña, como si intentara domar a un potro salvaje—. No te haremos daño.

—¿Quién es? —pregunta Bo.

—No te muevas, Bo —contesta Solomon, irritado, sin voltear a verla.

Claro que ella lo ignora y se acerca más. La joven vuelve a emitir un sonido, otra especie de gorjeo inusual, como si un gorjeo pudiera parecer un ladrido. Va dirigido hacia Bo.

Bo está maravillada, y una ligera sonrisa de fascinación se dibuja en su rostro.

—Creo que quiere que retrocedas —le dice Solomon.

—De acuerdo, doctor Doolittle, pero no he hecho nada malo —contesta Bo, molesta porque detesta que le den órdenes—. Así que no me iré de aquí.

—Bueno, pero no te le acerques más —dice Solomon.

—¡Sol! —exclama ella y lo mira, sobresaltada.

—Ya, ya, todo está bien —le dice a la joven y se acerca despacio a ella, al tiempo que se pone de rodillas para levantar las flores y hierbas del suelo. Luego las coloca en la canasta y se las tiende. Ella deja de gorjear, pero es obvio que sigue alterada y no deja de mirarlos con ojos aterrados.

—Me llamo Bo Healy. Soy cineasta y estamos aquí con permiso de Joe Toolin —le extiende la mano.

La mujer rubia le mira la mano y emite otra serie de sonidos angustiosos, pero ni una sola palabra.

—¡Por Dios! —Bo mira a Solomon, con los ojos abiertos como platos, y saca el celular para llamarle a Rachel—. Rachel, ven de inmediato al claro. Pero ya. Necesito la cámara —cuelga—. Graba esto —le susurra a Solomon y le señala el equipo de sonido con la mirada, por temor a mover el resto del cuerpo.

La joven dispara un extraño ruido tras otro, y la escena es la cosa más rara que Solomon haya presenciado en su vida. No parece que provenga de sus cuerdas vocales, sino que suena como una grabación. Está tan asombrado y fascinado que no puede dejar de verla. La examina en busca de algún cable, pero no hay nada. Es real.

Da unos pasos en dirección a su maleta de audio. Rachel aparece entre los árboles, cámara en mano, seguida de cerca por Joe.

—¿Qué demonios sucede aquí? —grita Rachel y se para en seco al verla con sus propios ojos.

La joven voltea a ver a Rachel y empieza a imitar el ruido de una alarma de auto. Solomon trata de ver las cosas desde su perspectiva: rodeada por tres personas desconocidas, en medio del bosque, seguramente se siente atrapada. No se atreve a grabarla. No está bien.

Bo percibe su titubeo y suspira.

—¡Ay, por Dios! —exclama. Hace lo que habría hecho desde el inicio de habérsele ocurrido y graba la escena con el celular.

Joe se les une.

La mujer rubia deja de hacer ruido; por un instante, mira a Joe y parece aliviada.

—¿Quién es usted? —le grita Joe, con la mitad del cuerpo oculto tras un árbol. Se le nota el miedo en la voz—. ¿Qué hace en mi terreno?

La mujer vuelve a entrar en pánico y retrocede entre los árboles.

Solomon los mira a todos. Bo filma con el celular, Rachel la sigue con la cámara, Joe parece furioso.

Solomon está agotado. Necesita comer algo.

—¡Basta! —les grita, y todos se quedan en silencio—. La están asustando. Todos retrocedan. Déjenla ir —dice.

La mujer se le queda viendo.

—Puedes irte.

La mujer no le quita esos ojos verdes de encima.

—No creo que entienda —susurra Bo, sin dejar de grabar.

—Claro que entiende —contesta Solomon bruscamente.

—Creo que no habla con… palabras. ¿Cómo te llamas? —le pregunta Bo.

La joven ignora la pregunta y sigue mirando a Solomon.

—Se llama Laura —contesta él.

De pronto Mossie llega corriendo desde la casa de los murciélagos, se adentra en el bosque y le ladra como desesperado a la intrusa para proteger su tierra. Sin embargo, en lugar de detenerse a un costado de Joe, se dirige hacia Laura.

—Ey, ey, ey, dile que no se acerque a ella, Joe —dice Solomon, temeroso de que el perro le arranque algo de un mordisco.

Pero Mossie se detiene a los pies de ella, la rodea emocionado, brinca para llamar su atención y le lame la mano.

Ella lo acaricia —es evidente que se conocen de antes—, pero no deja de mirar con nerviosismo a quienes la rodean. Le tiende una mano a Solomon, quien la mira, confundido, pues cree que ella quiere tomarlo de la mano. Él extiende la mano, pero ella sonríe y baja la mirada hacia la canasta.

—La canasta, Sol —dice Bo.

Solomon se la entrega, avergonzado.

Laura emprende su camino acompañada de Mossie e intenta evitar a los demás. Al principio, lo hace temerosa. Al pasar junto a Bo, gruñe como un perro; su imitación es tan real que suena como una grabación o como si proviniera de Mossie. Laura examina a Joe con detenimiento y, tan pronto les ha dado la espalda a todos, se echa a correr por el bosque, pasa junto a la casa de los murciélagos y se dirige a la cabaña.

—¿Lo filmaste? —le pregunta Bo a Rachel.

—Síp —se quita la cámara del hombro y se seca el sudor de la frente—. Filmé el momento en que la rubia te gruñó.

—¿Adónde fue? —pregunta Solomon.

—Hay una cabaña atrás de la casa de los murciélagos —le explica Rachel. Bo está demasiado ocupada revisando la grabación del celular para ver si logró capturar el momento.

—¿La conoces? —le pregunta Solomon a Joe, quien está sumamente confundido por lo que acaba de ocurrir, pero tiene tanta adrenalina en el cuerpo que hasta tiembla un poco.

—Esto es invasión de la propiedad privada —masculla, enfurecido.

—¿Crees que Tom supiera de su existencia? —pregunta Bo.

La pregunta enmudece a Joe. Su expresión pasa de la certeza a la confusión, a la ira, a la traición y a la incredulidad en segundos.

Luego se pone triste. Si su hermano sabía que esta joven vivía en la cabaña dentro de su propiedad, entonces le ocultó el secreto. Resulta que los hermanos que no se guardaban ningún secreto se guardaron uno muy importante.

4

—SÓLO HAY UNA FORMA DE SABER LA RESPUESTA —DICE BO Y SE arremanga la blusa negra para dejar ver su piel bronceada, mientras el sol aún arde en lo alto—. Tenemos que hablar con la chiquilla.

—No es una chiquilla. Es una mujer y se llama Laura —interviene Solomon, sin saber bien de dónde proviene su ira—. Y dudo mucho que quiera hablar con nosotros después del susto que le sacamos.

—No sabía que era... que tuviera una... *discapacidad* —Bo intenta defenderse.

—¿Discapacidad? —balbucea Solomon.

—Ay, por Dios, no sé cuál es el término políticamente correcto en estos tiempos. —Bo busca alternativas—. Retraso en el desarrollo, déficit del desarrollo, diamante en bruto. ¿Algo de eso te parece bien? Sabes a qué me refiero. No me di cuenta.

—Bueno, no es precisamente normal —señala Rachel y se sienta en una roca, agotada y sudorosa.

—Independientemente de cuál sea la palabra precisa para describirla, sin duda algo *no anda bien* ahí, Solomon —insiste Bo. Luego se quita el cabello de la cara y vuelve a atárselo en una cola de caballo, sin ocultar su emoción—. De haberlo sabido, me le habría acercado de una forma distinta. ¿Hablaste con ella? Digo, además de que te dijera su nombre. Estuvieron solos un rato.

—Creo que lo que ocurra a partir de ahora será decisión de Joe. Es su tierra —dice Solomon e ignora las preguntas de Bo. El estómago le cruje.

Bo lo fulmina con la mirada.

Joe se mueve de forma nerviosa; es evidente que los sucesos del día lo incomodaron bastante. A él le gusta la rutina, que las cosas sean siempre iguales. Su día de por sí ha sido bastante estresante y emotivo.

—Quiero que me regrese a Mossie —dice, finalmente—. Y no debería estar viviendo en mi tierra.

—Las leyes contra los okupas son complicadas —señala Rachel—. Una amiga ya pasó por eso. Necesitas una resolución judicial para sacarlos.

—¿Tu amiga logró deshacerse del okupa? —pregunta Solomon.

—Mi amiga *era* la okupa —contesta Rachel.

A pesar de la frustración del momento, Solomon esboza una sonrisita.

—No tiene derecho a quedarse con mi perro. Voy a buscar a Mossie —exclama Joe, se acomoda el gorro y emprende la marcha hacia la cabaña.

—Síguelo —dice Bo al instante, levanta la cámara de Rachel y se la entrega, sin prestarle atención al agotamiento en su mirada. Mientras tanto, la determinación de Joe se esfuma.

—Quizás es mejor que alguna de ustedes le hable de mujer a mujer.

—A mí no me veas —le advierte Rachel a Bo.

De no ser por su madre, Bo, Rachel y Bridget, Joe no ha conocido muchas mujeres y rara vez ha hablado con alguna. Rachel tiene la sangre ligera con todo el mundo, pero a él le costó un poco acoplarse a ella, sobre todo porque no es el tipo de mujer al que está acostumbrado; que una mujer estuviera casada con otra mujer fue algo que sobrepasó su entendimiento al principio. Joe no considera a Bridget una mujer; de hecho, no la considera en lo absoluto; y Bo sigue causándole cierta incomodidad dadas sus habilidades sociales (o falta de ellas). Tener que hablar con una nueva mujer le resultaría demasiado abrumador, sobre todo con una tan extraña, que requiere cuidado, reflexión y comprensión. Los cuatro caminan hacia la cabaña de forma menos decidida y agresiva que antes.

Bo toca a la puerta, mientras Rachel y Solomon esperan afuera.

—¿Qué opinas? —le pregunta Solomon a Rachel.

—Que me muero de hambre.

—Yo igual —Solomon se frota el rostro con cansancio—. No puedo pensar con claridad.

Miran a Bo tocar de nuevo a la puerta.

—Si Bo buscaba una nueva historia, seguro que ya la encontró. Esto es una locura, incluso para sus estándares —dice Rachel.

—No se dejará entrevistar —responde Solomon, con la mirada clavada en la puerta.

—Ya sabes cómo es Bo.

Lo sabe. A la larga, Bo sabe convencer a gente que está segura de no querer aparecer en pantalla, de que hable con ella. Claro, siempre y cuando ella así lo desee; las tres entrevistas en el cementerio no eran realmente importantes, así que no las buscó. Solomon y Rachel no suelen ser así de desidiosos con un proyecto, pero el estilo típico de filmación de Bo se ha alterado de forma sustancial el día de hoy. Está acelerada, improvisa cosas y se nota que no tiene un plan.

Laura se asoma por la ventana, pero se niega a abrir la puerta.

—Dile que me devuelva a Mossie —exclama Joe y mete las manos en los bolsillos, sin saber qué hacer con ellas. Se le nota la incomodidad. Ha sido un día muy desgastante, pues tuvo que enterrar a su alma gemela. Un día fuera de su zona de confort, un quebrantamiento de la rutina que llevaba cincuenta años intacta. Su mundo está de cabeza. Ahora está harto y quiere a su perro, y volver a la seguridad de su hogar.

—Por favor abre la puerta. Sólo queremos hablar —dice Bo.

Laura mira a Solomon desde la ventana.

Entonces todos voltean a ver a Solomon.

—Díselo —le pide Bo.

—¿Qué cosa?

—Te mira para saber si está bien. Dile que sólo queremos hablar.

—Joe quiere a su perro —señala Solomon con franqueza, y Rachel se ríe entre dientes.

Laura se aleja de la ventana.

—¡Clásico! —Rachel esboza una sonrisita. Ahora los dos deliran por falta de comida.

Joe está a punto de arremeter contra la puerta cuando ésta se abre. Mossie sale corriendo, y Laura cierra la puerta con llave al instante.

Joe se marcha, enojado, mientras Mossie, emocionado, baila a su alrededor y casi lo hace tropezar.

—Le llamaré a Jimmy —masculla Joe al pasar—. Él se encargará de ella.

—Espera, Joe —le suplica Bo.

—Olvídalo —le reclama Rachel—. Muero de hambre. Vamos al hotel. Vamos a comer. *Comida de verdad.* Necesito llamarle a Susie. Y luego armas algún plan. Hablo en serio.

Rachel rara vez pierde la paciencia. Sólo se altera cuando algo afecta su toma —gente en el fondo haciendo caras o el micrófono de Solomon asomándose por arriba—, pero, cuando ocurre, todos saben que es cosa seria. Bo sabe que los ha llevado al límite.

Y cede. Por ahora.

De vuelta en el Hotel Gougane Barra, Solomon y Rachel se abalanzan sobre su cena sin decir una palabra, mientras Bo piensa en voz alta.

—Tom debió saber de su existencia, ¿cierto? Él era quien cuidaba esa zona. Era su responsabilidad revisar el pozo unas cuantas veces por semana. No puedes revisar el pozo sin ver la cabaña, o el huerto, o la cabra y los pollos. Sería imposible. También está el tema de la comida extra en la lista de compras, los libreros y el libro que llevó Bridget. Además, Mossie la reconoció, así que Tom debía llevarlo a visitarla.

—Es un perro —Solomon habla por primera vez desde que empezó a comer hace diez minutos—. Los perros vagan por ahí. Quizá se conocieron cuando él paseaba solo.

—Buen punto.

—Se conocieron —dice Rachel—. ¿Los perros *conocen* a la gente? Supongo que a la gente que habla idioma canino —bromea, pero deja de reírse al notar que los otros no le hacen segunda; Bo porque no le pone atención, Solomon porque se rehúsa a burlarse de Laura—. Da igual. Iré a llamarle a Susie —Rachel se lleva su plato de comida a otra mesa.

—¿Y qué era eso que hacía? ¿Esos ruidos? —le pregunta Bo a Solomon—. ¿Es como un síntoma de Tourette? Gruñía y ladraba y gorjeaba.

—Hasta donde tengo entendido, la gente con Tourette no ladra —dice Solomon y se lame la salsa pegajosa de los dedos antes de darle un mordisco a sus costillas de cerdo.

Tiene toda la cara manchada de salsa. Bo lo mira asqueada, sin poder entender su absoluta incapacidad para funcionar sin alimentos. Luego deja de picotear su ensalada verde.

—Ya tienes tu comida. ¿Por qué sigues molesto conmigo?

—Creo que hoy no manejaste bien las cosas.

—Creo que has estado irritable y malhumorado y con *jet lag* todo el día —dice ella—. Estás supersensible, que, en tu caso, es decir mucho.

—Asustaste a Laura.

—¿*Asusté* a Laura? —repite, como hace siempre, como si decir las palabras otra vez le ayudara a procesarlas. Hace lo mismo durante las entrevistas con las respuestas de los entrevistados. A ellos puede resultarles desconcertante, como si ella dudara de sus palabras, pero en realidad es un intento por comprender lo que le acaban de decir.

—Era claro que estaba asustada. Puedes imaginártelo: una joven rodeada por cuatro desconocidos en el bosque. Tres de ellos vestidos de negro, para un funeral, como si fuéramos ninjas. Estaba aterrada, y tú la grababas.

Bo parece tener una ocurrencia repentina.

—¡Mierda!

—Sí, mierda —Solomon se chupa de nuevo los dedos mientras la estudia con la mirada—. ¿Qué pasa?

—Lo que vimos hoy fue extraordinario. Lo que esa chiquilla hizo fue…

—Laura.

—Lo que *Laura* hizo, esos sonidos que emitió, fueron mágicos. Y yo no creo en la magia. Nunca he escuchado algo así.

—Yo tampoco.

—Me emocioné.

—Te volviste ambiciosa.

Silencio.

Solomon se termina la costilla y mira las noticias en el televisor de la esquina.

—Ya sabes que todo el tiempo me preguntan qué proyecto tengo en puerta —dice.

—Sí, a mí también me lo preguntan.

—Y no hay ninguno. Nada como *Los gemelos Toolin*. Todos esos premios que recibimos… despertaron el interés de la gente. Ahora tengo que estar a la altura.

Solomon sabe lo presionada que se ha sentido Bo y le da gusto que por fin lo reconozca.

—Debería hacerte feliz saber que hiciste *una* cosa que le gustó al público. Hay quienes nunca lo logran. La razón por la que tuvo éxito fue porque te tomaste tu tiempo. Encontraste la historia apropiada y fuiste paciente. Supiste escuchar. Hoy fue un desastre, Bo. Corrías en todas direcciones como una gallina sin cabeza. La gente prefiere ver algo auténtico y valioso que algo hechizo.

—¿Por eso trabajas para *Fat Fit Club* y *Cuerpos grotescos*?

La ira le burbujea en el pecho, pero Solomon intenta guardar la calma.

—Hablamos de ti, no de mí.

—Me siento *muy presionada*, Solomon.

—Pues no lo sientas.

—No puedes decirle a alguien que no sienta algo.

—Acabo de hacerlo.

—Solomon… —Bo no sabe si reír o enfurecerse.

—Te perdiste en el bosque —dice él. El comentario no fue intencional; simplemente se le escapó.

Bo lo observa.

—¿Con quién hablas? ¿Conmigo o contigo mismo?

—Contigo, obvio —contesta él y deja caer el hueso de la costilla en el plato. El ruido que hace al golpear el plato de cerámica es más sonoro de lo que esperaba. Luego toma otra costilla y comienza a devorarla.

Bo cruza los brazos y se le queda viendo. Él no la mira, no dice nada.

—Ambos vimos algo fascinante en el bosque. Yo hice algo al respecto, tú… te paralizaste.

—¿Qué hacías ahí, todo ese tiempo, mientras yo estaba en la cabaña? ¿Ella estuvo contigo todo el tiempo?

—Vete al diablo, Bo.

—Oye, es una pregunta válida, ¿no crees?

—Sí. Tuvimos sexo. En los dos minutos que estuve lejos de ti, tuve sexo con ella. Contra un árbol.

—¡Carajo! No me refería a eso y lo sabes.

—¿De verdad?

—Intento descifrarla, pero tú no me aportas nada. Deben haber conversado sobre algo, pero no haces más que ignorar la pregunta. Te dijo su nombre. Estuviste solo con ella antes de que yo llegara y quiero saber de qué hablaron…

Solomon la ignora; el deseo de gritar a todo pulmón frente al resto de la gente es demasiado fuerte. Entierra la ira, la entierra en lo más profundo, hasta que no queda más que un remanso. Es lo mejor que puede hacer. Mira la pantalla con las noticias, pero sin verla realmente.

Después de un rato, Bo se levanta de la mesa y sale de la estancia.

Puede pensar en lo que le dijo Bo, analizarlo, entenderlo, buscar respuestas en su interior. Puede pensar en lo que le dijo y por qué se lo dijo, y puede pensar en todo lo demás. Pero está cansado por el cambio de horario, hambriento y encabronado, así que mejor se concentra en el noticiero en la tele, empieza a oír las palabras que salen de los labios de la presentadora, empieza a leer las palabras que cruzan la base de la pantalla. Cuando se termina la última costilla, se lame lo que le queda de salsa en los dedos y se reclina en la silla, hinchado y satisfecho.

—¿Corazón contento? —vocifera Rachel desde el otro extremo del restaurante vacío.

—Me falta una buena noche de sueño y estoy hecho —Solomon bosteza y se estira—. ¿Cómo está Susie?

—Un poco enojada. Hace demasiado calor. No puede dormir. Tiene los tobillos y los pies hinchados. Y el bebé le está clavando un pie en las costillas. ¿Crees que volvamos a casa mañana?

Solomon extrae un palillo de dientes del envoltorio y se quita una hebra de carne de entre los dientes delanteros.

—Eso espero.

Él también quiere volver a casa. Lo tiene claro. Pero es que está asustado. Se perdió por un instante en ese bosque, y Bo fue testigo de ello. Y, así como Joe sólo quería volver a su granja, Solomon desea volver a Dublín, al programa de *Cuerpos grotescos* que tanto detesta, a su apartamento que con frecuencia huele al curry de pescado que cocinan los vecinos. Ansía la normalidad. Quiere volver al lugar donde no acostumbra pensar en sus emociones, donde no hay necesidad de confusión ni de análisis, donde no se siente atraído por gente que sabe que no debería atraerle ni hace cosas que no debería hacer.

—¿Estás dormido? Porque tienes los ojos abiertos —dice Rachel mientras le pasea una costilla frente a los ojos y salpica la mesa y el suelo de salsa—. Carajo.

Bo entra corriendo al bar con *esa* expresión en el rostro y el celular en la mano.

—Era Jimmy, el oficial al que conocimos hace rato. Está en la granja Toolin. Joe le llamó para que fuera a hablar con la chica, pero por accidente atropelló a Mossie de camino a la cabaña. La chica se llevó al perro a la cabaña y está haciendo de nuevo esa cosa extraña con la voz. Se encerró con llave y no deja que nadie se acerque ni vea a Mossie.

Solomon voltea a verla con cara de "¿Y a mí qué?". No se atreve a decir nada, pero el corazón le late a toda prisa.

Bo lo mira de forma intrigante.

—La chica preguntó por ti, Sol.

5

Jimmy está de pie junto a su patrulla, con las puertas abiertas, la radio encendida y la parte frontal del auto en dirección hacia los árboles que se encuentran junto a la casa de los murciélagos. Aún hay luz en esta tarde de verano.

Al verlos acercarse, el oficial alza los brazos con gesto apologético.

—Mossie corrió alrededor del auto. No lo vi.

—¿Dónde está la muchacha? —pregunta Bo.

—Cargó al perro y se lo llevó a la cabaña, y ahora no quiere salir ni deja entrar a nadie. Está fuera de sí. Joe me dijo que los llamara a ustedes.

Se ve tan aturdido como cuando ellos escucharon el exabrupto vocal de Laura por primera vez.

—¿La chica preguntó por Solomon? —pregunta Bo, ansiosa de que pase algo.

—Primero preguntó por Tom. No paraba de exigir que lo trajera para que me dijera quién era ella. Le informé que Tom murió, y entonces ella pareció trastornarse más. Luego mencionó a Solomon.

Estuvieron juntos en el bosque. Fueron incapaces de dejar de mirarse.

—Hola —dijo él, con cautela.

—Hola —contestó ella en voz baja.

—Me llamo Solomon.

Ella sonrió.

—*Laura.*

Bo lo mira con aquella expresión incierta.

—Le dije mi nombre antes de que tuviéramos sexo —exclama. Jimmy se eriza. Bo lo fulmina con la mirada.

—¿Vas por ella? —le pregunta.

—No si Jimmy planea arrestarla.

—No tengo razones para arrestarla. Necesito hablar con ella, averiguar quién es y por qué está viviendo en la propiedad de Joe. Si es una okupa, las leyes son complicadas. Y, si Tom le dio permiso, no hay mucho que podamos hacer. Sólo vine a tranquilizar a Joe. Y luego le pegué al pobre perro —dice con culpabilidad.

—Entonces, ¿qué quieres que haga? —pregunta Solomon, sintiéndose cada vez más presionado.

—Que vayas a la cabaña y veas qué quiere la muchacha —dice Bo.

—De acuerdo. ¡Carajo! —maldice mientras se pasa los dedos por el cabello y vuelve a atárselo en un chongo sobre la cabeza. Toma el sendero que lleva a la cabaña; los otros dos lo siguen, pero se detienen junto a la casa de los murciélagos mientras él sigue adelante.

El corazón se le acelera cuando se acerca a la puerta, pero no entiende por qué. Se limpia las manos sudorosas en los pantalones y se prepara para tocar la puerta, pero, antes de que levante la mano, la puerta se abre. No alcanza a verla; supone que estará detrás de la puerta, así que entra. Tan pronto está adentro, la puerta se cierra. La joven cierra con llave y se apoya de espaldas sobre la puerta, como para reforzar el bloqueo.

—Hola —dice él y se lleva las manos a los bolsillos.

—Está junto a la estufa —dice Laura, quien apenas si se atreve a mirarlo. Se ve nerviosa, angustiada.

Aunque se presentó antes, Solomon no puede evitar sorprenderse al oírla hablar. En el bosque la chica tenía un aura feral, pero dentro de su casa parece más real.

Mossie está tumbado de costado sobre un tapete de lana frente a la estufa de leña; su pecho se infla y se desinfla con cada lenta respiración. Tiene los ojos abiertos, aunque pareciera no estar consciente de lo que ocurre a su alrededor. El fuego arde a su lado; junto a su cabeza hay un tazón de agua y uno de comida, intactos.

—No quiere beber ni comer nada —dice ella y se sienta junto a Mossie. Lo abraza como para protegerlo.

Solomon debería examinar al perro, pero no puede quitarle los ojos de encima a la joven. Ella voltea a verlo, perdida, preocupada, con sus hermosos y encantadores ojos verdes.

—¿Está sangrando? —se acerca a Mossie y se sienta junto a él, del otro lado de Laura. Es lo más cerca que han estado el uno del otro—. Hola, campeón —apoya una mano en su pelaje y lo acaricia con delicadeza.

Mossie voltea a verlo, con dolor en la mirada, y gimotea.

Laura imita el gimoteo de Mossie con una precisión tan asombrosa que Solomon no puede evitar volver a examinarla.

—No está sangrando. No sé dónde le duele, pero no puede ponerse de pie.

—Debería verlo un veterinario.

Laura lo mira directamente a los ojos.

—¿Lo llevarías?

—¿Yo? Claro, pero debo consultarlo con Joe, dado que es su perro —y luego, al ver la expresión en su rostro, agrega—: También es su perro.

—No le agrado a Joe —dice—. No le agrado a nadie.

—No es verdad. Joe no está acostumbrado a los cambios, eso es todo. Hay gente que se irrita con los cambios.

—Hay que cambiar con el cambio —dice ella, pero con una voz muy distinta. Es más grave, profunda, con acento del norte de Inglaterra. Ajena.

—¿Perdón?

—Gaga. Mi abuela. Solía decir eso.

—Ah, ya veo. ¿Vendrás conmigo al veterinario? —le pregunta. Desea que diga que sí.

—No, no. Me quedo aquí.

Es como una afirmación general. No es *me quedaré,* sino *me quedo.* Para siempre.

La luz de la estufa ilumina su piel pálida. Hay tanta calma y serenidad en la habitación, a pesar del esfuerzo que hace Mossie por sobrevivir y el pánico silencioso de Laura.

Ella le acaricia la panza al perro que se eleva y se sume despacio.

—¿Cuándo fue la última vez que te alejaste de la montaña? —le pregunta Solomon. Ella esconde el rostro tras su cabello, incómoda por la pregunta—. ¿Hace cuánto que vives aquí?

Ella tarda un rato en contestarle.

—Desde que tenía dieciséis. Hace diez años —contesta, sin dejar de acariciar a Mossie.

—¿Y no has salido de aquí desde entonces?

Ella niega con la cabeza.

—No he tenido razones para hacerlo.

Solomon está desconcertado.

—Bueno, ahora tienes una. Sin duda, Mossie preferiría que lo acompañaras —dice.

Mossie exhala, como si estuviera de acuerdo, y su cuerpo se estremece.

Bo está afuera con Jimmy, camina de un lado a otro, hace comentarios fuera de lugar, observa el brillo de las llamas en la ventana, y percibe el aroma del humo de la chimenea que sale de la cabaña.

—Es curioso que Joe nunca notara el humo —observa las volutas que exhala la chimenea en el techo de la cabaña.

Jimmy alza la mirada.

—Supongo que en las granjas siempre sale humo de algún lado.

Bo asiente. Es un buen punto.

—Entonces, ¿no sabes quién es la muchacha?

—Nunca la había visto —niega con la cabeza—. Y conozco a toda la gente de por aquí. En un pueblo rural como el nuestro, con una población de unos cuantos cientos de personas, todas se asientan alrededor de las montañas. Es un misterio. Mi esposa supone que es una turista, que no es de por aquí. Que es una senderista que se topó con la cabaña y decidió quedarse. Es algo común. A lo largo de los años algunos de ellos se han quedado a vivir aquí. Se enamoran del lugar, o de alguien del lugar, y deciden echar raíces. Quizá no se quede mucho tiempo.

Bo lo medita, pero aquella conclusión de la esposa de Jimmy no sacia su curiosidad, sino que multiplica sus preguntas. ¿Por qué mintió Tom sobre rentar la cabaña? ¿Lo hizo para sacar provecho financiero? Bo lo duda. Ella filmó en esta montaña hace tres años y Tom jamás la trajo aquí, ni siquiera mencionó el lugar. Supone que la chica ha estado aquí al menos desde entonces, pues de otro modo también habrían venido a filmar aquí.

—¿Por qué el secreto? —pregunta, confundida.

Jimmy parece meditabundo, pero no contesta.

La puerta de la cabaña se abre y sale Solomon. Su cuerpo llena el diminuto marco de la puerta. Rodeado por un halo de luz del fogón, parece una enorme sombra oscura. Se ve como un héroe, rescatando a un perro de un peligroso incendio.

Bo sonríe al verlo así.

Solomon se voltea para hablar con la muchacha a sus espaldas y animarla a salir.

—Ven, Laura. Está bien —hay algo en su tono de voz o en su expresión al decirlo que hace que a Bo se le congele la sonrisa.

Y entonces aparece la chica: viste una camisa a cuadros larga como vestido, cinturón, tenis Converse y un suéter lanudo encima, y lleva su larga cabellera rubia sobre los hombros.

—Llevaremos a Mossie al veterinario —les dice Solomon—. ¿Adónde lo llevamos?

—Con Patrick Murphy, en la vía principal. Su consultorio debe estar cerrado, pero le llamaré para que los atienda —contesta Jimmy mientras observa a Laura—. Hola, Laura —dice con gentileza, con la intención de disculparse por su acercamiento previo.

Laura clava la mirada en sus Converse. Parece aterrada. Levanta la mano y toma a Solomon del brazo. Lo aprieta con tanta fuerza que él se percata de lo temblorosa que está.

—Debemos irnos ya, oficial —Solomon empieza a andar—. Mossie no está muy bien que digamos. Estoy seguro de que Joe querrá que lo atiendan cuanto antes.

—Sin duda —dice Jimmy y retrocede un poco—. Laura, podemos tener una conversación informal dentro de unos cuantos días. Y, si gustas, el caballero puede acompañarte.

Con la cabeza agachada, Laura se aferra aún más al brazo de Solomon y con la otra mano protege a Mossie. Emite un ruido que se asemeja al crujido de la radio de la patrulla.

Jimmy frunce el ceño.

—Luego acordamos la fecha y hora para que conversen —le dice Bo a Jimmy y acompaña a Laura y Solomon—. Y, ¿quizá también accedas a una entrevista? —Bo le había preguntado sobre su encuentro con Joe en la casa mientras Tom yacía muerto en el suelo. Quería escuchar una descripción de la peculiar escena en voz de alguien más. Y éste era un buen momento para negociar. Ella lo ayudaría a hablar con Laura si él accedía a hablar con ella.

Laura se para en seco.

—Vamos —le dice Solomon con gentileza, en un tono de voz que jamás ha usado con Bo ni con nadie más, que ella sepa.

Laura mira fijamente a Bo, lo que pone a Solomon en una posición sumamente complicada, al borde del absurdo. Solomon está exhausto y quiere dormir. Mossie le pesa cada vez más.

—Jimmy, ¿te importaría llevar a Bo al hotel, por favor? —evade la mirada de Bo mientras lo dice—. Te veré allá después, Bo.

Ella se queda boquiabierta.

—Me pediste que ayudara, ¿no? —le reclama mientras recorre el sendero que lleva al auto estacionado y reajusta el peso del perro entre sus brazos—. Pues eso hago.

Laura se sienta en la parte trasera del auto con Mossie. El perro ocupa casi todo el asiento y tiene la cabeza apoyada en el regazo de la muchacha. Bo se sube a la patrulla del oficial, con el ceño fruncido. Sería una escena graciosa si Solomon tuviera la más mínima capacidad de divertirse en este momento.

—Gracias, Solomon —le dice Laura con tanta dulzura que su cuerpo se relaja al instante y la ira se esfuma.

—Por nada.

Laura guarda silencio en el camino; sólo gimotea ocasionalmente junto con Mossie. Solomon supone que es un gesto de apoyo. Enciende la radio, baja el volumen y luego se arrepiente y la apaga. El veterinario está a media hora de distancia.

—¿A qué vino el oficial? —pregunta ella.

—Joe lo llamó. Quería averiguar quién eres y por qué estás viviendo ahí.

—¿Hice algo malo?

—No sé. Tú dime —Solomon se ríe, pero ella no, así que vuelve a ponerse serio—. Estás viviendo en una cabaña en la propiedad de Joe sin su conocimiento y… bueno, eso es ilegal.

Ella abre los ojos en señal de sorpresa.

—Pero Tom me dio permiso.

—Bueno, entonces está bien, y eso es lo que necesitas decirles —hace una pausa—. ¿Tienes algún tipo de contrato en papel? ¿Un contrato de renta?

Ella niega con la cabeza.

Solomon carraspea y ella lo imita, lo cual es bastante molesto, pero su inocente rostro no refleja malicia ni señal alguna de que esté consciente de lo que acaba de hacer.

—¿Le pagabas renta?

—No.

—Ya veo. Así que le preguntaste si podías vivir ahí y él dijo que sí.

—No. Gaga se lo preguntó.

—¿Tu abuela? ¿Ella podrá dar fe de eso? —pregunta.

—No —Laura baja la mirada hacia Mossie y lo acaricia. Luego le besa la cabeza y hunde la cara en su pelaje—. No desde donde está —Mossie gimotea y cierra los ojos—. ¿Es cierto que Tom se murió? —pregunta.

—Sí —contesta él y la mira por el espejo retrovisor—. Lo lamento mucho. Sufrió un infarto el jueves.

—Jueves —repite ella en voz baja.

Se estacionan en la vía principal y tocan a la puerta de la veterinaria. Nadie contesta, pero la puerta principal de la casa adjunta se abre y sale un hombre, quien se limpia la boca con una servilleta y deja escapar el aroma del estofado casero que saboreaba minutos antes.

—Ay, hola. Hola —dice—. Jimmy me llamó. Una emergencia, ¿verdad? —pregunta al ver a Mossie en los brazos de Solomon—. Pasen, pasen.

Solomon se sienta afuera del consultorio, y Laura entra con Mossie. Solomon apoya los codos en los muslos y asienta la cabeza entre las manos. La cabeza le da vueltas. Se le mueve el piso por el cambio de horario.

Cuando se abre la puerta del consultorio, sale Laura con lágrimas cayéndole por las mejillas. Se sienta junto a Solomon sin decir una palabra.

—Ven aquí —susurra él y la abraza contra su pecho. La joven sufrió dos pérdidas en una semana. Solomon no sabe cuánto tiempo se quedan así, pero a él le encantaría seguir así si no fuera porque el veterinario está parado en el umbral de la puerta, esperando con paciencia que se recompongan y se vayan, para regresar a su cena familiar después de un largo día—. Lo siento mucho —Solomon suelta los hombros de Laura—. Vámonos.

Afuera, en la oscuridad de la noche, se escucha la música proveniente del *pub* local.

—Me vendría bien una cerveza —dice él—. ¿Me acompañas?

Se abre la puerta de la salida de emergencia del bar y sale volando una botella que aterriza en el contenedor del reciclaje y se estrella contra las demás botellas que hay adentro.

Laura imita el choque del cristal.

Solomon se ríe.

—Lo tomaré como un sí.

Se sientan afuera del *pub*, en una de las mesas de picnic de madera, a la vuelta de la esquina de una caterva de fumadores. Cuando Solomon abrió la puerta y todas las cabezas se giraron para ver a los dos desconocidos, Laura retrocedió al instante. Solomon sintió alivio de no tener que sentarse adentro a la vista de los locales. Ahora ella está sentada, bebiendo un vaso de agua, mientras él bebe una pinta de Guinness.

—¿Nunca bebes? —pregunta él.

Ella niega con la cabeza, y el movimiento hace que el hielo choque contra el cristal de su vaso. Ella imita el sonido del hielo a la perfección. Es algo que Solomon todavía no se explica, aunque no está seguro de cómo tocar el tema; es como si ella no se diera cuenta siquiera.

—¿Estás bien? —le pregunta—. Tom y Mossie. Son muchas pérdidas en una semana.

—Un día —lo corrige ella—. Apenas me enteré de lo de Tom hoy.

—Lamento que te hayas enterado de esa forma —responde Solomon con gentileza, pues imagina la brusquedad con la que Jimmy se lo dijo.

—Tom solía traer la compra los jueves. Como no vino, supe que algo andaba mal, pero no había nadie a quién preguntarle. Hoy, en el bosque, pensé que Joe era Tom. Nunca antes lo había visto. Son idénticos. Pero se veía tan furioso. Nunca había visto furioso a Tom.

—¿Llevas aquí diez años y nunca habías visto a Joe?

Ella niega con la cabeza.

—Tom no me lo permitía.

Está a punto de preguntarle por qué, pero se detiene.

—Joe está devastado. Por lo regular es más amable. Dale algo de tiempo —ella toma un trago de agua. Se ve angustiada—. Así que no has comido nada desde el jueves —recuerda Solomon de pronto.

—Tengo el huerto de frutas y verduras, y los huevos. Horneo mi propio pan. Tengo suficiente, pero a Tom le gusta… le gustaba… llevarme algunas cosas extra. Recolectaba cosas en el bosque cuando te vi —le sonríe con timidez al recordar su primer encuentro. Él también sonríe, y luego se ríe de sus emociones adolescentes.

—¡Cielos! Déjame ir por algo de comer entonces. ¿Qué se te antoja? ¿Hamburguesa con papas? También pediré algo para mí —se pone de pie y mira la trituradora al otro lado de la calle—. Ya pasaron dos horas desde la última vez que comí.

Laura sonríe.

Él espera verla devorar su comida, pero no ocurre así. Todo lo que ella hace es apacible y lento. Con delicadeza picotea las papas con sus alargados y elegantes dedos, y cada tanto observa alguna de ellas antes de darle un mordisco.

—¿No te gustan?

—No creo que tengan papa en realidad —contesta. La deja caer sobre el papel grasiento y se da por vencida—. No como este tipo de comida.

—A diferencia de Tom.

Ella lo mira sorprendida.

—Siempre le dije que mejorara su alimentación. Pero no escuchaba —vuelve a entristecerse conforme la realidad de la pérdida se hace más presente.

—Joe y Tom no son del tipo de personas que escucha a otros —Solomon percibe que Laura se siente culpable.

—Un día me contó que se había comido un sándwich de jamón para cenar, y lo regañé tanto que, cuando volvió la semana siguiente, me contó con orgullo que se había comido un sándwich de plátano. Pensó que sería más sano por ser de fruta.

Ambos se ríen.

—Tal vez me equivoqué —dice Solomon con dulzura—. Sí escuchaba a alguien.

—Gracias —contesta ella.

—¿De dónde conocía Tom a tu abuela? —pregunta Solomon.

—Haces demasiadas preguntas.

Solomon lo reflexiona un instante.

—Es cierto. Es mi manera de mantener la conversación. ¿O qué sugieres?

Ambos se ríen.

—No sé. De no ser por Tom, nunca platico con nadie. Humano, al menos —alguien en la mesa a la vuelta de la esquina se pone de pie y empuja la banca con un chirrido. Ella imita el sonido. Una, dos, tres veces, hasta que le sale bien. La mesera que limpia la mesa contigua se le queda viendo raro—. Tengo conversaciones decentes conmigo misma —continúa Laura, sin prestarle atención o importancia a la mirada—. Y con Mossie y Ring. Y con objetos inanimados.

—No serías la única en hacerlo —Solomon le sonríe sin quitarle la vista de encima. Está completamente intrigado.

Ella emite un sonido nuevo que lo hace reír. Suena como la vibración de un celular.

—¿Qué es eso? —le pregunta él.

—¿Qué cosa? —Laura frunce el ceño.

Luego vuelve a oír el sonido y ve que no proviene de los labios de Laura, aunque para notarlo tiene que estudiarla de cerca. Siente que el celular le vibra dentro del bolsillo.

—Oh —se lleva la mano al bolsillo y extrae el teléfono. Cinco llamadas perdidas de Bo, seguidas de tres mensajes que reflejan distintos grados de desesperación. Lo asienta con la carátula hacia la mesa y lo ignora—. ¿Cómo conociste a Tom?

—Más preguntas.

—Es que me intrigas.

—Tú me intrigas a mí.

—Entonces pregúntame algo —Solomon sonríe.

—Algunas personas aprenden cosas sobre los demás por otros medios —la mirada de Laura es tan penetrante que Solomon siente que el corazón se le acelera.

—Okey —Solomon carraspea, y ella imita el sonido a la perfección—. Nosotros, o sea Rachel, Bo y yo, hicimos un documental sobre Joe y Tom. Pasamos un año con ellos, observamos cada una de sus acciones, o al menos eso creíamos. No supimos de tu existencia. Por lo que vi, Joe y Tom no tenían contacto con nadie más, salvo sus proveedores y clientes, y aun en esos casos el contacto era muy esporádico como para llamarlo humano. Así eran ellos, a diario, en su día a día. No entiendo cómo pudo conocer Tom a tu abuela.

—Ella lo conoció por mi mamá, quien les llevaba comida y provisiones. Y les limpiaba la casa.

—¿Bridget es tu mamá?

—Antes de Bridget.

—¿Hace cuánto fue esto? —pregunta Solomon y se inclina hacia ella, cautivado, sin importarle si lo que ella le cuenta es mentira o no. Él cree que es verdad. Desea creer que es verdad.

—Hace veintiséis años —dice—. O un poco más que eso.

Tom la mira fijamente mientras procesa la información. Laura tiene veintiséis años. Tom le hizo un favor a su abuela. Su madre era el ama de llaves en su casa hace veintiséis años.

—Tom era tu padre —dice en voz baja.

A pesar de saberlo, escuchar a Solomon decirlo parece alterarla. Laura mira a su alrededor e imita el tintineo de los vasos al chocar, el chirrido de las botellas al caer en el contenedor del reciclaje, el crujido de los hielos en el agua. Todos esos sonidos se conjugan y se entremezclan como señal de su malestar.

Solomon se desconcierta ante la veracidad de su suposición. Apoya una de sus manos sobre la de Laura.

—Ahora lamento aún más que hayas tenido que enterarte de su muerte de esa manera.

Ella imita el carraspeo de Solomon, aunque esta vez él no emitió el sonido; lo asoció con su sensación de incomodidad y quizás es su forma de comunicarle que se siente fuera de lugar, de mostrarle cómo se siente al conectarlo con los momentos en que él se ha sentido así. Quizá su imitación de sonidos es una forma de lenguaje. Tal vez Solomon ha perdido la cabeza por completo, al dedicar tanto tiempo y fe en alguien a quien Bo consideró un diamante en bruto o con retrasos en el desarrollo. Pero la mujer que está sentada frente a él no tiene ningún retraso ni necesita pulido. En todo caso, opera y se comunica en muchos más niveles y frecuencias de las que él ha experimentado jamás.

—Laura, ¿por qué preguntaste por mí esta noche?

Ella lo mira con sus hechizantes ojos verdes.

—Porque, además de Tom, eres la única persona que conozco.

Solomon nunca ha sido la única persona que alguien más conoce. Le parece algo extraño, pero hermoso e íntimo. No es cualquier cosa. Es algo que implica gran responsabilidad. Es algo que se debe atesorar.

6

A LA MAÑANA SIGUIENTE, EL EQUIPO DE FILMACIÓN SE REÚNE EN la cocina de Joe. Él está sentado en su silla, en silencio. Ring está recostado a sus pies, triste por la pérdida de su amigo.

Con el mayor tacto posible, Bo le ha revelado que Laura es hija de Tom. Él no ha dicho una palabra ni ha hecho comentario alguno. Está perdido en sus pensamientos, quizá recordando todas las conversaciones o todos los momentos en que se le pudo escapar algún dato, los momentos en que fue engañado, y preguntándose cómo pudo Tom tener una vida de la que él nunca supo nada.

A Solomon le rompe el corazón; no se atreve siquiera a mirarlo. Sostiene el micrófono en el aire, pero desvía la mirada por respeto, e intenta darle a Joe la mayor privacidad posible en este momento, a pesar de que tres personas invaden su casa y una de ellas le apunta una cámara al rostro. Solomon estuvo en contra de revelarle la noticia a Joe frente a la cámara, pero la productora tuvo la última palabra.

—La madre de Laura, Isabel, fue tu ama de llaves hace más de veintiséis años.

Voltea a ver a Bo y éste cobra vida de nuevo.

—¿Isabel? —exclama.

—Sí. ¿La recuerdas?

Joe lo piensa un momento.

—No estuvo mucho tiempo con nosotros.

Silencio. Su mente gira y busca entre los archivos de la memoria.

—¿Recuerdas si Tom e Isabel eran especialmente cercanos?

—No —silencio—. No —otra vez—. Bueno, él… —carraspea—. Ya saben, hacía lo mismo que con Bridget: le pagaba por limpiar y por traer la comida. Yo salía a atender la tierra. No me metía en sus asuntos.

—¿Así que no supiste nada de su romance?

Es como si la palabra le viniera a la mente por primera vez. La única forma de que Tom se convirtiera en padre habría sido a través de un romance. Algo que ambos dijeron nunca haber tenido. Ambos vírgenes a los setenta y siete.

—¿La muchacha está segura?

—Después de la muerte de Isabel, su abuela le reveló que Tom era su padre. La abuela de Laura, quien también enfermó, llegó a un acuerdo con Tom para que Laura viviera en la cabaña.

—Entonces él sabía de ella —dice Joe, como si esa hubiera sido su duda todo este tiempo, pero hubiera temido preguntarlo.

—Tom supo que era su hija hasta después de la muerte de Isabel, hace diez años. Luego remodeló la cabaña lo mejor que pudo, aunque no tiene electricidad ni agua corriente. Laura ha vivido sola ahí desde entonces —Bo revisa sus notas—. Hattie Murphy, la abuela de Laura, volvió a usar su apellido de soltera, Button, tras la muerte de su esposo. Isabel también se cambió el apellido, así que Laura se hace llamar Laura Button. Hattie murió hace nueve años, seis meses después de que Laura se mudara a la cabaña.

Joe asiente.

—Así que ahora está sola.

—Así es.

Joe lo reflexiona.

—Estará esperando su tajada, supongo.

Solomon voltea a verlo.

—¿Su tajada de qué?

—De la tierra. Tom hizo un testamento. Y ella no está en él, si es lo que ella quiere.

En su interior crece el apetito irlandés por la posesión de la tierra.

—Laura no ha mencionado nada de querer la tierra. Al menos a nosotros no nos ha dicho nada.

Joe está agitado; los comentarios de Bo no lo tranquilizan en lo absoluto. Es como si se preparara para una pelea. Su tierra, su granja es su vida, es todo lo que ha hecho en sus años de existencia. Y no está dispuesto a renunciar a ella por una mentira de su hermano.

—Quizá Tom planeaba hablarte de ella —interviene Bo.

—Pues no lo hizo —contesta él con una risa iracunda y nerviosa—. Ni una palabra. —Silencio—. Nunca dijo una palabra.

Bo le da un poco de espacio.

—Ahora que sabes esto, ¿aún dejarás que Laura viva en la cabaña? —le pregunta con finalidad. Joe no contesta. Parece perdido en sus pensamientos—. ¿Te gustaría conocerla y entablar una relación con ella? —le pregunta con delicadeza. Silencio. Joe está pasmado, aunque su mente probablemente no. Bo mira a Solomon sin saber bien cómo proceder—. Tal vez una relación suena excesivo en este momento. Quizá sea más sencillo pensar en si la apoyarás como lo hizo Tom.

Las manos de Joe se aferran a los reposabrazos. Solomon observa cómo le palidecen los nudillos.

—Joe —dice Bo en voz baja y se inclina hacia él—. Sabes que esto significa que no estás solo. Tienes una familia. Eres el tío de Laura.

Joe se levanta de su silla e intenta quitarse el micrófono prendido a la solapa. Le tiemblan las manos, y es evidente que está alterado y que le irrita la presencia del equipo de grabación en este momento, como si ellos hubieran traído esta complicación a su vida.

—Eso es todo —dice y tira el micrófono sobre el delgado cojín de la silla de madera—. Es todo por ahora.

Es la primera vez que los abandona a media filmación.

El equipo se traslada a la cabaña de Laura, quien está sentada en su sillón, con la misma enorme camisa a cuadros atada a la cintura con un cinturón y un par de Converse gastados. Se acaba de lavar su largo cabello rubio, que ahora deja secar, y no tiene una pizca de maquillaje en la pálida y hermosa piel de su rostro.

La cámara está apagada, Rachel está afuera con sus instrumentos de trabajo, y habla por teléfono con Susie. Es un día lluvioso, a diferencia del caluroso día anterior, y Solomon se pregunta cómo sobrevive Laura en este lugar durante el invierno cuando hasta él se deprime en su moderno apartamento de Dublín. Mientras Bo habla, Laura mira a Solomon. Con Bo en la habitación, la situación le resulta un tanto incómoda a Sol, así que carraspea.

Laura lo imita.

Él sacude la cabeza y sonríe.

A Bo le pasa desapercibido lo que ocurre entre ellos mientras se prepara para la conversación.

—Bueno, considerando que no sabemos si Joe te apoyará en el futuro, quisiéramos, Solomon y yo...

Él cierra los ojos cuando Bo menciona su nombre. Presentarse como aliada de Solomon y, por ende, de Laura también es una estrategia para ganarse su confianza. Aunque técnicamente es cierto; a fin de cuentas, Bo es su novia. Pero el artificio de la estrategia es demasiado obvio.

—Queremos sugerir algo. Nos gustaría ofrecerte nuestra ayuda. Entiendo que tú y yo empezamos con el pie izquierdo, y déjame explicarte por qué. Estoy sumamente apenada por cómo me comporté cuando te conocí. Me dejé llevar por la emoción —Bo se lleva la mano al corazón mientras habla con absoluta honestidad—. Soy documentalista. Hace un par de años, seguí a tu padre y a tu tío durante un año —Solomon observa que Laura se sobresalta al oír esto, como si le incomodara la verdad tanto como a Joe—. Son, eran, personas fascinantes, sin lugar a dudas, y su historia ha recorrido el mundo entero. El documental se proyectó en veinte países distintos. Aquí lo tengo. Esto es un iPad; si haces esto... —desliza la pantalla con el dedo, mira a Laura y luego vuelve a mirar el iPad para ver si entendió. Laura imita el clic del iPad—. Luego presionas aquí para verlo —Bo toca la pantalla, y comienza la película. Le da unos momentos para ver el video—. Me encantaría hacer un documental sobre *ti*. Nos encantaría filmarte aquí, en la cabaña, y darnos una idea de quién eres y cómo vives tu vida.

Laura voltea a ver a Solomon, quien está a punto de carraspear, pero se contiene. Laura lo hace por él y suena exactamente igual que él. Bo sigue sin darse cuenta.

—Hay una remuneración, pero es muy pequeña. Aquí están los términos y las especificaciones —Bo saca una hoja de su carpeta y se la entrega. Laura mira el papel, confundida—. Te lo dejo para que decidas por ti misma.

Bo mira también la hoja y se pregunta si debería explicarle más cosas o si eso sería condescendiente. En ese momento, Solomon le respira en la nuca, la juzga, quizá no de forma deliberada, pero Bo percibe sus juicios, ese aire frío que proviene de él cuando ella dice o hace algo. Ella agradece que él tenga mejores formas de negociar ciertas situaciones, pero también quiere tener la libertad de comportarse como le parezca más apropiado sin temer represalias, sin percibir la desaprobación y la desilusión de Sol. La sensación de que siempre lo decepciona, de tener que pensar dos veces sus acciones. Ya no quiere sentir esa frialdad entre ellos, pero sobre todo, ya no quiere dudar de sí misma en un trabajo que sabe que es perfectamente capaz de hacer. En cierto modo, las cosas eran más sencillas cuando su relación era platónica. Entonces a ella le importaba más su opinión del trabajo que su opinión de ella.

Está sentada en el reposabrazos del sillón, invadiendo demasiado el espacio de Laura. Retrocede e intenta parecer relajada, en espera de una respuesta positiva.

Laura ve los primeros minutos del video de su padre y tío en el iPad.

—Creo que no me gustaría que la gente supiera de mí —dice Laura, y a Solomon le sorprende sentirse aliviado.

Jamás ha creído que sus documentales exploten las vidas ajenas, pero le enorgullece que Laura sea congruente con sus emociones y no se sienta seducida por la atención y la fama, como le ocurre a mucha gente. Rara vez Bo tiene que convencer a alguien de decir algo frente a la cámara; simplemente usa la cámara como anzuelo y la gente se pone frente a ella, lista para sus cinco minutos de fama. Le gusta que Laura sea distinta. Es normal. Es una persona normal que valora su anonimato, que valora su privacidad. Eso, pero también hay algo más.

—No necesitas compartir nada que no quieras —dice Bo—. Joe y Tom nos permitieron seguirlos y ver cómo vivían y se comunicaban entre sí, y creo que nunca transgredimos sus límites. Teníamos el acuerdo explícito de que, tan pronto se sintieran incómodos, dejaríamos de filmar.

Como esa mañana, en la cocina de Joe. Bo se sintió fatal, como si hubiera tenido un desencuentro con un amigo.

Laura parece aliviada.

—Me gusta estar sola. No quiero… —mira el iPad y los artículos de periódicos y revistas en la mesa—. No quiero todo eso.

Estira las mangas de su suéter hasta cubrirse los dedos y se abraza como si tuviera frío.

—Entendido —interviene Solomon y voltea a ver a Bo con gesto decisivo—. Respetamos tu decisión. Pero, antes de irnos, te trajimos algunas cosas.

Solomon le lleva las bolsas de la compra y las coloca en el piso junto a ella. Probablemente se excedió, pero no quería que Laura se quedara sin nada, en caso de que Bridget tomara el lado de Joe y dejara de llevarle cosas. Solomon se dio una vuelta por la tienda turística local y compró cuantas cobijas, camisetas y suéteres pudo. Le costaba imaginarse el frío que debía sentirse aquí, con el viento que se cuela por los huecos de las paredes y las ventanas viejas, mientras a unos metros de la puerta vuelan montones de murciélagos.

Bo no le dijo nada sobre sus compras. Se quedó en el auto, revisando su correo electrónico, mientras él llenaba la cajuela de bolsas. Apenas ahora Bo dimensiona la cantidad de cosas que compró y voltea a verlo, sorprendida. Él parece avergonzado, pero a ella le impresiona el esfuerzo. A los ojos de Bo, puede ser de gran utilidad para convencer a Laura de que colabore con ellos.

—Supuse que tal vez haga mucho frío aquí —explica Solomon con torpeza, mientras agita las manos por encima de las bolsas y musita sus contenidos.

Bo sonríe e intenta no reírse de la incomodidad de su novio.

—Gracias por todo esto —contesta Laura, se asoma a las bolsas y luego se dirige a Solomon—. Es demasiado. No creo poder comerme todo esto yo sola.

—Bueno, aquí hay tres personas a las que nos encantaría ayudarte —bromea Bo en tono casual, sin dejar de insistir, siempre insistente.

—Tendré que devolverles todas sus cosas —le dice a Solomon y luego a Bo—. No puedo hacer su documental.

—Son para ti —contesta Solomon con firmeza—. Hagas o no el documental.

—Sí, sí, quédatelas —agrega Bo, distraída.

Mientras Solomon arregla todo para partir y hace aquello de que no quiere insistir, ser grosero o intrusivo, Bo se prepara. Esa parte nunca le ha molestado a Bo; es sólo una piedra en el zapato dentro del panorama general. En el fondo de su corazón, Bo sabe que no puede renunciar a Laura. Es una chica fascinante, hermosa, interesante y ferozmente intrigante, y nunca antes ha conocido a alguien así. No sólo tiene una vida personal perfecta para la narrativa documental, sino también una cualidad única que es visualmente espléndida. La chica es perfecta. Mientras Solomon se despide de Laura, Bo se retrasa y tarda en acomodar sus papeles. Apila las fotocopias de notas periodísticas en un lado de la mesa mientras piensa en sus siguientes argumentos.

—Adelántate, Sol. Salgo en un minuto —dice Bo mientras guarda lentamente su carpeta en su bolso.

Solomon sale y cierra la puerta.

Se ha ido el novio pesimista y juzgón.

Bo voltea a ver a Laura, quien se ve tan desolada que parece que está a punto de soltarse a llorar.

—¿Qué pasa? —le pregunta Bo, sorprendida.

—Nada. Es que… nada —dice, con la respiración entrecortada. Se pone de pie y cruza la estancia hacia la cocineta. Se sirve un vaso de agua y lo bebe de un solo trago.

Es una muchacha peculiar. Bo quiere saber todo sobre ella. Quiere ver el mundo a través de sus ojos y caminar en sus zapatos. Necesita que Laura acepte. No puede darse el lujo de perderla. Bo sabe que su trabajo le apasiona tanto que raya en la obsesión, pero es lo que se requiere para entender a cualquier sujeto de estudio. Tiene que sumergirse en su vida, y eso es lo que *quiere* hacer. Después de *Los gemelos Toolin*, Bo estaba en busca de una nueva historia, y al fin la había encontrado: una nueva historia que nació, literalmente, de la anterior. Es perfecta, es la indicada y tiene el potencial de ser incluso mejor que *Los gemelos Toolin*. El trabajo de Bo consiste en hacer que otras personas vean lo que ella ve, que sientan lo que ella siente. Necesita hacer que Laura lo entienda.

—Laura —le dice con dulzura—, entiendo tu decisión de no participar, pero quiero asegurarme de que veas el panorama completo. Quiero que lo pienses con detenimiento. Ha sido una semana especialmente difícil para ti y ha ocurrido un gran cambio en tu vida con la muerte de tu papá.

Laura baja la mirada, y sus largas pestañas le rozan los pómulos. Bo ha notado sus reacciones al referirse a Tom como su padre y a Joe como su tío, y sabe que debe tener cuidado al usar esas palabras. No son términos con los que Laura se sienta cómoda, y necesita averiguar por qué. *¡Por qué, por qué, por qué!* Pareciera que esta joven está conformada por secretos; su concepción fue un secreto, su nacimiento fue un secreto, su crianza fue un secreto y su existencia también lo es. Bo quiere romper el patrón.

—Éste es un nuevo comienzo para ti. Tu vida continúa. Aún no sabemos si Joe te dejará vivir aquí y, si lo permite, tampoco sabemos si te ayudará a llevar la vida que has llevado durante los últimos diez años. No sabemos si Joe tomará el papel de Tom como intermediario entre Bridget y tú para traerte provisiones y pagar por ellas, pues supongo que Tom era quien cubría esos gastos —Bo hace una pausa, y Laura asiente—. Si Joe decide no hacerlo, ¿cómo irás a la tienda sin un auto? ¿Tienes dinero? ¿Puedes pagar por la comida? A pesar de lo mucho que Tom hizo por ti, te dejó en una situación bastante vulnerable —tiene mucho cuidado al enunciar la siguiente oración—. No figuras en el testamento de Tom. Le dejó su parte de la propiedad a Joe. Quizá tuvo la intención de hablarle a Joe de ti, pero nunca lo hizo.

Deja que la información se asiente en la mente de Laura, quien se aferra con fuerza al respaldo del sillón. Su mirada recorre la estancia como un dardo, mientras se hace a la idea de que todo lo que compone su mundo podría disolverse frente a sus ojos.

—Si aceptas participar en el documental, nosotros te ayudaremos. Estaremos aquí los tres y te traeremos lo que necesites. Incluso podemos ayudarte con la mudanza, si lo deseas. Te ayudaremos en cualquier cosa que quieras. No estás sola. Nos tienes a Rachel y a mí… y, por supuesto, a Solomon, quien te tiene un gran aprecio —agrega Bo, con una sonrisa.

7

—¡ACEPTÓ! —CANTURREA BO DESDE EL SENDERO QUE LLEVA AL auto, donde Solomon y Rachel la esperan.

—¿Qué? —dice Rachel y voltea a ver a Solomon—. Según él, ella no quería.

—Bueno, ¡pero ahora sí! —Bo alza la mano para chocar palmas con su equipo. Ambos la miran fijamente—. Ay, ¡por Dios! No me dejen con la mano al aire.

Rachel choca palmas con ella y se ríe, sorprendida.

—No puede ser. Estás hecha a mano, maestra.

Bo alza las cejas y disfruta el halago. Aún tiene la mano alzada, a la espera de Solomon.

Él cruza los brazos.

—No chocaré nada contigo hasta que me expliques cómo la hiciste cambiar de opinión.

Bo baja el brazo y pone los ojos en blanco.

—¿Le harías esa misma pregunta a cualquier productor? ¿O sólo a mí? Porque me gustaría que me trataras con el mismo respeto que a otras personas. ¿No crees que es lo justo?

—Si estuviera en una habitación con un productor al que le acaban de decir claramente que no, y luego me fuera y le dijeran que sí, entonces sí, le haría esa misma pregunta.

—¿Por qué siempre asumes que el productor tiene que ser un *hombre*? —pregunta Bo.

—O productora. ¿A quién le importa? ¿Qué hiciste para que aceptara?

—A ver, chicos, antes de que se les bote la canica, ¿podemos primero discutir la logística? —Rachel atrae su atención—. Debo volver a casa para ver a Susie. Tiene un estudio anatómico programado para el viernes y no quiero dejarla sola —dice con absoluta seriedad—. Necesito saber qué va a pasar. ¿Tenemos algún plan?

Bo voltea a verlos a ambos, con mirada incrédula.

—¡Por Dios! —exclama, exasperada—. ¿Podemos parar de gimotear por un instante y aceptar, reconocer genuinamente, el hecho de que hemos *confirmado* al sujeto de nuestro siguiente documental? ¿Podemos no arruinar este momento con mil preguntas y sólo celebrar? —los mira de nuevo a ambos—. Estamos listos para empezar de nuevo. ¡Wuuu! ¡Venga! —intenta emocionarlos hasta que, después de un rato, ambos ceden y celebran con ella en un abrazo grupal en el que Rachel y Solomon disimulan por un instante sus inquietudes.

—¡Felicidades! ¡Eres una perra muy tenaz! —le dice Solomon y la besa.

Ella se ríe.

—¡Gracias! ¡Al fin, el reconocimiento que merezco!

—Entonces… —interviene Rachel.

—Ya sé, ya sé. *Susie* —dice Bo y lo medita unos instantes—. Claro que debes ir a verla. Mi impresión es que todas las señales indican que debemos filmar cuanto antes —comenta—. El clima, para empezar. Hemos estado aquí en invierno y es neblinoso y complicado. Rachel, recuerda que te resbalaste y caíste de nalgas incontables veces, y, aunque fue muy gracioso, también fue peligroso, como bien señalaste en su momento —Solomon se ríe entre dientes—. Y, aunque me gustaría filmar cómo vive Laura en este lugar durante el resto de las estaciones del año, porque creo que también es importante, quiero que lo principal lo hagamos ahora. Quiero mostrarle a la gente cómo la encontramos. La bella durmiente en su cabaña oculta en el bosque. Quiero el color, la iluminación y esos sonidos —dice y lo visualiza todo—. Es la vibra veraniega. En tercer lugar, si nos ausentamos demasiado tiempo, existe la posibilidad de que Laura cambie de opinión. Quiero saber cuáles son sus pensamientos, sus deseos y sus sueños inmediatos, y no algo que lleva meses amasando. Su vida acaba de cambiar *en este instante*. ¡Pum! Necesitamos seguirla ahora que está en el punto álgido. Y, por último, no sabemos cuánto tiempo le permitirá Joe vivir aquí. Si nos vamos, quizá la saque a patadas de la cabaña. Si estamos aquí, es más probable que le permita quedarse. Así que, con todo eso en mente, volveremos a casa hoy y arreglaremos nuestros asuntos. Yo me encargaré del papeleo y tú, Rachel, del equipo, y volveremos el domingo por la tarde. Empezaremos a filmar en lunes durante no más de dos semanas —todos aceptan el plan—. Y Rachel, sé que Susie dará a luz en tres semanas, así que, si por cualquier razón necesitas irte… —dice Bo y empieza a pensar en otros camarógrafos con los que ha trabajado para remplazarla—, puedo llamarle a Andy y preguntarle si…

—Andy es un imbécil y sus tomas son muy inferiores a las mías. No me remplaces con Andy. Sería un insulto. No me remplaces con nadie —dice con firmeza—. *Ésta* es la historia —exclama Rachel y señala la cabaña en la ladera de la montaña—. Quiero ser parte de esto.

Ante la muestra de apoyo de Rachel, Solomon siente que se le pone la piel de gallina. Nunca la ha oído tan entusiasmada ni él se ha sentido así por un proyecto. Todos están ansiosos por comenzar y sumergirse en el descubrimiento de la historia de Laura. Rebosante de emoción, Bo regresa a la cabaña para discutir con Laura el esquema de filmación. Sin embargo, minutos después vuelve a salir, mucho menos enérgica que al principio.

—Cambió de opinión —se aventura a decir Solomon y se le hace un hueco en el estómago.

—No precisamente. Entró en pánico. Está haciendo aquello de los sonidos. Quiere que vayas, Sol. Otra vez.

Solomon cierra la puerta de la cabaña. Laura está de pie y camina de un lado al otro del espacio entre su cama, la cocineta y el salón.

—Hola —dice él.

Ella imita un sonido, pero él no sabe qué es hasta que cierra la puerta y reconoce que ése es justo el sonido que ella acaba de hacer. El clic del cerrojo. Quizá sus sonidos expresan las cosas que ella desea que ocurran. Solomon agrega esa nota a su lista de intereses.

—Pensé que empezaría mañana —dice ella y se truena con nerviosismo los dedos.

—¿El documental?

—Sí.

—No, lo siento. No puede ser instantáneo. Tenemos que ir a casa y prepararnos para la filmación, pero no tienes de qué preocuparte. Volveremos el lunes y estaremos aquí dos semanas.

—¿Cuándo se van? —pregunta ella sin dejar de caminar.

—Hoy —contesta—. ¿Qué pasa, Laura?

—Si se van, me quedaré aquí sola.

Empieza a hacer sonidos inquietos, como de aves atormentadas.

—Sólo son cinco días. Y siempre estás aquí sola.

—Joe no quiere que esté aquí.

—No sabemos en realidad lo que Joe quiere —dice Solomon—. Está conmocionado. Le tomará algo de tiempo.

—Pero ¿y si viene aquí, mientras ustedes no están, y quiere que me vaya? ¿Y si vuelve el oficial? ¿Qué hago entonces? No conozco a nadie. No tengo a nadie.

—Si eso pasa, puedes llamarme. Mira —busca algo de papel y un lápiz en sus bolsillos—. Te dejo mi número.

—¿Cómo voy a llamarte? No tengo teléfono —contesta ella. Solomon se paraliza con la punta del lápiz sobre el papel—. Por favor, quédense. Me gustaría grabar mañana —dice y pasa saliva con nerviosismo—. Si vamos a hacerlo, tiene que ser mañana —exclama e intenta armarse de valor.

—No podemos filmar mañana, Laura —le dice él con dulzura—. Mira, no pasa nada. Guarda la calma. Necesito visitar a mi mamá este fin de semana. Tiene setenta. Y vive en Galway. No puedo quedarle mal. Rachel, la de la cámara, su esposa está embarazada y debe volver a casa a verla. Y Bo es la directora y productora, y tiene que hacer mucho trabajo para la próxima semana, planeación, documentación, impartir una conferencia, ese tipo de cosas. Necesitamos más equipo, hay que llenar documentos, conseguir permisos. No hay forma de que empecemos mañana.

—¿Puedo ir contigo? —pregunta.

Solomon la mira fijamente, desconcertado, sin poder conjurar una respuesta.

—Quieres…

—¿Puedo quedarme contigo? No puedo quedarme aquí. Todo ha cambiado. Tengo que… cambiar con el cambio.

Está entrando en pánico y la mente le gira a mil por hora.

—Tranquila, Laura. Está bien. Todo estará bien. Nada ha cambiado —se acerca a ella y la toma de los brazos, con delicadeza, e intenta hacer que lo mire a los ojos. El corazón se le acelera; el contacto con el cuerpo de ella hace que se le mueva el piso. Ella lo mira, y sus ojos verdemares lo atraviesan, le atraviesan el alma.

—Mi papá se murió —su mirada es penetrante—. Mi papá está muerto. Y nunca lo llamé papá. Ni siquiera sé si sabía que yo era su hija. Nunca hablamos de… —Las lágrimas le caen por las mejillas.

—Ven aquí —le susurra y la abraza con fuerza, su cabeza contra su pecho, y la envuelve con su cariño y cuidado.

—¿Cómo puedes decir que un lugar es tu hogar si nadie te quiere ahí? —le pregunta en medio del llanto—. Éste no es un hogar.

Solomon no sabe qué contestar a eso.

Él es la única persona que ella conoce. No puede dejarla sola.

—Qué. De-mo-nios —dice Bo y se endereza al ver a Solomon caminar hacia ellas con las bolsas de la compra en las manos, seguido de cerca por Laura.

—Viene con nosotros —contesta él y elude la mirada de Bo mientras guarda las bolsas en la cajuela.

—¿Qué? —Bo se acerca a él.

—Está asustada. No quiere quedarse sola en lo que regresamos. Me pregunto quién carajos le habrá metido ese miedo, Bo —le dice entre dientes, y las venas de la frente se le marcan. Está furioso.

—Pero… tienes que ir a casa de tus padres.

—Sí, y tendré que llevarla conmigo. No se irá contigo a Dublín —murmura mientras intenta acomodar las bolsas entre las maletas y el equipo de filmación.

Espera que Bo le diga que lo olvide, que es ridículo, que no permitirá que su novio viaje con una joven y hermosa desconocida a una fiesta familiar, pero, en vez de eso, cuando Solomon alza el rostro, la ve sonreír de oreja a oreja.

—Laura —dice Bo y alza ambos pulgares—. Es la mejor noticia del mundo. *La mejor.*

8

—¡Blanca Nieves! —anuncia Bo y asienta con fuerza una botella de cerveza sobre la mesa del bar del hotel, haciendo más ruido del deseado. Rachel se ríe. Solomon agita la cabeza y mete la mano al tazón de los cacahuates—. En serio, es como una Blanca Nieves real —continúa Bo, emocionada—. Sin duda puedo venderlo así. Vive en el bosque y les canta a los pinches animalitos.

Solomon y Rachel no pueden contener la risa que les causan el comentario y la intensidad de Bo. Bo está un poco ebria, los ojos le brillan y las mejillas se le sonrosan mientras discuten los planes para el documental. En lugar de volver a casa, Bo logró convencer a Rachel de quedarse un par de días más. Se hospedarán dos noches más en el Hotel Gougane Barra, filmarán durante el día en la cabaña, y el fin de semana se irá cada quien por su lado y volverán a Cork el domingo por la noche. Bo no cabe de la emoción, y su entusiasmo es contagioso, por lo que a Solomon y Rachel les resulta imposible decirle que no. Laura está arriba, en una recámara que conecta con la de ellos. La filmaron al entrar a ella. Bo filmó todo. Los primeros pasitos de Laura en el intimidante mundo real, claro que en realidad no hubo mucho dramatismo. Laura no fue criada por lobos, así que sabía comportarse en sociedad. Todo permanecía encerrado dentro de su corazón, contenido. Rachel capturó a Laura sentada en un auto por primera vez en diez años, con la cabaña que desaparecía en el horizonte, detrás de la casa de los murciélagos. Laura no miró atrás, aunque imitó el sonido del motor al arrancar. Cuando salieron de la propiedad de los Toolin, la expresión en el rostro de Laura se mantuvo igual. Despacio y poco a poco absorbía todo a su alrededor; era una escena relajante, tan hipnótica como observar a un bebé recién nacido. Y, aunque todo parecía encerrado dentro de ella, los sonidos que se le escapaban revelaban un poco sobre su ser.

—Siento como si tuviéramos una hija —le había dicho en broma a Solomon con respecto al cuarto conectado, y al pensarlo se estremeció.

—Si Laura es Blanca Nieves, ¿quién es la bruja malvada que la encerró? —pregunta Rachel.

—Su abuela —contesta Solomon, quien siente que se le va la lengua. A pesar de haberse sentido somnoliento todo el día, ahora está bien despierto—. Pero no es malvada. En todo caso, bienintencionada.

—Toda la gente malvada cree que sus intenciones son buenas de cierta manera —interviene Bo—. Manson creía que sus asesinatos precipitarían una guerra racial apocalíptica, por ejemplo… ¿Qué opinan de Rapunzel?

—¿Qué tal Mowgli? —bromea Rachel.

Bo la ignora.

—Atrapada en una cabaña, en la cima de una montaña, aislada del mundo. Y tiene el cabello largo y rubio, y es hermosa —agrega—. Claro que eso no debería importar, pero importa y lo sabemos —señala con un dedo las expresiones de ambos para impedirles que objeten, aunque no planeaban hacerlo.

—No entiendo por qué tu referente es Disney —dice Rachel—. ¿Es una cosa comercial?

—Porque esta historia parece un cuento de hadas. Laura parece etérea, sobrenatural. ¿No creen?

Solomon coincide, por supuesto. Sintió eso mismo desde el principio, y quizá fue una tontería o una equivocación pensar que Laura sólo lo afectaba a él.

—Y habla con los animales y las aves —continúa Bo—. Eso es muy Disney.

—De Niro hablaba con el espejo —agrega Rachel—. Y Shirley Valentine con la pared.

—No es precisamente lo mismo —Bo sonríe.

—No habla con ellos. Los imita —explica Solomon—. Hay una diferencia.

—La imitadora. La *falsificadora*.

—Y dale con el sensacionalismo. Eres una vergüenza como feminista —la joroba Rachel y le hace una seña al *barman* para que les sirva otra ronda.

—Los ecos de Laura.

—Perfecto —dice Rachel—. Digno de una película para la televisión.

—Imita —continúa Solomon, pensando en voz alta—. Repite cosas que no ha oído antes, y lo hace varias veces hasta que le sale bien. Tal vez es para entenderlas. Hace sonidos de angustia cuando se siente amenazada, como el ladrido, el gruñido y la alarma de auto que hizo cuando la conocimos. Asocia esos sonidos con el peligro y la defensa.

Ambas reflexionan su análisis.

—Qué interesante —dice Rachel y asiente—. No me había dado cuenta de que era una especie de lenguaje.

—¿No? —pregunta Solomon. A él le parecía evidente. Todos los sonidos eran distintos. El gimoteo de empatía con Mossie, los sonidos defensivos y agresivos cuando estaba rodeada. Imitar la carraspera de Solomon cuando reconoce que él se siente incómodo o en general en una situación complicada. Para él, los sonidos tienen sentido. Es algo sumamente peculiar, pero parece seguir un patrón.

—El lenguaje de Laura —sugiere Bo, quien sigue en busca de un título.

—Así que simula —dice Rachel—. Laura la simuladora.

—Qué profundo —Bo se ríe.

—No simula acciones o movimientos, sólo sonidos —dice Solomon. Ambas lo meditan un poco más—. O sea, no se pone en cuatro patas y gruñe como perro, ni corre por la habitación y agita los brazos como un ave. Sólo repite sonidos.

—Buen punto.

—Nuestra amigo el antropólogo —sugiere Rachel y levanta el vaso lleno de cerveza para brindar.

—Antropólogo. Ésa es una buena idea —dice Bo y busca papel y lápiz—. Necesitamos hablar con un antropólogo al respecto.

—Hay un tipo de ave que imita sonidos —interviene Solomon sin ponerles atención—. Lo vi en un programa de la naturaleza hace tiempo —intenta recordarlo, pero tiene la mente aturdida por el *jet lag* y el alcohol.

—¿Un perico? —pregunta Rachel.

A Bo se le escapa una risita.

—No.

—¿Una cotorrita?

—No. Imita cualquier sonido. Humanos, máquinas, otras aves. Lo vi en un documental.

—Hmm —Bo saca el celular—. Ave que imita sonidos —se tarda unos instantes en buscar. De pronto, el celular comienza a reproducir un sonido a gran volumen, y los clientes voltean a verla, así que ella se disculpa al instante y le baja el volumen—. Perdón. Aquí está.

Se acercan a la pantalla para ver un fragmento de un video donde David Attenborough habla de un ave que imita los sonidos de otras aves, de una sierra eléctrica, de un celular, del obturador de una cámara.

—Es exactamente igual que Laura —dice Rachel y toquetea la pantalla con los dedos grasosos y llenos de sal de los cacahuates.

—Se llama ave lira —dice Bo, absorta en sus pensamientos—. Laura, el ave lira.

—El ave lira —sugiere Rachel.

—No —Solomon niega con la cabeza—. Sólo "Ave Lira".

—Me encanta —Bo esboza una gran sonrisa—. Es un hecho. Felicidades, Solomon. ¡Tu primer título!

En medio de la euforia, deciden despedirse a medianoche y volver a sus habitaciones.

—Pensé que estabas cansado —Bo sonríe mientras Solomon le besa el cuello y ella intenta abrir la puerta con la tarjeta. La puntería le falla varias veces—. Eres como un vampiro que cobra vida en las noches —dice con una risita.

Solomon le mordisquea el cuello, lo que le recuerda a un murciélago, lo que le recuerda la casa de los murciélagos, lo que le recuerda a Laura, quien está en el cuarto contiguo, quien lo desconcentra, quien lo hace soltar por un instante a Bo. Por fortuna, ella no se da cuenta porque por fin logra meter la tarjeta y abrir la puerta.

—Me pregunto si seguirá despierta —susurra Bo. Con Laura en mente, Solomon abraza a Bo y la besa—. Espera. Déjame escuchar.

Bo se libera del abrazo y va hacia la puerta que conecta ambas habitaciones. Apoya la oreja contra la puerta y, mientras escucha, Solomon comienza a desnudarla.

—¡Sol! —se ríe—. Intento conducir una investigación.

Él le quita la ropa interior, que ha quedado atorada en sus pies, y la lanza por encima del hombro. Empieza por el tobillo y le besa la pierna hasta lamerle la parte interna del muslo.

—Al carajo —Bo renuncia a la investigación y le da la espalda a la puerta.

En la cama, a Bo se le escapa un gemido de placer.

Solomon la jala hacia él, la besa y, cuando sus labios se encuentran, vuelve a oír el gemido de placer. El gemido de Bo. Pero no proviene de ella, sino de la puerta que separa las recámaras. Ambos se paralizan.

Bo voltea a ver a Solomon.

—Por Dios —susurra ella. Solomon mira la puerta que conecta las recámaras. La luz del baño es la única que ilumina la oscura habitación. Aunque la puerta de su lado sigue cerrada, Laura debe haber abierto la suya para escucharlos—. Por Dios —repite Bo mientras se quita de encima de Solomon y jala las sábanas de la cama para cubrirse con gesto protector.

—No te puede ver —dice él.

—Shhh.

Solomon siente que el corazón se le acelera, como si lo hubieran pescado haciendo algo indebido. Aunque Laura no pueda verlos, está seguro de que puede oírlos.

—No me importa. Es una depravación.

—No es una depravación.

—¡Por Dios, Solomon! —susurra, asqueada. Ambos prestan atención, pero no escuchan nada más—. ¿Qué haces? —le murmura al verlo levantarse de la cama.

Solomon se acerca a la puerta de conexión y apoya la oreja contra la madera fría. Se imagina a Laura del otro lado, haciendo exactamente lo mismo. Es su primera noche fuera de la cabaña, y quizá fue un error que la dejaran sola unas cuantas horas. Se pregunta si estará bien.

—¿Y bien? —pregunta Bo cuando él vuelve a la cama.

—Nada.

—¿Y si está loca, Sol? —le susurra.

—No está loca.

—¿Y si es una psicópata?

—No lo es.

—¿Cómo lo sabes?

—No sé… fue idea tuya traerla aquí.

—Hombre, gracias.

Solomon suspira.

—¿Podemos al menos terminar?

—No. Eso me sacó demasiado de onda.

Solomon suspira de nuevo, se lleva las manos a la nuca y mira el techo, sin poder dormir. Bo se recuesta a su lado, con una pierna encima de él, de modo que él no puede terminar mientras ella duerme. Está bien despierto e insatisfecho.

Se quita de encima las cobijas y se agita para que Bo lo suelte.

—Si planeas jalártela en el baño, más te vale hacerlo en silencio, o el Ave Lira repetirá tus ruidos durante las próximas dos semanas frente a la cámara —le advierte Bo, somnolienta.

Él pone los ojos en blanco y vuelve a la cama, ya sin ganas de nada.

En algún momento, se queda dormido al ritmo de Laura escuchándolo.

9

En la mañana, Solomon despierta solo en la cama. La puerta que conecta las recámaras está ligeramente abierta. Se endereza y se recompone. Escucha la voz de Bo a lo lejos. El tono es gentil, pero organizacional.

—Joe nos ha dado permiso de entrar a la cabaña hoy para filmar ahí. Podemos capturar tu rutina diaria: qué haces, cómo vives, ese tipo de cosas. Y luego te haré unas cuantas preguntas sobre cómo imaginas tu futuro y qué te gustaría hacer con tu vida. Así que tal vez podrías empezar por pensar en esas cosas —silencio—. ¿O ya tienes las respuestas? —silencio. Solomon se levanta de la cama y cruza desnudo la recámara hacia la puerta. Se asoma por la abertura y las ve: Laura sentada en la cama, la nuca de Bo—. Okey, está bien, no necesitamos una respuesta a esas preguntas ahora. Pero ¿entiendes hacia dónde vamos?

—Lo entiendo.

—Filmaremos hoy y mañana, tomaremos un descanso el fin de semana y regresaremos el lunes. ¿Te parece bien?

—Pasaré el fin de semana con Solomon en Galway.

—Sí —silencio incómodo—. Anoche, Laura... —Solomon cierra los ojos y hace una mueca de dolor. Desearía que Bo olvidara el tema. Era la primera noche en diez años que Laura dormía en una cama distinta, en una habitación distinta. Todo era diferente. Los sonidos de Bo fueron nuevos para Laura, e imitarlos era su forma de entenderlos. Eso era todo. Desearía que Bo lo entendiera y olvidara el asunto—. Eh, anoche te escuché hacer un sonido. Mientras estaba en mi cama.

Laura repite el sonido, una réplica exacta de los gemidos de placer de Bo, como si los hubiera grabado y ahora los reprodujera desde la laringe.

Solomon se muerde el labio para contener la risa.

—Sí. Eso —Bo suena mortificada.

—¿Quieres que lo haga frente a la cámara?

Solomon vuelve a asomarse por la abertura para ver a Laura, pues percibió el cambio en su tono de voz. Fue juguetón. Está jugando con Bo. Pero Bo no se da cuenta.

—¡No! —exclama y se ríe de forma nerviosa—. Verás, *eso* que oíste fue privado, fue un momento privado entre yo y… —hace una pausa, como si no quisiera mencionar a Solomon.

—Sol —dice Laura exactamente como lo diría Bo. Es la voz de Bo saliendo de la boca de Laura.

—¡Cielos! Sí.

—¿Solomon es tu novio?

—Sí —contesta Bo. Solomon pasa saliva y siente que el corazón se le acelera de nuevo—. ¿Hay algún… problema?

—¿Para quién?

—Para ti. *Contigo* —contesta Bo, confundida.

Laura carraspea de forma peculiar, pero el sonido no es suyo, sino de Solomon. Mira de reojo hacia la puerta, y entonces él se percata de que ella sabe que ha escuchado todo. Sonríe y se va al baño a ducharse.

Dedican el jueves a filmar la casa de Laura. Tras notar que, al ser observada, Laura tiende a paralizarse y ver hacia la cámara con la mirada perdida, a Bo se le ocurre filmarla mientras cocina una sopa de verduras. Es algo con lo que Laura se siente cómoda. Al principio está muy consciente de la presencia ajena y de los ojos y la cámara que la miran. Pero luego, a medida que se pierde en la actividad, se relaja de forma notoria. Ellos mantienen su distancia e intentan no ser intrusivos, a pesar de lo antinatural que resulta la presencia de tres personas con equipo de grabación en el bosque. Laura imita cada vez menos sus sonidos conforme realiza sus actividades.

Atiende el huerto de frutas y verduras, recolecta hierbas; el ajo silvestre es común cerca de los arroyos y en las áreas sombreadas. Laura opta por las hojas más grandes y las flores más abiertas.

No habla mucho, e incluso a veces nada. Bo le pide que describa lo que encuentra en el bosque, pero luego se detiene y decide que será uno de esos documentales, muy al estilo de *Los gemelos Toolin*, donde añadirán el sonido a la imagen después, cuando obtengan respuestas a preguntas concretas. Laura no es buena narradora, pero imita a la perfección los llamados de las aves; los pájaros parecen confundidos, o al menos se convencen de su autenticidad y le contestan desde la lejanía.

Bo está acelerada; no lo puede ocultar. Todos lo están. Trabajan en equipo lo más silenciosamente posible para respetar los deseos de Laura. Entre tomas, reducen la conversación y la comunicación a lo mínimo necesario. Se hacen gestos con las manos y enuncian alguna que otra palabra. Es quizás el día más silencioso de la vida de Solomon, no sólo porque ha tenido que quedarse callado —a lo cual está acostumbrado—, sino porque por lo general pasa sus días escuchando a otras personas. Aunque filman en la misma montaña donde hicieron *Los gemelos Toolin*, hay una diferencia tangible entre la vibra, los sonidos y los ritmos del entorno. Lo que tienen en sus manos es un documental completamente distinto. Éste es lírico, musical y hasta mágico. Las escenas de Laura abriéndose paso en el bosque, su cabellera rubia platinada y su disposición apacible son fascinantes, de otro mundo. Solomon recuerda el momento en que la vio por primera vez y cómo lo dejó literalmente sin aliento. Podría observarla todo el día. Podría escucharla todo el día. Y eso hace. Como tiene la caja de audio ceñida a la ropa y el micrófono enganchado a la camiseta, prácticamente escucha cada una de sus respiraciones, cada uno de sus latidos. Sin embargo, cuando la mira, cuando sus ojos se encuentran, nada en ella es delicado. Es una mujer fuerte, decidida, de convicciones firmes.

Laura se pone de pie después de acuclillarse en el suelo del bosque y estira la espalda. Levanta la mirada al cielo, inhala y, como si recién recordara que el equipo de grabación está ahí, se voltea y alza la canasta en el aire.

—¿Qué encontraste? —le pregunta Bo, encantada de que Laura quiera conversar.

—Ajo silvestre. Es bueno para darle sabor a las sopas. También es bueno para los catarros y el pecho. Yo lo uso para hacer sopa de ajo silvestre, cebolla y papa. Tengo unos hongos... —con las puntas de los dedos recorre una amplia variedad de hongos.

—¿Cómo sabes cuáles no son venenosos?

Laura se ríe, y su risa parece más vieja que ella. Luego hace un sonido de vómito, el cual es tan real que le provoca arcadas a Rachel, aunque ella no parece darse cuenta de que es culpa del sonido, sino que es como si evocara y reviviera un recuerdo de su propio sonido, del mismo modo que aparecería una imagen en la mente de alguien más.

—Fue cuestión de prueba y error durante los primeros años —explica Laura y acaricia la comida dentro de la canasta—. Éstas son avellanas de puerto, también llamadas papas de hada. Saben bien estofadas. Esto es macerón, que es como el apio. Ortigas, flores de tojo para hacer jalea de flor y mostaza de ajo. Es un miembro silvestre de la familia de la col y viene bien para marinar carnes. Me gusta porque todas las partes de la planta son comestibles: las raíces, las hojas, las flores y las semillas. La raíz sirve para hacer un buen vinagre de raíz y mostaza de ajo.

—Qué bien. Gracias —Bo sonríe, satisfecha.

Dentro de la cabaña, Laura abre las gavetas para mostrarles su colección de alimentos en conserva, deshidratados y enlatados. Laura preserva las frutas y verduras que no crecen en invierno, pues de otro modo su dieta se volvería muy monótona. Ahí es cuando depende de lo que Tom le da. Le *daba*. Hace una pausa y se recompone antes de continuar. Es una mujer segura de sí misma, orgullosa de su trabajo con los alimentos y dispuesta a hablar de ello. Sus oraciones son breves y limitadas, claro está, pero, para ella, dar cualquier tipo de información sin que se la pidan, es señal de su confianza, la cual aumenta de forma gradual durante ese primer día de filmación.

Prepara una olla de sopa y se las da a probar a los otros. Bo sorbe una cucharada por no ser grosera. Solomon y Rachel, en cambio, se acaban sus tazones.

Está bastante entrada la tarde.

—¿Qué harías después? —le pregunta Bo como para mantener las cosas en marcha.

—Por lo regular seguiría allá afuera recolectando comida —Laura sonríe de forma educada, consciente de que para Bo el tiempo es una inquietud.

—No creas que tienes que apresurar las cosas por nosotros. Quiero capturar tu vida como la vives de forma regular.

—Por lo regular no habría hecho sopa para cuatro —sonríe y le dice a Solomon—: Es la primera vez que lo hago en diez años.

—Cinco —interviene Rachel—. ¿Puedo comer otro plato?

Laura se ríe. Es evidente que le simpatiza Rachel. Con Bo tiene sus reservas. Con Solomon, todos saben que ese arroz ya está más que cocido.

Laura sugiere lavar su ropa, pero es algo que a Bo no le interesa. No frunce la nariz, pero su reacción es algo muy parecido.

—¿Y si te filmamos mientras lees? —pregunta Bo—. Los libros son parte importante de tu vida, ¿cierto?

—Claro. Leo todos los días.

—¿Son tu conexión con el mundo?

—Yo diría que son lo único que *no* es mi conexión con el mundo —contesta Laura—. Son un tipo de entretenimiento, de escapatoria.

—Ya veo —dice Bo, aunque está demasiado ocupada en la planeación de la siguiente toma como para procesar la respuesta—. ¿Dónde sueles leer?

—En muchos lugares. Aquí. Afuera.

—Vayamos afuera. Muéstranos adónde irías.

—Depende de la época del año, del día, de la hora, de la luz —dice—. Camino por ahí hasta que encuentro un lugar que parezca indicado.

—Hagamos eso entonces —dice Bo y sonríe. Cuando Laura desvía la mirada, Bo mira de reojo su reloj. No es que no le interese, pues lo está y nunca se tiene información suficiente, pero es que el tiempo nunca ha estado de su lado. Hay mucho que hacer y no hay suficiente tiempo para hacerlo. El objetivo es hacerlo todo rápido para no pasar nada por alto; pero claro que, al hacer siempre las cosas tan rápido, inevitablemente *pasa* cosas por alto, y Solomon se lo recuerda con frecuencia.

Solomon acompaña a Laura al librero, el cual está saturado de libros. También hay pilas de libros en el piso alrededor de la estantería.

—¿Tienes algún libro favorito? —le pregunta.

Laura toma un ejemplar, un romance erótico llamado *Tan duro como una roca*, y se lo muestra. Luego imita el sonido que escuchó la noche anterior, los gemidos de placer de Bo. Lo hace en voz lo suficientemente baja como para que Bo no la escuche. Solomon se ríe y menea la cabeza.

—¿La amas? —le pregunta Laura.

La pregunta lo desconcierta tanto que no está seguro de cómo contestar. Debería saber cuál es la respuesta, pero no se atreve a enfrentarla.

Laura imita su carraspera incómoda.

—Me sorprende que Bridget te haya traído ese libro —dice Solomon para cambiar el tema.

—No la conozco en persona, pero a mí también me sorprendió —se ríe—. Había una caja entera. De segunda mano, de la venta de garaje de una iglesia. Es sobre una virgen llamada Betty Roca y el travieso de Nathan, el limpiavidrios. Tienen mucha acción en muchos lugares —ambos se ríen—. No, éste es mi favorito. Lo he leído más de cincuenta veces. —Le entrega un libro ilustrado.

—Pero no tiene palabras —dice Solomon mientras lo hojea.

—Las palabras están sobrevaloradas —argumenta ella.

—¿De qué se trata?

—De un árbol que se convierte en mujer.

—Tal y como dijo Bo —señala Solomon en tono sarcástico mientras lo examina—. Tu conexión con el mundo.

Laura se ríe.

Solomon observa la portada. *Enraizada*.

—¿De qué va la historia?

—Hay un árbol en un parque, un concurrido parque citadino. Tiene cientos de años y le gusta observar a la gente a diario. Niños que juegan a la pelota, madres que pasean a sus bebés en carriola, corredores, parejas que pelean. La vida diaria. Conforme pasa el tiempo, entre más absorbe la vida que la rodea, más humana se vuelve. Su corteza se convierte en piel, sus hojas en cabello, sus ramas en brazos. Se encoge. Y un día ya no es un árbol. Es una hermosa y joven mujer. Entonces saca los pies enraizados de la tierra, da sus primeros pasos, y sale del parque.

—Qué interesante —comenta Solomon mientras pasa las páginas.

—Puedes leerlo, si quieres.

—¿Y sale del parque desnuda? —pregunta él—. La desnudez es obligatoria en los libros ilustrados.

—Eso se revela en la página desplegable —Laura sonríe.

Él se ríe y la examina con curiosidad.

Ella lo mira fijamente, sin sentirse intimidada por sus ojos hambrientos. A ella no parece molestarle la atención, así que Solomon bebe un poco más de su mirada. Luego inhala profundo y exhala despacio.

—Gracias por el libro. Te lo devolveré sin un rasguño. De hecho, tengo un libro para ti —Solomon saca un libro de bolsillo del bolso del equipo de sonido—. Bridget lo trajo el jueves. Estoy seguro de que era para ti.

Solomon tiene que reconocerle a Bo que, tan pronto Bridget mencionó que Tom era un ávido lector, ella supo que algo no encajaba. Por lo tanto, se pregunta qué otras cosas intuirá.

Laura toma el libro y su energía cambia al instante. Es el último libro que recibe de su padre, aun si él no lo eligió, aun si él no se lo entregó, aun si él nunca lo tuvo en sus manos ni supo cuál era. Él lo pidió para ella. Así que ella lo abraza contra su pecho.

—Hora de irse —dice Solomon—. Por cierto, ¿cómo lavas la ropa? —le pregunta mientras se lleva el bolso del equipo al hombro y se prepara para salir.

—La tintorería está en la cima de la montaña, junto al club nocturno —contesta Laura con absoluta seriedad—. Pero a Bo le pareció aburrido.

Solomon echa la cabeza hacia atrás y suelta una gran carcajada. Laura toma nota de aquel hermoso sonido, lo graba en su memoria y lo reproduce una y otra vez.

10

Por la noche, es asombroso cuán oscuro es el mundo de Laura, cuán aislado y apartado está. Aunque durante el día parece remoto y apacible, durante la noche resulta amenazante y cruel, como si la muchacha hubiera sido abandonada. No tiene a nadie. A nadie. Ring, el perro pastor que aún sobrevive, viene a visitarla a veces cuando no está con Joe; quizá se siente cómodo con ella porque tiene con quien compartir el luto por Mossie y Tom. Él es su única compañía, junto con las aves y las criaturas que habitan a su alrededor. Ella ha desarrollado la habilidad de percibirlas antes que cualquier otra persona, por lo que puede advertirle a Rachel que no retroceda para no pisar un tejón muerto o un nido de ave que se ha caído de algún árbol. Sus sentidos están tan afinados y sintonizados con el mundo que la rodea que a Solomon le parece que Ave Lira, como ahora la llama Bo, se fusiona casi por completo con la naturaleza. A Solomon le da la impresión de que Laura no cree estar presente en un entorno, sino que adopta los sonidos, la esencia y la vida de todo lo que la rodea, al igual que en su libro ilustrado favorito. Mientras el árbol absorbe la vida humana para convertirse en una mujer, esta mujer absorbe la naturaleza y se vuelve parte de ella, o al menos eso intenta.

—Debería haber una secuela —dice él, en referencia al libro favorito de Laura, mientras están ambos de pie junto a una ventana de la cabaña. Solomon no puede combatir el instinto de asomarse cada vez que escucha un sonido. Siente la responsabilidad de cuidarla, lo cual es ridículo dado que Laura identifica con facilidad cada uno de los sonidos que a él lo hacen estremecerse y ponerse en guardia. Solomon no está seguro de quién cuida a quién. Rachel y Bo están sentadas en el sofá, junto a la caldera, mientras revisan algunas de las tomas de ese día.

—Quiero saber cómo esta mujer descalza que solía ser un árbol se desenvuelve en el mundo. ¿Se convierte en una feroz ejecutiva del mundo de los negocios y pierde todas sus emociones? ¿Se convierte en un robot? ¿O se enamora, se casa y tiene cinco hijos árbol? O… —Solomon se ríe.

—¿Qué?

—Es una tontería.

—Dime.

—O, tan pronto sale del parque y pone un pie en la calle, la atropella un camión porque en su vida anterior no aprendió nada sobre el tráfico —Solomon sonríe, pero Laura parece pensativa.

—Creo que sólo necesita encontrar alguien en quien confiar y estará bien.

—Confiar —repite él, escéptico—. ¿Acaso la mujer árbol aprendió qué es la confianza en el parque?

—No —se ríe ella—. Bueno, tal vez. Aprendió sobre la humanidad. Tendrás que leerlo. Además, no era necesario que lo aprendiera en el parque. La confianza es el tipo de cosa que se siente en el interior.

—Ah, es instintiva.

—Sí.

—No me arruines el final.

—Eso no es parte de la historia.

Él la mira fijamente, sin importarle que ella se dé cuenta. Sus ojos verdes brillan incluso en la oscuridad. Desea besar sus carnosos y suaves labios más que nada en el mundo. Lo desconcierta lo potente que es el instinto, y está seguro de que nunca antes se ha sentido así. Desvía la mirada y carraspea.

—¿Quieres quedarte aquí esta noche? —le pregunta él.

—¿Te quedarás conmigo?

—No —contesta él en voz baja—. No puedo, Laura.

—Lo sé —Laura se sonroja, pero Solomon no logra leer su mirada en la oscuridad—. Me refería a que se queden todos. Son bienvenidos.

—¿Todos aquí? —pregunta y mira a su alrededor.

—No, tienes razón. Vayamos al hotel —dice—. No quiero estar aquí sola.

Y, para sus adentros, agrega: *nunca más.*

A la mañana siguiente, visitan la casa de la abuela de Laura donde crecieron su madre y ella. Lejos de la vía principal, a veinte minutos del pueblo, hay una cabaña remota, apartada de las miradas fisgonas. Como muchos hogares de la localidad rural, no se alcanza a ver el sendero que conduce a la casa si no sabes que está ahí. Incluso si das con él, carece de atractivo y contradice la calidez y el amor que alguna vez habitaron en sus confines. Ha estado deshabitada desde el fallecimiento de Hattie hace nueve años, y se nota. A pesar de no haber regresado en una década, Laura los guía como si hubiera estado ahí ayer. Bo se dirige a ella con mucha cautela conforme avanzan, pues sabe lo delicada que es la situación.

Bo se estacionó en la vía principal, pues quería capturar la reacción de Laura al caminar hacia su hogar por primera vez en diez años. Al comienzo del sendero hay un portón; Laura les cuenta que su abuela lo mandó poner poco después de la muerte de su abuelo, por protección.

—¿Sabes si tu madre o abuela dejaron un testamento? —le pregunta Bo mientras recorren el largo camino hacia la casa entre enormes árboles.

Laura niega con la cabeza.

—¿Cómo podría saberlo?

—Si se lo preguntas al abogado de tu abuela o al albacea del testamento.

—Gaga no tenía regadera. Dudo que tuviera un albacea.

Rachel y Solomon evitan mirarse a los ojos para no soltar una carcajada conjunta.

—Si no hay albacea, entonces se debió nombrar un administrador. El administrador sería un familiar. La razón por la que te digo esto es porque quizá te corresponda esta tierra y esta propiedad, Laura. Si hay dinero en algún banco, o inversiones o una pensión, eso también podría ser tuyo. Podría ayudarte a buscar, si lo deseas.

—Gracias —hay un largo silencio. Luego, Laura se detiene para levantar una fresia y la gira entre los dedos. Rachel se adelanta para capturar la silueta sombreada de Laura en el sendero iluminado por el sol. La brutalidad del sol se atenúa y, conforme ellos avanzan, los alumbra desde atrás de los árboles, como la luz de un faro. Laura sigue su camino, esta vez más rápido—. Gaga no tenía a nadie más. Era hija única. Sus padres murieron hace mucho. Nació en Leeds, dejó la escuela a los catorce, trabajó en una fábrica como costurera. Se mudó a Irlanda a cuidar niños de una familia cercana, pero no se quedó mucho tiempo con ellos. El mismo verano que llegó, conoció al Abuelo… —alza el rostro hacia la casa que aparece en el horizonte y se queda sin aliento.

Solomon se prepara para sostenerla. En cualquier momento tendrá que intervenir y abalanzarse para evitar que caiga al suelo.

Silencio.

Rachel se coloca detrás de ella y baja la cámara: la casa vista desde la perspectiva de Laura.

Solomon quiere ver su rostro, pero debe quedarse atrás de la cámara. La examina y absorbe lo más que puede con sólo verla. Laura encogió los hombros y se puso rígida. Sus dedos dejaron de juguetear con la fresia. La deja caer al suelo, y aterriza junto a su bota. Solomon escucha su respiración a través de los audífonos. Es entrecortada y poco profunda.

Se obliga a desviar la mirada para observar el paisaje. El pasto está tan crecido que alcanza las ventanas de la cabaña. No parece salida de un cuento de hadas: ladrillos pardos, techo plano, puerta delantera y dos ventanas de cada lado. No tiene nada pintoresco, pero para Laura es un auténtico tesoro de momentos preciados.

Solomon espera que sus palabras sean tan predecibles como las de Bo cuando alzó su primer premio: "Cielos, cómo pesa". La jorobó con esas palabras tan pronto volvió con ese primer pedazo de cristal en las manos. Nunca volvió a decirlo; fue más elocuente, más mesurada, menos sorprendida. Intenta imaginar la delicada fascinación de Laura: "Se encogió. Es más pequeña de lo que imaginaba", las palabras habituales de un adulto que vuelve a su hogar de la infancia. Pero la escena la lleva a otros parajes, y su comentario es inusual.

—Gaga no me habría dejado esto —afirma Laura con determinación—, porque no hay registro de mi existencia. Las únicas dos personas que sabían de mí están muertas. —Acelera el paso y se abre camino entre la maleza crecida para llegar a la casa. Rachel voltea a ver a Solomon, alarmada.

—¿Acaba de decir que nadie sabía de ella? —pregunta Rachel en voz baja tras apagar la cámara por un instante.

Bo asiente, aunque no parece sorprendida, pero tiene las pupilas muy dilatadas por la emoción.

—Pregunté en el pueblo y ni un alma sabía que Isabel Murphy, o Isabel Button, como se hacía llamar, tuvo una hija. De hecho, a todos les pareció risible.

Rachel frunce el ceño.

—Entonces, ¿es mentira?

Solomon voltea a ver a Rachel, al principio molesto por su falta de lealtad, pero luego recuerda que es una persona muy racional y reconoce que su pregunta es sensata. Entra momentáneamente en pánico al pensar que esa mujer con la que ha establecido una gran conexión, al menos en su mente, podría haber inventado la historia. Y él se dejó llevar por completo. Mientras todo a su alrededor gira fuera de control, Bo lo rescata y lo trae de vuelta con un comentario que lo hace amarla aún más.

—He escuchado todo lo que la gente tiene que decir sobre su familia, y créanme que son muchas locuras, lo que no significa que no les crea, pero tengo la absoluta certeza de que todo lo que Laura ha dicho es cierto —afirma Bo y luego se apresura para alcanzar a Laura.

Laura intenta girar la perilla de la puerta delantera, pero está cerrada con llave. Se asoma a las ventanas de la cabaña, a todas y cada una de ellas, con el rostro pegado al cristal sucio y bloqueando la luz del sol con las manos. Los vidrios están tan enlamados que apenas si se puede ver el interior. Laura rodea la cabaña.

—¿Cuál era tu recámara? —le pregunta Bo de repente.

—Ésta.

Adentro hay una cama de metal, sin colchón, y un armario sin puertas. El resto está vacío; no hay rastro alguno de la vida de Laura. Solomon intenta interpretar su expresión, intenta mirarla desde el mejor ángulo posible, pero Rachel voltea a verlo molesta, pues le bloquea la luz e interfiere en su camino por no quedarse en su lugar.

Finalmente, Solomon asienta el equipo en el suelo. Se desata el suéter de la cintura y se envuelve el puño y el antebrazo.

El cristal se rompe. Bo, Rachel y Laura voltean a verlo, sorprendidas.

—Ahora está abierto —dice.

Laura le dedica una gran sonrisa.

—Cuéntanos de tu vida aquí, de la forma que tú quieras —dice Bo mientras se acomodan afuera, después de haber dado una vuelta dentro de la cabaña infestada de ratas. Bo encontró un lindo paraje entre la maleza crecida, con la casa y el bosque a sus espaldas. Es un cálido día veraniego, húmedo, como si hubiera amenaza de tormenta eléctrica, y el cielo está lleno de nubes que se mueven a toda prisa y desaparecen en algún poblado aledaño, como si supieran algo que la quietud ignora. Es una toma magnífica. Laura está sentada en un banquito, con Bo frente a ella, pero fuera de cámara. Y, tras la instrucción habitual de pedirle a la entrevistada que incorpore la pregunta en su respuesta para que el documental fluya mejor, comienzan.

—No ha cambiado nada —dice Laura, cierra los ojos e inhala profundo—. Se siente igual. Al menos cuando cierro los ojos.

—¿Qué sientes al ver la casa en estas condiciones?

Laura voltea a ver la cabaña, como si fuera algo desconocido.

—No es como la recuerdo. Nunca estuvo inmaculada, pero Gaga y Mamá estaban orgullosas de su casa, por distintas razones. Siempre había cosas por todas partes: frascos de cristal con colecciones de cosas como hilos, botones, hierbas, piedras, telas. Pociones, lociones, emociones... —sonríe, como si acabara de recordar un chiste privado—. Eso era lo que Gaga siempre decía de la casa. Las tres la llenábamos de pociones, lociones y emociones.

—Gaga y tu mamá... ¿Está bien que la llame Gaga? Ellas tenían un negocio de confección y arreglos de ropa. Hablé con gente de la localidad y me dijeron que era un negocio exitoso, popular.

Tanto anoche como esta mañana, Bo desapareció del hotel para "investigar". A Solomon le tocó la tarea de entretener a Laura, así que jugaron cartas hasta que Bo volvió a la medianoche, con aliento a cerveza y la ropa impregnada de humo. Solomon se sintió decepcionado de que volviera tan temprano. Quería pasar más tiempo con Laura, escuchar sus sonidos, su imitación de los sonidos de las cartas al barajarlas, del hielo que se derretía en su vaso para ocupar un espacio distinto. Era como música. Su compañía era relajante, apacible, carente de urgencia o de angustia. El tiempo no era un problema; era como si no existiera. Laura no tenía un celular ni un reloj de muñeca que necesitara consultar. Simplemente estaba ahí, presente en el momento, la suave línea de sus labios, la forma en que su larga cabellera le acariciaba y le hacía cosquillas en el brazo a Solomon cuando se inclinaba para tomar una carta. Todas las sutilezas eran gigantescas. Solomon nunca había sentido tanta alegría y agitación en el corazón al mismo tiempo. Es sólo cuando se aleja de ella que empieza la culpa, el conflicto y la comparación con Bo, el silencioso terror interno que lo deja frío.

—Tenían un negocio exitoso —reconoce Laura—. Tenían una clientela leal para la que hacían vestidos de boda, comunión, fiesta... Con tantas familias numerosas, aquí siempre había ocasiones especiales. Me encantaba la confección de ropa. Me usaban para las pruebas, pues no podían ver el movimiento de las prendas con los maniquís. A mí me fascinaba dar vueltas y fantasear que era mi boda o mi cumpleaños, y eso las volvía locas —sonríe al recordarlo—. Cuando el negocio de la confección se vino abajo, se convirtió en uno de reparación de ropa, y luego Mamá trabajó como ama de llaves para unos cuantos viejitos que vivían solos; les hacía las compras y les lavaba y planchaba la ropa, lo que necesitaran. Antes había mucha gente que vivía en lugares remotos. La mayoría de sus hijos se mudó a la ciudad para ir a la universidad o trabajar. La gente dejó de visitar. A Mamá y a Gaga se les acabó el trabajo.

—¿Las clientas venían a la casa?

—No. Al estudio, allá —señala el garaje—, era su taller. No les gustaba que la gente entrara a la casa.

—¿Por qué no?

—Eran reservadas. Querían mantener el negocio separado del hogar.

—No querían que nadie te viera, ¿cierto?

—Sí.

—¿Por qué crees que haya sido?

—Porque eran reservadas.

—¿Te importaría mencionar la pregunta en tu respues…?

—No querían que nadie me viera porque eran reservadas. —Laura pierde un poco la paciencia. Su respuesta es brusca y no sirve para el documental. Es demasiado agresiva, demasiado hostil.

Bo le da un poco de espacio y finge revisar cuestiones de sonido con Solomon.

—Está perfecto —Solomon le hace un guiño a Laura cuando Bo le da la espalda. Rachel lo mira fijamente.

—Tengo dos preguntas al respecto. Una la haré ahora y otra la dejaré para después. En ese entonces, ¿qué crees que significaba para ti su deseo de privacidad?

Laura lo medita un poco.

—Se notaba que eran felices juntas. Conversaban y reían todo el tiempo. Trabajaban juntas, vivían juntas, se desvelaban, bebían y hablaban hasta la madrugada. Siempre tenían algo que hacer, un proyecto, ya fuera un vestido o una receta de cocina. Les gustaba planear, discutir y mirar el panorama completo. Eran pacientes, tenían planes a largo plazo, muchos de los cuales se empalmaban porque eso significaba que siempre sucedía algo, que un proyecto o experimento estaba por concluirse, como si fuera un regalo. Marinaban hojas de haya en vodka durante meses. Había incontables botellas con esta mezcla en la alacena —se ríe—. Y luego se desvelaban mientras bebían, bailaban, cantaban y se contaban historias —a Solomon le recuerda a su familia—. No necesitaban a nadie más —continúa Laura en voz baja, aunque no suena como si se hubiera sentido desplazada, sino como si reconociera lo glorioso que era aquello—. Su compañía mutua era suficiente. Creo que tenían ese tipo de amor. Sólo de ellas.

Solomon piensa en los gemelos Toolin. Quizás Isabel y Tom tenían más cosas en común de las que cualquiera creería.

—¿Te desvelabas con ellas? ¿Participabas en esas fiestas? —le pregunta Bo y los ojos le brillan, pues le encanta el lienzo que Laura pinta en este momento.

—A veces sí me desvelaba con ellas. Aunque se suponía que no debía hacerlo, las escuchaba. Como pueden ver, no es una casa muy grande, y ellas no eran muy discretas que digamos —se ríe con su hermosa risa musical. Luego se muerde el labio y voltea a ver a Solomon.

Él alza la mirada hacia ella, con grandes y hermosos ojos azules que destellan, y un mechón de cabello se le suelta y le cae sobre los ojos, sobre las largas pestañas negras. Baja la mirada hacia el equipo y gira la perilla un poco y de regreso.

—Compártenos algunas de las historias que se contaban —le pide Bo.

—No —contesta Laura con amabilidad—. Eso queda entre ellas.

—Bueno, pero ellas ya no están aquí —bromea Bo con gesto conspiratorio.

—Claro que están —Laura cierra los ojos e inhala de nuevo.

Solomon sonríe. Voltea a ver a Rachel, quien sonríe a pesar de tener los ojos llenos de lágrimas. Bo le da un momento a Laura antes de continuar.

—Te educaron en casa —apunta Bo.

—A Gaga también la educaron en casa. Su papá creía que era un desperdicio de tiempo educar a las niñas, así que le prohibió ir a la escuela. Su mamá la educó en secreto en su casa. Y lo mismo hicieron conmigo.

—¿Te arrepientes de haberte perdido la experiencia escolar?

—No —se ríe—. Pienso que mucha gente se pierde la alegría de la educación casera. Recuerdo una vez que Gaga perseguía a una rana por el arroyo. Decía que Mamá había disecado una en la escuela para que los estudiantes aprendieran cómo se veían cuando estaban muertas. Y quería que yo aprendiera cómo vivían —se muerde el labio inferior de nuevo, y Solomon observa fijamente ese labio antes de pasar saliva—. Se veía muy graciosa durante esa persecución. No puedo imaginar una mejor manera de pasar la tarde. Y aún recuerdo la anatomía de la rana.

Bo se ríe con ella. Y luego continúa la entrevista:

—¿En ese entonces sabías que eras un secreto? ¿Que nadie sabía de tu existencia?

—Sí, lo sabía. Siempre supe que yo era un secreto. Ellas no confiaban en la gente. Eran precavidas. Decían que, si nos manteníamos juntas, estaríamos bien.

—¿De qué crees que te protegían?

—De la gente.

—¿La gente les hizo daño?

Hay un silencio en el que Laura busca la respuesta en sus recuerdos.

—Gaga y Mamá eran distintas a la gente, muy a su manera. Cuando llegaban los clientes, oía sus voces y las espiaba desde la ventana, y casi no las reconocía. No se reían, sino que eran robóticas y precisas. No tenían nada mágico. No eran graciosas como en casa, donde cantaban y reían. Ahí eran serias. Sombrías. Como si estuvieran en guardia. No era sólo por el negocio; era para protegerse. Eran recelosas de la gente.

—Tu madre abandonó la escuela cuando era joven. A los catorce años. ¿Sabes por qué lo hizo?

Entonces Solomon examina a Bo. Está seguro de que sabe algo al respecto. Se le nota. Su cuerpo está rígido, aunque intente aparentar lo contrario, y tiene ese pedacito de información entre los dientes. Bo no le contó a Solomon nada de lo que había averiguado con la gente del pueblo. Él estaba cansado cuando ella volvió e irritado por tener que dejar a Laura. Quería dormirse cuanto antes, mientras que Laura estaba acelerada y se movía por la habitación, incapaz de relajarse, y hacía sonidos que agotaron su paciencia. Debió haber imaginado en ese momento que su comportamiento se debía a que había averiguado algo que afectaría el documental, pero estaba distraído. Ahora está intrigado, aunque con recelo, pues Laura se ha puesto a la defensiva. No quiere que Bo indague más y está preparado para proteger a Laura, como si hubiera elegido el lado equivocado. Esa sensación lo marea, lo desorienta.

Laura se pone rígida.

—El abuelo murió. Gaga necesitaba que Mamá la ayudara con el negocio. El abuelo trabajaba en una granja. Necesitaban más ingresos. Así que Mamá dejó la escuela y Gaga la educó en casa. Y ampliaron el negocio de confección y reparación de vestidos. También hacían medicinas. Remedios naturales que vendían en los mercados. Mamá decía que los niños de la escuela les decían brujas.

—¿Y a ella le afectaba?

—No. Gaga y Mamá se reían de eso. Soltaban risotadas mientras preparaban sus *pociones.* —Sonríe al recordarlo.

—Los niños pueden ser muy crueles —señala Bo con empatía—. ¿Qué otras cosas le decían los niños a tu mamá?

No tienes que contestarle, quiere decirle Solomon. Rachel sólo mira sus zapatos y el monitor de forma ocasional, una señal de que se siente incómoda.

—Mamá no era como la mayoría de la gente —contesta Laura, pensativa, lentamente, y elige cada palabra con detenimiento—. Gaga tomaba las decisiones importantes. Mamá felizmente dejaba que Gaga tomara el mando —dice de forma diplomática—. Mamá tenía sus modos. Si me preguntan qué solían decir los niños de ella, diría que creían que era lenta. Eso me contó Mamá. Pero ella no era *lenta.* Ésa es una palabra tan burda. Pensaba distinto y tenía que aprender de otra forma. Eso es todo.

Cuando el lenguaje corporal de Laura indica un ensimismamiento inminente, Bo cambia la táctica.

—¿Cómo terminaste en la cabaña de los Toolin?

—Mamá se puso muy enferma en 2005. Nunca íbamos al doctor porque Gaga y Mamá no creían en sus medicinas, y preferían hacer sus propios remedios naturales. Rara vez nos enfermábamos, pero ellas sabían que algo andaba muy mal con Mamá y que nuestras medicinas no la sanarían, así que fueron a un doctor que las mandó a un hospital. Tenía cáncer de colon. Se negó a cualquier tratamiento, pues dijo que prefería irse de forma natural, igual que como llegó. Así que Gaga y yo la cuidamos.

—¿Qué edad tenías en ese entonces? —le pregunta Bo con dulzura.

—Tenía catorce cuando la diagnosticaron. Murió cuando tenía quince.

—Lo lamento mucho —susurra Bo y da lugar a un silencio respetuoso. Un ave vuela en el cielo y una mosca pasa cerca de ellas. Laura las imita a ambas en señal de inquietud, mientras intenta recomponerse—. Entonces Gaga y tú se quedaron en la casa. Cuéntame un poco sobre esa época.

—Fue difícil para Gaga porque tenía que hacerse cargo sola del negocio de arreglo de ropa. Yo la ayudaba, pero todavía me entrenaba y no sabía hacer muchas cosas. Empezó con problemas en los dedos, artritis, los dedos se le torcieron hacia adentro, y ya no podía trabajar, sobre todo no tan rápido. Además, cada vez había menos clientela. El dinero que ganaba Mamá como ama de llaves nos había ayudado hasta entonces, pero eso era algo que yo no podía hacer.

—¿A los quince años no te dejaba tratar con los clientes? ¿No podías salir al mundo en ese momento?

—¿Cómo iba Gaga a explicar mi aparición repentina? —pregunta Laura—. No podía hacerlo. Intentaba encontrar la forma de hacerlo, pero le causaba mucha angustia. Se ponía ansiosa, nerviosa. No quería mentir. Le preocupaba enredarse en las mentiras y olvidar la historia. Para entonces se le olvidaban muchas cosas. Sentía que a los quince yo todavía era vulnerable, una niña aún.

—¿De dónde venía su temor, Laura? —interviene Bo. Otra vez la misma pregunta, pero esta vez Solomon siente que es válida. Hasta él desea saberlo. Pero Laura se ha cerrado, y Bo no insiste—. ¿Alguna vez le preguntaste quién era tu padre?

Solomon observa a Laura, quien baja el rostro, y sus relucientes ojos verdes parecen reflejar la elevada maleza en medio de la cual está sentada. Quiere acariciarle la mejilla, la barbilla, los labios. Pero mejor desvía la mirada.

—No —y luego, al recordar las instrucciones de Bo, comienza de nuevo—. Nunca pregunté quién era mi papá —dice con dulzura—. Nunca lo pregunté porque nunca me pareció importante. Sabía que, fuera quien fuera, no haría ninguna diferencia. Tenía a toda la gente que necesitaba aquí.

Rachel aprieta los labios, conmovida.

—¿Y cuando murió tu madre?

—Cuando perdí a Mamá, sí me lo pregunté y pensé si debía haberlo averiguado, porque sentía que ella era mi única fuente de información. Supongo que no hay forma de saberlo a ciencia cierta, pero yo estaba segura de que Gaga nunca me lo habría dicho. Mamá tuvo la oportunidad de hacerlo y no lo hizo, y sabía que Gaga respetaría sus deseos. Quizá no suene lógico, pero casi nunca pensaba en quién podía ser mi padre. No era importante —lo reflexiona un momento—. Pensé en él cuando vi que Gaga envejecía, cuando me di cuenta de que me quedaría sola. Ella pareció envejecer muy rápido. Mamá y ella eran un equipo. Sólo se necesitaban la una a la otra, lo cual era hermoso, pero la cosa es que *se necesitaban.* Se alimentaban la una de la otra. Cuando Mamá murió, fue como si Gaga comenzara a esfumarse también. Y ella lo sabía. Por eso empezó a preocuparse por mí e intentó hacer planes. No dormía porque pensaba en ello todo el tiempo.

—¿No idearon algo juntas antes de que tu mamá muriera?

—Nunca pregunté —Laura pasa saliva—. Pero Mamá no era mucho de hacer planes. Gaga era quien los hacía, y Mamá la ayudaba a llevarlos a cabo. Sentía que Mamá aprobaría cualquier cosa que ocurriera al final. Sé que suena raro, como si no hubiera habido comunicación entre nosotras, pero sí la había. Vivíamos tan cerca las unas de las otras, compartíamos los espacios de tal forma que no siempre teníamos que hablar sobre las cosas, pues sabíamos cómo se sentían las demás, y no siempre había necesidad de hacer preguntas —voltea a ver a Bo, avergonzada, pero con el deseo de que la entienda.

—Comprendo —contesta Bo con franqueza, a pesar de que Solomon se pregunta si de verdad entiende. Bo es el tipo de persona que necesita hacer más preguntas—. Entonces, ¿cuándo supiste que Tom era tu papá?

—Cuando Gaga me contó su plan de mudarme a la cabaña. Me dijo que Tom Toolin era mi papá y que él no había sabido de mi existencia. Fue a verlo, y él accedió a que yo viviera en su propiedad. Me dijo que Tom tenía un hermano gemelo que no podía enterarse nunca de la verdad. Eso fue lo único que Tom le pidió a cambio.

—¿Cómo te hizo sentir eso? —le pregunta Bo, y por su tono de voz es evidente que se siente indignada por lo que le hicieron a Laura.

—Estaba acostumbrada a guardar secretos —esboza una ligera sonrisa, pero sus ojos reflejan su tristeza.

Bo decide desviarse del tema de Tom y su nueva vida en la montaña.

—Viviste aquí dieciséis años antes de mudarte a la cabaña. ¿Alguna vez pensaron en irse de esta casa? ¿En buscar otros horizontes?

—Sí, varias veces —dice Laura y se le ilumina el rostro—. Antes de que Mamá se enfermara. Fuimos de vacaciones a Dingle. Me metí a nadar en Clogherhead, y casi me ahogo —se ríe—. También fuimos a Donegal. A ambas les gustaba pescar. Ellas capturaban a los peces, los limpiaban y los cocían. Y hacían aceites de pescado.

—¿Entonces *sí* salías de aquí? —pregunta Bo, sorprendida.

—No era como que me tuvieran encerrada en la casa —contesta Laura con una sonrisa, maravillada por lo sorprendida que parece Bo—. Todo lo contrario. Me dejaban ser libre. Podía ser quien yo quisiera, sin que nadie me juzgara ni me dijera qué hacer. No creo que hubiera sacrificios. Había citas para los arreglos de ropa; no aceptaban que la gente llegara como si nada, y así sabíamos que yo podía jugar donde quisiera hasta que llegaran los clientes. Venían cuando yo estaba adentro haciendo la tarea.

—Pero no presentaste exámenes.

—Exámenes estatales no.

—Porque el Estado no te reconocía.

—No sabía de mi existencia —dice Laura simple y llanamente—. Hay una gran diferencia. Mamá me tuvo aquí en la casa. Y no me llevó al registro civil.

—¿Por qué crees que te mantuvo en secreto, alejada del mundo?

Otra vez esa pregunta.

—Mamá no me mantuvo alejada del mundo. Siempre he estado aquí, inmersa en él —contesta Laura con firmeza.

Bo hace una pausa y desacelera.

—Hace rato te hice una pregunta en dos partes: cuando eras más joven, por qué creías que tu mamá y Gaga te mantuvieron en secreto. Agradezco tu respuesta, pero ahora quiero hacerte la segunda pregunta. *Ahora* que eres una mujer, que Gaga y Mamá ya no están, ¿qué opinas de que te hayan mantenido en secreto? ¿Ha cambiado tu opinión?

Laura no se abstrae al instante como lo hizo antes. Es por la forma en que Bo planteó la pregunta, al señalar que Laura ya es una adulta y no una niña, que su madre y su abuela ya no están aquí, y que ya no necesita defenderlas ni responder por ellas. Ahora puede expresar sus propias opiniones.

Gruñe, pero no a alguien en particular, sino en general. Percibe cierta amenaza. Luego viene el sonido de un vaso que se rompe. Después, la estática de un radio de telecomunicación. No es claro si está consciente de que emite esos sonidos.

—En ese entonces sentía que eran felices; cautelosas, pero alegres. Viéndolo en retrospectiva, creo que tenían miedo —contesta Laura. Bo contiene el aliento—. Temían que alguien me arrebatara de ellas. Temían que alguien dijera que no estaban en condiciones de cuidar a una niña. Había… rumores —el cristal que se rompe, la estática del radio—. La gente decía cosas de ellas. Que eran brujas, que estaban locas. Las dejaban hacer sus vestidos o arreglar su ropa, pero no las invitaban a sus fiestas ni a sus bodas. Eran marginales.

—Pero ¿por qué? —pregunta Bo con gentileza.

—Gaga decía que ella nunca encajó, desde el momento en que llegó aquí. Pero amaba a mi abuelo, y por eso se quedó y lo intentó. Pero las cosas empeoraron. Los rumores empeoraron.

—¿Cuándo?

Laura intenta recordar.

—Cuando mi abuelo murió —dice y se cierra. Y luego, casi como si quisiera hablar más o como si estuviera harta de las inevitables preguntas de seguimiento, continúa—: La salud de Gaga se deterioró después de que Mamá murió. No quería que me quedara sola. Varias veces dijo que quería dejarme en un lugar seguro. A veces me despertaba en medio de la noche para decirme que no podía sacárselo de la cabeza —hace una breve pausa—. Alguna vez leí que el impulso de hacer un nido proviene de la necesidad instintiva de las hembras embarazadas de proteger a sus crías o a ellas mismas del peligro. Los nidos están diseñados para esconder los huevos de los depredadores, para ocultarlos del peligro. Creo que eso fue lo que hicieron Gaga y mi mamá. La cabaña a la que me llevó fue una especie de nido. Lejos del peligro y cerca de mi papá. Gaga hizo lo mejor que pudo.

Silencio.

—¿Por qué te quedaste en la cabaña? —pregunta Bo—. Ya tienes veintiséis años, Laura, y podrías haber partido hace mucho. A esta edad ya no tendría que preocuparte que alguien te arrebatara.

Laura voltea a ver a Solomon. Bo lo registra. Los ojos de Solomon se clavan en los de Laura. A él no le importa, porque romper esa conexión visual sería grosero después de haber escuchado su historia. Además, su atracción es magnética, fuera de lo normal.

—Me quedé por las mismas razones por las que mi mamá y Gaga hicieron lo que hicieron. Porque me hacía feliz quedarme ahí. Porque me daba miedo irme.

—Ahora ya no tienes miedo de irte. ¿Es porque Tom murió? ¿Es que estás lista para el cambio? —Bo hace más de una pregunta para ayudarle a continuar.

—Los cambios ocurren todo el tiempo, hasta en la montaña. Hay que cambiar con el cambio —dice, y su voz engrosa al imitar la de Gaga. Es la primera vez que Bo y Rachel la escuchan, y abren los ojos en señal de sorpresa, pues es como si otra persona se apoderara de su cuerpo—. Buscaba aquello que Gaga y Mamá compartían. Tom lo tenía con Joe. Sólo necesitas una persona en la cual confiar.

Alza la mirada hacia Solomon, cuyo corazón late con tanta fuerza que hasta el micrófono podría captarlo.

11

El sábado en la mañana, los cuatro se sientan juntos en el restaurante del hotel para desayunar. Laura mira a su alrededor, no precisamente como lo haría un marciano, sino con los ojos de quien nunca antes ha estado en este tipo de situación social, o en otras.

—Buenos días, ¿listos para ordenar? —pregunta la mesera.

No pronuncia bien las "s", que suenen más como "j". Laura la examina, fascinada, y mueve los labios para formar una "j".

Solomon la observa y espera que no emita el sonido en voz alta.

—Sí —interviene Rachel con entusiasmo, lista para devorar la pata de la mesa. Dispara su primera orden.

—Se la repito: dos salchichas, dos huevos, dos tomates, hongos, dos rebanadas de tocino… El tocino es de Rafferty's, una granja local. Es exquisito. De campeonato.

—Tojino —dice Laura de repente, imitando a la mesera a la perfección. Ni siquiera la mira; en ese momento le unta mantequilla a un pan tostado y habla como si nadie pudiera escuchar las palabras que salen de su boca—. Lijtoj… dejayuno.

La mesera deja de tomar la orden y mira fijamente a Laura.

Bo no siente empatía alguna por esta mesera, quien cree que se burlan de ella, más bien sólo observa, divertida e intrigada, tan hambrienta de conflicto como Rachel de un desayuno irlandés doble. A Solomon, en cambio, la incomodidad de la situación lo hace sudar por la espalda.

—Raffertij —dice Laura.

—No lo hace por molestar —interviene Solomon con torpeza, y se da cuenta de que las demás se sorprenden ante su tratamiento del tema. La ira en los ojos de la mesera disminuye, y después de eso mira a Laura de forma distinta. Entonces Solomon se percata de que la mesera opina otra cosa de Laura, que algo *no anda bien* en su cabeza—. No, ella no… ya sabe… Está aprendiendo. Es un sonido nuevo para ella. Ella… —voltea a ver a Laura para intentar explicarlo, y ella lo mira, entretenida, como si él fuera el objeto del chiste.

—Bueno, si necesitan otra cosa, avísenme. Llevaré esto a la cocina cuanto antes. —La mesera le sonríe a Rachel.

Laura no puede evitarlo e imita ese "antes" como "antej", una copia al carbón de la voz de la mesera, y a Rachel parece causarle auténtico dolor tener que contener la risa nerviosa.

—Basta —interviene Bo en voz baja.

—Lo sé. No puedo. Lo siento —dice Rachel con seriedad y su gesto vuelve a transformarse de la seriedad a la risa en un instante.

La mesera se aleja, sin saber si Laura tiene algún problema mental o si más bien se burla de ella.

—Va a escupir en tu capuchino —dice Solomon mientras le unta mantequilla a un pan tostado.

—¿Por qué te reíste? —le pregunta Laura a Rachel.

—No puedo evitarlo —se limpia el sudor de la frente con una servilleta—. Lo hago en momentos incómodos. Me pasa desde que era niña. Lo peor es en los funerales.

Laura sonríe.

—¿Te ríes en los funerales?

—Sin falta.

—¿Incluso en el de Tom?

Rachel parece avergonzada.

—Sí.

Solomon agita la cabeza.

—No puede ser —dice.

—¿Qué te dio risa? —le pregunta Laura, con los ojos bien abiertos y una expresión curiosa, sin ofenderse por el hecho de que Rachel se hubiera reído en el funeral de su padre.

—Bridget se tiró un pedo —explica Rachel.

—Ay, por favor —dice Solomon y niega con la cabeza.

—Rachel —dice Bo, asqueada.

—Laura me hizo una pregunta y le contesté con honestidad. Me senté atrás de Bridget. Cuando se levantó para ponerse de rodillas, ocurrió, una pequeña ventosidad —Rachel reproduce el sonido.

Laura imita el sonido de flatulencia de Rachel a la perfección, lo que hace que Rachel no pueda contener la risa. A pesar de sí mismos, Bo y Solomon se le unen.

—Se llama aspiración de la implosiva —dice Solomon cuando las risas menguan.

—¿De qué hablas? —pregunta Bo, confundida, mientras revisa su correo electrónico en el celular.

—De lo que hace la mesera con el sonido de la "ese". A mí me pasaba cuando era niño —le explica a Laura.

Bo alza el rostro, sorprendida.

—Nunca me contaste eso.

Solomon se encoge de hombros y se sonrosa al recordarlo.

—Tuve que ir con un terapeuta del lenguaje hasta los siete años. Mis hermanos no me lo perdonaban y siempre jodían con eso. Hasta la fecha, a mi hermano Rory le dicen Roryj.

—Siempre había querido saber por qué le dicen así —Bo se ríe—. Pensé que era porque es el más pequeño.

—Y lo es. Era mi pequeño Roryj —dice Solomon, y todos se ríen.

De repente, una máquina de capuchino se enciende para espumar la leche. Laura se sobresalta y busca la fuente del sonido mientras lo imita.

—¿Qué hace? —pregunta Bo en voz baja.

—Yo digo que copia el sonido de la filtración —contesta Rachel.

—Guau —dice Bo y alza el teléfono para grabar.

Los comensales de la mesa contigua la miran fijamente, y dos niños observan a Laura boquiabiertos.

—No la vean tanto —los reprende su madre en voz baja, mientras mira a Laura de reojo por encima de su taza de té.

Solomon combate el impulso de decirles a todos que Laura *no tiene un problema.*

—Es la cafetera —le explica Solomon y le pone una mano en el hombro para centrarla y calmarla.

Ella lo mira. Tiene las pupilas dilatadas por el miedo.

Solomon señala hacia la barra, del otro lado del salón.

—Es una cafetera. Espuma la leche para hacer café latte o capuchino.

Ella observa la máquina y vuelve a imitar el sonido antes de sentirse cómoda con él y redirigir su atención a la mesa. Los niños vuelven a enfocarse en sus videojuegos.

Laura se fija en ellos e imita los pitidos y los disparos. El más pequeño de los niños asienta la videoconsola y se arrodilla en la silla para alcanzar a verla. Ella le sonríe, y, al saberse observado, el niño vuelve a sentarse de inmediato. Su madre les ordena que silencien los aparatos.

La mesera les lleva el desayuno a la mesa. Desayuno irlandés completo para Solomon y Rachel, una toronja para Bo, quien no se percata de su existencia y se dedica a teclear en su celular, y dos huevos cocidos para Laura.

—Gracias —le contesta a la mesera desconfiada.

Se hace el silencio en cuanto empiezan a ingerir sus alimentos, pero luego Laura voltea a ver el plato de Rachel, examina sus contenidos y vuelve a imitar a la mesera a la perfección, inocentemente, sin cinismo ni sarcasmo alguno.

—Tojino de Rafferty'j.

Los tres sueltan una gran carcajada.

—En serio creo que debería acompañarte a Galway —dice Bo de la nada mientras entregan la llave de las habitaciones. Laura ayuda a Rachel a llevar las maletas al auto, y Solomon y Bo están solos en la recepción.

—Es la primera vez que te oigo decir eso sobre mi familia —dice Solomon en son de broma, aunque es verdad. Cuando Laura sale del hotel, Solomon acaricia el cabello de Bo.

Ella le sonríe y alza la mirada, mientras le abraza la cintura.

—Tu familia me odia.

—Odiar es una palabra muy fuerte —le da un beso afectuoso—. A mi familia *no le simpatizas.*

Bo se ríe.

—Se supone que tendrías que mentir y decir que me adoran.

—Adorar es una palabra muy fuerte.

Ambos sonríen.

—Creo que tenemos algo muy especial, Solomon.

—Qué romántica eres, Bo —imita su tono sentimental, aunque sabe que habla de Laura y no de su relación.

Bo se ríe de nuevo.

—Creo que deberíamos filmar el viaje a Galway. Es la primera vez que Laura sale al mundo y nos lo vamos a perder. Como lo de esta mañana en el desayuno; es material invaluable. Es una fuente paradisiaca de sonidos.

—Ya sabes por qué no podemos filmar —contesta él y se encoge de hombros mientras se libera del abrazo, pues de pronto le irrita la ambición de Bo—. No estamos listos. Rachel debe volver a casa, y tú tienes que dar una conferencia en tu universidad. El regreso de la alumna pródiga.

Bo gruñe.

—Si no fuera por la conferencia, iría contigo.

—Creo recordar que solicitaste esta fecha exacta para perderte el cumpleaños de mi mamá.

—Es cierto.

—Así es el karma.

Bo se ríe.

—No se me da eso de las cosas familiares. Provengo de una familia de cuatro socialmente reprimida. Todo eso de los abrazos y el canto y el baile y la expresión de las emociones me pone nerviosa.

Solomon tiene tres hermanos y una hermana; todos se reunirán este fin de semana, algunos con parejas, cónyuges e hijos. Luego están sus tíos, tías, primos y primas, sin contar a los vecinos estrafalarios y gente rara que llega de la nada porque pasaba por ahí cuando escuchó la música. Es escandaloso y no es fácil si no estás acostumbrada a ello, y Bo no tiene la sangre ligera necesaria para aguantar un fin de semana entero de alboroto. Él también se siente igual de incómodo en la casa suburbana de la familia de ella. Hay demasiado silencio, cautela al hablar, atención a los modales. La familia de Solomon habla de cualquier cosa y tienen debates acalorados sobre política, temas de actualidad, deportes o lo que ocurre bajo las sábanas de los vecinos. Su familia aborrece el silencio. El silencio se usa sólo como efecto dramático en las historias. Las palabras, la música y el canto se crearon para erradicar los silencios.

Sin embargo, si es honesto, a Solomon no le molesta en lo absoluto que Bo no lo acompañe. De hecho, las cosas serán más fáciles para él allá si ella no está, o lo habrían sido si Laura no fuera a acompañarlo.

—No creo que Laura cambie mucho de aquí a que empecemos a filmar el lunes. Seguirá con sus soniditos —dice.

—¿En serio lo crees?

—Sí. Es parte de su personalidad.

—Quizá podríamos ayudarla para que vea a un especialista. Y documentar su terapia o algo así —dice Bo y entra de nuevo en modalidad de productora—. Como parte de su transición. Hay tantas formas de abordar este documental que me urge aclarar mis ideas.

—¿Por qué querría perder sus sonidos? —pregunta Solomon.

Bo lo mira a los ojos, confundida.

Solomon escucha que Rachel viene hacia ellos, y Bo le da un último beso fugaz antes de separarse.

—¿No podrías quedarte aquí con ella? —le pregunta Bo—. ¿Guardar todas sus primeras veces para cuando yo regrese?

El corazón de Solomon se acelera con ese comentario e intenta juzgar su tono. Lo entendió mal; es evidente que no se refiere a aquella *primera vez* para Laura, si es que acaso lo fuera. Pero lo ha pensado mucho, y llegó a la conclusión de que debe ser virgen, pues estuvo en la cabaña desde los dieciséis. ¿Y si hubo alguien antes en su vida? Habría salido al tema. Solomon intenta disimular el efecto que tuvo el comentario de Bo en él.

Y carraspea.

—No me perderé el cumpleaños setenta de mi mamá —logra sonar calmado—. Laura puede ir contigo a Dublín, si prefieres. Y así puedes ver su progreso por ti misma —se arrepiente en el instante mismo en que lo dice. El corazón vuelve a latirle a toda prisa mientras espera su respuesta, pero parece que la psicología inversa le funcionó. Bo parece alarmada, como una madre primeriza ante la posibilidad de quedarse sola con su bebé por primera vez.

—No, estará mejor contigo. Te prefiere a ti.

Solomon oculta el alivio igual que ella oculta su terror. Él se pregunta si ella puede leerlo con la misma facilidad con que él la lee a ella.

Solomon lleva en el auto a Bo y a Rachel a la estación de tren. El plan inicial había sido que Bo y Rachel condujeran a Dublín, y que Solomon tomara el autobús a Galway; sin embargo, coincidieron en que, para Laura, pasar tres horas en un autobús lleno de sonidos nuevos no sería la forma más conveniente de viajar. De camino a la estación de tren, Rachel y Laura se sientan juntas en el asiento trasero y conversan de forma amigable y ligera.

—No sabía que tuvieras un enorme lado bonachón —Solomon bromea con Rachel mientras bajan el equipaje del auto y él la ayuda con el equipo de video—. Debe ser culpa de la maternidad inminente. Las hormonas.

—Oye, bájale a lo de enorme —contesta Rachel con un gruñido.

—Hablo en serio. Le simpatizas a Laura —le dice Solomon.

—Sí. Pero le simpatizas más tú —contesta Rachel y le lanza una mirada cómplice. Una mirada de advertencia—. Pórtate bien. Nos vemos el lunes.

12

—Ma, soy Solomon.

—Hola, amor. ¿Todo bien?

—Sí. Bien. Eh, ya voy en camino, pero quería avisarte que llevo a alguien.

—¿Bo? —Su tono es desconfiado, aunque de todos los miembros de la familia es la que más intenta disimularlo y trata de ser respetuosa con las múltiples medias naranjas que no le han simpatizado.

—No, no es Bo. Lamenta mucho no poder ir, pero no pudo zafarse de la conferencia aquella. Es un gran honor y no puede perdérselo —explica para cubrir todos los ángulos, y no sabe por qué siempre se toma la molestia de disculparse por alguien más cuando a esa gente le da igual.

—Claro, claro, es una mujer muy ocupada.

—No es que esté muy ocupada. Es que es importante. No es que tu cumpleaños no lo sea —aclara.

—Solomon, mi amor —su sonrisa es casi audible—, no te preocupes. Te preocupas demasiado y te vas a causar un infarto. ¿Quién es tu amigo? ¿Se puede quedar en tu recámara? Andamos un poco cortos de espacio —baja la voz—. Maurice acaba de llegar con Fiona y los tres niños. Entiendo que es viudo y todo, pero ¡los tres niños! Los acomodé en la recámara que iba a ser para Paddy y Moira, pero Moira no pudo venir. Otra vez la espalda. Paddy se va a quedar con Jack, y Jack está furioso. Ya sé que no se llevan del todo bien, pero ¿qué otra cosa puedo hacer?

Solomon sonríe.

—No te preocupes. Deberían agradecer que tienen donde dormir. Yo me quedo con Pat.

—¿Por qué te vas a quedar con Pat si tienes tu recámara y tu hogar aquí? Es una tontería.

—Mi amigo es *amiga*, Ma. Así que eso complica las cosas. Si insistes en que nos quedemos, ella puede quedarse en mi recámara y yo dormiré en el sofá.

—Ningún hijo mío dormirá en el sofá. ¿Quién es esta amiga, Solomon?

—Laura. Laura Button. No la conoces. Es de Macroom. Estamos haciendo un documental sobre ella. Tiene veintiséis años. No somos... pareja.

Pausa.

—Puede dormir en el cuarto de Cara.

—No, Ma, no es necesario, en serio. Que se quede en mi cuarto. Yo duermo en el sofá. Estará mejor si tiene un cuarto propio.

—Nadie va a dormir en el sofá —contesta su madre con firmeza—. Mucho menos mi propio hijo. No he planeado esto durante un año para terminar con gente en los sofás.

A la madre de Solomon, dueña de una casa de huéspedes de ocho recámaras, le encanta procurar, alimentar e insistir en la comodidad de los demás al punto de generarles incomodidad. Siempre ve por los demás antes que por ella misma. Pero, además de ser generosa, tiene ideas muy tradicionales: ninguno de sus hijos tiene permitido compartir recámara con alguien del sexo opuesto si no están casados.

—Lo entenderás cuando la conozcas, Ma. Ella es distinta.

—¿Ah sí?

—No en ese sentido —Solomon sonríe.

—Ya veremos —contesta su madre, mientras contiene una risa socarrona—. Ya veremos.

Solomon cuelga y espera a Laura. Ya lo verán, sin duda. Laura está de pie junto a los conos naranjas que enmarcan una reparación de la calle, en donde cuatro hombres con chalecos reflejantes y pantalones caídos que dejan ver la raya de sus nalgas intentan trabajar mientras ella los observa e imita el sonido del martillo neumático.

Al ver que Solomon ha terminado su llamada y satisfecha tras haber perfeccionado su imitación, Laura lo alcanza.

—Nos subiremos de nuevo al auto y continuaremos el viaje a Galway. Si quieres que nos detengamos a ver u oír algo, pídemelo con toda confianza. De hecho, puedes hacerlo cuantas veces quieras. Entre más tardemos en llegar, más tardaremos en llegar.

Laura sonríe.

—Eres afortunado de tener a tu familia, Sol —le dice con la voz de Bo.

—Dilo a tu manera —contesta él.

—Solomon —dice ella, y él sonríe.

Cada vez que entabla esa conexión con ella, tiene que obligarse a desprenderse. Le ocurre con mucha frecuencia. Pero justo cuando está en el proceso de desenredar su alma de la de ella, ella imita su carraspera incómoda, y él se ríe.

Vuelven al auto que Solomon dejó mal estacionado cuando ella decidió bajarse en un semáforo para explorar la fuente del sonido del martillo neumático.

—¿Qué es un ave lira? —pregunta Laura mientras conducen. Él la mira de reojo y luego vuelve a centrar su atención en el camino—. Escuché a Bo decirlo mientras hablaba por teléfono. Dijo que encontró un ave lira. ¿Hablaba de mí?

—Sí.

—¿Por qué me dice así?

—Es el título del documental. El ave lira es un tipo de pájaro que vive en Australia y es famoso por imitar sonidos —lo que en realidad quería decir, lo que planeaba decir, era: *es una de las criaturas silvestres más hermosas y únicas e inteligentes del mundo entero.* Encontró esa información durante su investigación y planeaba decírselo, pero ahora no logra enunciar las palabras. Había pasado todos sus ratos libres leyendo sobre esa curiosa ave desde que Bo eligió el título. Es la primera vez que saca a colación el tema de su imitación, y teme que ella se sienta ofendida por la comparación. Hasta el momento no ha dado señales de reconocer sus propios sonidos, e incluso apenas hace unos instantes atrajo una pequeña multitud que la escuchó imitar el martillo neumático—. Mira… —con una mano en el volante y un ojo en el camino, busca en su celular y se lo pasa para que vea el video del ave lira que encontró en YouTube. Se le dificulta ver su reacción por tener que conducir, y teme que Bo se moleste con él por no haberle permitido capturar ese momento con la cámara. Laura sonríe al ver al ave imitar a otras aves desde la plataforma que se construye en el bosque.

—¿Para qué lo hace? —pregunta, y es algo que a Solomon le intriga también. Desearía poder hacerle la misma pregunta.

—Para atraer a su pareja —le explica.

Laura lo mira fijamente, y esos ojos casi lo hacen chocar contra el auto de enfrente que acaba de frenarse en el semáforo. Solomon carraspea y frena de golpe.

—El ave lira macho canta durante la temporada de apareamiento. Construye una plataforma en el bosque, como una loma, y se para en ella a cantar. Y a las hembras las atrae el sonido.

—Así que soy un pájaro macho que busca pasar un buen rato —dice Laura y frunce el rostro.

—Diremos que es una licencia poética.

Laura deja correr más el video del ave y, cuando ésta empieza a imitar los sonidos de la sierra eléctrica y del obturador de la cámara, Laura suelta la carcajada más sonora y larga que Solomon le ha oído jamás.

—¿De quién fue la idea de llamarme así? —pregunta entre risas y se limpia las lágrimas de los ojos.

—Mía —contesta él, avergonzado, y le quita el celular.

—Mía —lo imita ella a la perfección, y luego, tras un largo silencio en el que él se pregunta qué pensará ella, Laura continúa—. Tú me encontraste. Tú me nombraste —dice ella. Solomon frunce el ceño—. En un libro leí que los nativos americanos creen que nombrar ayuda a fortalecer el sentido de la identidad. Las personas pueden cambiar de nombre a lo largo de su vida como cambian de otras maneras. Creen que los apodos dejan ver algo no sólo del individuo, sino de cómo lo perciben otras personas. La gente se convierte en un doble prisma, en lugar de ser un espejo.

Solomon absorbe hasta la última palabra.

Laura imita el pitido de un auto, lo cual confunde a Solomon hasta que escucha un claxonazo agresivo que proviene del auto que tiene atrás. El semáforo se puso en verde mientras él se perdía en las palabras de Laura. Solomon acelera en el instante mismo en que el semáforo cambia a amarillo, lo que enfurece aún más al conductor de atrás que se queda rezagado.

—Lo que intento decir —sonríe— es que me gusta. Soy Ave Lira.

13

—Ay, Solomon, es divina —dice con voz entrecortada Marie, la madre de Solomon, al recibirlos afuera de la casa, como si Solomon trajera en brazos a su primogénita. Luego abraza a su hijo sin quitarle la mirada de encima a Laura. Pareciera que no da crédito o que alguien le robó el aliento—. ¡Por Dios! ¡Mira nada más! —toma a Laura de las manos sin prestarle la más mínima atención a su hijo—. ¿Eres un ángel del cielo? Tendremos que cuidarte muy bien —la jala hacia sí y la abraza con fuerza.

Solomon mete el equipaje con ayuda de su padre, Finbar, quien le da un codazo tan fuerte que le hace soltar la maleta. Finbar se ríe y se le adelanta a toda prisa.

—¿Adónde llevo éstas, primor? —le pregunta Finbar a su esposa.

—A la recámara orquídea, para mi querida Laura —contesta ella.

—Ésa es mi recámara —una cabeza se asoma por una puerta del lado derecho—.

—Hola, hermano —Donal, una versión idéntica pero más vieja de Solomon, sale y abraza a su hermano, y saluda a Laura.

—Hannah, la vecina, te hospedará —dice Marie—. Si no vinieras solo, Donal, te encontraríamos un lugar, pero así son las cosas ahora.

—Uy —dice Solomon entre risas y le da un puñetazo a su hermano en el brazo. Su madre lo castiga de esta manera por dejar a la única mujer con la que todos creían que se casaría.

Laura sonríe y observa la dinámica entre ellos.

—¿Solomon también se quedará en la recámara orquídea? —Donal pregunta con falsa inocencia, y su madre le lanza una mirada de maldad pura que lo hace reírse entre dientes. Solomon se apresura a mover las maletas e intenta alejar a Laura de la conversación.

—Solomon se quedará en su propia recámara —gruñe Marie, aunque disfruta la molienda—. Fuera de aquí, muchachos. Laura, querida, permíteme guiarte a tu habitación. Y no molestes a tu hermano, Donal —le advierte su madre mientras ambos se dirigen a la recámara de Solomon.

Donal se ríe.

—Ay, ma, tengo cuarenta y dos.

—No me importa qué edad tengas. Siempre molestas a tu pobre hermano. Sé que fuiste tú quien lo tiró de la litera.

La sonrisa de Donal se ensancha.

—Ay, el pobre bebito Solomon.

—No era un bebito y lo sabes —dice Solomon y se distrae al tratar de hacer contacto visual con Laura para asegurarse de que no tiene problemas con todo esto, pues le preocupa que pasar de no tener contacto con gente a esto en cuestión de días la pueda afectar.

—Roryj —dice Laura, imitando a la perfección el impedimento infantil de Solomon, y Donal suelta una gran carcajada. Luego alza la mano para chocarla con Laura, pero Marie se la lleva antes de que se le escape una risotada. En su opinión, el trabajo de una madre es mantener la seriedad; si alguna vez la ven perder la compostura, entonces perderá su poder. Ahora los hijos intentan jorobarla con frecuencia, y mantener la compostura es la parte que le toca a ella en ese pequeño juego familiar.

Laura llega a la nueva "ala" de la casa, que es una extensión de dos nuevas recámaras para la casa de huéspedes construida después de que los hijos se fueron de casa, a pesar de que Rory todavía vive ahí y, al paso que va, probablemente lo haga toda su vida.

Después de darle unos minutos para que se acomode, Solomon toca a la puerta del cuarto de Laura.

—Pasa —contesta ella en voz baja, y él abre despacio la puerta. Laura está sentada en la cama matrimonial, con las maletas intactas a los pies de la cama, mirando a su alrededor—. Es hermosa —dice ella con voz anhelante.

—Ah, sí. La recámara orquídea es la favorita de Mamá —dice Solomon al entrar. El hecho de que su madre haya decidido hospedarla en esta recámara dice mucho—. Mi hermana, Cara, es fotógrafa. Las fotos enmarcadas son suyas. Por alguna razón le gusta fotografiar flores. Y piedras. Pero ésas están en la recámara de piedra. Y ésa le toca a Brian, el tío chiflado. Mamá no es muy entusiasta de las piedras.

Laura se ríe.

—Tu familia es graciosa.

—Sí, se puede decir que sí —Solomon carraspea—. Los festejos comienzan en una hora. Vendrá todo el pueblo a cantar una canción, tocar un instrumento, contar una historia o bailar una pieza. Si prefieres, puedes quedarte en la seguridad de la recámara.

—Me gustaría asistir.

—¿Estás segura? —pregunta él, sorprendido.

—¿Cantarás algo? —le pregunta.

—Sí, todo el mundo debe cantar algo.

—Me gustaría escucharte cantar.

—Te advierto que es posible que te obliguen a cantar también. Intentaré detenerlos, pero no puedo prometerte nada. Son duros de roer, y yo no tengo ninguna influencia sobre ellos.

—Me esconderé entre la gente —dice ella, y él se ríe—. ¿Qué te da risa?

—La idea de que creas que puedes esconderte. No puedes evitar sobresalir, aun en un salón lleno de gente.

Laura se muerde el labio al recibir el cumplido, el cual Solomon no esperaba que sonara tan cursi. Retrocede hacia la puerta y se le retuercen las entrañas.

Ella imita su carraspera.

—Exacto —dice él—. Momento incómodo. Lo siento. Te daré tiempo para refrescarte, bañarte o lo que quieras. ¿Media hora está bien? —para Bo, media hora sería más que suficiente, pues no le dedica mucho tiempo a pensar en su apariencia; es naturalmente hermosa y cualquier cosa que se ponga la hace ver bien. Con estilo. Botines y jeans entubados de tiro alto, delgados suéteres de casimir y sacos, como si fuera a ir a Harvard o hubiera salido de un anuncio de J.Crew. Pero también ha tenido novias a quienes media hora no les alcanza ni para secarse el cabello.

Ella asiente.

—Espera —suena nerviosa—. ¿Estoy bien vestida? No tengo nada elegante. Me he hecho algunas cosas, pero... no son muy adecuadas para esto.

—Lo que traes puesto es perfecto. Es casual.

Laura parece aliviada, y Solomon se siente mal de pensar que ella ha tenido esta inquietud todo ese tiempo. Es el tipo de dilema que Bo resolvería mejor.

—¿Qué te traes con la rubia? —le pregunta Donal a Solomon cuando éste sale de la ducha y encuentra a su hermano tumbado en la cama de su recámara. Donal ha decidido revisar el celular de Solomon.

—Dale, husmea en mis cosas personales, no pasa nada.

—¿Dónde está Vacona?

—*Bo* está en Dublín. Va a dar una conferencia a unos estudiantes de cine de su universidad esta tarde. No alcanza a llegar a tiempo.

Donal hace un gesto sarcástico de sorpresa.

—Apuesto a que no pudo zafarse.

—Le dije que ni siquiera lo intentara. Es importante para ella.

—Eso parece —Donal se le queda viendo.

Molesto por la mirada de su hermano, Solomon deja caer la toalla que trae alrededor de la cintura y alza las manos en el aire.

—¡Mira! ¡Sin manos!

—Qué maduro.

—Sí, bueno —Solomon rebusca en su maleta una camiseta limpia—. Es más fácil para mí que ella no esté aquí —dice, dándole la espalda a su hermano, mientras lo escucha teclear en el celular—. Ustedes dificultan un poco las cosas.

—Claro que no —ladea el celular para enfocar el culo de Solomon y le toma una foto—. Sólo queremos cuidarte.

—Al llamarle *Vacona*.

Donal se ríe con franqueza.

—Dijiste que le habláramos en cristiano.

Bó es la palabra irlandesa para vaca, por lo que la familia de habla irlandesa de Solomon se divierte mucho llamándola así.

—Nunca la dejan en paz.

—Es pura burla.

—Ella no tiene el mismo sentido del humor.

—Te equivocas. Ella *no tiene* sentido del humor. Y nos ve con muy poca frecuencia, así que ni siquiera tiene que aguantarnos mucho.

—Deja de fotografiarme las bolas.

—Pero son preciosas. Se las voy a mandar a Ma para que decore una nueva habitación. Se llamará, recámara de las pelotas —dice Donal. Solomon se ríe entre dientes, avergonzado de que un chiste tan infantil le parezca gracioso—. Bueno, ¿y tú vas a casa de los papás de *Bo* a fiestas, almuerzos, cenas elegantes y esas cosas? —pregunta con fingido acento de la clase educada de Dublín.

—A veces. No mucho. Una vez. Bo y yo estamos mejor solos. Lejos de nuestras familias.

—Lejos el uno del otro.

—¡Ya estuvo!

—Está bien. Última pregunta. ¿Planean casarse?

—¿Casarnos? —Solomon suspira—. Suenas como abuelita. ¿Qué carajos te importa si yo me caso?

—Mira, hermano, el pito se te encogió cuando te lo pregunté —alza la cámara para demostrárselo—. Antes de la pregunta —pasa a la siguiente foto—, después de la pregunta.

Solomon se ríe entre dientes.

—Tiene mucho sentido que me hagas todas estas preguntas. Tú sigues soltero a los cuarenta y dos. Debiste ser sacerdote.

—Seguro habría tenido más sexo —dice Donal, y Solomon frunce la nariz, asqueado. Donal suelta una carcajada.

—En serio, el otro día escuché por equivocación una conversación entre Ma y Papá donde decían que eras gay.

—Cállate —dice Donal y finge que no le importa, pero se le cae el teléfono. Solomon lo levanta. Treinta y dos fotografías de sus bolas en el celular. Donal cambia el tema—. Ma dijo que estabas en Boston. ¿Cómo te fue?

—El *Irish Globe* nos dio un premio.

—Felicidades.

—Gracias.

—Así que estás contento.

—Siempre estoy contento.

—¿Entonces vas a casarte con ella?

—Vete al carajo.

—¿Y qué te traes con la rubia? —repite la pregunta inicial.

—Laura.

—¿Qué te traes con Laura?

Solomon le cuenta sobre los orígenes de Laura y sus capacidades de ave lira, que es todo lo que sabe sobre ella.

—¿Por qué no se fue a Dublín con Bo?

—Porque ella quiso venir conmigo. Yo fui quien la encontró. Confía en mí —se encoge de hombros—. Ándale. Dime que es extraño.

—No lo es —contesta Donal. Solomon busca indicios de sarcasmo en su expresión—. Viejo, ya tápate —le lanza una cobija.

—Esto te pasa por fotografiarme el pito. Te voy a mandar las fotos a tu celular para que puedas mirarlas todo el tiempo que quieras.

Se abre la puerta y otros dos hermanos entran al mismo tiempo.

—¡Ey, ey! —vitorean todos, y se acomodan en la recámara con un cartón de cervezas.

Solomon se ríe y atrapa los bóxers que Donal le lanza.

—¿Qué es lo que pasa aquí? —pregunta Cormac, el mayor de los hermanos mientras mira a Solomon de arriba abajo—. Lindas pelotas.

—Tu acompañante está parada en la ventana de la recámara orquídea imitando cucos —dice Rory, el menor de los cuatro, y destapa una botella con los dientes.

—Sí, *¿y?* —Solomon se tensa. Se pone los jeans y los encara a todos, listo para pelear, listo para defenderse. No sería la primera vez que golpea a alguno de ellos.

—*Y*... está buena —dice Rory con una sonrisa maliciosa y le pasa la botella.

Al bajar las escaleras, Laura escucha los ruidos de la multitud y se retrasa un poco, asustada. Los hermanos lo notan, pero siguen su camino sin decir una palabra, lo cual Solomon agradece. Si hubiera sido Bo, no la habrían dejado en paz; probablemente la habrían cargado por encima de sus cabezas y la habrían llevado ellos mismos.

—Todo estará bien. Te lo prometo —le dice Solomon con dulzura. Quiere ponerle la mano en la cintura, guiarla, tomarla de la mano. Pero no hace nada de eso. Baja la mirada hacia ella y ve las diminutas pecas de su nariz a través de sus largas pestañas. Sí se cambió de ropa al final, por un vestido que debe haberse confeccionado ella. Un diseño sencillo, mangas largas y falda corta. Una combinación de telas distintas. Cuando se mudó a la cabaña Toolin, evidentemente se llevó consigo el almacén de telas.

—¿Te quedarás conmigo? —le pregunta y alza la mirada.

Solomon quiere quitarle el cabello que le cayó frente a los ojos.

Están de pie en las escaleras, tan cerca el uno del otro, que Laura alcanza a sentir el calor que emana de él. Ella quiere apoyar su rostro en la piel que se asoma detrás de los botones abiertos de la camisa de Solomon. Quiere olerle la piel, sentir su calor al contacto.

Se quedan un momento así, viéndose a los ojos. Solomon percibe la intensidad de la mirada de Laura y carraspea.

—Claro que me quedaré contigo. Si tú prometes quedarte conmigo. Me pueden comer vivo en estas reuniones.

Laura sonríe.

Extiende una mano y engancha su brazo al de él y lo jala hacia ella; no pudo contenerse.

—Estarás bien —le dice él en voz baja, como si le hablara a su coronilla. Están tan cerca que con los labios le acaricia el cabello, y alcanza a percibir su sutil perfume afrutado.

14

Las puertas que conectan el salón, el comedor, el estudio y la cocina están abiertas, así como aquellas que llevan al solario, lo que crea un espacio amplio para la fiesta. La mesa del comedor rebosa de comida que Marie preparó o que trajeron los vecinos. Hay al menos un centenar de personas apretujadas en la planta baja de la casa, y Finbar ya logró tomar el micrófono para contar una versión especial de la historia de cómo conoció a Marie. La cuenta en inglés por consideración a la familia y amigos que viajaron de Dublín.

Después de su relato, le entrega un corazón de madera que labró con sus propias manos del tronco de un árbol que se cayó en una tormenta. Es el árbol bajo el cual, según él, se besaron por primera vez, pero Solomon supone que más bien debió ser un árbol que vivía en un jardín por el que alguna vez pasearon. Aun así, el sentimiento es el mismo. En los cuatro ventrículos del corazón hay cuatro cajones, y adentro de cada uno hay un artículo que representa la conjunción de las cuatro generaciones.

Todos se conmueven al borde del llanto, y varios celulares capturan el momento en que Marie, quien siempre se sienta en el escenario con Finbar durante sus actuaciones, se derrite en un abrazo. Marie es la siguiente en tomar la palabra. Antes de tener cuatro hijos y abrir su propia casa de huéspedes, Marie era una arpista de fama internacional que viajó por el mundo, principalmente a Estados Unidos, para tocar en cumpleaños, bodas y auditorios. Tocaba música clásica, tradicional o lo que le pidieran, pero su favorita era la música celta; fue gracias a un espectáculo celta que llegó a Galway que Finbar la conoció. La diosa pelirroja detrás de una enorme arpa que dejaba a todos embelesados. No era por demeritar su talento, pero Solomon y sus hermanos habían oído la misma rutina todas sus vidas y, aunque no los aburría, sin duda ya no les causaba tanta emoción. Sin embargo, al ver la fascinación en los rostros de quienes la escuchaban por primera vez, se acordaban de la capacidad de su madre para cautivar al público.

Marie empieza a tocar "El sueño de Carolan", y de inmediato Laura, quien ha estado sentada a un costado de Solomon en absoluto silencio durante todo el tiempo, se pone de pie, completamente arrebatada. Solomon sonríe al ver su expresión y se reclina en su asiento, con los brazos cruzados, para mirar a Laura mientras observa a su madre.

La vibración del bolsillo lo obliga a ponerse de pie y revisar su teléfono. Es Bo. Solomon se disculpa al abrirse paso hacia la cocina, aunque nadie lo nota y a nadie le importa, pues todas las miradas están clavadas en Marie.

—Hola —dice y picotea la botana desplegada en la mesa de la cocina.

—Hola —grita ella, y él tiene que alejar el celular de su oreja mientras el zumbido de la multitud inunda su tranquilo entorno. Son ruidos de *pub*.

—Pensé que trabajarías desde casa —dice él, y trata de hablar lo menos fuerte posible.

—¿Qué? —grita ella.

—Que pensé que trabajarías desde casa —repite él en voz más alta, y alguien lo silencia y cierra la puerta de la cocina. Solomon abre la puerta trasera de la casa y sale al jardín. Se percibe un fuerte aroma a madreselvas que le recuerda los días de su infancia en que jugaba fuera de casa, los veranos largos y brillantes, las aventuras en cada esquina del jardín.

—Lo estaba. Lo estoy. Investigo —dice Bo, y se le nota en la voz que trae encima unas cuantas copas. No se necesitan muchas para emborracharla—. Me reuniré con un *anprotólogo* —dice, y luego se ríe entre dientes—. Ya sabes a qué me refiero. Como sea, intentaba encontrar uno, así que envié videos de Laura. Jack está fascinado con ella. Quiere que haga una audición para *StarrQuest*, cree que sería genial. No podemos permitir que nadie sepa que él la ha visto porque se supone que los jueces no deben ver los actos antes de las audiciones, pero él cree que es increíble. Y ya sé lo que piensas de ese programa, pero pienso que dar a conocer a Laura sería muy bueno para el documental.

Bo se queda sin aliento por el entusiasmo, aunque también parece que camina por la calle más escandalosa de Dublín. O quizá sólo va y viene de un lado a otro.

A Solomon le arde la sangre.

—Para un segundo. ¿Jack Starr quiere que Laura haga una audición para *StarrQuest*?

—Podría ser genial, si lo piensas bien, Sol. Podríamos filmar todo su viaje. Ella quiere empezar de cero. ¡Imagínate lo emocionante que sería para ella! Y Jack no sólo quiere que haga una audición, sino que salga en los programas en vivo. Definitivamente. Pero eso tampoco se lo digas a nadie, pues se supone que no podemos revelarlo. Piénsalo. ¿No sería increíble para Laura?

—Ya lo he pensado y creo que es una verdadera desgracia que siquiera te pase por la cabeza —prácticamente le escupe al teléfono.

Bo se queda callada durante uno, dos, tres…

—Debí haber imaginado que te cagaría mi idea. Te llamé, *emocionada*, Sol. ¿Por qué nunca te pueden entusiasmar las mismas cosas que a mí? ¿O al menos compartir algo que me da felicidad? Siempre tienes que hacerlo pedazos.

—¿Y qué haces bebiendo con Jack? —le reclama. Jack fue su novio durante cinco años y vivió con él antes de salir con Solomon.

Es una pseudocelebridad de mediana edad que saltó a la fama como cantante de una banda de rock ligero estadounidense que tuvo un puñado de éxitos de ventas. En los ochenta se mudó a Irlanda, ha salido con una larga lista de modelos y vive de su fama. Ahora pincha discos en la radio, estelariza un programa televisivo de talentos en el que trabajó Solomon alguna vez (por dinero, no por amor al arte), y enloquece a Solomon. Jack disfruta echarle en cara que Bo y él estuvieron juntos antes con una cadena de comentarios molestos y degradantes que suelta uno tras otro para provocarlo.

—No salí a beber con él —contesta ella para defenderse—. Le envié por correo el video de Laura, porque estaba en busca de un antropólogo… —esta vez tiene el cuidado de pronunciar bien cada sílaba.

—¿Y por qué carajos él conocería a un antropólogo, Bo? Es un roquero venido a menos. Éstas son pendejadas: le llamaste porque estoy lejos y no querías estar sola esta noche —no sabe bien de dónde viene su ira ni de dónde provienen sus celos. Sabe que tiene el derecho de sentirse incómodo, pero no a este grado; sin embargo, no logra contenerse. Es culpabilidad por lo que siente por Laura, aunado al papel de protector que ha adoptado. Lo hace arder sin control.

Bo chilla por el teléfono, furiosa y asqueada por la acusación, pero él no la deja hablar, y ninguno de los dos escucha al otro, sino que sólo capta el ocasional insulto y reacciona a eso. Discuten en círculos, hasta que por fin se quedan callados.

—Si Laura hace la audición, aumentaría el interés de los inversionistas del documental —afirma Bo con expresión gerencial.

—Pensaba que tú no necesitabas inversionistas. Y creo que es de pésimo gusto. No veo cómo te ayudará esto a convertirte en una documentalista seria. Creo que más bien arruinará todo lo bueno que has logrado este año —contesta él con frialdad, con la esperanza de que ella la perciba, aunque se pregunta si no debería ser más enfático.

Bo se queda callada, y Solomon se pregunta si acaso la hizo llorar, lo cual sería inusual. Pero, cuando ella vuelve a hablar, suena más fuerte que nunca.

—Como productora, mantendré abiertas todas las opciones. Así que, cambio de plan. No volveré a Cork el domingo. En vez de eso, tendrás que traer a Laura a Dublín para la audición. Felicítame a tu madre. Buenas noches.

Antes de que él pueda contestar, ella cuelga.

Bo mira fijamente el teléfono en su mano, cuyo fondo de pantalla es una foto de Solomon y ella con uno de los premios de *Los gemelos Toolin*. Los ojos se le llenan de lágrimas de frustración. Siente un inmenso desprecio por su novio en este momento, pero sobre todo se siente herida. Irritada, frustrada, sofocada, atrapada en una caja. Es tan predecible. Ya sabía que él reaccionaría así, que pisotearía la oportunidad; pero, a pesar de saberlo, decidió compartirle su entusiasmo y dejó que su reacción la hiriera. Hace lo mismo una y otra y otra vez, con la esperanza de que los resultados sean distintos. Sin duda, sabe que ésa es la definición de la locura.

Siente unos brazos que la toman de la cintura. Cierra los ojos y recuerda esa sensación, la saborea, y luego se escapa del abrazo.

—Detente, Jack —murmura.

Él la mira a los ojos.

—¿La llamada al Príncipe Azul no salió bien?

Ni siquiera puede mentirle ni intentar defender a Solomon. Siente el peso de la mirada penetrante de Jack. Siempre le hacía eso: mirarla hasta que ella dijera cosas que no tenía intención de decir. Pero esta vez no le dará el gusto.

Jack se cierra la chaqueta de cuero y baja la visera de su gorra cuando un grupo de gente se le queda viendo y susurra cosas sobre él.

—Él está en Galway con otra mujer, y tú estás aquí conmigo. Algo no anda bien entre ustedes.

—Confiamos el uno en el otro, Jack —contesta ella, fastidiada.

—Vuelve conmigo —dice él, y ella se ríe.

—¿Para que me seas infiel de nuevo?

—Nunca te fui infiel. Te lo he dicho muchas veces. Eres la única persona a la que nunca le fui infiel.

Ella lo mira con suspicacia. En realidad, nunca le ha creído. Sus definiciones de infidelidad siempre han sido distintas. Jack en un antro, rodeado de una multitud de jóvenes semidesnudas que lo idolatraban, no era técnicamente infidelidad, pero él nunca les impidió que se le restregaran o lo acariciaran. Tampoco se contuvo de hacérselo a ellas.

—¿Qué me hace tan especial entonces? —pregunta ella con cinismo, como si leyera un guion.

—No tendrías por qué preguntármelo —contesta él—. Ya deberías saber qué te hace especial. Te lo deberían decir a diario —agrega con voz dulce.

—Sol me lo dice todo el tiempo —contesta ella con voz inexpresiva—. Buenas noches, Jack.

Él extiende la mano y le acaricia la barbilla con el pulgar, como solía hacerlo cuando estaban juntos. Ella percibe el olor a cigarro en sus dedos.

—Deberías dejar de fumar.

—¿A cambio de que vuelvas conmigo?

Ella pone los ojos en blanco, pero ya no está molesta con él.

—¿Eso te haría dejarlo?

Él sonríe.

—Vete con cuidado, Bo Peep.

Ella se queda sola afuera del *pub*, rodeada de una docena de fumadores que ríen y conversan, pero se siente sola. Se queda pensativa, medita lo que le dijo Jack. ¿Cuándo fue la última vez que Sol la halagó o le dijo que era especial? No lo recuerda. Pero llevan dos años juntos y esto es lo que pasa, ¿cierto? La emoción se pierde; es normal. Al menos él es leal; ella siempre lo ha creído, o al menos solía creerlo. Nunca ha tenido que preocuparse cuando él sale de noche y vuelve tarde a casa; Sol no es ese tipo de hombre. Pero sólo logra recordar las ocasiones en que la ha incordiado, las ocasiones en que ha intentado hacerla cambiar de opinión con esa voz dulce que ahora le parece condescendiente. Pero eso también es una consecuencia natural de trabajar y vivir juntos. Rara vez descansan el uno del otro, las cosas se empalman, los límites se desdibujan, pero están bien, o eso siente ella. Quizá necesitan más reglas, más lineamientos sobre cómo mantener una relación sana mientras trabajan juntos. Ya basta de cuestionar la autoridad de la directora y productora; Sol no se atrevería a hacerlo en ningún otro trabajo. Aunque también debe reconocer que a veces le viene bien. Ella suele ser impulsiva, mientras que Solomon la ayuda a ver otras perspectivas. Parecen obvias cuando él las menciona, pero para ella es imposible verlas desde el inicio. Hacen un buen equipo.

Es sólo que a veces no lo parece, sobre todo ahora. Aunque está segura de que eso también es normal.

En cuanto a la idea de *StarrQuest,* a pesar de las inquietudes de Solomon que ella también tuvo, aún cree que es buena idea. Como Laura dijo, a veces sólo necesitas una persona en la cual confiar. *StarrQuest* es el programa de Jack, y, a pesar de todo lo que ha pasado entre ellos, Bo confía en él.

Solomon maldice y se guarda el celular en el bolsillo. Todavía hay luz afuera, aunque el cielo empieza a oscurecerse a medida que esa tarde veraniega llega a su fin. Inhala profundo, pero su mente no deja de rumiar lo que Bo acaba de decirle. Llevar a Laura a Dublín para que participe en *StarrQuest* le parece lo más vulgar y patético que se le pudo ocurrir a Bo, pero él no puede negarse por completo. Lo único que puede hacer es contárselo a Laura y preguntarle qué quiere. Es la vida de ella, no de él. Tiene que dejar de involucrarse tanto en los problemas ajenos y dejar de ser tan susceptible a las minucias que lo rodean. No es su responsabilidad apagar incendios ajenos, ni es su responsabilidad sentirse mal por los problemas ajenos, pero él es y siempre ha sido así. No puede evitarlo. Siempre ha sido el tipo que intenta reunir a las parejas que se separaron por un malentendido. Siempre ha sido el tipo que intenta mediar una discusión entre borrachos. Aunque el malentendido no tenga que ver con él, él interviene e intenta resolverlo. El mediador. El consejero. El pacifista. Le causa más angustia que a las personas implicadas directamente; siente la ira, el dolor y la injusticia de los agraviados, multiplicados por los suyos. Sabe que eso es lo que hace y se da cuenta de que quizá no debería hacerlo, pero no puede evitarlo.

Conforme la ira se enfría, también su cuerpo. La brisa del mar le causa escalofríos. Tiene ganas de conseguir un cigarro —sólo fuma cuando está algo estresado o ebrio, y ahora siente un poco de ambas cosas—, pero de pronto escucha un sonido que proviene del interior que lo obliga a parar en seco y le acelera el corazón.

Vuelve a sonar "El sueño de Carolan", pero sabe que esta vez no es su madre quien la toca. Marie jamás la tocaría dos veces en una misma noche, nunca lo ha hecho, y no ve por qué habría de hacerlo ahora. Es una versión parecida a la suya, pero un poco distinta. Alguien más la interpreta, pero Solomon no logra identificar cuál es exactamente la diferencia. No es que las notas estén mal, ni que esté fuera de tempo, pero algo falta, y no hay nadie que toque el arpa con un talento similar al de su madre que se atrevería a intentarlo. Al menos no en esa casa. Solomon avanza como en cámara lenta, como si estuviera junto a una cámara que recorre lentamente la escena. Apenas si percibe el movimiento de sus pies; su mente está clavada en la música. La sigue como si lo llamara, como si fuera un faro que lo atrae hacia su luz. Una vez en la cocina, encuentra otra vez abierta la puerta que lleva al salón, y desde ahí alcanza a ver a la multitud. Todos miran al frente, boquiabiertos, temblorosos, con los ojos desorbitados en señal de sorpresa, absortos en la belleza de lo que ven y escuchan. Solomon se para en el umbral, sin que nadie se percate de su presencia. Mira hacia el escenario, en donde está Laura, sentada en un banco, sola en la plataforma, con los ojos cerrados y la boca abierta, imitando el sonido del arpa celta.

La madre de Solomon, quien está de pie junto a la plataforma, acompañada de su esposo, voltea a ver a Solomon. Luego corre hacia él y lo abraza. Y después voltea a ver a Laura.

—¿Estás bien? —pregunta él, confundido. Por un instante, teme que vaya a hacer una rabieta de diva al escuchar a alguien más tocar su canción en su fiesta. Sería algo inusual, pero es que no logra interpretar su expresión.

Su madre lo ignora un instante, cautivada por el encanto de Laura. Luego voltea a verlo.

—Nunca había visto ni escuchado a alguien como ella en mi vida. Es mágica.

Solomon sonríe, aliviado. Orgulloso.

—Ahora te toca escuchar lo hermoso que tocas —le dice a su madre.

—¡Cielos! —dice ella, con las manos en las mejillas sonrosadas.

Solomon observa los rostros de los invitados, quienes están completamente embelesados mientras experimentan, por primera vez en su vida, algo nuevo y sobrecogedor.

Quizá fue injusto con Bo. Quizá está equivocado. Quizá Laura merece un público, y no sólo el que puede ofrecerle un documental. Necesita un público que la escuche en vivo, que reaccione en vivo. Presenciar sus habilidades en persona es una experiencia intensa, íntima. Quizá, como el ave lira, Laura debe estar en una plataforma.

15

Tan pronto Laura concluye la imitación de "El sueño de Carolan", el público explota en aplausos. Todos se ponen de pie, aúllan y chiflan, y piden más. Laura se asusta tanto por la reacción que se paraliza en el escenario, mirándolos a todos.

—Rescátala, Solomon —Marie le aprieta el brazo.

Él corre hacia la plataforma y la toma de la mano. Al sentir el contacto con su piel, Laura voltea a verlo, sorprendida. Él piensa en la discusión con Bo y la suelta al instante, y ella lo sigue. Solomon intenta abandonar el escenario, pero sus hermanos lo atrapan, y todos, amigos y vecinos, vitorean para que cante. Sabe que no habrá forma de bajar de ahí hasta que cante al menos una canción. Rory llega al rescate de Laura y la acompaña a su silla, lo cual Solomon observa con suspicacia mientras saca su guitarra. Rory le dice algo al oído, y ella se inclina hacia él para escucharlo mejor. A Solomon vuelve a arderle la sangre, pero no hay nada que pueda hacer mientras esté en el escenario; no hay nada que pueda hacer porque no tiene ningún derecho sobre ella. Rory es el pequeño, y, a sus veintiocho años, está más cercano a Laura en edad que Solomon. También es soltero, eternamente soltero, y sólo invita a casa a chicas lindas que lo acompañan a los eventos familiares, pero que nunca se quedan en su vida más de unos cuantos meses. Rory puede tener a la chica que quiera, y elige bien: siempre son chicas lindas y hermosas que caen rendidas ante sus encantos. Lindo y dulce; así lo llaman las chicas, y Rory se regocija en ello.

Solomon se ajusta el chongo en la coronilla, mientras Donal le grita:

—¡Córtate esa greña!

Todos se ríen, pero entonces Solomon rasga las cuerdas de la guitarra por primera vez para atraer la atención. Laura alza la vista al instante. A Rory no podría interesarle menos la enésima vez que Solomon canta esa canción, e idea nuevas formas de captar la atención de Laura.

—Escribí esta canción a los diecisiete años, cuando una joven, que permanecerá en el anonimato, me rompió el corazón.

—¡Sarah Maguire! —grita Donal, y todos se ríen.

—Ya la han oído antes, salvo por una persona, a quien quiero darle la bienvenida a esta casa. ¿No es maravillosa, amigos?

Todos vitorean a Laura.

—Se llama "Veinte cosas que me hacen feliz..."

—Aaaaah... —suspiran todos al unísono.

—"...pero ninguna de ellas eres tú" —completa el título, y todos lo aclaman. Siempre lo hacen. Siempre es igual. Todo es parte de la comodidad del encuentro, en donde todos saben cuál es su papel, se involucran y lo desempeñan. Y, a pesar de saberse el título y la letra, se ríen con entusiasmo.

Y entonces empieza. Es una canción animada sobre los placeres triviales de la vida, lo importantes que son y lo feliz que lo hacen. La chica que le rompió el corazón queda relegada, minimizada hasta volverse insignificante, que era justo lo que él quería que pasara cuando tenía diecisiete y estaba furioso y herido porque ella le fue infiel con un amigo. No fue su primer amor, y hubo otras antes que ella, pero en ese entonces Solomon se enamoraba con facilidad y estaba enamorado del amor; era un joven romántico que componía canciones de amor privadas y canciones de rock para su banda.

Su objetivo siempre fue ser estrella de rock; su primer plan de respaldo era ser sonidista en un estudio de grabación o trabajar como sonidista en la gira de alguna otra banda. Por salud mental, se conformó con ser sonidista para documentales y *reality shows* que pagan la renta. Aún compone y toca la guitarra, aunque ahora que Bo vive con él lo hace menos, pues tiene poco tiempo para sí mismo, y las delgadas paredes de su apartamento citadino no le permiten ensayar sus canciones libremente, sin sentir vergüenza o incomodarse ante la posibilidad de ser escuchado por sus vecinos.

El público corea la lista de cosas que lo hicieron feliz:

> Uno: sábanas recién lavadas.
> Dos: despertar con un buen peinado.
> Tres: acabar de trabajar antes del anochecer.
> Cuatro: un día libre y soleado.
> Cinco: recibir cartas que no sean cuentas.
> Éstas son cinco cosas que me hicieron feliz. Uuuuuu…

Solomon deja de tocar, y el público llena el silencio con el verso final:

> Y ninguna de ellas eres tú.

Todos vitorean y ríen, mientras Solomon continúa:

> Seis: envuelto de tocino con cátsup.
> Siete: el olor del pasto recién podado.
> Ocho: ver Cara cortada con cerveza en mano.
> Nueve: el ejército de Jackie en Italia 90.
> Diez: encontrar dinero en el bolsillo.
> Éstas son diez cosas que me hacen feliz. Uuuuu…

Deja de tocar, y el público le responde:

> Y ninguna de ellas eres tú.

—¡Sarah! —grita Donal, lo cual provoca grandes carcajadas.

Once: mi canción favorita en repetición.
Doce: tomar el autobús matutino.
Trece: tronar el plástico burbuja.
Catorce: la tarta de manzana de Mamá (Todos vitorean.)
Quince: el par correcto de calcetas.
Éstas son quince cosas que me hacen feliz. Uuuuu…
Y NINGUNA DE ELLAS ERES TÚ.
Dieciséis: la atajada de Packie Bonner en el partido contra Rumania. (Más ovaciones.)
Diecisiete: desayuno en la cama.
Dieciocho: bañarme, cagar y rasurarme.
Diecinueve: el primer día de vacaciones.
Veinte…

Rasga la guitarra a toda velocidad para aumentar la expectativa, y todos se le unen en el último verso:

…¡Y besar a tu mejor amiga!

En realidad, la letra siempre ha dicho "cogerme" a tu mejor amiga, que fue lo que Solomon hizo en ese entonces para sobreponerse, aunque no le funcionó, pero por la salud mental de sus papás, censura la letra de la canción.

El público explota en aplausos y risas mientras él se baja del escenario y Cormac, su hermano mayor, se sube para leer un fragmento de *Bailando entre sueños* de Brian Friel.

Solomon se abre paso entre la multitud y se detiene a conversar con personas que no ha visto en varios meses, pero, cuando llega a su lugar, descubre que Laura ya no está. Mira a su alrededor y su mirada se cruza con la de Donal, quien le señala hacia la puerta de la cocina. Solomon intenta llegar allá lo más rápido posible.

En la cocina hay varios invitados rezagados que fueron a comer botana durante la lectura de Cormac. De los cuatro hermanos, Cormac es el más hábil para despejar la sala, no porque no sea bueno —es excelente y nadie hace lecturas dramatizadas como él—, sino porque siempre sube al escenario en el peor momento. Justo cuando los invitados disfrutan la fiesta al máximo, él decide realizar su lectura oscura, apacible y triste, que es exactamente lo contrario de lo que la gente desea. Mata el ambiente e interfiere con la buena vibra. Lo mismo le ocurre durante las conversaciones, en donde saca a colación algo sombrío mientras todos ríen.

Cara, la hermana, también se ha escapado de la presentación de su hermano. Se da cuenta de que Solomon busca algo y reconoce su inquietud.

—Afuera —señala la ventana—. Fue a mostrarle los cucos, el dizque especialista en cucos —por respeto a Solomon, tiene la decencia de ni siquiera reírse de eso. Solomon trata de controlarse, de caminar más despacio, de disminuir su ritmo cardiaco mientras se abre paso entre la multitud creciente para llegar a la puerta que da al jardín. Una vez ahí, apoya la mano en la perilla y se detiene.

¿Y qué tiene de malo que Laura haya salido con Rory? Además de enloquecer a Solomon, es una mujer de veintiséis años que puede hacer lo que le plazca. ¿Qué pretende hacer él? ¿Separarlos? ¿Declarar que no pueden estar juntos? Conoce bien a su hermano y sabe exactamente qué es lo que quiere de Laura, lo que cualquier hombre querría de una joven hermosa con la que tiene un momento de privacidad. Claro que su hermano no es un depredador sexual. No es como que lo encontrará encima de Laura, sometiéndola en el suelo; ella no necesita que la rescaten.

O quizá Laura sabe exactamente qué es lo que Rory quiere, y quizás ella también lo desea. Después de diez años sola en una cabaña sin intimidad, ¿no querría acostarse con alguien? ¿No sería lo natural? De estar en su lugar, Solomon sí lo querría. Pero ¿acaso le debe a Laura protegerla? No es su responsabilidad cuidar de ella, ¿o sí? Quizás es sólo un trabajo que él se impuso para sentirse importante, por orgullo. Es una discusión que evoca las peleas infantiles entre hermanos: *Yo la vi primero. ¡Es mía!* Pero Laura lo eligió a él, quiso quedarse con él, aunque no necesariamente para que la sobreprotegiera. Con las cosas que le pasan por la mente, tampoco es que él sea un caballero andante. Tiene novia. Una novia a quien acaba de acusar de intentar acostarse con su ex. Era una proyección de su parte. Bo podría leerlo como un libro abierto, si no es que ya lo ha hecho. La mayoría de las novias no permitirían que su novio se fuera de viaje con otra mujer, sobre todo a una reunión familiar, y en especial si es una joven hermosa y soltera. ¿Será una prueba de Bo? ¿Acaso tiene reservas ridículamente amplias de confianza y lealtad en él? ¿O acaso quiere dejarlo hacer lo que en el fondo quiere hacer? ¿Será una forma de presionarlo, empujarlo a terminar la relación? ¿A hacer lo que ella no se atreve a hacer? Porque, si él no lo hace, ¿terminarán algún día? ¿Estarán juntos por siempre sólo porque ninguno de los dos tiene las agallas para tronar, porque no hay una razón lo suficientemente buena como para terminar?

Entre Bo y él las cosas nunca estaban realmente mal, pero Solomon no tenía muy claro hacia dónde iba esa relación. Los unía el hecho de que trabajaban juntos, y vivir en pareja había sido más el resultado de un accidente que de una acción deliberada o romántica. Además, ¿quién se cree él que es al imaginar que tiene derecho a una oportunidad con Laura, como si dependiera de que él llegara y la tomara? Solomon se siente frustrado por esa sensación de superioridad moral y sabe que es su culpa y que sólo intenta justificar lo que le ocurrió en el bosque aquel día que conoció a Laura.

—¡Cielos! —Cara interrumpe sus pensamientos—. Si no vas, iré yo. —Cara le encarga su botella de cerveza, lo hace a un lado y sale al jardín. El aire frío golpea a Solomon y se le va directo al cerebro, como una llamada de atención. Se bebe de golpe lo que resta de la cerveza y sigue a Cara hacia la noche oscura, y la iluminación automática se activa y alumbra el jardín. No hay señales de Rory ni de Laura.

Hay tres lugares posibles en los cuales buscarlos. Por el arco que lleva al laberinto, hacia los arbustos podados en los que solían hacer travesuras cuando eran niños y la playa.

—No la llevaría ahí —dice Cara. Alza la mirada hacia el camino que lleva a la playa, y luego mira de nuevo el jardín. A Solomon se le acelera el corazón de nuevo—. Por aquí —dice Cara, y ambos dejan atrás el jardín podado y trepan por el escarpado terreno contiguo. Es tierra de nadie. Tenían prohibido entrar ahí cuando eran niños. Todos conocían la historia de los niños que fueron secuestrados por la vieja bruja que vivía ahí, quien no podía tener hijos propios. Era la versión de Marie del cuento del Coco. Y le funcionó, hasta cierto punto. Cuando llegaron a la adolescencia, sus hijos empezaron a pasar el rato ahí. Cormac y Donal llevaban a las adolescentes del colegio irlandés a beber ahí por las noches, durante los veranos que las muchachas pasaban lejos de sus hogares dublineses para aprender irlandés. Era algo bastante inocente: bebían, fumaban, se besuqueaban y acariciaban cualquier parte del cuerpo que les permitieran. Pero una noche Donal se fracturó el tobillo al resbalarse sobre una roca, y tuvieron que llamar a sus padres, con lo cual se les acabó su escondite. Los desilusionados padres de las estudiantes tuvieron que ir a buscarlas, y las chicas volvieron avergonzadas a Dublín. Esta situación fue la comidilla del siguiente año escolar, la vergüenza de la escuela, un tema digno de leyenda. Además de castigar a Cormac y Donal durante todo el verano, Marie aprendió a no recibir jóvenes estudiantes irlandesas en su casa de huéspedes hasta que sus hijos fueran mayores.

Con Cara por delante, ambos se abren camino en la oscuridad.

—Helo ahí —anuncia su hermana de repente, y Solomon la alcanza.

Laura y Rory están sentados sobre una roca plana que no se alcanza a ver desde la casa, pero tiene una vista perfecta de la playa. La luz de la luna ilumina el camino; las olas del mar rompen en la orilla. Rory tiene un brazo sobre los hombros de Laura. Solomon no puede ni hablar; tiene el corazón en la garganta.

—Tiene frío —argumenta Rory con una sonrisa traviesa.

Rory siempre ha tenido la capacidad de sacarlo de quicio. Solomon nunca ha tenido problemas serios con sus otros hermanos —y, cuando los tuvieron, se arreglaban a golpes—, pero Rory siempre encuentra la forma de joderlo mentalmente. Su incapacidad para pronunciar bien el nombre de su hermano menor cuando era niño los hizo rivales desde el principio, desde que Rory nació. A Solomon lo molestaban por no poder pronunciar el nombre del pequeño, y Rory sacó ventaja de eso para joder a Solomon de todas las formas posibles.

—Hace frío aquí —dice Cara—. Y no veo cucos por ningún lado. Es un poco tarde para salir a ver aves, ¿no crees?

Rory se muerde el labio, pero no contiene la sonrisa. Mira a su hermana y luego a su hermano; sabe que los sacó de quicio a ambos y lo disfruta. O quizá sólo sacó de quicio a uno, y la otra vino a apoyarlo. Rory está orgulloso de sí mismo.

—¿Ustedes qué hacen aquí? —pregunta Rory.

—Vinimos a tomar fotos —contesta Cara.

—No veo ninguna cámara.

—No —dice Cara y le lanza una mirada fulminante a su hermano, pues también ella está molesta con él.

Rory agita la cabeza y se ríe.

—Claro. Laura, creo que debemos volver. Turner y Hooch están preocupados por ti.

—De acuerdo —contesta Laura y los mira a los tres, preocupada por lo que ve, lo que ocasiona que Solomon se sienta fatal por hacerla sentir así.

—Cuando me necesites, cuando este menso te aburra, llámame —dice Rory con una sonrisa y empieza a caminar entre las rocas a la casa. Cara lo sigue.

—¿Estás bien? —le pregunta Solomon cuando por fin logra enunciar las palabras.

—Sí —Laura sonríe, y luego baja la mirada—. Estabas preocupado por mí.

—Sí —contesta él, incómodo y avergonzado.

Están tan cerca el uno del otro que ella siente cómo la respiración cálida de Solomon atraviesa el aire frío y la acaricia. Percibe el olor a cerveza en su aliento. Está oscuro, pero las luces de la casa iluminan parcialmente el rostro de Solomon. Quijada fuerte, nariz perfecta. Laura desea deshacerle el chongo y acariciarle el cabello. Quiere saber qué se siente peinarlo con los dedos y verlo agitarse con el aire. Luego observa cómo se le mueve la manzana de Adán al pasar saliva.

—No tienes que preocuparte por mí.

Laura quiere decir que no tiene interés alguno en su hermano, nada como lo que siente al estar en compañía de Solomon, pero sabe que lo que dijo se puede malinterpretar. Solomon parece herido, como si hubiera entendido que ella no quiere que él se preocupe porque no lo quiere *cerca*. A Laura se le acelera el corazón. Quiere retractarse de inmediato y explicarle la situación.

—Cuidado con las rocas —dice él en voz baja y se da media vuelta para volver a la casa.

16

A LA MAÑANA SIGUIENTE, LA CASA ESTÁ HASTA EL TOPE DE GENTE; todas las recámaras están ocupadas, al igual que todos los sillones, a pesar de los planes de Marie. Todo está en absoluto silencio. La fiesta acabó a las seis de la mañana y, aunque Laura se fue a acostar después de su discusión con Solomon, furiosa consigo misma por haber dicho lo que dijo, y él avergonzado por haber intentado actuar como caballero andante, Solomon se quedó despierto unas cuantas horas más, vigilando a Rory, vigilando las escaleras para asegurarse de que ella estuviera a salvo. Rory le dio a Solomon una tregua física, mas no mental; Rory jamás podía contenerse. Cuando sus miradas se cruzaban, le guiñaba el ojo o sonreía maliciosamente, y eso bastaba para que Solomon cayera en una espiral de ira silenciosa. Se fue a su habitación como a las dos de la mañana, pero los cantos y los gritos del piso inferior lo mantuvieron despierto, así como Donal, quien colapsó encima de él alrededor de las cinco de la mañana y empezó a roncar tan pronto tocó la almohada.

Solomon querría quedarse en la cama todo el día o irse a algún lugar silencioso a tocar la guitarra y componer, pues siente que algo se agita en su interior. Las rachas de inspiración son poco comunes en estos días, pero sabe que no puede darse ese lujo. Supone que es probable que Laura se levante temprano, y no quiere que Rory se la lleve otra vez. No es que planee actuar como guardaespaldas todo el tiempo, pero sin duda no está dispuesto a permitir que su hermanito menor le ponga una mano encima a Laura.

Rápidamente se da un baño y baja al piso inferior. Todas las ventanas de la casa están abiertas para dejar salir el olor impregnado del humo y el alcohol. Marie está sentada en la mesa de la cocina con su bata de dormir, acompañada de unos vecinos, mientras beben Bloody Marys.

—¿Quieres uno? —le pregunta su madre, con voz cansada. Los festejos la han agotado.

—Estoy bien. Gracias, Ma. ¿No se han ido a casa aún, señores? —bromea Solomon mientras le vierte leche a su cereal.

—Sí, pero volvimos para el segundo asalto, ¡ting, ting, ting! —Jim, el vecino, se ríe y alza su vaso de Bloody Mary—. *¡Sláinte!* —exclama en irlandés. A pesar de su entusiasmo, los ánimos se mantienen en calma mientras el grupo diseca los sucesos de la noche anterior—. Tu ave lira es todo un tesoro —dice.

—¿Cómo sabes que se llama Ave Lira?

—Ella nos lo contó. Dijo que tú le pusiste ese nombre. No conozco esa ave, pero suena fascinante. Claro que no tan fascinante como la muchacha. Qué órganos tan singulares los de esa chiquilla.

—Sí que son singulares sus órganos —dice Rory de repente al entrar a la cocina, amodorrado y rascándose la cabeza.

—Se fue a la playa —dice Marie y examina a Solomon de cerca, tratando de disimular una sonrisa cómplice mientras él se lleva grandes cucharadas de cereal a la boca con la intención de acabárselo cuanto antes y salir en busca de Laura.

—Te importa si… —se pone de pie y tira el tazón de cereal en el fregadero.

—Ve —su madre sonríe—. Pero no olvides que le prometiste a tu papá que hoy irías al campo de tiro con él.

Laura está de pie en la orilla del agua. Trae puesto otro de sus interesantes ensambles de tela. Pareciera que trae puesta una camisa de hombre, probablemente de Tom, pero usó sus habilidades de corte y confección para ajustársela como un vestido, y le añadió una franja de otra camisa en la parte baja para alargar la falda, así como un cinturón de cuero y un par de botas Doc Martens negras con calcetas de lana hasta las rodillas que abrazan sus delgadas piernas y una chaqueta de mezclilla. Solomon no sabe mucho de moda, pero le queda claro que ella no sigue tendencia alguna. Aun así, el atuendo le queda bien. Parece el tipo de mujer con la que conversaría en un bar, el tipo de mujer que le haría voltear a verla. El tipo de mujer que le aceleraría el corazón.

Laura siente que podría quedarse en la orilla del agua para siempre; hace años que no estaba cerca del mar, desde la última vacación familiar con Gaga y Mamá en Dingle. Podría fácilmente quedarse ahí, pero ése es su gran problema, que puede quedarse en cualquier lugar para siempre, si se lo propone. Pasaba días enteros en el bosque, reclinada contra el tronco de un árbol, mirando el cielo entre el follaje. Puede pasar un día entero perdida en su cabeza, en sus recuerdos, en sus ensoñaciones. Pero ya no más; debe dejar de hacerlo, necesita cambiar con el cambio y prepararse para nuevos horizontes.

Cierra los ojos y escucha el agua que se mece despacio, y empieza a mecerse con ella. Las gaviotas cantan en los cielos, y Laura saborea la belleza y perfección del instante. Y la llegada de él lo ha hecho aún más perfecto. Percibe su olor antes de siquiera escucharlo.

—Hola, Solomon —dice ella antes de que él abra la boca, antes de siquiera voltear a verlo.

—Hola —se ríe él—. ¿Ahora también eres psíquica?

—Eso implicaría que sé lo que va a pasar en el futuro —contesta ella y voltea a verlo—. Ojalá lo supiera —él trae puesta una camisa azul de manga larga, con los botones superiores abiertos, por donde se asoman algunos vellos del pecho. Trae los costados de la cabeza rapados, y el resto de sus rizos y mechones están atados en una cola de caballo elevada. Ella nunca antes había visto un hombre con cola de caballo, pero le gusta. Sigue siendo masculino, como un guerrero, y resalta sus rasgos, sus pómulos sobresalientes, su fuerte quijada que siempre está cubierta de una barba incipiente. Quiere acariciársela como hace él cuando está pensando algo y parece perdido en la intensidad de sus ideas.

—¿Qué fue eso? —Solomon frunce el ceño.

—¿Qué cosa? —pregunta ella.

—Ese sonido.

Ella no está consciente de haber hecho un sonido, pero sí de haber estado pensando en él. El sonido que hacen los dedos de Solomon al frotarse la barba incipiente, el movimiento que hace cuando está pensando. A ella le gusta ese sonido.

—¿En serio desearías saber qué pasará en el futuro? —pregunta Solomon y se para junto a ella, de cara al mar.

—A veces me interesa más lo que ocurrió en el pasado —confiesa ella—. Pienso en conversaciones que he tenido o que he escuchado a escondidas, o incluso en cosas que no pasaron. Las pienso con detenimiento, imagino cómo podrían haber sido distintas y qué habría ocurrido.

—¿Como qué…?

—Como mi mamá y Tom. Pienso en el romance secreto que tuvieron, lo imagino… bueno, no todo, ¿sabes?, pero…

—Entiendo a qué te refieres —contesta él, ansioso de escucharla más.

—Creo que ése era mi gran defecto. Por eso nunca abandoné la montaña. Estaba tan ocupada pensando en el pasado que olvidé planear mi futuro —Laura siente que los ojos de Solomon se clavan en ella, así que desvía la mirada; no soporta su ardor—. ¿Y tú?

—¿Yo qué? Ya se me olvidó de qué hablábamos —no bromea. Está nervioso.

—¿Piensas en el futuro o en el pasado?

—En el futuro —contesta él con certeza—. Desde que era niño vivía dentro de mi cabeza. Quería ser estrella de rock. Siempre pensaba en el futuro, en ser mayor, en dejar la escuela, en conquistar al mundo con mi música.

Ella se ríe.

—¿Ése era tu defecto?

—No —voltea a verla de nuevo, y ella siente un nudo en el estómago—. Creo que tenemos el mismo defecto.

—¿Cuál?

—No pensamos en el presente.

Tan pronto lo enuncia, todo parece ser el *ahora.* Es como un hechizo tendido entre ellos. A Laura el cuerpo se le estremece de la cabeza a los pies; es una sensación tenue, pero llena de vida. Nunca se ha sentido así en presencia de nadie, en las pocas ocasiones en que ha convivido con gente, y hasta ella sabe que esto no es normal. Es algo especial.

Él desvía la mirada y rompe el hechizo. Ella intenta disimular su desilusión.

—Todos quedaron encantados contigo anoche —dice él en tono casual, casi empresarial. Laura lo perdió de nuevo a manos de lo que sea que pase en su cabeza cuando tiene esa mirada intensa y distante—. Creen que vienes de otro planeta. Nunca han visto un talento como el tuyo.

Ella sonríe en agradecimiento.

—La talentosa es tu madre —piensa en Marie, sentada con su arpa, erguida de forma tan hermosa frente al instrumento, y escucha la canción en sus recuerdos antes de darse cuenta de que ha vuelto a imitarla.

—¿Te gustó estar en el escenario? —le pregunta él, cautivado.

Laura se percata de que Solomon tiene algo en mente. Como anoche, cuando se molestó con ella porque la encontró con su hermano. Nunca había conocido a alguien que, como él, parece pensar tantas cosas sin decirlas. Todo está en sus ojos y su frente. Sus pensamientos parecen formularse y desplazarse por su ceño en forma de nudos. Laura desearía que se liberaran de la piel para poder ver con sus propios ojos lo que son. Quiere ponerle la mano en la frente y decir *¡Basta!* Alisarla, darle paz. Mejor aún, ansía besarle el ceño. Solomon parece incómodo, como si algo en él se hubiera desajustado de pronto, y pasa de estar relajado a tensarse en cuestión de segundos.

Solomon se frota la quijada. Ella imita el sonido que hace. Le fascina ese sonido. De repente se esfuman los pensamientos efervescentes, y su hermosa dentadura perfecta le sonríe de nuevo. Mejor.

—Así que ése era el sonido que hacías hace rato —dice él, satisfecho de haberlo ubicado y quizá contento de que sea un sonido propio.

Laura reproduciría ese sonido eternamente si eso lo hiciera sonreírle de ese modo todo el tiempo. Pero no funcionaría. Tarde o temprano se cansaría del sonido, la chispa se apagaría, y ella tendría que buscar nuevas chispas en este mundo repleto de sonidos nuevos para ella. A veces son excesivos; empezaba a dolerle la cabeza al intentar procesarlos todos. Estaba ansiosa de escucharlos y entenderlos, pero cuando dejaron Macroom y llegaron a Galway, los sonidos se intensificaron. En especial anoche. Laura quedó exhausta por la interacción y no ansía nada más que volver a Cork. Donde sea que se quede, al menos pasará tiempo en la montaña, rodeada de sonidos familiares.

Sin importar cuántas veces hubiera cantado la gente que se subió al escenario anoche, la chispa no parecía apagarse en ellos. Ella los escuchó por primera vez, y fue como si cantaran por primera vez. En particular Solomon. Él llenó de vida el salón entero. Laura sintió un nudo en la garganta todo el tiempo al escuchar la cadencia de su voz, de las veinte cosas que lo hacían muy feliz a los diecisiete años.

Laura percibe que algo no anda bien. La inquietud de Solomon está de vuelta.

—La razón por la que te pregunto si disfrutaste subirte al escenario anoche es porque Bo me llamó ayer —dice Solomon. La entrada de Bo en la conversación lo altera todo, y el espacio entre ellos se ensancha. ¿Quién es responsable de eso, él o ella? Laura baja la mirada a la arena y nota por las huellas que sus pies se han movido, al igual que los de él. Ambos se han distanciado el uno del otro—. Hizo un cambio a los planes —continúa con voz dificultosa, forzada. El corazón de Laura se acelera; espera que Bo no cancele el documental. En realidad, no le interesa en lo más mínimo, pero lo necesita. Es el único puente que sale de su isla. Sin ellos, no sabe qué será de su vida—. Quiere que vayamos a Dublín esta noche. Ha armado unas entrevistas para el documental allá —continúa Solomon. Laura siente un alivio tan grande que no le importa no volver a casa. Intenta combatir la sonrisa que se le dibuja en la cara—. Y tiene un amigo —la expresión de Solomon se oscurece y el ceño se le llena de nudos— que tiene un programa televisivo de talentos. *StarrQuest*. Les gustaría que salieras en el programa —dice Solomon. Laura no está segura, pero siente que él está muy conflictuado. Las señales para entenderlo son erráticas. Él no para de hablar mientras ella intenta descifrarlo—. Bo le mostró un video tuyo a estas personas de la tele. ¿Recuerdas la cafetera del desayuno de ayer? —Laura imita el sonido tan pronto lo recuerda—. Sí, ésa —la sonrisa de Solomon es cautelosa.

—¿Les gusta ese sonido? —Laura lo repite de nuevo y se escucha con atención para intentar descifrar qué lo hace tan especial.

—Es único, Laura. Nadie más hace ese sonido. Nadie que no sea… la cafetera.

—Entonces esa cafetera tiene muchas probabilidades de ganar el concurso de talentos —bromea ella para tratar de mitigar la incomodidad de Solomon. Él suelta una carcajada, así que la broma parece haber surtido efecto—. Sé lo que es *StarrQuest* —continúa ella—. He leído suficientes revistas como para saber quién gana qué programa televisivo cada semana, y escucho a los participantes y sus canciones en la radio. ¿Qué opinas tú de que participe?

—Seré franco… —dice él y se lleva ambas manos a la cara. Ella vuelve a imitar el sonido de Solomon frotándose la barbilla, y él se detiene y guarda las manos en los bolsillos del pantalón—. Cuando Bo me lo dijo anoche, no me agradó. Pensé que era una mala idea. Pero, cuando te vi en el escenario, me fijé en los rostros de la gente. Estaban cautivados. Tal vez está mal privar a la gente de esa experiencia, de esta experiencia que tenemos tú y yo. Tal vez no quería compartirte con el mundo. Pero el documental lo hará de cualquier forma. Tal vez está mal privarte de esa experiencia, de la adulación, de la celebración de tus habilidades.

Laura siente que se le sonrosan las mejillas con esas palabras. Él no quería compartirla. Pero ahora ella está confundida.

—¿Mis habilidades?

Solomon no está seguro de cómo hablar de los sonidos que ella hace. Ni siquiera está seguro de que ella esté consciente de ellos la mayor parte del tiempo.

—Como lo que hiciste anoche en la fiesta. ¿Lo disfrutaste?

Laura piensa en la serenidad que sintió en la casa de los padres de Solomon, la calma al recordar las cuerdas del arpa, la energía compartida en el ambiente. La reacción explosiva la asustó porque no la esperaba. Se sintió sola, pero eso le agrada, porque fue como si compartiera la soledad con otras personas.

—Sí. Me gustó —contesta ella. Él lo reflexiona. Parece sorprendido por su respuesta, quizá desilusionado. Laura está confundida. Él no le facilita las cosas. Le pide hacer algo que ella no sabe si él quiere que haga—. ¿Exactamente por qué querrías que saliera en ese programa? —pregunta.

—No es mi idea —contesta él de inmediato—. Es la idea de Bo. Según ella, sería bueno para el documental. Si tienes cierta fama, eso hará que el documental sea un éxito.

Laura no puede darse el lujo de perder el documental. Sin los documentalistas, no tiene a nadie en la vida; necesita aferrarse a ellos como si fueran un salvavidas.

—Participar en el programa de talentos para ayudarle al documental parece una excelente idea de parte de Bo —dice ella.

Él asiente.

—Supongo que sí.

Laura sonríe.

—No siempre te gustan las ideas de Bo.

Él parece aliviado de poder confesarle la verdad.

—No, no siempre. Y para ser del todo honesto, Laura, tampoco estoy seguro de ésta. Pero es tu decisión y de nadie más.

—¿Qué opinas de ese programa de talentos? —pregunta ella.

Él frunce el rostro y cierra los ojos con fuerza mientras piensa en su respuesta.

—Solía trabajar en él —contesta—. En audio.

—Eso no responde la pregunta.

—Nada se te escapa —Solomon le sonríe—. Es un riesgo. Podrías hacer la audición y no pasar a la siguiente fase. Quizás el público te adore, pero también podrían sentir una aversión hacia ti por razones inciertas. Podrías ir a la audición y ser abucheada. Podrías ir a la audición y quizá ganar el concurso. Si eso ocurre, tu vida puede tomar toda clase de rumbos. Depende de lo que quieras hacer con tu vida.

—Y, ¿si no gano?

Solomon lo reflexiona.

—Pasarás al olvido casi de inmediato.

Ella lo medita con detenimiento. Rumbos, piensa Laura. Opciones. Distintos rumbos suenan bien, pues no hay vuelta atrás. Si hace el ridículo, será olvidada, y eso no está tan mal. Casi podría decir que sería una ventaja.

—Lo haré —contesta con determinación, para la sorpresa de Solomon.

De un puente a otro.

Aquella tarde, cuando los hermanos de Solomon se levantaron de la cama y volvieron a la vida, fueron todos juntos a un campo de tiro cercano. Siendo la competencia algo habitual entre hermanos y hasta con el padre, Cara decide quedarse en casa y ponerse al corriente con su madre. Finbar, un gran entusiasta del póquer, siempre tiene la vista puesta en la mano ganadora, algo que le ha heredado a sus hijos. Todos los años van de cacería: faisán, perdices, palomas, venados, cualquier cosa que esté disponible, y la cantidad de presas definen la grandeza de cada hombre. No es temporada de cacería de aves, así que tienen que conformarse con dispararles a platos de barro, e incluso Finbar ya desarrolló las reglas y un método para llevar la cuenta.

Laura camina con Rory hasta el campo de tiro, el cual consiste de una fila de varias cabañas de madera. Solomon va a su lado, con gesto protector, aunque sin acercarse demasiado. No está seguro de si ella quiere que se vaya, pero igual decide quedarse. Cinco de las cabinas, en donde caben grupos de seis, están ocupadas. El clima veraniego de ese fin de semana ha inspirado a los grupos a salir.

A Laura le basta con sentarse en la banca y verlos discutir entre sí. Rory se sienta a su lado, lo cual irrita a Solomon. Él se mantiene cerca, sintiéndose como una pieza de repuesto, e intenta escuchar su conversación. A ella le agrada Rory, eso se nota. A medida que el juego avanza, Solomon tiene que alejarse y darles espacio, lo que lo hace sentir relegado y resentido con su hermano y consigo mismo todo el tiempo.

Solomon hace un esfuerzo consciente por dispararles a los platos de barro mientras escucha a Rory hablar a sus espaldas. Siente que su hermano lo hace deliberadamente para desconcentrarlo, pero luego se da cuenta de lo arrogante que es darse tanta importancia. Solomon falla el primer tiro.

—Cierren el hocico, tatos —les ladra, y sus hermanos guardan silencio. Finbar obliga a Rory a callarse, lo cual complace a Solomon. Después de eso, no falla un solo tiro más. Cinco platos seguidos, y esto es sólo el calentamiento. Rory es el siguiente, y a Solomon le complace saber que le toca sentarse en la banca.

Laura alza la mano para chocar palmas con él.

Solomon sonríe y choca palmas con ella, pero luego entrelaza sus dedos con los de ella. Ella le sonríe. Dejan que sus manos bajen despacio, sin soltarse. Luego Solomon piensa en Bo y se pregunta qué demonios hace y la suelta.

Rory no falla un solo tiro.

—Eso te pasa por no venir en Navidad —le dice Finbar a Solomon en tono burlón, pues se perdió la cacería navideña.

—Ay, déjalo en paz —dice Donal y toma el arma y se acomoda—. Estos documentalistas multipremiados no tienen tiempo para las cosas mundanas.

—No fui yo quien recibió el premio, tatos. Fue Boca a Boca quien lo recibió —Solomon cruza los brazos junto a Laura. Piensa en sentarse junto a ella, pero no hay espacio de ese lado, y no quiere sentarse junto a Rory, quien ya volvió a su lugar.

—¿Estabas recibiendo boca a boca? —pregunta Donal antes de jalar el gatillo.

Solomon le explica a Laura:

—Es el nombre de la casa productora de Bo. Ella cree que los documentales son una forma de infundirle vida a las historias. De ayudarlas a cobrar vida.

Rory finge tener arcadas.

—Ya madura, Rory.

—Roryj —dice Laura, haciendo una imitación perfecta de Solomon cuando era niño.

No lo hace por molestar a Solomon, y espera que él no lo tome a mal, pero, al valorar la tensión entre ambos hermanos, su expresión se reduce a eso. Una sola palabra explica cómo se siente Solomon. Aunque Rory no lo ve así, ni tampoco los demás hermanos. Los hermanos se ríen pues creen que se burlan de él. Solomon cruza los brazos y mira a la distancia.

—Apúrense o estaremos aquí todo el día.

Laura voltea a verlo, avergonzada.

Cada uno tiene su turno. El papá lleva la delantera, junto con Rory, quien siempre tiene mejor puntería cuando está frente a alguien a quien quiere impresionar. Cormac es el último. Cormac, el intenso, quien siempre piensa demasiado antes de disparar.

—Hasta Cara dispara mejor la cámara —dice Solomon en tono burlón.

A Solomon le agrada que llegue el turno de Rory porque eso deja libre el espacio junto a Laura. Considera tomar el lugar de su hermano, pero luego piensa que es un gesto mezquino y que puede ponerlo en evidencia frente a los demás. Por lo tanto, se queda de pie, además de que Laura está más interesada en ver los tiros. A Rory no se le va un solo plato. Al ser el único hijo que aún vive en casa con sus padres, es quien más va de cacería con su papá.

Laura imita el sonido de los disparos, el de la máquina lanzadora, el sonido de los platos al ser lanzados al aire, el sonido que hacen al romperse. A todos les parece entretenido. A Solomon le parece interesante lo rápido que se acostumbran todos a sus sonidos y que siguen disparando sin voltear a verla después de cada sonido. Cada tanto, alguno de ellos suelta una risotada.

—¡Bien hecho, Laura! —exclama el papá, impresionado, sorprendido y encantado. En ningún momento se burlan de ella, y eso hace que Solomon quiera abrazarlos.

Rory lleva ahora la delantera. Finbar y Solomon están empatados. Cormac y Donal van relegados. Si Solomon acierta seis de seis, y su papá falla uno, entonces estará empatado con Rory. Solomon camina hasta la marca y apoya el rifle contra su hombro.

—Buena suerte, Solomon —dice Laura, y eso lo tranquiliza.

A sus espaldas, Rory toma su rifle y le hace una seña a Laura para que lo acompañe. Ella frunce el ceño, pero se pone de pie en silencio y lo sigue. Él pasa por un costado, por donde su familia no puede verlo, aunque nadie se da cuenta porque miran en dirección contraria, hacia Solomon. Rory señala algo escondido en el pasto, y Laura sonríe, fascinada. Es una hermosa liebre. Un pequeño animalito que se desvió de su camino y terminó en un peligroso campo de batalla. Brinca desesperado, intentando escapar, mientras se disparan armas a su alrededor en las cinco cabañas. Laura sonríe y lo observa. Hace años que no ve una liebre. En las montañas no había; los tejones y las ratas son los mamíferos más grandes, y ella no quería que ninguno de ellos se acercara a su casa.

Mientras la observa, Rory alza el rifle, lo apoya contra el hombro y apunta.

—¿Qué haces? —le pregunta ella.

Rory dispara al instante y provoca que los demás se sobresalten al oír el tronido tan cerca de ellos, proveniente de un arma que no es la de Solomon.

Laura grita. Solomon se espanta y jala el gatillo, pero falla el disparo, aunque no le importa porque lo único que le preocupa es Laura. Voltea a su alrededor y la ve agacharse para pasar por debajo del barandal de madera y salir al campo.

—¿Qué es lo que hace? —pregunta Donal.

—¡No, Laura! —grita Solomon y suelta el rifle para correr tras ella.

—¡Vuelve acá! —grita Finbar a espaldas de su hijo, y sus otros hijos le hacen eco, pero Solomon los ignora. Hay gente disparando rifles en las cabañas a su alrededor. Laura podría salir herida.

El dueño del campo de tiro alcanza a verlos y grita que paren el fuego, pero la orden no les llega a todos al mismo tiempo, así que aún se escuchan algunos disparos mientras Laura y Solomon corren por el campo.

—¡Laura! ¡Detente! —le grita Solomon, furioso de que se haya puesto en peligro de esa manera. La alcanza, la toma de la cintura y la jala hacia él con fuerza. Ella se libera de su abrazo y mira desesperada en todas direcciones, en busca de algo. Solomon la suelta y la observa andar en círculos, intentando encontrar algo, haciendo ruidos, sonidos que Solomon no logra descifrar. Sonidos animales, sonidos de disparos.

—Laura, ¿qué haces? —Solomon ya está más calmado después de que la gente en las cabañas ha bajado los rifles, pero todos están apostados en el barandal mirando la escena. No quiere que Laura se convierta en un espectáculo de circo. Ella camina en círculos en el mismo espacio, con la mirada clavada en el suelo, desesperada, haciendo sonido tras sonido, casi como si intentara rastrearlo—. Laura —dice él con absoluta calma—. Déjame ayudarte. ¿Qué buscas?

Solomon percibe la llegada de sus hermanos y de su papá. El padre los mira, confundido, y se da cuenta de que Rory se queda atrás, con expresión de culpabilidad.

—¿Qué hiciste? —le pregunta bruscamente.

Rory lo ignora.

—Le disparó a algo —contesta Cormac, molesto con su hermanito menor—. Por Dios, Rory, podrías haber lastimado a alguien. No dispares desde la cabaña.

—Esto no es *Pelotón*, imbécil —dice Donal.

—¿A qué le disparaste? —pregunta Solomon—. ¿Le disparaste a un pájaro?

—No hay ningún pinche pájaro aquí —contesta Rory, furioso de que todos se hayan volcado en su contra—. ¿Por qué habría pájaros aquí?

—Uy, no toques eso, querida —dice Finbar de repente al darse vuelta y ver a Laura de rodillas en el pasto, junto a una liebre. Una liebre que ha recibido un tiro, pero que aún no ha muerto. Laura solloza con las mejillas cubiertas de lágrimas mientras imita sus sonidos moribundos.

—¡Dios! —exclama Rory y la mira como si fuera un bicho raro—. Es sólo una pinche liebre.

—No puedes matar liebres aquí —le recrimina su papá en voz baja para que los espectadores no escuchen—. Por Dios. ¿En qué pensabas? Harás que nos expulsen, Rory.

—Quería impresionar. Eso es todo —interviene Cormac, molesto.

—Deberíamos regresar a la cabaña —le dice Finbar a Solomon y mira de reojo a Laura, preocupado, consciente de la atención que ha atraído.

—Lo sé —Solomon se frota los ojos, frustrado—. Sólo démosle un minuto.

Mira a Laura arrodillarse junto a la liebre moribunda, imitar sus sonidos, sollozar con profunda tristeza. Aunque los otros crean que está loca, él comprende su tristeza, su pérdida.

El dueño del campo camina hacia ellos, rojo de ira.

Solomon se acerca a Laura, se encuclilla y la abraza.

—Ya descansó. Ven, vámonos.

Siente que el cuerpo de Laura se estremece a medida que se pone de pie y mira a su alrededor, a las miradas puestas en ella, a las expresiones de desprecio, los ceños fruncidos, las cámaras de celular en alto. Ni siquiera Rory se atreve a mirarla a los ojos, sino que evita acercarse y retrocede hacia la cabaña. Ella se limpia las mejillas e intenta recomponerse.

Para cuando Solomon y Laura vuelven a la cabaña, Rory se ha esfumado y ha conseguido volver a casa con alguien más. Después de arruinar los ánimos y a falta de un participante, el juego se termina y deciden volver a casa.

Marie y Cara los miran inquisitivamente cuando vuelven a casa más temprano de lo esperado, y ellos contestan con hombros encogidos y gruñidos incómodos. Solomon acompaña a Laura a su recámara y se queda parado en el umbral.

—¿Estás bien? —le pregunta Solomon. Ella se recuesta en la cama, se acurruca en posición fetal y reanuda el llanto. Solomon quiere recostarse a su lado, envolverla con su cuerpo, protegerla—. ¿Quieres irte?

—Sí, por favor —contesta ella entre sollozos.

Se despiden discretamente de Finbar y Marie. Marie le da un abrazo y le dice que se cuide, pero Laura se queda callada, salvo por el agradecimiento que susurra. En el auto, insiste en sentarse en el asiento trasero mientras Solomon conduce a Dublín; al principio lo hace porque no quiere estar cerca de él, pero luego él se percata de que ella se recuesta con el rostro hacia el respaldo para no mirarlo. Solomon enciende el radio en volumen bajo, donde suena una canción de Jack Starr. Aunque por lo regular le apagaría, esta vez decide subir el volumen.

—Éste es Jack Starr —le dice Solomon—. El tipo que es juez de *StarrQuest.*

Laura no contesta. Solomon la mira por el retrovisor y se da cuenta de que aún le da la espalda. Baja el volumen de la música y, después de un rato, cambia de estación, y luego opta por apagar el radio. De vez en vez, Laura gimotea como la liebre moribunda, y el sonido se fusiona con los gimoteos de Mossie de hace unos días, en ese mismo asiento trasero en el que viajaron al veterinario.

Solomon no vuelve a poner música durante el resto del viaje, mientras Laura lidia con otra pérdida en esa misma semana de la única forma en que sabe hacerlo.

Laura está recostada en el asiento trasero del auto de Solomon. Le retumba la cabeza, una migraña que le palpita detrás de los ojos; le duelen los pómulos, como si el dolor se hubiera transferido y ahora ella lo sintiera en los órganos que lo atestiguaron. No logra deshacerse de él; lo mejor que puede hacer es cerrar los ojos y concentrarse en la oscuridad.

En la oscuridad titilan imágenes de su madre, de Gaga, de Tom; todas las cosas que podría y quizá debió haberle dicho. Al principio, cuando se mudó a la cabaña, las cosas fueron un tanto incómodas. Él estaba menos habituado al contacto humano que ella. Ella fue paciente con él y se tomó su tiempo para observar sus costumbres; leía cuando él quería quedarse más tiempo con ella, leía cuando él no estaba de humor para conversar. Con el paso de los años, Tom empezó a frecuentarla más para comer lo que ella cocinaba. Por esta razón, ella pasaba más tiempo del habitual preparando comidas especiales para los jueves, por si acaso él tenía oportunidad de quedarse. A veces se sentaban en absoluto silencio, Tom metido en su cabeza, mientras Laura se dedicaba a observarlo, y a intentar identificar qué partes de sí misma reconocía en él. A veces no paraban de conversar durante la visita, sobre la naturaleza, los deportes o cualquier cosa que ella hubiera leído en una revista o escuchado en la radio. A pesar de que ella era quien permanecía oculta, sentía que era quien más le compartía cosas a él sobre el mundo. El mundo de Tom era la granja, mientras que el de ella era la cabaña, en donde oía el radio, leía y se mantenía actualizada. Sólo necesitaba que él le llevara las baterías. Laura sentía que Tom disfrutaba escucharla. Quizás él también buscaba partes de él en ella. No era sencillo hacerlo reír, pero era un hombre sencillo, bien intencionado, atento y observador. En ese sentido se parecían. Laura recuerda la última vez que lo vio desaparecer entre los árboles, seguido de Mossie, mientras ella agitaba la mano en señal de despedida. Se suponía que más tarde volvería para reparar una ventana que necesitaba sellador. Tom siempre husmeaba la cabaña en busca de cosas qué golpear, clavar o patear. Al principio, Laura sentía que esto era un gesto grosero, que nunca le pusiera atención sólo a ella, pero luego se dio cuenta de que era su forma de ayudarla, de demostrarle que le importaba. Durante muchos años, él fue la única persona que tuvo, y lo quiso enormemente.

Ahora piensa en Mossie, en Rory y la sonrisa traviesa en su rostro atractivo antes de dispararle a la liebre. El sonido que hizo la liebre al caer. Venía de muy lejos, y el disparo aún hacía eco en sus oídos, pero estaba segura de haberlo escuchado. El sonido que hizo al dejar este mundo.

Crueldad.

¿Qué hace ella en este mundo? ¿Adónde va?

Sabe que aún hay mucho camino por recorrer, más de lo que ha avanzado hasta el momento. Siempre puede regresar. Su puente se tambalea; a lo mucho, es un puente hecho de cuerda, y sus frágiles soportes colapsarán si intentan sostener más peso. Piensa en Joe, tan parecido a Tom que lo confundió con él. Escucha sus gritos furiosos, dirigidos hacia ella, el timbre incorrecto que sale de esa boca, y se ve obligada a abrir los ojos. Percibe a Solomon en su espacio personal, imagina que su mirada está clavada en ella, siente que la jala hacia su cuerpo en el campo de tiro al intentar protegerla, los brazos fuertes que toman a Laura de la cintura. Aunque no la toque físicamente, él ejerce ese tipo de presencia en su vida. El brazo alrededor de su cintura que la aleja del peligro.

Laura no está segura de adónde irá, pero sabe que no puede dar marcha atrás.

17

Ya es casi de noche cuando Solomon y Laura llegan a Dublín. Ella sigue sin dirigirle la palabra, como lo hizo durante todo el viaje, a pesar de que él le ha dicho algunas cosas en tono gentil para averiguar si está bien o si quiere que se detengan un momento. Él cree que tal vez ella duerma, porque ya no emite ningún sonido. De ser así, Solomon descubre que Laura no hace ruidos al dormir, y saberlo —e incluso querer saberlo— tiene un cierto cariz de intimidad. Él nunca ha querido saber tanto de alguien más. La observa a través del retrovisor, suspira, y luego se reacomoda en su asiento.

El apartamento de Solomon está en Gran Canal, una zona recién urbanizada entre bloques de oficinas. En la planta inferior de los bloques residenciales hay un conjunto de restaurantes y cafés, de modo que, durante el primer verano que Solomon pasó ahí, todas las noches se sentó en el balcón con una cerveza a escuchar las conversaciones entre desconocidos en el piso inferior. Solía escucharlo todo, le interesaba todo, pero una noche, cuando empezaron las discusiones entre borrachos, se le ocurrió la estúpida idea de bajar e intentar intervenir. En lugar de paz, recibió un puñetazo en el ojo. Con el paso del tiempo, esas conversaciones ajenas se volvieron irritantes. Nada que nadie dijera le resultaba de interés: la cháchara, el dato curioso, el chisme, las quejas, las primeras citas incómodas, las parejas sentadas en silencio, los grupos de amigos escandalosos. De modo que empezó a evitar el balcón o, si salía, tosía audiblemente o subía el volumen de la música para hacerles saber que había alguien arriba que podía escucharlos.

Y luego dejó de escucharlos. No sabe cómo ocurrió, pero pasó la primera semana que Bo se mudó con él. Una noche, Bo no logró conciliar el sueño por todo el escándalo de afuera. Al día siguiente, por la mañana, no se pudo concentrar en sus labores administrativas por el ruido de los practicantes de deportes acuáticos en el canal. Y otro día, mientras él le contaba una historia durante el almuerzo, se dio cuenta de que ella no le ponía atención.

—¿Oíste eso? —preguntó ella antes de levantarse de la mesa y salir al balcón para asomarse e intentar ubicar la fuente de la frase misteriosa.

No sabía cómo, pero un día dejó de escuchar lo que ocurría afuera. En lo que a él concernía, lo mismo le había pasado a Bo. Esas cosas suceden.

Laura se endereza tan pronto entran a la ciudad, pues reconoce la diferencia por la iluminación, el sonido y el tráfico que obliga a Solomon a frenar con frecuencia. Se estira y mira a su alrededor, y Solomon examina su rostro por el espejo; es la primera vez que puede verlo bien en varias horas. Si estaba dormida, no lo aparenta; se ve bien despierta, hermosa e inocente mientras se asoma por ambas ventanas para absorberlo todo. Nunca ha estado en una ciudad. Las luces y la acción se esfuman cuando entran al aparcamiento subterráneo de los bloques residenciales.

—Mi departamento está arriba —le explica Solomon al ver que ella mira en todas direcciones, confundida.

Al salir, Solomon azota la puerta, lo cual reverbera en el estacionamiento circundante. Laura se sobresalta. Alguien, a lo lejos, lanza una bolsa de basura en un contenedor comunitario y lo cierra de golpe. Ese ruido también hace eco, y Laura se sobresalta una vez más.

Solomon la mira de reojo, pues le preocupa haberla traído aquí.

—Hay un hotel a una cuadra. El Marker. Es agradable. Moderno. Tiene un bar fantástico en la terraza superior, y desde ahí se ve toda la ciudad —Solomon no tiene los recursos para hospedarla ahí, pero quizá Bo ya los haya conseguido. Debería ser capaz de hacerlo por el sujeto de su documental—. Puedes quedarte ahí si gustas.

—No —contesta ella de inmediato—. Quiero quedarme contigo.

—De acuerdo. No hay problema —dice él, aliviado, y una onda cálida lo inunda.

Solomon saca el equipaje de la cajuela y la cierra con más cuidado que las puertas. La puerta de salida del aparcamiento se abre; es una pesada puerta antiincendios que se azota y reverbera. Sobre el concreto se escucha el clac, clac de unos tacones. El auto junto al suyo se ilumina y emite un pitido. Laura lo imita y se aleja de él. Al abordar su auto, la mujer de los tacones mira a Laura con una expresión de desprecio, como si el sonido copiado fuera una afrenta personal. Enciende el auto, y Solomon tiene que apurarse para quitar a Laura de su camino.

—De acuerdo. Salgamos de aquí —dice él, alza las maletas y guía a Laura hacia la salida.

Bo está de pie en el umbral de la puerta del departamento. Solomon y Laura deben estar por llegar. Está nerviosa, pero no sabe por qué. Es mentira. Sabe muy bien por qué, pero intenta fingir que el hecho de que Solomon y Laura hayan pasado dos días solos, sin ella, no la inquieta en lo absoluto. Quiere ser el tipo de novia que no se preocupa por esas nimiedades. Los celos son asesinos, destructores. Nunca ha sido una persona celosa; al menos no en relaciones de pareja. Nunca se ha sentido amenazada de esa forma. El trabajo es otro asunto; si alguien hace un mejor documental que ella, si a alguien le va mejor que a ella, admitirá sentir celos de esa persona.

Y usa esa sensación para impulsarse a mejorar. Pero no está segura de cómo puede servirle este sentimiento en una relación. No sabe cómo ser mejor que Laura, ni quiere serlo.

Y no se siente así por lo que le dijo Jack anoche. No fue él quien activó las alarmas ni plantó las semillas de duda entre Solomon y ella. Los susurros en el oído que se esfumaban en medio de la noche ya vivían dentro de ella. Laura había insistido en estar con Solomon en todo momento. ¿Qué clase de novia permite que eso ocurra? Y no sólo lo permite, sino que lo fomenta. Lo que hace es empujar a Solomon hacia Laura. Y *eso* es lo que le causa esta ansiedad, este nudo en el estómago: el hecho de saber que permite que ocurra. Finge que no es así porque reconocerlo sería cruel, extraño, insensible. Ha visto con sus propios ojos que hay algo entre ellos y lo fomenta por el bien de su documental. Punto. Ésa es la verdad.

El ascensor se activa y sube a su piso. No esperarán que ella esté lista para recibirlos en la puerta. Quiere ver sus verdaderos rostros, no las caras que pongan antes de entrar al departamento. Sabrá si ocurrió algo con sólo verlos. Las puertas se abren. Bo siente que se le tuercen las entrañas. Solomon sale. Viene solo. Le lanza a Bo una intensa mirada de advertencia, y luego se voltea hacia el ascensor.

—Ven, Laura. Ya llegamos.

Bo se acerca al ascensor y se asoma. Laura está hecha un ovillo en una esquina, con las manos sobre las orejas. Se pone de pie, carga una de sus bolsas en una mano, y parece tan tímida como un ratón. El nudo en el estómago de Bo se desata al instante. Se avergüenza de sentir alivio, de sentir placer malsano al ver a Laura en esas condiciones.

—No le agradan los ascensores —dice Solomon nerviosamente.

—Hola, Laura —la saluda Bo con voz dulce—. Bienvenida. —Laura apenas si susurra su agradecimiento conforme entra al departamento—. ¿Qué tal estuvo el viaje? —pregunta Bo tentativamente, mientras Laura mira a su alrededor.

Solomon agita la cabeza para pedirle que no pregunte, pero es demasiado tarde.

Laura abre la boca, de la cual fluye un torrente de sonidos fusionados y entretejidos que chocan entre sí, como una canción mal mezclada.

Bo abre los ojos como platos, sin saber muy bien qué hacer ante la cacofonía. Es algo negativo; significa que pasó algo, algo que la desconcertó. Anonadada, Bo mira a Solomon guiar a Laura a la pequeña recámara de visitas, como si fuera un pajarito herido. Mientras tanto, ella intenta descifrar los sonidos, pero no puede. Cree haber oído un disparo.

Solomon, en cambio, los entiende y los identifica uno por uno mientras Laura los repite una y otra vez, como reflejo de su mente confundida y su corazón herido. Los gimoteos de Mossie. La furia de Joe. La caída de la liebre, el disparo, el azote de la puerta, los tacones en el concreto, el pitido de la alarma del auto, el sonido de la salida de emergencia, el zumbido del ascensor al presionar el botón. La sirena de una patrulla.

Y ahí, oculto entre ellos, está el gemido de Bo al hacer el amor con Solomon.

Sonidos reveladores. Una maraña de todos los sonidos que a Laura no le gustan.

Dublín es una ciudad viva, llena de sonidos nuevos para Laura, provenientes de los cientos de personas que salen en manada del teatro a una cuadra del departamento y que se dispersan para buscar su auto o llamar un taxi hacia distintas partes de la ciudad y volver a sus vidas. Los taxistas se refugian bajo el balcón cuando se dispara una tormenta repentina. Hasta el sonido de la lluvia es distinto, pues cae sobre el concreto y sobre el canal al otro lado de la calle.

No hay hojas que retrasen su inminente caída al suelo ni tierra que la absorba. La sirena de una patrulla a la distancia, alguien que grita, las risas de un grupo de gente… cada sonido la obliga a asomarse por la ventana de la recámara.

Laura agradece que el cuarto sea así de pequeño. No cree poder lidiar con un espacio grande y desconocido. Hay demasiado allá afuera, y ella necesita su propio capullo. Sólo hay una cama reclinada junto al muro, y del otro lado de la pared está la recámara de Solomon y Bo. Hay un riel de donde cuelgan las camisetas de Solomon, así que el cuarto huele a él. Solomon le explicó a Laura que Bo tiene su ropero en la recámara de ellos. Es bueno que haga eso, que le hable a pesar de saber que ella está nerviosa. Le resulta reconfortante. Su voz es relajante, suave. Sobre todo cuando canta. Laura cierra los ojos para volverlo a escuchar en la fiesta, para revivir el momento, y apenas ha vuelto a la casa de huéspedes cuando los ruidos del exterior la sobresaltan de nuevo. Es una chica que se ríe con su amiga. El corazón de Laura se acelera.

En la cabaña de los Toolin siempre había sonidos. Nunca había silencio absoluto, a pesar de que el equipo de filmación dijera que era apacible. Pero Laura estaba acostumbrada a ellos. Recuerda la primera noche que pasó ahí sola. Tenía dieciséis años y estaba muy asustada. Había perdido a su madre hacía algunos meses, y Gaga y ella se habían despedido ya entre lágrimas. Su abuela ya no dormía en la recámara contigua, pero saber que no estaba lejos aliviaba su dolor y su miedo. Seis meses después, cuando se enteró de la muerte de Gaga, cayó en una profunda depresión. Se sentía terriblemente sola, aunque la muerte de su abuela fortaleció la amistad entre Tom y ella. Tom le dio la noticia como solía decirle las cosas, con poco tacto. Pero esto pareció mejorar con el tiempo. Al saber que ella estaba sola, empezó a prolongar un poco sus visitas, a ofrecerse a ayudarla más y reparar cosas que ella no le pedía que reparara, y a cuidarla mejor. Tener a Tom cerca para ayudarla si lo necesitaba en una emergencia también era vital. A veces Tom reparaba el inodoro, llevaba pintura, clavaba algo en la pared de la cabaña o le daba medicinas, pero en general ella era bastante autosuficiente. Laura disfrutaba esa sensación que la fortalecía, pero se sentía segura al saber que los gemelos estaban cerca, aun si Joe no sabía de su existencia.

Nunca hubo un abrazo ni un beso ni ningún contacto entre Tom y ella, pero lo importante era que él la vinculó a un mundo del que ella se sentía aislada.

—Él no debe saber —era lo único que decía Tom al respecto cuando ella le preguntaba, y así fue siempre.

Ha pasado mucho tiempo desde la última vez que recordó su primera noche sola en la cabaña de forma tan vívida. Esa noche se recostó en la cama, miró el cielo negro a través de las ventanas sin cortinas, y se sintió observada aunque las únicas personas a kilómetros de distancia eran Tom y Joe. A pesar de la labor que había hecho Tom para mejorar la vieja cabaña antes de su llegada, era fría. Laura se envolvió en cobijas de lana, se acurrucó y escuchó los sonidos desconocidos para intentar ubicar cada uno y entender su nuevo mundo. Diez años después, a los veintiséis, vuelve a sentirse como aquella primera noche en la cabaña de los Toolin.

—Siento como si estuviera en Cork, en la cabaña de los Toolin —susurra Bo y suelta una risita.

—Basta —le suplica Solomon, pues no quiere que Laura la escuche—. Un búho —susurra al intentar identificar los sonidos provenientes de la recámara de Laura. Recuerda estar con ella en la cabaña, parado junto a la ventana, y estremecerse con cada sonido. Ella lo ayudó a reconocer cada uno para ayudarlo a tranquilizarse. Quizás él debería estar con ella en su recámara y tratar de hacer lo mismo por ella. Escucha con atención, no sólo a Laura, sino a los ruidos que provienen del interior y del exterior del apartamento, y oye cosas que nunca antes había percibido.

Ambos guardan silencio mientras escuchan. Están recostados en la cama, mirando el techo.

—¿Murciélago? —dice Bo al reconocer un sonido.

—Algún tipo de ave —Solomon se encoge de hombros—. Ésa es una rana croando —susurra al identificar el siguiente.

—Guau. Lluvia en el tejado —susurra ella y se acurruca junto a él—. ¿El viento?

—Quién sabe —contesta él. Disfruta estar ahí con Bo, la cercanía de su cuerpo. Están desnudos, con las sábanas hasta la cintura, en una noche bochornosa que la lluvia intentó refrescar, mientras escuchan los sonidos nocturnos de una montaña remota. Con tan sólo cerrar los ojos, Solomon se siente transportado a otro lugar como por arte de magia. Es una visión íntima de lo que sería pasar la noche con Laura en su cabaña.

—Esto es tan romántico. Es como si acampáramos —dice Bo y lo abraza, recuesta la cabeza sobre su axila, y su cuerpo se amolda al de él. Alza el muslo para abrazarlo y se hace ovillo a su lado—. ¿Alguna vez lo has hecho bajo las estrellas? —empieza a besarle el pecho, y luego baja por el torso, por la pelvis.

Entonces Solomon se da cuenta de que la situación no es romántica. Es Laura, sola en un lugar desconocido, recordando las cosas de su hogar que extraña, conjurando sonidos familiares para ahuyentar su soledad. Intenta sacársela de la cabeza, intenta dejar de escucharla y perderse en Bo. Pero no puede; aun cuando Laura guarda silencio, él no para de pensar en ella.

18

Laura y los documentalistas aguardan sentados en el laboratorio de David Kelly, de la Sociedad Irlandesa de Ornitología. Rachel examina el monitor a su lado, el entorno bien iluminado, las jaulas de aves en el fondo, el equipo científico ubicado estratégicamente dentro de la toma, mientras el doctor Kelly observa la escena con un poco de impotencia.

—Sí, bueno, pero eso normalmente no estaría ahí —dice, irritado, mientras Bo mueve sus afiches de aves de una pared a la otra para que la toma sea más estética.

Finalmente, el doctor Kelly está en posición, sentado y listo para comenzar la entrevista, con Bo frente a él pero fuera de cámara. Solomon está preparado, con el micrófono extendido por encima de ambos. Laura se asoma por encima del hombro izquierdo de Solomon. Todos se ven contentos, salvo por Solomon. Ésta es la pesadilla de cualquier sonidista. Cada vez que David Kelly abre la boca, un ave grazna. Y, por si eso fuera poco, Laura la imita.

Así como Rachel pierde la paciencia cuando algo interfiere en su toma, el estado de ánimo de Solomon se ve sumamente alterado cuando algo afecta el sonido. Mientras que David Kelly mira a Laura con frustración por tener que iniciar su intervención de nuevo, Solomon se siente apacible. Le da gusto que ella esté ahí con él, y sus sonidos son recordatorio de su presencia, lo cual es casi un milagro para el temperamento de Solomon.

Laura mira a David, con los ojos bien abiertos y mirada inocente, como si no hubiera hecho nada en absoluto.

Incluso antes de que iniciara la entrevista, Solomon sintió que no era apropiado llevarla ahí, pues no está seguro de si ella debería escuchar a otros hablar sobre ella o de cosas relacionadas con ella. ¿Quién querría saber lo que otros dicen de ti a tus espaldas? Solomon se lo comentó a Bo y, aunque ella estuvo de acuerdo, no tienen muchas opciones; Laura se niega a quedarse sola en el departamento. Quiere estar con Solomon.

—De acuerdo, doctor Kelly, empecemos de nuevo. Misma pregunta, misma respuesta. Por favor —dice Bo.

—Sin duda. El ave lira es un pájaro…

—Perdón. ¿Podría empezar sin decir "sin duda"?

—Lo lamento. Por supuesto —hay un largo silencio. Rachel asiente en dirección al doctor. Inicia la grabación—. El ave lira es un pájaro australiano que vive a nivel del suelo y que también es conocido por su…

—Perdón —interrumpe Bo—. Lo siento, chicos. Es que habla demasiado rápido —le dice. Y tiene razón. El doctor Kelly intenta decir todo lo que quiere decir antes de que otra ave grazne y Laura le conteste—. Un poco más despacio. Como lo había hecho antes estaba perfecto. Continúe, por favor.

Audífonos en su lugar. Inicia la grabación.

—El ave lira es un pájaro australiano que vive a nivel del suelo y es famoso por su… —*Bruaaak*. Un ave. *Bruaaak*. Laura—. Por su potente capacidad de imitación —continúa—. Construye su morada en donde hay mucha leña… —*Bruaaak*. Un ave. *Bruaaak*. Laura. —En las montañas. Muy poca gente *ha visto* aves lira. Sin embargo…

Se escucha el *toc toc* de un pico que golpea su jaula, el cual Laura imita.

Solomon voltea a ver a Bo con frustración. Esto es un desastre. Hasta David Kelly parece irritado, pero no deja de hablar, aunque pareciera que enfrenta el embate constante de un boxeador invisible.

—No —interrumpe Rachel de repente y detiene la filmación. Solomon se quita los audífonos e intenta disimular la sonrisa—. Esto no nos sirve.

—Quizá deberíamos intentar grabar en un lugar donde no hubiera tantas aves —sugiere Bo con entusiasmo para tratar de mantener el buen ánimo.

David Kelly voltea a ver su reloj.

La sala de juntas es silenciosa. No hay ruidos de autos, ni de gente, ni de teléfonos, ni del zumbido del aire acondicionado. El entorno es propicio para Solomon. Sin embargo, hay mucha caoba oscura en la escena, así que Rachel debe ajustar la iluminación. Pero funciona. Hay aves en la toma, aves en una vitrina de cristal, aferradas a sus ramas. El único problema es que están muertas, disecadas, y eso le preocupa a Solomon.

Laura se les une. Mira la vitrina de cristal llena de aves. Solomon reconoce la confusión en su rostro, pero Laura guarda silencio. Solomon se pone los audífonos. Los dedos de Laura recorren el cristal de la vitrina para intentar acariciar a las aves, y, antes de que David Kelly pueda abrir la boca, Laura vuelve a emitir una letanía de sonidos: el disparo, la caída de la liebre, los quejidos de la liebre, los gimoteos de Mossie. Un nuevo sonido, los disparos computarizados del videojuego del niñito en el hotel hace unos días. Laura los ha relacionado.

El doctor Kelly se pone de pie y la observa.

—Por Dios. Eso es… *extraordinario.*

Laura alza la vista y se da cuenta de que todos la miran, así que guarda silencio. Luego quita la mano del cristal.

—¿Cómo murieron?

—Miente —exclama Solomon en forma de carraspera.

—Ah, eh, por causas naturales —contesta el doctor Kelly.

Laura frunce el ceño y mira fijamente a Solomon. Luego imita su carraspera una y otra vez, hasta que la palabra “miente” se vuelve claramente audible. Solomon suspira.

—Mire, creo que sería mejor hacerlo en su oficina. Es el mejor lugar —Bo lo decide de forma repentina.

—Pero dijo que no le agradaba esa estancia —dice David Kelly, como si fuera un chiquillo ofendido.

—Pues ahora creo que es perfecta —contesta Bo y toma sus cosas para emprender el camino.

—Creo que debo irme. Tengo una clase…

—No tardaremos mucho más —dice Bo y esboza una sonrisa reconfortante—. Y así puede pasar más tiempo con nuestra ave lira. Piénselo como trabajo de campo.

La idea le resulta atractiva al doctor Kelly, quien está fascinado con la mujer ave. La observa mientras los demás transportan el equipo, y se ríe como un niño para sus adentros.

Laura voltea a verlo y lo mira de arriba abajo del mismo modo en el que él la miró, y luego imita su risita. El doctor Kelly aplaude, contento.

Finalmente, una vez que están en la oficina del doctor Kelly —una estancia pequeña, llena de papeles, en donde el escritorio ocupa la mayor parte del espacio—, se sientan para hacer la entrevista.

—Doctor Kelly —dice Bo con voz tersa—, ¿podría hablarnos sobre el ave lira macho, en especial sobre su talento para la imitación?

—El ave lira macho es popular en el bosque, admirado y loado por otras aves cantoras. Buena parte de su capacidad vocal la dedica a imitar el canto de otras aves, aunque también tiene una gran capacidad para cantar por sí solo. Digamos que una tercera parte de su canto es original; un tercio es semioriginal, y se basa, en gran medida, en sonidos de los arbustos, combinados con una melodía armónica y continua; y el resto de su canto es simple y llana imitación; es una imitación tan precisa que es imposible distinguir entre el canto genuino y la imitación. No parece haber sonido que el ave lira sea incapaz de reproducir. Las aves lira son animales de costumbres que prosperan en un entorno rutinario. La temporada de apareamiento comienza en mayo y termina en agosto. Al comienzo de la temporada de apareamiento, el ave lira macho construye una serie de montículos de exhibición y corteja de forma diligente a la hembra con canciones y bailes. Su pareja lo sigue adonde vaya y presencia cada una de sus presentaciones desde una posición privilegiada. Cuando uno de los actos termina, ambos buscan comida, pero, tan pronto el macho empieza a cantar, la hembra se detiene para escuchar a su pareja. Una vez que se emparejan, rara vez se les ve separados, y su devoción constante hacia sus crías es indicativa de un espíritu familiar.

Esa descripción hace sonreír a Solomon. Bo voltea a verlo por un instante, así que él desvía la mirada y finge arreglar algo del audio.

—Tras haberse apareado, la pareja de aves lira selecciona un lugar para su nido. Ninguno de los dos se alejará de él. Son criaturas monógamas una vez que eligen pareja; no cambian de pareja y permanecen juntos, se hacen compañía, durante toda su vida.

Solomon aprieta los labios para disimular la enorme sonrisa que se dibuja en su rostro. Voltea a ver a Laura por un instante, cuyos ojos verdes están clavados en él con expresión sugerente.

Son las diez de la noche. Es temprano para que Bo y Solomon se vayan a acostar, e incluso para haber hecho el amor, pero, al tener que compartir un espacio tan pequeño con Laura, es más fácil decir buenas noches y retirarse a su recámara para tener privacidad.

Habían vuelto a hacer el amor lo más silenciosamente posible, sobre todo después de aquella experiencia en el hotel. Solomon parecía distraído, lo cual no era algo malo; Bo también lo estaba, pues no podía parar de reformular y planear el documental en su mente. Ahora ambos se recuestan de espaldas, miran el techo y escuchan la canción nocturna de Laura. Bo lo disfruta; le parece relajante. Se enrosca un mechón de cabello alrededor del dedo y cierra los ojos.

—Ahora repasa su día —dice ella.

—Ése es el cajero automático —dice Solomon con una sonrisa—. Me acompañó mientras Rachel y tú terminaban de desayunar. Nunca había visto uno.

Laura imita el pitido del cajero automático y la entrega del efectivo.

—Ojalá produjera efectivo de verdad —bromea Bo—. Si este documental resulta ser tan bueno como creo que será, Laura se convertirá en una mina de oro.

—Probablemente podría descifrar los códigos de la gente al memorizar los sonidos —dice Solomon—. Alguna agencia del gobierno podría aprovechar sus habilidades.

Bo se ríe entre dientes.

—Eso *sí* querría capturarlo en pantalla —hace una pausa para escuchar—. Es como si le echara un vistazo a sus recuerdos del día, como hago yo con las fotos en el celular.

Simplemente escuchan. Relajados. Calmados. Apacibles.

Luego escuchan la risa de Solomon. Una peculiar risa sincera.

—¿Eres tú? —Bo lo mira fijamente.

—Sí. —Solomon evita su mirada—. No recuerdo qué me causó tanta gracia —miente y recuerda cómo ambos se abrazaron, sin poder parar de reír, con el estómago adolorido y los ojos llenos de lágrimas. Mientras él se vestía, le pareció escuchar que Laura cocinaba tocino por los sonidos que provenían de la cocina, el exquisito sonido de la sartén candente y de la grasa hirviente. Al salir a la sala de estar, encontró a Laura de pie frente a un refrigerador vacío, en plena imitación de sus sonidos. Laura tenía hambre. Él se veía tan confundido cuando encontró la estufa apagada y la mesa vacía, y luego tan desilusionado, que Laura no pudo parar de reírse de su expresión. Cuando él se dio cuenta de lo que había ocurrido, se dobló de risa también.

Cuando termina de imitar su risa, Laura reproduce la carraspera con la palabra oculta:

—Miente.

Solomon se estremece.

Ella compara ese gesto con la risa. Luego vuelve a la mentira, luego a la risa. Lo hace varias veces.

—Ahora intenta decidir algo —dice Bo y lo mira fijamente después de entender lo que hace Laura—. Trata de descifrarte —Laura imita de nuevo la risa de Solomon—. Sol —dice Bo, sin poder disimular su preocupación.

—¿Qué? —Solomon no se atreve a mirarla. El corazón se le acelera. Espera que Bo no lo note. Siente que todo el cuerpo le retumba.

—Sol.

Miente. Risa. *Miente.* Risa. Así se la pasa Laura, una y otra vez.

Solomon mira a Bo. Luego se endereza y esconde la cara entre las manos.

—Ya lo sé. ¡Mierda!

19

A LA MAÑANA SIGUIENTE, LAURA ESTÁ ASOMADA EN EL BALCÓN con una taza de té entre las manos. Emite algún tipo de silbido.

—¿Qué hace? —pregunta Solomon tras terminar de ducharse y alcanzar a Bo en la cocina. La besa. Se hace el propósito de besarla y de no ocultarlo más. Anoche, Bo y él decidieron que, por el momento, lo mejor sería que él se distanciara un poco de Laura, para permitirles a ellas intimar. Además, tiene trabajo que hacer en la filmación de *Cuerpos grotescos,* para lo cual debe tomar un vuelo mañana y pasar varios días en Suiza mientras filman la cirugía y recuperación de un hombre al que le han dado seguimiento durante un año. Aunque Bo y él decidieron que lo más sano para Laura y para el documental era que él desapareciera unos días, Solomon sabe que también es lo mejor para él. Se siente perdido; no le agrada convertirse en el tipo de hombre que piensa en otra mujer cuando está en la cama con su novia. Él no es así. No es quien quiere ser. Necesita salir de esa ecuación.

—Ahora habla con el pájaro vecino —contesta Bo—. ¿Quieres huevos revueltos con tocino? —le pregunta y asienta un plato frente a él—. Los hizo Laura. No deja de pedirme toda clase de ingredientes que desconozco. Hierbas y cosas así.

—Deberías llevarla al supermercado —dice él e intenta no voltear a ver a Laura—. Creo que le agradaría.

—Sí —dice Bo, sin saber bien cómo se las arreglará la semana que esté sola con Laura. Casi cree que preferiría cambiar de opinión sobre la cercanía de Sol y Laura si eso implicara que él se quedara.

Laura gorjea en el balcón.

—¿Cuál pájaro vecino? —pregunta Solomon de la nada, intrigado, mientras disfruta el sabor de la comida casera que ha mejorado desde la llegada de Laura.

—El chico de junto tiene un pájaro en una jaula. Un periquito o algo así. ¿A poco nunca lo has escuchado?

—¿Cuál chico? —pregunta.

Bo se ríe y le da un latigazo juguetón con una toalla de cocina. Luego se sienta a su lado, con un café exprés y una toronja, y reanuda sus susurros.

—¿Quieres acompañarnos mientras le comunico a Laura los detalles de la audición?

—Ya lo acordamos anoche —contesta él y se concentra en el desayuno—. Es hora de que ustedes se conozcan mejor. Es necesario que ella empiece a confiar en ti también. —Laura hizo ese desayuno, y son quizá los huevos revueltos más exquisitos que ha comido en su vida. Prácticamente lame el plato al terminar. Necesita salir de ahí cuanto antes.

—Sí, lo sé, pero es que tú te entiendes mucho mejor con ella.

Solomon alza la mirada y percibe el nerviosismo de Bo.

—Te irá bien. No pienses que le "comunicas" nada. Habla con ella como si fuera tu amiga.

—Probablemente las ocho de la mañana es demasiado temprano para abrir una botella de vino, ¿cierto? —dice en tono de broma, pero su inseguridad es evidente.

Solomon voltea a ver a Laura por primera vez desde que se sentó. Laura se tardó algunos días después del incidente en el campo de tiro en Galway para salir de nuevo de su coraza. Se han divertido, él ha disfrutado mostrarle nuevas cosas y mirarla, escucharla, prestar atención a sonidos cotidianos que hace mucho tiempo que dejó de escuchar. El zumbido de la puerta del autobús al abrirse, el chiflido del cartero, el traqueteo de la cortina metálica de una de las tiendas del piso de abajo, el tintineo de las llaves, el rugido de una motocicleta, el pitido de una bocina de bicicleta, el golpe de tacones de aguja en el suelo. Los sonidos de Laura son interminables y fluyen de su boca sin esfuerzo, sin que ella siquiera lo note. El temor de Bo de que los sonidos de Laura desaparecieran durante el fin de semana estuvo injustificado; en todo caso, ahora son más frecuentes. Solomon se la ha pasado bien con Laura. Se ha reído más con ella en apenas unos cuantos días de lo que recuerda haberse reído en mucho tiempo. Pero, con frecuencia, al descubrirse con este sentimiento, se cierra. Laura tuvo razón de cuestionar su personalidad anoche. ¿Qué hacía? ¿Quién era él? Primero se portaba franco con ella, y luego se volvía hermético. Era cálido y luego frío. Por el bien de Laura, y de Bo y él, tendría que mantenerse al margen.

Los gorjeos de Laura se metían al departamento por la ventana entreabierta.

—Por cierto, no habla con el pájaro —dice Solomon mientras lava los platos.

—¿Qué?

—Dijiste que hablaba con el pájaro.

—Ah, pues es que eso hace.

—¿Hablas en serio?

—Pues a mí me suena a toda una conversación.

—No —Solomon se ríe, pero en su interior siente que crece la agitación familiar, o quizá sean agruras, un ardor en medio del pecho. ¿Es eso lo que lo hace molestar a Bo, o es Bo la causa del ardor? No está seguro, pero sabe que ambas cosas están relacionadas.

—El ave cree que conversan —contesta ella como si nada y toma su celular para revisar de nuevo su correo electrónico.

—Bueno, no sé qué piense el ave. Sólo entiendo a los humanos —y ahí, de forma no muy disimulada, está la acusación de que ella no comprende a los humanos.

—Está bien, Sol. No conversa con el ave —Bo se ríe—. Entonces explícame qué es lo que pasa. Tú pareces entenderla mucho mejor que yo.

No lo dice con sarcasmo ni cinismo. Su tono de voz no es juicioso.

—Está bien, tengamos una "conversación" como la de ellos. Ahora mismo. Desde ya.

—¿Quieres que chifle? —dice Bo entre risas.

—¿Quieres que chifle? —repite Solomon, también entre risas, lo más parecido posible a ella.

Bo se ríe.

Él la imita.

—Tal vez debería gorjear.

—Tal vez debería gorjear.

La sonrisa de Bo empieza a desdibujarse.

—Está bien, Sol. Ya entendí.

—Está bien, Sol. Ya entendí.

—Laura no conversa con el ave.

—Laura no conversa con el ave.

—Imita al ave.

—Imita al ave.

Bo decide guardar silencio.

Afuera, en el balcón, aunque ninguno de los dos alcanza a verla, Laura sonríe y mira su taza de té.

Solomon mira fijamente a Bo, a la espera de que vuelva a abrir la boca. Él se siente como el niño que disfruta hacer rabiar a sus hermanos.

—Mi novia Bo —dice ella, despacio y concienzudamente— es la productora más sexy del mundo.

Él repite la oración mientras acerca su silla a la de ella y la jala hacia él, hasta quedar frente a frente.

—Con las tetas más ricas.

Bo se ríe.

—Yo no dije eso.

—Yo no dije eso.

Felices. Risueños. Es la mejor versión de ellos. Pero Bo tiene que arruinarlo.

—Quiero casarme con mi novia Bo.

Solomon se queda callado. La mira fijamente; se aleja un poco para ver bien su rostro, entender el panorama completo, descubrir si bromea. La sonrisa de Bo se esfumó, igual que la suya. Hay una fuerte tensión entre ellos. ¿Por qué Bo tuvo que decir eso y arruinar el momento? ¿Por qué tiene que ser tan intensa?

—¿Eso quieres? —pregunta él.

Ella examina la expresión de él. Es evidente que no es lo que él quiere, pues ni siquiera pudo decirlo como parte de un juego tonto. No es precisamente que ella lo desee. No era el objetivo de esta relación. Lo fue alguna vez, cuando estaba con Jack, pero entonces ella era más joven y le gustaba tener proyectos, y ese hombre era todo un proyecto. Lo irónico es que probablemente habría accedido a casarse con Jack más rápido de lo que lo haría con Solomon. Es perturbador, y no porque sea algo que desee en particular, sino porque es evidente que él no lo quiere. Bo no tiene claro si es un insulto estar con alguien que no quiere casarse con ella, aunque ella tampoco quiera hacerlo. Es su doble moral. Y sale a relucir en más de un momento.

Bo es capaz de escuchar la discusión que tiene Solomon consigo mismo en su mente, pues parece estar al borde de un ataque de pánico, con la piel brillante por el sudor nervioso. Bo escucha con claridad los argumentos de Solomon; de hecho, ella también utiliza esos argumentos en su contra, pues ella fue quien dijo el enunciado para que él lo repitiera, para ponerlo a prueba, a pesar de lo injusto que fue.

—Esa sí es una conversación de verdad —dice ella y se pone de pie—. Deberías irte. Se te hace tarde para el trabajo.

En el balcón, Laura exhala despacio mientras escucha a escondidas el final de su charla.

El ave del balcón aledaño gorjea con fuerza dentro de su jaula, se agita, brinca de una percha al piso, picotea su comida, los barrotes. Junto a la jaula hay un niñito sentado que choca cochecitos rojos entre sí y hace efectos de sonido de los autos y los choques. Laura imita sus ruidos infantiles.

Las últimas dos mañanas ha disfrutado sentarse en el balcón y pensar. Al menos ahí los sonidos están acompañados de aire fresco. Hace que sea más fácil manejar las cosas y parece calmar el dolor de cabeza.

Bo la alcanza en el balcón. Laura la mira de reojo. Bo es precisa, pulcra, impecable, perfecta. La ropa no tiene una sola arruga, el rostro es suave y terso, los ojos son color chocolate, y la piel aceitunada carece de imperfecciones. Tiene atado el cabello castaño en una cola de caballo alta, aunque apenas si le alcanza el cabello, y dos mechones frontales que le caen por los costados y que se acomoda detrás de las orejas. El cabello siempre le brilla. Cuando sonríe y enuncia ciertas palabras, se le forman hoyuelos en las mejillas. Usa jeans ajustados con mocasines, y una camiseta tipo polo con el cuello alzado. La tela parece costosa y todo es de una gran calidad. Sobre su clavícula se asienta un collar de perlas. Bo parece lista para salir en la portada de una revista de yates. Nunca parece tambalearse ni exaltarse ni perder el control. A Laura le da la impresión de que Bo sabe siempre exactamente adónde va. Laura siente que es justo lo contrario a ella.

—¿Haciendo amigos? —le pregunta Bo. Laura la mira, confundida. No hay nadie más en el balcón—. Me refiero a… No importa —la sonrisa de Bo se esfuma mientras su mirada se clava en la laptop que acaba de asentar en la mesa—. Te traje esto para mostrarte el formato de *StarrQuest*. Es importante que conozcas bien el proceso antes de entrar. No querría que lo hicieras si hay algo con lo que no te sientes cómoda —al mencionarlo, siente mariposas en el estómago. La audición es esta misma tarde—. Ése es Jack —continúa Bo y señala la pantalla, y, por la dulzura con la que dice su nombre, Laura voltea a verla de inmediato—. ¿Qué? —Bo se sonroja.

—Nada —contesta Laura en voz baja.

—Eh, iré por más té verde —dice Bo y se apresura a entrar al departamento.

Laura se concentra en la pantalla. Bo ha armado una lista de videos de YouTube para ella. Los concursantes de *StarrQuest* tienen dos minutos para demostrar su talento. Hay increíbles acróbatas, cantantes, músicos, magos y toda clase de talentos que ni siquiera se imaginaba que existían.

Bo vuelve y asienta la taza de té frente a Laura. La llenó casi hasta el borde de agua hirviente, y algunas gotas se derraman por los costados. Es evidente que Bo no suele preparar té. Laura se pregunta por qué le busca defectos, pero es que nunca había conocido a alguien que aparentara tanta perfección y seguridad en sí misma.

—¿Qué opinas? —le pregunta Bo.

—Qué increíbles personas —dice Laura—. Me sentiría fuera de lugar junto a ellos.

—Laura, eres más única que todos ellos juntos —argumenta Bo—. Además, Jack Starr, el juez del programa, ha pedido verte con sus propios ojos.

—Y tú confías en él —dice Laura. No es pregunta. Escuchó la forma en que Bo pronunció su nombre. Con afecto. Confianza. Amor.

Bo se paraliza ligeramente.

—¿Que si…? Sí. Digo, él es… es un... sabe identificar el talento. También es músico. Es muy talentoso, mucho más de lo que la gente cree. Toca la guitarra, el piano, la armónica. Se hizo famoso por un puñado de canciones exitosas, pero él es mucho más que eso. Ha escrito montones de canciones que nunca nadie ha escuchado.

Mucho mejores que las que lo hicieron famoso. Tiene muchísima experiencia y es capaz de reconocer el talento de los demás, y está en busca de alguien que sea verdaderamente única.

Bo dijo "única" dos veces. ¿Quieren promoverla para el concurso porque es única o talentosa? Teme preguntar. No está segura de querer saber la respuesta. Da clic en otro video. La voz del narrador anuncia con dramatismo que este programa cambia las vidas de las personas. ¿Laura desea que su vida cambie? Su vida ya cambió y no puede pararlo. Simplemente le queda intentar mantenerse al corriente.

—¿Tú qué crees que debería hacer? —pregunta Laura.

Bo no tarda ni un segundo en contestar.

—Hazlo. A fin de cuentas, la cosa es ésta: podemos hacer el documental sin que participes en *StarrQuest*, claro está. No es un documental sobre un programa de talentos. Sin embargo, creo que ganar popularidad no sólo le añadiría contenido al documental, sino que sería benéfico en otros sentidos. Pero no necesitas preocuparte por esas cosas. Para mí, como productora, me haría más fácil venderlo. Haber participado en un documental exitoso te abre puertas y más caminos por los cuales llevar tu vida. Eso por sí solo es un regalo. Oportunidades, opciones. Sé que es parte de lo que buscas —dice. Laura asiente. Bo parece conocerla muy bien y decir las cosas adecuadas en los momentos en que Laura se siente más confundida—. Hazlo —repite Bo alegremente, con una sonrisa, y su energía es contagiosa—. Emprende la aventura. ¿Qué puedes perder?

—Nada —Laura alza los brazos al aire y sonríe.

20

Al mediodía, Solomon y Rachel llegan a Slaughter House, el sitio donde se llevan a cabo las audiciones en vivo para *StarrQuest.*

—Como ovejas al matadero —dice Rachel y mira la fachada con desconfianza.

El sitio es famoso porque alguna vez fue un matadero de ganado, pero ahora es una sala de conciertos pequeña e íntima, donde se presentan artistas de mucho renombre. El proceso de audición es un poco distinto al de otros programas de talento: no hay filas de posibles competidores que se extienden cuadras y cuadras; en vez de eso, quienes están ahí fueron previamente seleccionados por un panel de jueces para las audiciones en vivo. Es un proceso de selección determinado por las exigencias de la farándula y de la búsqueda de diamantes en bruto. El formato de *StarrQuest* es que, durante el espectáculo en vivo de una hora, diez concursantes tienen dos minutos cada uno para su presentación. Jack Starr se sienta en un trono, y el público se sienta alrededor del escenario como si fuera una arena de gladiadores. Después de cada presentación de dos minutos, Jack presiona un botón que revela un enorme y dorado pulgar que apunta hacia arriba si pasan la audición, o hacia abajo si se van "al matadero". El propio Jack Starr y su compañía productora, StarrGaze, diseñaron el formato del *show*; el nombre de la productora es un guiño a sus días de roquero, cuando cantaba en una banda llamada Starr Gazers. El año pasado, después de una larga batalla en los juzgados, ganó el derecho a seguir usando StarrGaze como nombre de su productora, su disquera y su agencia de talentos, luego de que un insatisfecho excompañero de banda alzara su desafinada voz para intentar arrebatárselo.

La franquicia *StarrQuest* ha sido adquirida por doce países alrededor del mundo, en donde la encabezan personajes con cualidades e historias similares a las de Starr. Sin embargo, el caprichoso mercado estadounidense no ha mordido el anzuelo, a pesar de ser el que Starr ha perseguido con más ansias, sobre todo después del fin de *American Idol.* Como Irlanda es ahora su segundo hogar, y es el único territorio anglófono que ha comprado el formato, ha elegido figurar como juez del *show* irlandés. Los ganadores reciben un contrato con su disquera y agencia de entretenimiento, StarrGaze. Es su oportunidad para brillar, antes de que algún nuevo programa de talentos lo opaque, y sin duda disfruta el nuevo aire de su fama casi veinte años después de que su disco debut ganara Grammys y lo llevara de gira por el mundo. Ha vuelto a hacer dinero, gracias al programa y a la reedición de su primer álbum. Disfruta subirse de nuevo a los escenarios a tocar, pues la música es su primer amor, e intenta incluir tanto material nuevo como pueda soportar un público que sólo fue a escuchar los grandes éxitos. Starr desea que su nuevo material llegue a las listas de popularidad; es mucho mejor que cualquier cosa que produjo en el mar de alcohol y drogas en que vivía a los veintitantos, pero su popularidad con el programa televisivo no se ha reflejado en su carrera musical. Desde que *StarrQuest* salió al aire, ha sacado sólo un sencillo que ni siquiera llegó a la lista de los cuarenta principales.

En el centro del escenario de *StarrQuest* hay una pantalla de cuatro lados. Un guante dorado se agita en la pantalla mientras se toma la decisión, antes de cerrar el puño y alzar o bajar el pulgar. Una importante diferencia con otros programas es que aquí el público interviene en la decisión. El público está conformado tanto por quienes están en el estudio como por la gente que vota desde la aplicación de *StarrQuest* en sus casas. Si el público vota *pulgar arriba* cuando Jack ha votado *pulgar abajo*, la decisión del juez se ve anulada por la del público. Si él vota *pulgar arriba*, él anula el *pulgar abajo* del público, lo que significa que cualquier Sí determina la aprobación del concursante. Desde que se convirtió al budismo, luego de que la vida de excesos le costara un matrimonio, su carrera y casi hasta la vida misma, Starr ha procurado infundirle positividad a cualquier cosa que crea. En ediciones previas del programa, los concursantes eliminados que recibían el *pulgar abajo* que dictaba su viaje al matadero, eran retirados del escenario dentro de una jaula cargada por gladiadores. Sin embargo, esto lo eliminaron después de la primera temporada, luego de que los espectadores se quejaran de lo ofensiva que era la imagen de una señora de noventa y dos años, madre de once hijos que estaban con sus propios hijos en el público, siendo llevada en una jaula después de cantar "Danny Boy", así como la de un niño de diez años que se puso a llorar luego de que no le saliera el truco de magia y que tuvo un ataque de pánico cuando lo obligaron a entrar a la jaula. No obstante, la jaula del matadero conservó su popularidad en otras versiones de la franquicia.

A pesar de que las presentaciones pasan por audiciones previas y se calendarizan meses y semanas antes de la versión en vivo, Jack Starr logró incorporar a Laura al programa de ese fin de semana. Los productores vieron los videos del celular de Bo en que Laura imita el sonido de la cafetera, así como algunos otros videos adicionales que solicitaron, así que tienen una buena idea de lo que hará esta noche. Pero primero, una reunión en persona, una prueba de sonido y un ensayo general para estar del todo seguros. No pueden darse el lujo de ser tan confiados.

En la entrada, la seguridad es intensa. Michael, el jefe de seguridad personal de Jack, decide encargarse de Solomon y Rachel.

—Adelante —le dice a Rachel, pero luego extiende el brazo para impedirle el acceso a Solomon. Hace un par de décadas, Michael ganaba premios por noquear gente en los cuadriláteros, pero ni siquiera el paso de los años ha logrado debilitar su corpulenta complexión. Le lanza una mirada fulminante a Solomon, quien pone los ojos en blanco y se aferra a la maleta con el equipo de sonido que le cuelga del hombro.

—Vengo a trabajar —dice Solomon con hartazgo. Se siente tentado a agregar el apelativo "Big Mickey", que era como se le conocía en sus días de boxeo en Estados Unidos. Quizás ahí sonaba intimidante, pero no en Irlanda.

—Qué curioso. Recuerdo que te mandaron al carajo y yo te saqué a patadas de aquí —con dos metros de estatura, el estadounidense le saca una buena cabeza a Solomon. Michael fue el director de la gira de Jack hace varios ayeres, y desde entonces han sido leales el uno con el otro. Jack es un hombre de palabra, en ese sentido. Es incapaz de serle fiel a una mujer, pero jamás olvida a un amigo.

En circunstancias normales, a Solomon le daría lo mismo que no le permitieran la entrada. De hecho, preferiría no volver a estar cerca de Jack Starr jamás, además de que intenta distanciarse de Laura, pero necesita que lo dejen entrar por el bien del documental. Para sus adentros repite que ésa es su prioridad y que no tiene nada que ver con Laura. Mañana estará en Suiza y ya no tendrá que librar esta batalla en su cabeza.

Laura y Bo ya están adentro. Pasaron la mañana juntas mientras Solomon asistía a la filmación de *Cuerpos grotescos*, a la fase de preparación de Paul Boyle para su cirugía. Solomon creyó que disfrutaría estar lejos de ellas después de tantos días tan intensos, pero en realidad estuvo preocupado la mañana entera por Laura. Bo le envió breves mensajes de texto para mantenerlo informado, pero el último fue bastante agresivo: *¡POR DIOS! Es una adulta. ¡Basta ya!* Bo ya no le contestó más. No tiene idea de qué hicieron durante el día ni dónde estuvieron; de hecho, ni siquiera se las imagina haciendo algo juntas.

Rachel vuelve a salir para acompañar a Solomon.

—Creo que te dejará entrar. Sólo quiere hacerte sufrir un poco.

—Por mí no hay problema —dice Solomon, asienta la maleta con el equipo de audio en el suelo y se reclina contra el muro para soportar la que, sin duda, será una larga espera.

—¿Has sabido algo de Bo? —le pregunta Solomon a Rachel.

—Sí y no —contesta Rachel.

—¿Eso qué significa?

—Que me llamó unas cuantas veces cuando estábamos en el ultrasonido, a pesar de que sabía que estábamos en el ultrasonido. Me dejó un mensaje para pedirme que me reuniera con ella y con Laura.

—¿Para filmar?

—No. Sólo que me reuniera con ellas.

La expresión de Rachel lo dice todo. Le enfurecía que la molestaran en momentos tan personales. A Solomon le agrada que Rachel pueda expresarse de Bo como se le antoje, independientemente de que sea su novia. Le agrada que Rachel se sienta lo suficientemente cómoda como para ser franca y decir lo que opina de la jefa. A Solomon no le gusta quejarse de Bo, pero Rachel sabe muy bien cuando él también está furioso con Bo. Lo que le molesta a Solomon de Bo es lo que a la mayoría de la gente le irrita de ella.

—¿Laura estaba bien? —pregunta y frunce el ceño al enterarse de que Bo le llamó a Rachel para pedirle ayuda.

—Estoy segura de que sí. Creo que era Bo la que tenía dificultades.

Solomon se pregunta por qué, durante aquel intercambio de mensajes, Bo jamás admitió que lo necesitaba. Solomon le dio varias oportunidades de que lo hiciera. Claro que no habría podido botar el trabajo y correr a su lado, pero habría deseado hacerlo.

Por fin se abre la puerta, y Bo se asoma finalmente, con una expresión de inquietud inusual en ella. Tener a Solomon y a Jack bajo el mismo techo —el exnovio y el actual novio, quien golpeó al exnovio e hizo que lo corrieran del trabajo y del edificio— jamás sería sencillo. Sin embargo, tan pronto ve a Solomon y a Rachel, la angustia se esfuma.

—Hola, chicos —dice, aliviada, aunque luego parece confundida—. ¿Qué hacen parados aquí afuera?

—El señor no me deja pasar —dice Solomon, refiriéndose a Michael.

—Ella sí puede entrar —interviene Michael y le da una mordida a una manzana que apenas si se alcanza a ver entre sus enormes dedos. La mordida es casi la manzana completa.

—*Ella* tiene nombre —dice Rachel.

—Lo lamento —Michael baja la mirada—. Pero el imbécil ese no.

—Acepto tu disculpa —Rachel se ríe entre dientes.

—Michael —interviene Bo—, Jack dijo que está bien que él esté aquí.

—Bueno, pero a mí Jack no me dijo nada.

—Me imagino.

—¿Por qué no te deja entrar, Solomon? —dice Laura de repente, y todos voltean a verla. Está detrás del gigantesco Michael. Tiene los ojos bien abiertos, y su expresión es temerosa.

—Laura —dice Bo, irritada, como si hablara con una niña—, te pedí que te quedaras en la sala de espera.

—El imbécil no puede entrar —le explica Michael a Laura—. La última vez que vi al niñito, estaba haciendo un berrinchito. Tuve que sacarlo entre gritos y patadas.

—Para ser un *niñito,* sabe dar un buen derechazo —Rachel defiende a Solomon—. No lo vi en persona, pero vi los moretones en las fotos de los tabloides.

Ahora Michael mira fijamente a Rachel.

—Mi amiga no es muy fan de Big Mickey —dice Solomon, y Rachel pone los ojos en blanco.

—¡Por Dios! Ninguno de los dos va a poder entrar si siguen así. Déjenme arreglarlo —dice Bo y busca el celular en el bolso.

—Bo, por favor dile a Jack Starr que muchas gracias por la oportunidad, pero que no me quedaré aquí sin Solomon —interviene Laura, en tono respetuoso pero firme.

Solomon la mira, sorprendido, y ni siquiera hace el intento de disimular la sonrisa.

A Michael no lo impresiona el honor de Laura, pues ha visto incontables rubias hambrientas de fama pasar por esas puertas.

—Todo estará bien, Laura. Llamaré a Jack —dice Bo y se aleja de inmediato de ellos, con el celular pegado a la oreja, lo cual le resulta irritante a Solomon porque querría saber qué le dice sobre él a su exnovio. Al cabo de cinco minutos, los escolta Bianca, una asistente equipada con portapapeles y auricular, quien los guía a través de una red de pasillos.

—Hola —le dice Rachel a Laura—. No te pude saludar bien hace rato —alza la mano para chocar palmas con ella, lo cual hace a Laura sonreír.

—¿Cómo está tu bebé? —pregunta Laura.

—Grandote y sano —contesta Rachel con una enorme sonrisa.

—¿Pasaron una buena mañana? —le pregunta Solomon, en un intento por sonar casual, pero en busca de pistas en las expresiones de Bo y de Laura.

—Sí, genial —contesta Bo, un poco cortante—. Fuimos al supermercado, luego por café y té, luego a caminar por el parque Stephen's Green. Le mostré algunas tiendas de ropa por si quiere saber dónde comprar algo.

—Ya veo —Rachel asiente y voltea a verlas a ambas.

—Te llamé —le dice Bo a Rachel—, para preguntarte si querías acompañarnos.

—¿Ah sí? No vi ninguna llamada perdida —Rachel finge demencia—. Estaba en el *ultrasonido*.

—¡Claro! —Bo cae en cuenta—. Se me olvidó. ¿Cómo les fue?

—Bien. Como ya dije, la enfermera está convencida de que es un bebé lo que trae mi esposa en el vientre, así que estamos contentas —contesta Rachel.

Laura se ríe.

—¿Qué tal estuvo? —le pregunta Solomon a Laura, mientras Bo y Rachel caminan por delante de ellos.

Laura parece entretenida. Al abrir la boca, sale de ella la voz de Bo:

—Quizá deberíamos volver al departamento.

Es la forma en que Laura lo dice —el tono y la vibra cortante y agitada que captura— lo que hace a Solomon carcajearse. Reconoce el intento de Bo por ser cordial, pero también el deseo subyacente de huir de una situación.

Bo voltea a verlos; por un momento se siente acomplejada, pero luego sigue su camino.

—Ay, no —dice Solomon—. No fue tan terrible, ¿o sí?

Laura abre de nuevo la boca.

—¿Podrías por favor intentar no hacer eso aquí? —dice Laura con la voz de Bo. La sonrisa de Solomon se esfuma—. No pasa nada —agrega Laura de inmediato y se engancha a su brazo. Solomon trae puesta una camiseta de manga corta. Cuando sus cuerpos entran en contacto, algo peculiar ocurre. A ambos los recorre un hormigueo. Laura baja la mirada al brazo de Solomon y sabe que él también lo sintió—. Lo estaba haciendo más de lo normal —le explica—. Bo me pone nerviosa.

—Creo que es mutuo —contesta Solomon.

—¿Yo la pongo nerviosa?

—Eres diferente —dice Solomon, cuando en realidad quiere decir que Bo se siente amenazada por ella, sobre todo después de haberla escuchado imitar su risa, y porque Laura siempre quiere estar con él y deja claro que no confía en nadie más—. A veces la diferencia pone nerviosa a la gente.

Laura asiente con gesto comprensivo.

—A mí también.

—¿Estás nerviosa? —pregunta él. Laura asiente de nuevo—. Estarás bien —le dice él.

—¿Estarás conmigo?

—En todo momento —le da un golpecito a la maleta con el equipo de audio—. Te estaré escuchando todo el tiempo.

Bianca los lleva hasta un vestidor que tiene escrito AVE LIRA en la puerta.

—Tú vas aquí, Ave Lira —dice Bianca—. En unos quince minutos te llevaremos a vestuario, peinado y maquillaje, y como a las cuatro haremos una prueba de sonido —baja la mirada a su portapapeles—. Eres la última en el programa, así que tendrás que estar en el escenario a las ocho cincuenta para tu audición de dos minutos. Eres… —consulta sus notas— una personificadora. ¿Correcto?

Todos voltean a ver a Laura, quien voltea a ver a Solomon.

—No es precisamente una personificadora —le explica Solomon—. Pero sí hace imitaciones.

—Imitadora —escribe Bianca—. Bien. ¿Tú eres su agente?

—Sí —contesta él en tono solemne—. Sí, soy su agente.

Laura suelta una risita. Bo pone los ojos en blanco.

—No, no es su agente. Es parte del equipo de filmación del documental.

Bianca mira fijamente a Solomon con evidente irritación, y entrecierra los ojos demasiado delineados.

—Bien —dice Bianca, pero suena a que en realidad no está bien—. Los productores quieren saber cuántas personificaciones, o lo que sea, vas a hacer.

Mira a Laura quien, de nueva cuenta, voltea a ver a Solomon.

—Lo discutiremos ahora mismo —contesta él.

—¿Ahora mismo? —Bianca abre los ojos como platos, alarmada—. Bien. Vendré por ti en quince minutos, ¿de acuerdo?

Se escucha la interferencia de radio en su intercomunicador.

Laura imita el sonido, y luego toma asiento.

—Bien —dice Laura, con la voz de Bianca.

Bianca abre los ojos aún más. Nadie se ríe, pues los demás ya se han acostumbrado a ello. Bianca deja atrás a los raritos y se dirige al vestidor contiguo, donde hay una gimnasta de doce años.

—Creí que esta mañana definirían el contenido de la audición —le dice Solomon a Bo en voz baja mientras preparan el equipo para entrevistar a Laura en el vestidor.

Bo lo fulmina con la mirada.

—Sol, en la carnicería del supermercado se puso a imitar los sonidos de todos y cada uno de los animales muertos que había en el mostrador. Luego pitó con cada producto que pasaba por las manos de la cajera como si fuera el lector de código de barras. La pobre cajera estaba tan confundida que ya no sabía qué había marcado y qué no —dice Bo. Solomon suelta un bufido y se ríe, lo que atrae la atención de Laura y Rachel—. ¡No es gracioso! —dice Bo con voz aguda—. ¿Qué te parece tan gracioso?

Solomon no para de reír, por lo que a Bo no le queda más alternativa que dejar de tomárselo en serio y sonreír.

—¿Cómo te sientes? —le pregunta Bo a Laura.

Están filmando. La relación de Bo y Laura fluye mucho mejor cuando hay una cámara de por medio.

—Me siento bien —contesta Laura—. Un poco ansiosa —Laura imita al ganador de *StarrQuest* del año pasado. Un cantante de folk de setenta años que también tocaba la armónica. Rachel sonríe—.

Parece emocionante —dice Laura, como si no acabara de imitar el sonido de un órgano portátil—. Estoy emocionada. Como si fuera el comienzo de algo nuevo. Es decir, toda esta semana ha estado llena de cosas nuevas.

—¿Sabes qué harás para tu audición? ¿Crees que deberías ensayar algo? ¿Planear una rutina?

Laura clava la mirada en sus dedos.

—En realidad no lo planeo. Simplemente… ocurre.

—¿Recuerdas la primera vez que descubriste que tenías esta maravillosa habilidad de imitación?

Laura se queda callada un momento. Una parte de Solomon está convencida de que contestará "¿Cuál habilidad?". Aparenta ser algo muy propio de ella, algo de lo que no es consciente. Laura intenta recordar, y sus ojos se mueven de un lado a otro en busca de algo. Luego se detienen, y entonces Solomon sabe que ya se acordó. Bo lo reconoce también.

—No —contesta Laura finalmente y evita las miradas de los demás. No sabe mentir.

Bo no logra ocultar su desilusión.

—Ya veo. ¿Entonces es algo que siempre has hecho?

Otra pausa.

—Sí. Desde hace mucho tiempo.

—¿Desde que naciste, quizá?

—No me acuerdo de cuando nací —Laura sonríe.

—No espero que te acuerdes —contesta Bo en tono neutral—. A lo que me refiero es a que, ¿crees que esta… habilidad…?

Solomon habría usado la palabra talento, don. Está seguro de que Bo sigue sin verlo así. Para ella es una afección. Es algo que sólo es interesante desde el punto de vista del documental. Aun así, por lo menos no usó la palabra discapacidad.

Alguien toca a la puerta velozmente y luego la abre. Es Bianca.

—Hora de ir a vestuario, Ave Lira.

Solomon quiere decirle a Bianca que su nombre es Laura y no Ave Lira, lo cual es claramente el nombre del "espectáculo", pero se frena. Distancia, Solomon. Distancia.

Sin quitarse los micrófonos, Laura y el equipo de grabación siguen a Bianca hasta el salón de vestuario, donde Laura se probará algunos atuendos antes de pasar a peinado y maquillaje.

Mientras camina por el pasillo, Laura voltea a ver a Solomon con expresión de absoluta incertidumbre. Él le guiña el ojo en señal de apoyo, y entonces ella sonríe, entusiasmada, y sigue adelante.

—Estamos un poco apretadas aquí, señoritas —exclama la jefa de estilistas al ver a Rachel y su cámara, y luego a Bo, intentar escurrirse atrás de Laura. No es mentira: el salón está lleno de docenas de barras de acero que van de un muro a otro de donde cuelgan incontables atuendos, así que apenas si hay lugar para moverse.

—Esperaré afuera. ¿Rachel? —dice Bo.

—Yo me encargo —contesta Rachel, quien entiende que ese tono de voz significa "captúralo todo".

—Guau —exclama Laura. Camina junto a los tendederos y acaricia las distintas telas con las puntas de los dedos.

—Me llamo Caroline. Seré tu estilista —dice la mujer mientras examina el cuerpo de Laura de pies a cabeza—. Ella es Claire.

Claire no sonríe ni habla. Es probable que Claire sea una asistente que aprendió a no abrir la boca a menos que se lo ordenen.

Laura esboza una sonrisa.

—A Mamá y Gaga les encantaría esto. Ellas eran modistas.

A Caroline no parece importarle demasiado. Tiene que elegir el vestuario de diez personas distintas en un salón sin ventanas y con muy poco tiempo en sus manos y un equipo de producción que siempre cambia de opinión y espera que ella se haga cargo. Pero Laura tiene un ritmo completamente distinto al de cualquier otra persona que haya entrado por la puerta al mundo de Caroline. Laura cierra los ojos, y de pronto la estancia se llena con el sonido de una máquina de coser. Es rítmico y reconfortante, como el resuello de un tren, como un sonido al compás del cual quieres mecerte.

A Caroline se le llenan los ojos de lágrimas.

—¡Dios bendito! —exclama y se lleva una mano al vientre y la otra al corazón—. Me sentí transportada al pasado. Ésa es una Singer.

Laura abre los ojos y sonríe.

—Sí.

—Mi mamá usaba una de ésas —dice Caroline, y su voz se torna emotiva, mientras su expresión se suaviza—. Solía sentarme debajo de la mesa de costura y escuchar los sonidos de la máquina todo el día, mientras las tiras de encaje flotaban a mi alrededor.

—Yo también —dice Laura—. Con los retazos les hacía vestidos a mis muñecas.

—¡Yo también! —exclama Caroline, ya sin indicio alguno de estrés en la voz.

Pero Laura no ha terminado aún. Hay nuevos sonidos: tijeras que cortan tela, el rasgado de la tela que se rompe a mano, de nuevo la máquina de coser cuya aguja sube y baja, se acelera y luego se frena al llegar a las esquinas, mientras alguien maniobra la tela.

—¡Ay, cielos! ¡Qué maravilla! Permíteme vestirte con algo hermoso, criaturita mágica —le dice Caroline, arrebatada por lo que acaba de escuchar.

Quince minutos después, Laura sale del vestidor improvisado.

—¿Y bien? —Caroline voltea a ver a Rachel. Claro que Rachel no contesta, pero la cámara hace su trabajo. Lo que ve es a Laura como no la ha visto nunca antes, como Laura no se ha visto nunca antes. Laura examina sus expresiones con cautela, pero también con una sonrisa tímida. Le agrada y espera que a otros les agrade también.

Claire emprende la tarea de elegir los accesorios de Laura.

—Espera a que te peinen y te maquillen. Te verás deslumbrante —le dice Caroline—. Pero los zapatos no me convencen —agrega—.

Te tiemblan las piernas, pobrecita pajarita —le dice Caroline. Laura parece aliviada al quitarse las plataformas—. Zapatos de piso estilo gladiador —exclama Caroline finalmente—. Exudas esa vibra. Griega. Angelical. Diosa. También tienes la estatura suficiente para no necesitar tacones.

Después del peinado y maquillaje, terminan de crear a aquella diosa con un vestido blanco corto que le llega a la mitad del muslo torneado. Si Laura levanta los brazos, el vestido se le alza por encima de la ropa interior. Tiene el cabello rubio atado en un chongo en la coronilla, y trae puestas unas sandalias metálicas tipo gladiador, cuyas correas le llegan hasta las rodillas. Alrededor del bíceps, trae un brazalete dorado con una piedra color esmeralda. Los ojos verdes de Laura relucen más de lo habitual.

Todas se quedan en silencio al verla.

—Eso levantará el pulgar de Jack —dice la maquillista.

—Y no sólo el pulgar —agrega Caroline, y todas se ríen hasta que se dan cuenta de que la cámara sigue grabando. Entonces guardan silencio y se dispersan.

Solomon y Bo están en el escenario. Solomon se pone al día con sus antiguos compañeros de trabajo mientras todos esperan a que Laura llegue para la prueba de sonido y el ensayo de vestuario. Laura entra a escena acompañada de Bianca, quien la guía por los escalones que llevan al centro del escenario. Laura, quien no es consciente de las miradas que la devoran, mira a su alrededor como si acabara de aterrizar en un planeta desconocido. La iluminación, los asientos vacíos del auditorio que rodean el escenario, la enorme pantalla que desplegará el pulgar aprobatorio o el condenatorio. El trono dorado en donde Jack se sentará a juzgarla.

Solomon está de espaldas al escenario mientras discute con colegas a quienes no ha visto desde que se peleó con Jack, pero percibe el cambio de vibra en el ambiente. Quizá suene tonto, pero sabe que Laura acaba de hacer su entrada. Ve cómo los demás dejan de hacer lo que están haciendo y levantan el rostro; observa sus miradas y el cambio en su expresión facial. Su amigo Ted se queda a la mitad de una anécdota, pues quien está en el escenario lo ha distraído por completo.

—¡Guau!

A Solomon se le aceleró el corazón tan pronto percibió el cambio en el ambiente. Carraspea y se prepara. Y entonces da media vuelta.

—¡No me jodas! —exclama Ted—. ¿Ella es el Ave Lira?

—Ya ganó —canturrea Jason al pasar junto a ambos hombres. Ted se ríe.

Solomon carraspea de nuevo con gesto incómodo. No sabe adónde mirar. Si vuelve a clavar su mirada en ella, todos lo sabrán, todos sabrán lo que siente por ella. No soporta mirarla, no puede contenerse, contener el estremecimiento, la incomodidad, el ansia cruda y absoluta de tomarla, de que sea sólo suya, de hacer todo aquello que los demás hombres de la sala fantasean con hacer.

Bo lo observa. Él percibe su mirada y le da la espalda al escenario para ocuparse del equipo de sonido.

—¿Qué opinas? —le pregunta.

—¿Sobre q…?

—Laura.

Solomon vuelve a alzar la mirada como si apenas se percatara de su presencia.

—Sí. Se ve distinta.

—¿Distinta? —Bo lo mira con atención—. Está irreconocible, Solomon. Digo, es una maravilla. Hasta *yo* quiero cenármela, pero ¿sabes…?

Solomon voltea a verla, desconcertado.

—¿Qué?

—No era lo que esperaba… —Bo vuelve a fijarse en Laura y la examina.

—Te entiendo —dice él. Tampoco era lo que él esperaba. En lo absoluto.

Mientras a Laura la rodean toda clase de asistentes repentinamente generosos, y Bo vuelve a ocuparse en los asuntos del documental, Solomon se toma el tiempo para mirar a Laura con atención. Se da cuenta de que está nerviosa. Ella busca su mirada con expresión interrogante. Busca su apoyo, confianza, respaldo, pero él no puede hacer nada. Si se le acerca, todo el mundo lo sabrá. Ella lo sabrá. Bo lo sabrá. No puede arriesgarse a dar un paso hacia ella, no bajo estas luces y cámaras, a la vista de todo el mundo. Decide mantener su distancia, mirarla desde lejos, de reojo, como quien roba instantes.

El jefe de planta atrae la atención de Laura, y Rachel se encarga de documentarlo todo. Solomon entra en acción, se apresura, se pone los audífonos, carga el micrófono e intenta eludir la mirada de Laura.

—Ave Lira, soy Tommy —el jefe de planta extiende la mano, y ella se la estrecha—. Bienvenida. Sé que esto es estresante. Quédate tranquila, que todos los otros concursantes se sienten igual que tú. Pero todo estará bien, porque somos buena gente. Yo también soy de Cork. Los de Cork nos cuidamos entre nosotros.

Laura sonríe y conversa un poco con él. El jefe de planta logra tranquilizarla lo más posible.

—El rey y verdugo se sienta allá, en el trono. Cuando actúes, ésta será tu cámara principal. Ése es Dave, el camarógrafo —le explica. Dave agita la mano torpemente, y Laura se ríe—. Ésta es tu área. ¿Crees que necesites moverte mucho?

Laura busca consejo en la mirada de Solomon, pero él baja la mirada hacia la maleta del equipo de audio y ajusta la sintonía.

—Bueno, haremos una prueba y lo veremos con nuestros propios ojos —continúa Tommy con gentileza. No hay por qué preocuparse. Aún no. Les quedan unas cuantas horas de vida—. Para eso estamos.

Luego le explica a Laura las cuestiones de los tiempos, en dónde debe ubicarse durante la votación y adónde debe caminar cuando termine todo. Finalmente, llega la hora del ensayo. Solomon, Bo y Rachel se bajan del escenario, al igual que el resto de la gente, mientras las luces y la música hacen gestos grandilocuentes. Empieza el conteo de diez segundos antes de que comience el acto, durante el cual el escenario está bañado de rojo, y, al terminar, se baña de verde, lo que es señal de que empiezan sus dos minutos de gloria. El cronómetro de la pantalla superior cuenta los segundos que le sobran para convencer al Rey Jack Starr de que tiene lo necesario para pasar a la siguiente ronda de semifinales.

Laura se acerca el micrófono a la boca y mira a su alrededor. No dice nada. Lo único que se escucha en medio del silencio sepulcral es su respiración.

Tommy se para en la orilla del escenario y alza los brazos con un gesto exagerado.

—Di algo. *Cualquier cosa.* No importa. Sólo necesitamos escucharte.

Bo se ve nerviosa, y Solomon no está seguro de si está preocupada por Laura o por su propia reputación. Rachel se muerde el labio y tiene la mirada clavada en el suelo. Exuda una energía furiosa. Solomon toma nota de preguntarle después qué pasa.

Se repite el conteo de diez segundos.

Laura voltea a ver a Solomon y pasa los dos minutos enteros imitando el sonido de la cafetera. Solomon se ríe tanto que Bo termina por darle un codazo en las costillas, el equipo de producción lo fulmina con la mirada, y al final se ve obligado a salir del estudio porque no logra contenerse.

Horas después, una vez iniciado el programa en vivo, a cuatro participantes los han aprobado y a cinco los han condenado. Solomon,

Rachel y Bo filman la espera ansiosa de Laura tras bambalinas. Apenas si puede hablar de lo nerviosa que está. Bianca, la asistente responsable de Laura, no se le separa, y Laura, quien está muy inquieta, imita el sonido del radiocomunicador que trae Bianca en la mano y de todo lo que Bianca hace. Bianca la ignora como si nada de eso ocurriera.

Bianca le indica cuánto tiempo falta para su actuación.

—En dos minutos salimos hacia el estudio.

Laura contiene el aliento, y Bianca se aleja de ella.

—Necesito ir al baño.

—Espera, espera, espera. No puedes ir en este instante —dice Bianca, alarmada, desencajada.

Solomon asienta el micrófono en el suelo, y Rachel deja de filmar.

—¿Qué hacen? —les pregunta Bo, confundida. Rachel se niega a contestar. Asienta la cámara en el suelo, a su lado, cruza los brazos y clava la mirada en el suelo—. ¿Solomon?

Solomon toma a Laura del brazo y la lleva a una esquina, donde nadie pueda escucharlos. Sin embargo, por precaución, acerca la boca lo más que puede a su oreja, tanto que siente que el cabello de Laura le roza la nariz, mientras con los labios le acaricia el suave lóbulo de la oreja.

—Tienes la capacidad para transportar a la gente a otra dimensión. Los llevas a un lugar que no pueden ver, pero que pueden sentir. Si no sabes qué hacer, si no te sientes inspirada a hacer nada, cierra los ojos y piensa en algo que te haga feliz. Piensa en tu mamá y en Gaga.

—Okey —dice ella en voz muy baja, y Solomon alcanza a percibir su aliento con la mejilla.

Luego inhala para capturar su aroma.

—Te ves hermosa.

Laura sonríe.

Solomon se aleja cuanto antes, con la cabeza agachada, la mirada en el suelo, mientras Bo y Rachel lo observan.

—¿Estás lista? —le pregunta Bianca, aún alarmada. El verdadero mensaje es: *más te vale que lo estés.*

—Sí —contesta Laura.

—Bien —Bianca se lleva el radiocomunicador a la boca—. El Ave Lira va en camino.

Laura se para en el escenario, y el aplauso inicial del público se disipa hasta que todo queda en silencio.

—Hola, hola —dice Jack desde su trono, mientras la mira de arriba abajo con sutileza y, sin mucha sutileza, disfruta lo que ven sus ojos.

—Hola —dice Laura al micrófono. Solomon no podría sentirse más orgulloso de ella. Rachel no puede evitar morderse las uñas. Jack fue muy generoso al dejarla participar, pero no les permite filmar durante el programa en vivo, así que tendrán que extraer tomas de la versión televisiva.

—¿Cómo te llamas? Cuéntanos un poco sobre ti.

—Soy… La… Ave Lira —se corrige a sí misma—. Tengo veintiséis años y vengo de Gougane Barra, en Cork.

Se escuchan ovaciones en el público.

Jack saluda a la gente de Cork presente esta noche. Se nota que le agrada Ave Lira. Trae puesta su máscara de galán.

—Y dime, ¿qué nos presentarás esta noche?

Laura guarda silencio un instante.

—Todavía no estoy segura.

Risas del público. Laura no se ríe. Jack sí.

—Bien. Buena respuesta. Espero que lo decidas pronto porque tus dos minutos están por empezar. Buena suerte, Ave Lira.

Los reflectores del estudio se tornan rojos, y el escenario entero se inunda de luz roja. El cronómetro en la pantalla marca la cuenta regresiva de diez segundos. Al terminar, las luces se vuelven verdes, y comienzan los dos minutos de Laura.

Durante los primeros diez segundos, Laura no dice nada ni emite sonido alguno. Mira a su alrededor, casi como si estuviera aturdida, desconcertada, y lo absorbe todo. Diez segundos de silencio son toda una vida en tiempo televisivo. El público empieza a volcarse en su contra, a reírse entre dientes.

Alguien grita, una voz grave de hombre con un fuerte acento dublinés.

—¡Venga, Ave Lira!

Laura se sobresalta e imita exactamente lo que le acaban de decir.

El público se ríe.

El sonido proveniente de la oscuridad es tan repentino y explosivo que Laura no puede evitar imitar la risa colectiva de inmediato. Luego se oyen gritos ahogados y silencio. Por fin ha captado su atención. Ve frente a ella el foco rojo de la cámara de televisión. El resto del estudio está a oscuras. El trono de Jack Starr está iluminado, como si de verdad fuera un rey. Laura recuerda al ganador del año pasado, y el sonido de la armónica llena el estudio de repente, entre menos risas y más gritos ahogados de sorpresa. Laura sabe que no puede llenar todo el tiempo con eso, pues no se sabe completa la canción del ganador.

Las luces que le iluminan el rostro son sofocantes. Hay un aire denso de expectativas.

Recuerda lo que Solomon le dijo. Cierra los ojos. Piensa en su amada mamá, quien jamás creería que llegaría hasta aquí, y en Gaga, quien la envió a la montaña por su propio bien, por creer que al alejarla del mundo la protegería para siempre. Pero ahora está aquí, a la vista del mundo, de su peor temor.

De pronto suena el zumbido que marca el fin de su tiempo, y Laura abre los ojos, sorprendida. Las luces están todas encendidas. El público ya no está a oscuras, y el verde se ha vuelto rojo otra vez.

Laura mira a su alrededor, desconcertada, y piensa que lo arruinó todo. No dijo nada. Perdió su oportunidad. Avergonzó a Bo y, sobre todo, a Solomon. Se aleja el micrófono de la boca. Espera que la pongan en ridículo, que de inmediato la descalifiquen. El corazón se le acelera. Está mortificada. No hay aplausos. Las luces pasan de nuevo de rojas a normales, y vuelve a ver los rostros del público. No tiene idea de lo que ha hecho, pero el estudio entero está en silencio, mirándola y mirándose entre sí con expresión de sorpresa y desconcierto. Hay incluso algunas caras de admiración. ¿Qué fue lo que hizo?

Laura pasa saliva y voltea a ver a Jack Starr, quien en ese instante habla, analiza su actuación, pero no logra concentrarse en el significado de sus palabras. Las escucha una a una, pero en conjunto no les encuentra significado. Siente que se le sale el corazón del pecho. Está aterrada. Tuvo la oportunidad de empezar algo nuevo y fracasó a la primera. El público tiene diez segundos para emitir su voto, al igual que la gente que vota desde su casa. Al igual que Jack Starr.

Primero se revela el voto del público. Laura se prepara para ser fuerte, para alzar el rostro y aguantar el golpe con dignidad.

Contrario a lo esperado, el escenario se baña de luz dorada, mientras se revela el *pulgar arriba* del público.

Ahora es el turno de Jack. Un gigantesco pulgar dorado que apunta hacia arriba aparece en la pantalla que se encuentra justo encima de Laura, aunque ella no puede verlo. Entonces escucha una melodía alegre y veloz, el escenario se baña de luz dorada una vez más, y Tommy, el jefe de planta, la mira desde fuera del escenario y le hace gestos desesperados para que camine hacia él. Ella mira a su alrededor con nerviosismo, y luego sale del escenario.

Pasó a la siguiente etapa.

21

—Eso fue increíble. Una auténtica pasada —Jack Starr exclama mientras corre por el pasillo hacia Laura. Todos voltean a verlo, incluso la cámara, y Bo y Solomon se salen de la toma—. Ave Lira, eso fue inimaginable… ¡mágico! ¿Estás segura de que no traes escondida una grabadora? —finge asomarse a su boca—. Ya en serio… —Jack intenta calmarse pues está demasiado emocionado—. Eso fue fenomenal. Nunca había visto ni oído nada así. No creo que nadie en el mundo haya visto jamás algo así. Digo, claro que lo hemos oído, pero no emitido por una boca humana —se ríe—. Todos esos sonidos, el agua, el viento, la gente, las risas… Necesito la lista de todos ellos. Digo, ¡qué cosa! ¡Vas a ser una estrella!

Laura se sonrosa. Solomon siente que le arden las entrañas, y Jack, como si acabara de darse cuenta de la cursilería que acaba de decir frente a Solomon, mira a Bo de reojo.

—Corte —dice Bo al instante.

—Hablemos en tu vestidor —le dice Jack a Laura en voz baja. Pareciera que todo el equipo de producción y el resto de los participantes han tapizado las paredes del pasillo para observar el encuentro. Se dirigen al vestidor Laura, Bo, Jack y su productor, Curtis. Solomon y Rachel los siguen de cerca, pero al llegar al vestidor les cierran la puerta en las narices. A Rachel no le importa y se hace a un lado, pero Solomon intenta empujar la puerta. La puerta se entreabre, y se asoma la cara de Jack por una esquina—. No necesitamos cámaras ni sonido en este instante. Gracias. —Guiña el ojo y cierra la puerta.

Rachel le lanza una mirada de advertencia a Solomon.

—Calma —le dice. Luego se apoya en el muro del pasillo, sin dejar de vigilar a Solomon.

—Un día le voy a clavar este puño en el culo.

Rachel alza una ceja.

—Hay hombres que pagarían por eso.

Solomon sonríe.

—Quizás él ya lo hizo.

—No creo. Hay montones de mujeres que se lo harían de a gratis —contesta Rachel—. Todo con tal de ser famosas.

—Odias este ambiente, ¿verdad?

—Soy una gran entusiasta del talento ajeno. Susan tiene una sobrina de diez años que toca *Las cuatro estaciones* de Vivaldi en el violín con los ojos cerrados. Es maravilloso. Pero sólo toca en conciertos escolares y reuniones familiares. No hay razón para subirla a un escenario y someterla a esta clase de mierda —dice en voz más baja, mientras la contorsionista de doce años pasa junto a ellos, acompañada de sus padres, con el rostro aún maquillado para la televisión y la maleta del vestuario colgada al hombro.

—Supongo que estarán orgullosos. Quieren mostrárselo al mundo. Compartirlo.

—Ésa es la cosa, que la gente no deja de preguntarles a sus papás por qué no la dejan hacer más cosas con ese talento, como llevarla a un programa de televisión o algo. ¿Por qué? ¿Porque es buena en algo? —Rachel agita la cabeza, incrédula—. ¿Por qué la gente no puede ser simplemente buena en algo? ¿Por qué tiene que ser *la mejor* en algo? O sea, lo que creo es que… —busca las palabras exactas. Le hierve la sangre—. Puedes *compartir* tu don, y puedes… *diluirlo.* ¿Sabes? Ya la hicieron parecer Elena de Troya. Quién sabe qué carajos se les ocurra hacer después. Pero claro, ésa es sólo mi humilde e impopular opinión. Yo ni siquiera veo esta basura de programa —suspira.

Solomon masculla una especie de respuesta y de inmediato intenta sacarse las palabras de Rachel de la cabeza porque no quiere saber qué opina de que Laura participe en el programa. No quiere pensar que quizá Rachel tiene razón y que él es responsable de que Laura esté en esta situación. En vez de eso, fantasea con las múltiples formas en que puede lastimar a Jack Starr. Darle un puñetazo en la cara fue lo que hizo que lo corrieran del programa hace dos años. Fue porque Jack hizo un comentario denigrante sobre Bo, porque lo hizo de forma deliberada para hacer rabiar a Solomon, y él mordió el anzuelo. Pero le dio gusto hacerlo, y aún recuerda con alegría el instante en que hundió el puño en la mejilla de Jack, a pesar de que había querido darle en la nariz. Aun así, la sensación del hueso y la carne, y el llanto doloroso de Jack bastó para permitirle dormir tranquilo esa noche y tener dulces sueños. No descartaría volverlo a hacer, pero esta vez se tomaría su tiempo. Tendría que valer la pena, pues no puede darse el lujo de no estar presente durante el viaje de Laura.

—¿No les pareció sorprendente? ¡Cielos! —exclama Jack y se sienta en la mesa del vestidor, y queda enmarcado a la perfección por los focos que rodean el espejo—. Laura, no dije lo que dije sólo por hacerte quedar bien frente a la cámara. Lo dije *en serio*.

A su lado, Curtis asiente y también se apoya en la barra, se agarra con ambas manos a la orilla y se mira los pies. Es un tipo alto y anguloso, de nariz puntiaguda y cabello rubio platinado. No es un hombre de muchas palabras, si acaso habla. Más bien asiente mucho, cruza los brazos y mira al horizonte mientras escucha. Simplemente está presente, como una fuerza oscura.

—Eres increíble. Y no te preocupes por los nervios. Lo entiendo. La primera vez en el escenario siempre es aterradora, y todo el mundo se siente igual, pero ya lo trabajaremos para el siguiente episodio, ¿de acuerdo? La próxima vez no podemos tener treinta segundos de nada —se ríe y exhibe de nuevo su nerviosismo previo. Laura asiente—. Siento que me va a explotar la cabeza de tantas ideas que tengo para la semifinal. Curt, recuérdame que te las diga más tarde en la junta —dice, agitado, mientras mastica goma de mascar sin parar.

—Claro, Jack —Curtis asiente sin alzar la mirada de los zapatos, que son de gamuza azul marino con suelas naranjas.

Jack dice algunas cuantas cosas más sobre la escenificación, y utiliza tecnicismos sobre iluminación y pantallas y escenografía. Habla demasiado rápido, dice demasiadas palabras por minuto, y Curtis sólo asiente como si lo entendiera todo. No hay problema, Jack, no hay problema.

Luego se dirige de nuevo a Laura.

—Quiero que juntos hagamos que ésta sea la mejor temporada del programa, ¿de acuerdo? —guarda silencio abruptamente y mira a su alrededor, en un intento por encontrar la fuente del sonido. Su mirada recae en Laura, quien imita el sonido del mascado. Curtis alza la mirada y frunce el ceño, pues cree que es una falta de respeto a la estrella del programa.

—No, Curtis, ella… eh… no se preocupen… ella es… esto pasa. Es espontáneo. No es que… no está siendo… Podemos discutirlo después —interviene Bo torpemente—. Ayer filmamos con un antropólogo que nos explicó a detalle lo que Laura hace. Si pudiera recordar las palabras que usó… De hecho, Solomon lo puede explicar mejor que yo.

Laura carraspea "miente", imitando a Solomon, y luego imita su risa.

Jack y Curtis la miran fijamente.

—Si es espontáneo, ¿es posible que planee un acto para el programa? —pregunta Jack finalmente.

—Buena pregunta —agrega Curtis y se acaricia la barbilla mientras mira a Laura de forma tan fulminante que parece que le va a arrancar una confesión con tan sólo mirarla, como si Laura fuera una impostora a punto de ser descubierta.

Al ver a Curtis, Laura imita el sonido de Solomon cuando se rasca la barbilla. Curtis se detiene y luego baja la mano por un momento, sin saber qué hacer con ella, antes de volver a apoyarla en la barra.

—¿Tenías planeado lo que hiciste esta noche? —le pregunta Jack.

—No —contesta Laura en voz baja. Se endereza e intenta buscar una posición cómoda en la cual sentarse sin que el diminuto vestido se le suba hasta el culo. Todavía no está muy segura de qué hizo esta noche.

—Ya veo —Jack mira a Curtis y arremete contra la goma de mascar. La expresión de Jack es ilegible, aunque Curtis parece comprenderla.

Entonces vibra el celular de Curtis. Tras leer un mensaje, su expresión se vuelve de absoluta conmoción. Es quizá la expresión más honesta que ha tenido desde que entró al vestidor.

—Cielos —voltea a ver a Jack.

—¿Qué?

—Van cien mil reproducciones en YouTube. De Ave Lira.

—¿Qué? —Jack se baja de la barra de un brinco y saca su celular. Se desplaza por la pantalla—. ¿Cuánto ha pasado? ¿Treinta o cuarenta minutos desde que salimos del aire?

Curtis asiente. Y asiente de verdad. Es un gesto dramático.

Jack revisa el celular unos instantes, y luego voltea a ver a Laura.

—Curt y yo tenemos algunas cosas que discutir ahora, Ave Lira. Asegúrate de que te traten bien aquí, ¿de acuerdo? ¿Me dices si tienes algún problema?

Laura asiente.

—Mantenme informada —dice Bo y se levanta para tomar su propio celular. Su sorpresa y entusiasmo son obvios.

—Como siempre, Bo Peep —le lanza un beso y sale del vestidor con Curt.

Bo pone los ojos en blanco, pero sonríe. Tarda unos instantes en recomponerse y sentarse junto a Laura.

—Y bien… —de inmediato vuelve a sentirse como se ha sentido con Laura todo el día: insegura de qué hacer o decir, no del todo cómoda e incapaz de ocupar bien el tiempo ni de siquiera formar oraciones completas. Claro que no es necesario que Laura y ella se vuelvan mejores amigas, claro está, y Bo prefiere aprender de sus personajes cuando la cámara está encendida y no apagada. Quizás eso es lo que la pone ansiosa e inquieta en presencia de Laura. Es como una fumadora compulsiva que no sabe qué hacer con las manos cuando no tiene un cigarrillo, o un músico que se siente desnudo en el escenario sin su guitarra. Bo se pregunta si acaso ha perdido la capacidad de vincularse con la gente cuando la cámara está apagada, y luego se pregunta si acaso alguna vez la ha tenido.

Otra cosa de Laura que a Bo le incomoda, además de que hace los sonidos de todos los animales muertos en el mostrador de la carnicería, es su mirada penetrante. A Bo le desespera sentirse observada, y Laura parece absorberlo todo, hasta el más mínimo detalle. Si Bo suspira, Laura puede imitarlo. Siente que está bajo los reflectores. Es claustrofóbico. Por lo regular ella es quien observa, pero con Laura se siente un objeto de estudio y lo detesta, pues la obliga a fijarse demasiado en sí misma.

Ahora Laura la mira. Lee su alma. Debería explicarle lo de las reproducciones en YouTube, deberían hablar de cuáles son sus opciones a partir de ahora y formular un plan, pero esos ojos verdes la ponen muy incómoda. Esos ojos vieron el beso que Jack le lanzó y miraron a Bo con expresión inquisitiva. Vieron a Bo sonreír, halagada por la atención de Jack. Vieron todo lo que ella no quería que vieran, y nada de lo que ella habría querido que observaran.

—¿Por qué no vas a vestuario a cambiarte? —dice Bo, finalmente.

22

Esa noche, después de la presentación de Laura en *StarrQuest*, Solomon, Bo y Laura están inquietos. Es como si estuvieran drogados por la recepción que tuvo. Solomon y Bo están sentados frente a sus computadoras y sus celulares, mientras leen mensajes en redes sociales sobre el acto de Laura. Ella, en cambio, está hecha un ovillo en el sofá, y bebe una infusión herbal tras otra, abrumada por completo por la atención de los desconocidos. A medianoche, el video de la actuación de Ave Lira ha sido visto doscientas mil veces, y todos los portales de entretenimiento hablan de ella con el mismo encabezado: AVE LIRA.

En el transcurso de la noche, la historia crece como bola de nieve y gana mayor tracción. Solomon se fue al aeropuerto antes de que Laura despertara, lo cual la hace caer en una espiral de confusión. El número de reproducciones y reacciones virtuales sigue en aumento. Atrapada en el departamento con Bo, Laura observa desde su silenciosa recámara cómo su mundo parece cambiar sin que a ella le ocurra algo en realidad.

En los días posteriores, ocasionalmente Laura le sugiere a Bo que salgan, pero Bo insiste en mantenerla alejada del ojo público y se convierte en una especie de cuidadora paranoica cuando están en espacios abiertos. Mira por encima del hombro, entrecierra los ojos con suspicacia al ver a personas que sacan el celular para tomar fotos y reprende a gente que sólo envía mensajes por creer que toman fotos. Es muy rígida, y Laura no está segura de a quién protege en realidad: al documental o a Laura. Unas cuantas veces al día, Bo enciende la cámara e intenta sacarle información sobre cómo se siente con respecto a todo, pero Laura no ha podido experimentar aún esta nueva vida suya. ¿Cómo podría hacerlo si se la pasa encerrada en el departamento todos los días? Lo único que sabe de su vida supuestamente distinta es lo que Bo le lee: mensajes en redes sociales, artículos periodísticos. No son más que palabras ajenas.

A veces salen a caminar junto al río Liffey, donde hay poca gente, y la tercera noche Bo acepta un poco a regañadientes la invitación de Laura de ver el musical que presentan en el teatro que está al otro lado de la calle, del cual Laura ha visto a la gente salir muy contenta desde que llegó a vivir ahí. Pero, cuando Laura imita los sonidos del espectáculo sin darse cuenta, lo cual genera una acalorada discusión entre un guardia de seguridad y Bo, Bo la obliga a abandonar el teatro antes del intermedio.

—Lo lamento —dice Laura y se pone el suéter sobre los hombros al sentir la brisa de la tarde. Se dirigen entonces al departamento, y Laura se siente como una niña regañada.

—No pasa nada —dice Bo, pero su tono estresado afirma lo contrario—. ¿Quieres ir por sushi? —le pregunta y mira hacia el restaurante que está cerca del departamento. A Laura le encantaría comer algo, pero el tono de Bo le comunica que ella ya está fastidiada.

—No, está bien —a Laura le cruje el estómago. O quizá no es su estómago el que produce ese sonido—. Me iré a la cama temprano —otra vez. Está segura de que Bo se irá a encerrar a su recámara con la computadora. Pasa todo su tiempo ahí desde que Solomon se fue, como si no soportara estar a solas con Laura.

Bo parece aliviada.

Una vez en el departamento, Bo hace exactamente lo que Laura esperaba.

—Buenas noches —le dice Bo y cierra la puerta de la recámara con cuidado.

Laura sale al balcón y mira al mundo pasar.

Cinco días después de la audición de Laura, las reproducciones del video de Ave Lira han superado los cien millones. Los medios no se cansan de ella. Están hambrientos de saber más sobre esta persona misteriosa que ha captado la atención del mundo entero. Los encabezados de los tabloides anuncian a gritos AVE VIRAL.

El cautiverio autoimpuesto por Bo termina cuando StarrGaze Entertainment toma la batuta. Establecen un centro de operaciones para Laura en Slaughter House, y durante dos días seguidos se dedica a dar breves entrevistas a los medios que se arremolinan para hablar con ella, así como a conocer a algunos fans que la filman y le dan mensajes, regalos y palabras de aliento.

¿Puede describirse a sí misma en cinco palabras?

¿Tiene novio?

¿Le gustaría tener hijos?

¿Qué opina de las desigualdades salariales entre hombres y mujeres?

Si pudiera ser algún alimento, ¿qué tipo de alimento sería?

¿Cuál es su película favorita?

¿Cuáles son sus diez canciones predilectas?

¿Twitter o Instagram?

Si estuviera varada en una isla desierta, ¿qué libro querría tener con ella?

¿Qué la inspira?

¿Cuáles son sus sonidos favoritos?

¿Quiénes son sus personificadores favoritos?

¿Qué opina de la elección presidencial estadounidense?

¿Tiene algún consejo que quiera compartir con las jóvenes?

¿Cuál es el mejor consejo que le han dado en la vida?

¿Qué pregunta nunca le han hecho y le gustaría que le hicieran?

Mientras Laura pasa dos días atrincherada en la oficina de prensa de Slaughter House, acompañada de Bianca, Bo y Jack empiezan a tener desencuentros.

Se sienta en la tapa del inodoro entre entrevistas y se abraza las piernas para escapar, aunque sea un instante, del constante golpeteo de Bianca en la pantalla del celular, y desde ahí los escucha. Escucha el tecleo en su cabeza, los sonidos se enroscan, cada vez más y más rápido, como una bomba de tiempo.

—¿Hola? —alguien toca a la puerta, y entonces se da cuenta de que ha estado haciendo el sonido. Guarda silencio.

—Jack —dice Bo de repente, en voz alta y furiosa, lo cual obliga a Laura a abrir los ojos como platos. La voz de Bo se disipa en la ventilación del baño.

—Ay, Bo —contesta él en tono juguetón—. Qué bueno que me visitas. Tus múltiples correos electrónicos diarios no han sido abuso suficiente. Es agradable que te griten en persona.

—Jack, una cosa es que tu equipo haya tenido aquí a Ave Lira durante los últimos dos días, pero *no pueden* llevársela a Cork.

Se azota una puerta. Hay una pausa.

—Claro que podemos. Necesitamos tomar videos y fotos para la prensa y para el programa. Es la mejor opción, a menos que prefieras que Ave Lira se vaya a Cork con todos los periodistas que le piden una entrevista. Supuse que no. Es la mejor forma de manejarlo.

—Pero yo ya tengo el material. Y es exclusivo para mi documental. De hecho, durante los últimos dos días no he podido avanzar en el documental porque tú has monopolizado todo el control mediático de Ave Lira.

—¡Es porque ahora ella es parte del programa, Bo! —contesta él con fastidio—. No es un truco. Ella firmó un contrato que la obliga a participar en actividades promocionales. Tú lo sabías. Lo leíste.

—En ningún lugar decía que yo no podía estar involucrada —a Bo le hierve la sangre.

—A ver, nena. Eres a la única persona a la que le damos autorización de filmar a Laura. Tú tienes todo el material de detrás de cámaras que los medios matarían por tener. Curt no me deja en paz con eso. ¿Qué más quieres de mí?

—*No* me llames nena. Y Curt no es el director de StarrGaze Entertainment. Eres *tú*. Así que ten huevos, carajo.

Hay un breve silencio.

—Huevos. Hmm. Creo que tengo un buen par, y lo sabes.

Laura escucha que a Bo se le escapa una risita, y sonríe al imaginar la escena.

Cuando Bo habla de nuevo, se le ha endulzado el tono de voz.

—Jack, mi documental no iba a ser un documental "en vivo", ni un *reality show* ni un detrás de cámaras. No va a ser una derivación de *StarrQuest*. Es una perspectiva profunda sobre su vida. Desde el interior, no desde el exterior, y, si no me dejas hablar con ella, entonces no puedo valorar cómo se siente.

—Vives con ella, por Dios —Jack se ríe—. ¿No puedes valorarlo ahí?

Alguien descarga el inodoro contiguo, y Laura se molesta porque no alcanza a escuchar la respuesta de Bo.

—Hablaré con Curt —continúa Jack—, si accedes a salir a cenar conmigo. Sería favorable para mí, dado que dejar de fumar para llamar tu atención ha sido sumamente difícil.

—Ay, Jack —Bo se ríe—. No tienes remedio. Tengo novio, *¿recuerdas?*

—Ah, sí, el príncipe azul de larga cabellera y pésimo carácter. Pero está de viaje, ¿cierto?

—Jack… por favor… Lo que intento decir es que yo hago documentales serios. Estás poniendo en riesgo mi trabajo. Deberías entenderlo mejor que nadie. ¿Cuántas veces no has tenido que pelearte por lo que deseas en tu carrera musical? Yo te traje a Laura. Necesito poder participar más. No me puedes sacar de la jugada.

La secadora automática de manos bloquea el resto de la intervención de Bo, y luego Bianca golpea con fuerza la puerta del baño y le pega un buen susto a Laura. La siguiente entrevista la espera. Es un juego llamado *Ven e inténtalo si crees que tienes el valor* para un programa televisivo derivado de *StarrQuest* que se llamará *Ejecución o Liberación*. Al parecer, implica que los participantes se estrellen media docena de huevos cocidos en la frente. El perdedor será quien tome el huevo crudo y se lo *estrelle* en la frente y le escurra por el rostro.

Laura pierde.

Laura no aparecerá en las semifinales sino hasta dentro de un par de semanas. Hay otra audición en vivo este fin de semana, seguida de una semana libre, y luego al lunes siguiente comenzará una semana entera de semifinales, en donde uno de cada cinco actos que se presente cada noche pasará a la final. La audición en vivo posterior a la de Laura atrajo el doble de televidentes, gracias a la publicidad mundial que recibió Ave Lira, y los *ratings* superaron los del noticiero de las nueve, que suele ser el programa televisivo más visto de la televisora. No obstante, es evidente que el público pide a gritos que Laura permanezca a la vista del público, tanto en los medios como en *StarrQuest*, para quienes el interés de Ave Lira se traduce en mayores niveles de audiencia y popularidad. Las multitudes de fans que se reúnen afuera del estudio crece día con día; acampan ahí, con la esperanza de ver pasar a Ave Lira. Los noticieros y otros medios de comunicación dan seguimiento a la creciente obsesión de la gente con Ave Lira, la cual se incrementa también gracias a la obsesión de los medios. Ambas se alimentan entre sí. A diario llegan incontables solicitudes de entrevistas o apariciones de algún tipo desde Estados Unidos, Reino Unido, Europa y Australia. Incluso llega una oferta de Japón para que Ave Lira promocione una nueva bebida. Tras largas negociaciones encabezadas por Curtis, las solicitudes se ahogan por desacuerdos tarifarios.

También hay solicitudes de que se presente en eventos privados, eventos corporativos y eventos caritativos. Múltiples agentes y agencias ansían representarla, y varias agencias de RP quieren ayudar a promocionarla. Ave Lira necesita un agente, pero ya lo tiene. Según el contrato que Jack le hizo firmar, le pertenece a StarrGaze Entertainment, lo que implica que Bo cedió sin querer el control de su personaje.

Bo le llama a Solomon, quien sigue en Suiza filmando *Cuerpos grotescos*, y se queja de la situación.

—Me temo que estas ridículas entrevistas a Ave Lira trivialicen el documental. Estoy acostumbrada a dedicarle años a un proyecto antes de mostrarlo al mundo y a tomarme mi tiempo para editar, investigar y darle forma. Pero esto va demasiado rápido. Fui *yo* quien encontró a Ave Lira. Fui *yo* quien escuchó su historia personal por primera vez, y me temo que saldrá a la luz antes de que tenga oportunidad de contarla con mi documental. Y por favor no me digas que me lo advertiste, porque no es lo que necesito escuchar en este instante.

—Bueno, entonces no tengo nada más que decir —contesta Solomon, furioso.

Bo suspira, irritada. La negatividad de Solomon no ayuda en nada. Bo postergó compartirle sus inquietudes hasta ahora precisamente por esa razón, pero ahora necesita ayuda, necesita alguien con quien hablar del problema.

Ha pasado apenas una semana desde la audición inicial, y el frenesí de Ave Lira ha alcanzado niveles históricos. Pero la pregunta es ¿cuánto durará? Para cuando el documental de Bo esté listo,

Ave Lira será cosa del pasado. En el peor de los casos, habrá una resaca de Ave Lira, en cuyo caso nadie querrá siquiera acercarse a la historia. Bo teme que, a pesar de haber sido quien descubrió a Ave Lira, será la última persona en recibir el micrófono. Detesta sentir que está en medio de una carrera; no está acostumbrada a trabajar así.

Bo siente que hay garras que atacan desde todas las direcciones para intentar arrancar un trozo de Ave Lira. Y, si así se siente Bo, ¿cómo se sentirá Ave Lira? No puede ni siquiera imaginarlo. ¿Y desde cuándo ella le llama Ave Lira?

Mientras Bo pone a Solomon al tanto de lo que ha ocurrido desde su partida, él se enfurece cada vez más.

—¿Cómo está Laura? —pregunta.

—Está bien —contesta Bo—. Está ocupada. Apenas si tengo oportunidad de verla.

—¿Le recordaste que no tiene que hacer nada que no quiera?

—Sí, se lo recordé, Sol. Y ella leyó el contrato —Bo habla en voz lo más baja posible para que Laura no la escuche en la habitación contigua.

Solomon se queda callado un momento.

—¿Y está feliz, Bo?

—¿Cómo carajos voy a saberlo? —contesta ella, fastidiada—. Es muy hermética.

—Los sonidos —dice él, y trata de guardar la compostura. Si estuviera ahí, sabría a la perfección cómo se siente Laura—. En las noches, ¿cómo son sus sonidos?

—No me he fijado. Estoy agotada, y supongo que ya me acostumbré a ellos y dejé de prestarles atención.

Bo logra convencer a Solomon de que no adelante el regreso a casa. No puede simplemente botarlo todo, pues no lo contratarían de nuevo. Además, las cosas no han llegado a un punto crítico. Bo también le recuerda que está convencida de que Laura se siente atraída hacia él, así que es mejor que él mantenga su distancia. Y no miente.

Bo sabe que nadie ha visto aún lo mejor de Laura. Todavía tiene muchas cosas que aportar. Espera que Laura encuentre la forma de canalizarlo y condensarlo en un acto de dos minutos para la televisión en vivo. Le vendrá bien a Bo si Laura hace un buen papel en la semifinal. Si no logra intimar con Laura, al menos el programa sí lo hará. Bo saca el celular para enviarle un mensaje a Jack con ideas para la siguiente presentación de Laura.

Cuando se acomoda para dormir, el cachorro nuevo del vecino comienza a aullar.

Y, al igual que la noche anterior, se le suma el lastimero aullido triste de Laura. Bo le mintió a Solomon con respecto a los sonidos de Laura; la verdad habría sido dolorosa. Como sea, ¿no fue Solomon quien dijo que los sonidos eran mera imitación y no una conversación?

Bo apaga las luces, se envuelve en las sábanas y se tapa la cabeza con la almohada de Solomon para bloquear los sonidos.

23

Poco tiempo después de la primera presentación en vivo, Solomon y Laura se encuentran sentados en sillas de plástico afuera de la oficina de producción de Slaughter House, con la cabeza apoyada en el muro. Solomon apenas regresó anoche, y no han tenido oportunidad de conversar aún. Él intenta encontrar la mirada de Laura para descifrar cómo se siente; cuando se trata del bienestar de Laura, no está seguro de poder confiar en los instintos de Bo.

—Me siento como si nos hubieran castigado en la escuela —dice Solomon y voltea a verla, y luego se da cuenta de que es probable que Laura no entienda esa referencia, dado que nunca fue a la escuela—. Perdón —agrega—. Es una tontería.

—Yo entender broma —contesta ella con acento de Tarzán—. Ave Lira ver televisión. Ave Lira leer libros.

Solomon suelta una risotada.

—Está bien. Ya entendí.

De habitaciones secretas sale gente al pasillo, mira de reojo a Laura y susurra "Es ella", para luego volver a esfumarse. Otros toman desvíos intencionales para pasar a su lado y devorarla con la mirada antes de percatarse de que el pasillo es un callejón sin salida y tener que volver a pasar junto a ella.

—En fin, ¿alguna novedad? ¿Fue una semana tranquila? —bromea él. Ella se ríe.

La extrañó montones. Estar lejos de ella fue una tortura, pero era necesaria. Cuando la escuchó imitar su risa aquella noche desde su cama, supo que tendría que distanciarse. Se lo debía a Bo. Se lo debía a Laura. Irse era la única forma de escapar de los sonidos nocturnos de Laura. Escucharlos era una invitación a su corazón, era como leer su diario, pero él no tenía derecho a estar ahí… a pesar de que no había nada que ansiara más. La fascinación que ahora sentía el mundo entero al verla era exactamente la misma que él había experimentado en el bosque el día que la conoció. Pero tiene la sensación desconcertante de que, durante el breve tiempo que se ausentó, muchas cosas cambiaron. Nadie pudo prever la cantidad de atención que atraería, pero al menos esperaría que StarrGaze fuera capaz de manejarla. Solomon se pregunta quién está a cargo de la situación.

—¿Cómo te sientes con todo esto? —pregunta Solomon, mientras alguien disimuladamente le toma una foto a Laura al tiempo que finge mandar un mensaje de texto con la cámara del celular que apunta hacia ella—. Ha sido una semana de locura. No hemos podido ni siquiera hablar.

—No. No hemos podido —ella imita su carraspera incómoda y el sonido que hace al rascarse la barbilla.

El tiempo que estuvo lejos no tuvo el efecto esperado de ayudarlo a olvidarla. En el instante mismo en que intentó alejarse de ella, sacársela de la cabeza, el universo empezó a conspirar en su contra. Durante toda la semana, ella fue el tema de casi cualquier conversación. "¿Has visto lo que hace esa chica?" Incluso Paul, la estrella de *Cuerpos grotescos*, el programa que se fue a grabar a Suiza, le preguntó a Solomon por ella un día en la sala de espera, entre tomas.

Al principio, Solomon no quería hablar sobre ella, pero pronto descubrió que fingir que no sabía quién era sólo provocaba que la otra persona empezara a contarle todo sobre ella, sobre su apariencia, sobre cómo desperdició tiempo en el escenario antes de deslumbrar al mundo. Así que cambió su respuesta y admitió haberla visto, con la esperanza de que con eso se acabara la conversación. Sin embargo, en vez de eso, escuchaba conjeturas sobre si llevaba una grabadora oculta y dónde la escondía, dado que no parecía haber lugar en ese ajustado vestidito, guiño, guiño.

Por fortuna, nadie, ni los fanáticos ni la prensa, han descubierto aún dónde vive Laura. Cuando no está en el estudio, ya sea en pláticas con sus fans, sesiones de fotos, filmaciones o pruebas de vestuario, Laura se resguarda en el departamento. La fotografiaron cuando compraba flores en Grafton Street —como parte de un montaje— y caminaba por Stephen's Green. En el parque, la fotografiaron mientras alimentaba a los patos. *Ave Lira alimenta a las aves.* Será una minita de oro para cuando termine el programa, señaló un insolente periodista de tabloide. Las ganancias que podría producir Ave Lira en potenciales *reality shows*, sesiones de fotos en revistas, entrevistas y presentaciones van en aumento. Si la gente supiera cómo pasa los días en realidad —sentada en el departamento imitando al ave enjaulada en el balcón contiguo—, Solomon no sabe si les resultaría fascinante o aburrido. Le habría encantado pasar su tiempo en la cocina, pero, por desgracia, Bo no es gran entusiasta de la comida, lo cual sólo incrementa la tensión entre ellas.

—Estoy bien —contesta Laura. Y luego imita un chasquido, como si mascara chicle.

Solomon sabe de inmediato que se refiere a Jack.

—¿Qué hay con él?

Para Laura, es un alivio estar con alguien que la entiende. Bo sigue sin entender la mayor parte de las cosas que le dice. No comprende las conexiones. Cree que Laura es una máquina descompuesta que produce sonidos aleatorios, y no se da cuenta de los vínculos subyacentes. Tampoco lo hacen Jack, ni Bianca, ni nadie más, salvo por Rachel y, sobre todo, Solomon. A Solomon no le parece nada complicado, aunque Bo crea que eso significa que Laura y él comparten un lenguaje secreto. No hay ningún secreto; él presta atención. Eso es todo.

—No le agradas a Jack —le dice.

—Increíble, ¿cierto?

Laura no se ríe. Siente una pesadumbre en el corazón. Sabía que la decisión de participar en el programa era sólo suya, pero la razón por la cual siguió adelante era porque creía que eso significaría estar cerca de él. En vez de eso, de algún modo ha logrado alejarlo. No lo ha visto en toda la semana, y él ha estado muy distante. Ni siquiera una llamada.

Laura trenza las tiras de gamuza que cuelgan de la orilla de su vestido, luego las desenreda y las vuelve a trenzar.

—Deberías estar ahí adentro con ellos —dice Solomon—. Bo y Jack hablan sobre ti, planean cosas que tienen que ver contigo.

—Prefiero estar aquí —contesta ella con brusquedad. Luego cambia el tema con la esperanza de aligerar la vibra—. ¿Qué filmaste la semana pasada? —intenta fingir que no está enojada con él por dejarla, que no está enojada consigo misma por estar enojada con él. Su novia es Bo. No ella, sino Bo. Bo es todo lo que Laura no es, ni podría ser, ni querría ser.

—Filmamos a un hombre cuyos testículos pesaban más de sesenta kilos —dice Solomon. Laura abre los ojos como platos y se carcajea—. Sé que es gracioso, pero también es triste. Apenas si podía caminar porque se le hinchaban esas cosas sin parar. No tenía vida, o al menos no hasta que lo operaron esta semana. Tardará un poco en recuperarse, pero con el tiempo volverá a caminar, a trabajar y a conseguir pantalones que le queden. Igual que la mujer con tres senos.

—Creo que más bien debí salir en ese programa.

—Tu cuerpo no tiene nada de grotesco —dice él y, aunque intenta disimularlo, se sonroja. Apoya la cabeza contra el muro, cierra los ojos y espera que se le baje el color del rostro—. O sea, no es que *ninguno* de esos cuerpos sea grotesco. Es un nombre bastante malo. Simplemente son distintos.

—Hmm. Pero igual soy rara, ¿no?

—Laura... —Solomon voltea a verla, pero ella se niega a mirarlo a los ojos. Está concentrada en las tiras de gamuza de su vestido—. No eres rara —dice él con firmeza.

—Lo leí en los diarios. "Ave Lira es misteriosa, sobrenatural, mágica, extraña". "La habilidad excéntrica de Ave Lira..." Todos dicen que soy rara.

—Laura —afirma él con tanta firmeza que parece estar furioso. Ella alza la vista, sorprendida, y deja de trenzar las tiras de gamuza—. No leas esa mierda, ¿de acuerdo?

—Bo dice que debería leerla.

—*Jamás* leas esa mierda. Y, si la lees, no les creas una palabra. Ni las buenas ni las malas. No eres rara.

—Okey.

Solomon parece estar tan enojado que Laura se queda callada un momento, sin saber qué decir. No puede evitar notar que él estiró el cuello, que los ojos se le oscurecieron y que ha fruncido el ceño, en el cual se le formó un pliegue furioso. Su voz es más grave y tiene un toque áspero. Él vuelve a apoyar la cabeza contra el muro y alza la mirada hacia las luces del techo, mientras inhala profundo y se le ensanchan las fosas nasales. La manzana de Adán le sobresale más que de costumbre; quizás es la ira o quizás es el ángulo. Hasta su ira tiene sonidos propios.

Solomon voltea a verla bruscamente.

—¿Qué?

—¿Así sueno yo? —pregunta Solomon. Laura no está segura de qué sonido acaba de producir, pero supone que Solomon está en lo correcto—. Sueno como un caballo sin aliento después de una carrera.

Laura se encoge de hombros. Tiene algo en mente.

—Bo y yo fuimos al teatro frente al apartamento.

Solomon voltea a verla, sorprendido. No tenía idea.

—Qué bueno.

—Fue idea mía ir. Fue una idea estúpida. Tuvimos que salirnos. El guardia de seguridad dijo que mis ruidos distraían a los actores. Que podían cambiarme de lugar si quería.

—¿Quién fue? —pregunta Solomon y piensa en esperar afuera del teatro a que el tipo salga de trabajar.

—Fue muy amable. Creyó que yo no estaba *del todo bien*. Digo, obviamente algo *no está* del todo bien porque tuvimos que salirnos —los ojos se le llenan de lágrimas y tiene que desviar la mirada. Odia haberse quebrado frente a él, pero no tiene a nadie con quien compartir estos pensamientos, nadie más que sí misma, y se está volviendo loca sola. Hablar con Bo es como hablar con una esponja no absorbente.

—Laura —dice él con dulzura y la toma de la mano. Para ella, el contacto con Solomon lo es todo. Tiene la capacidad de infundirle nueva vida y de sacar su corazón de la oscuridad—. Lo siento. No sabía. Bo no me contó… —Solomon está furioso. Con Bo. Con el mundo. Aprieta la mano de Laura con fuerza y luego la suelta, aprieta y suelta, una y otra vez, como si le diera un masaje—. Déjame decirte una cosa sobre tu don, Laura. La gente suele decir que no le gusta escuchar grabaciones de su propia voz, ¿sabías? Por lo regular, cuando la gente se escucha a sí misma, se avergüenza o se sorprende por cómo suena. Nos escuchamos distinto a como nos escuchan los demás. Lo que tú haces… —guarda silencio cuando alguien camina hacia ellos—. ¡Es un callejón sin salida! —exclama bruscamente, y la muchachita se da media vuelta y regresa por donde vino. Cuando da vuelta a la esquina, se escuchan risitas de un grupo de niñas—. Creo que lo que haces es permitirle a la gente escuchar el mundo tal y como es. Sin filtros. Y, en este mundo, cualquier cosa cruda o intacta parece una rareza absoluta. A la gente le gusta escucharte por la misma razón por la que le gusta ver películas o apreciar obras de arte o escuchar música. Es la interpretación del mundo hecha por alguien más, no por ellos, y tú lo capturas tal y como es. Lo que tienes es un don. No eres rara... y jamás permitas que nadie te diga que lo eres.

A Laura se le llenan los ojos de lágrimas. Solomon quiere abrazarla, pero no puede hacerlo porque sabe que está mal. Ella quiere apoyarse en su pecho, pero no puede hacerlo por culpa del escudo que a veces él pone entre ellos y que sube y baja cuando quiere, como ventana de limusina.

Se abre la puerta de la oficina de producción, y sale Bo. Los ve ahí, tan cerca el uno del otro, Solomon con la mano de Laura en la suya.

Laura lo suelta.

—Jack quiere verte —dice Bo con frialdad.

—¿Quieres que entre contigo? —le pregunta Solomon.

—No. Es privado —contesta Jack por encima del hombro de Bo.

Laura entra a la oficina sola, y Solomon clava la mirada en el muro frente a él mientras intenta suprimir la ira que le recorre el cuerpo. Se escucha a sí mismo por primera vez, como un caballo sin aliento. Recuerda la sensación de la piel y el hueso contra su puño. Jack lo mira fijamente, como si lo desafiara a volverlo a intentar, como si lo provocara, y le pidiera un pretexto para correrlo del lugar para siempre. Jack quiere que lo golpee, y Solomon quiere hacerlo. Y lo hará, pero en el momento indicado.

—No tardaron mucho en volver a agarrarse de las manos —dice Bo en tono sarcástico. Se sienta junto a Solomon y mira su teléfono mientras habla—. Lo bueno es que ibas a guardar tu distancia.

—Laura estaba alterada.

—Y tenías que reconfortarla. Claro. Tiene sentido.

Solomon contiene el impulso de salir disparado de ahí. Se queda sentado y lo tolera.

—Me contó lo que pasó en el teatro.

Bo voltea a verlo, lista para discutir de nuevo, aunque en realidad no tiene energía para ello. Se frota los ojos cansados.

—Empezó a imitar a la orquesta, Sol. Estaba empeñada en que el trombón le saliera bien, así que lo repitió una y otra vez. No sabía qué hacer, así que la saqué de ahí. No te conté porque sabía que te enojarías.

—Y eso es justo lo que pasó —contesta él, furibundo.

—¿Y de qué iba a servir, si de cualquier modo estabas en otro país? —dice Bo en voz baja—. Hice lo mejor que pude.

—A Laura le afectó mucho.

—Le dije que no era su culpa —Bo suspira—. Ella se sincera más contigo que conmigo, y lo sabes —ambos guardan silencio. Solomon se tranquiliza. No puede estar enojado con Bo. Está enojado consigo mismo por haberse ido—. La junta fue un desastre —agrega ella después de un rato, asienta el celular y se frota las sienes—. Jack quiere llevarla a Australia en unos cuantos días. A Melbourne y quizás a Sídney. Dice que volverá con ella el lunes para las semifinales.

—¿Australia? ¿Unos cuantos días? Eso es ridículo. Volverá agotada —dice Solomon y se endereza. Bo parece no haber pensado en eso antes—. ¿O qué? ¿Qué es lo que a ti te preocupaba?

—Que no tenemos permitido acompañarla. Es un tema de exclusividad con la revista y el programa televisivo en Australia. No permiten la presencia de ningún medio que no esté relacionado con *StarrQuest*. Se supone que deberíamos hacer un documental sobre ella, pero él nos la quiere arrebatar, *de nuevo*.

Solomon vuelve a experimentar la familiar frustración generalizada que siente cuando Bo da señales de absoluto egoísmo.

—Me das asco, Bo —se pone de pie y se aleja de ella.

—¿Cómo está mi pequeña Ave Lira? —pregunta Jack. Toma a Laura del brazo y la estruja con fuerza. Sonríe—. ¡Ha sido una puta semana de locura! ¿Verdad? —Laura asiente—. Perdón por el francés. Me siento mal de decir groserías en tu presencia. Eres demasiado angelical —la guía a su asiento mientras él se sienta detrás de su escritorio. Luego la observa con detenimiento—. No eres uno de ellos, ¿o sí?

—¿Un qué?

—Un ángel.

—No —Laura sonríe.

Jack le contesta la sonrisa y golpetea la mesa con los dedos.

Ella imita el sonido a la perfección.

—Tienes razón. Necesito un cigarro. Dejé de fumar hace una semana.

—Por Bo —agrega ella.

Jack se sorprende y la mira a los ojos. Luego vuelve a sonreír.

—Ya veo que no se te va una —dice él. Ella imita entonces el sonido que hace al masticar goma de mascar—. Buena idea. ¿Dónde está esa mierda? —mientras rebusca en los cajones del escritorio, Laura examina las paredes—. ¿De casualidad no sabes si tengo alguna esperanza? ¿Con Bo?

—¿Con Bo Peep? —Laura alza una ceja—. Está con Solomon.

—Sí, el amante de larga cabellera. Debería dejar a ese perdedor. Dime, tú que vives con ellos, ¿son felices? —pregunta Jack. Laura le gruñe, como solía hacerlo Mossie cuando escuchaba algún ruido entre los árboles que no podía identificar—. Okey, Okey —dice Jack y se lleva la goma de mascar a la boca. Laura vuelve a fijar la atención en las paredes. Discos enmarcados, premios, artistas que Laura reconoce y otros que no, fotos de la banda de Jack, Jack Starr y los Starr Gazers—. ¿Te gusta la música?

Laura asiente. Imita el crujido característico del vinil, como brasas crujientes. Ese sonido reconfortante, cálido y memorable.

Jack abre los ojos como platos.

—¡Cielos! ¿Escuchabas discos de vinil?

—A Mamá y a Gaga les encantaba el jazz. Billie Holiday, Miles Davis, Nina Simone, Louis Armstrong… —Laura tararea la tonada de "Soy un tonto por quererte", pero su tarareo es grave y profundo, muy distinto a la voz de una joven mujer—. La canción favorita de Gaga —explica.

Jack maravillado agita la cabeza.

A Laura le incomoda sentirse observada y desvía la mirada.

—Supongo que nunca has ido a Australia —dice Jack.

—No —contesta ella y sonríe.

—Bueno, pues los australianos claman por ti. No sabes cómo se derriten contigo. El programa de entrevistas más importante de Australia quiere invitarte. No hay criatura australiana más adorada por el público local que el ave lira, salvo quizá por el koala. Pero el koala es cualquier estrella de pop que se te ocurra, peculiar y accesible, pero tú eres misteriosa, exclusiva. ¡Dios! Tu llegada ha sido… bueno, es lo mejor que nos ha pasado, que le ha pasado al programa. Llevamos mucho tiempo queriendo entrar al mercado australiano, y creo que ésta es nuestra oportunidad. Las televisoras querían asegurarse de que fuéramos a despertar el interés del público, y lo logramos. Cien millones de reproducciones… —Jack revisa su celular—. Ciento once millones de reproducciones —se ríe—. En fin, no necesitas preocuparte por nada de eso. Para ti será un viaje gratis. Saldrás en el programa más popular del país. Posarás junto a aves liras de verdad para los medios. Harás una sesión de fotos para una revista. Y luego volaremos a casa para la semifinal del lunes. ¿Qué opinas?

—Suena… increíble —Laura sonríe, sin poder creerlo—. ¿Los otros vienen también?

—¿Quiénes?

—Los otros concursantes. Creo que no les simpatizo mucho.

—Sólo están celosos —Jack sonríe—. Esto es una competencia, y tú los has superado a todos. Y no, ellos no vienen. El viaje es sólo para ti —contesta él. Laura se muerde el labio. Eso la inquieta—. No te preocupes, ellos también ofrecen entrevistas. Seguramente han dado más entrevistas que tú, pero ahora eres quien llama más la atención. Si invitara a cualquiera de ellos a este viaje, no dudarían un segundo en dejar a los demás atrás. Es una competencia, Ave Lira. Así que necesitas darle los datos de tu pasaporte a Bianca para que nos encarguemos del boleto.

—Oh… No tengo pasaporte.

—No pasa nada —contesta él, animado—. Tenemos algunos días para resolverlo. Ya antes hemos tenido que sacar pasaportes de emergencia. Los de la oficina de pasaportes nos tratan bien. Son fans del programa. Sólo necesitas darle a Bianca una copia de tu acta de nacimiento. No te preocupes si está en Cork; podemos pedir una copia en la oficina de Dublín.

Laura lo mira fijamente, boquiabierta, sin saber bien qué decir. Él se lo toma a mal, pero luego sonríe.

—Te digo que no te preocupes, que el programa se hace cargo de todas tus necesidades —le tiende la mano con gesto dramático.

Laura pasa saliva.

—No… no es eso… Es que no tengo acta de nacimiento.

La sonrisa de Jack se esfuma.

Bianca, Curtis y Jack se reúnen en la oficina para lo que Laura entiende que es una junta de emergencia. Curtis y Jack observan a Laura, Laura observa a Bianca, quien lee la lista de los documentos necesarios para obtener un pasaporte.

—¿Fe de bautizo?

—Ya dijo que no tiene —contesta Jack, cada vez más irritado.

—Registros escolares.

—Me educaron en casa.

—Sí, pero debes haber presentado exámenes estatales.

—No, no los hice.

—A ver, con calma —dice Bianca y vuelve a mirar la lista expedida por la oficina de pasaportes—. Una carta de alguien que te conozca desde pequeña y que atestigüe que naciste en Irlanda —voltea a ver a Laura. Todos la miran.

Jack se ríe.

—Bueno, eso debe ser fácil de conseguir. ¿Conoces a alguien que sepa que naciste?

Curt se ríe de la broma de Jack.

—No —los ojos de Laura se llenan de lágrimas—. Perdón.

—A ver, espera. Esto no es normal. Necesitas explicarnos qué es lo que sucede —le dice Jack con gentileza, y Curtis se endereza en su asiento, listo para escucharla.

SEGUNDA PARTE

El ave lira es una criatura solitaria y silvestre. Es incapaz de sobrevivir en zonas despejadas o urbanizadas. Dado que es un ave apacible y tímida, ha sido posible capturar varios especímenes vivos que han sido estudiados por naturalistas experimentados. Las conclusiones han sido que las aves liras se entristecen en cautiverio y mueren al poco tiempo.

AMBROSE PRATT,
El repertorio del ave lira

24

Después de compartirles su historia a Curtis y Jack, StarrGaze Entertainment concierta una entrevista en el programa radiofónico más popular de toda Irlanda, en la que Laura revela detalles exclusivos sobre su vida secreta en la cabaña Toolin durante diez años, acompañada de una discusión sobre la imposibilidad de obtener su pasaporte. Después de eso, hay un debate al aire sobre cómo Laura o alguien en una situación tan inusual como la suya puede obtener un pasaporte. Gente del público y funcionarios públicos llaman al programa para dar consejos y compartir sus propias experiencias. Incluso la oficina del representante legal de su distrito en Cork se compromete a ayudarla.

Después de un día agotador, Laura vuelve al departamento; se siente drenada después de haber compartido detalles íntimos y de su vida con extraños que no hicieron más que indagar más. Se apoya contra la puerta, con los ojos cerrados, y padece la migraña más fuerte que ha sentido jamás.

—¡Compartiste nuestra exclusiva con el pinche país entero!

Laura abre los ojos.

Frente a ella está Bo, con las manos en la cintura. Laura nunca la ha visto tan enojada.

—¿Y eso es un problema? —Laura mira nerviosamente a Solomon, quien acaba de salir de la recámara para descubrir la fuente del alboroto.

Eso enfurece a Bo aún más, que Laura recurra todo el tiempo a Solomon en busca de apoyo. Lo usa para zafarse del contrato. La pobre muchacha de la pradera que es incapaz de tomar decisiones sola, a pesar de que ha demostrado ser más astuta de lo que cualquiera creería.

—Claro que es un problema —le reclama Bo—. Me dijiste que irías a la radio a hablar del pasaporte. No a revelarlo *todo* —exclama. Laura la mira, desconcertada—. Te comprometiste a hacer un documental *conmigo*, ¿recuerdas? Se supone que debes contarme *a mí* tu historia, pero en vez de eso ahora planeas viajar al otro lado del mundo y contárselo todo a las revistas de chismes. Sí, también me enteré de eso —dice Bo. Laura pasa saliva nerviosamente y emite un sonido—. Y no empieces con eso, Laura. En serio. A veces creo que empiezas con esas cosas para zafarte de los problemas. Somos adultos. Deja de actuar como una mosca muerta.

—Bo —interviene Solomon—. Detente.

Bo lo ignora y continúa:

—Yo te encontré, te traje aquí, te conseguí la audición en *StarrQuest*, vives conmigo, te doy de comer, duermes aquí…

—Basta, Bo…

—No, no me interrumpas —Bo alza la voz—. El trato era que nos compartieras tu historia a nosotros, no que nos usaras para conseguir más y mejores cosas —mira a Laura de arriba abajo y examina su ropa y las revistas que trae en las manos—. Veo que todo el día lees esas cosas, que tienes ropa nueva y hasta unas gafas oscuras de diseñador. ¿Todo esto es porque quieres ser famosa, Laura? ¿De eso se trata todo?

—¡Bo! ¡Cállate ya! —grita Solomon a todo pulmón, lo cual asusta a Laura, pero Bo ni siquiera parpadea.

—No te metas en esto, Sol. Laura no debería ser asunto tuyo —sisea. La acusación va más allá de lo evidente.

—No, claro, porque es tuya y de Jack, ¿verdad? A ustedes dos les toca jugar a ser dioses con la vida de alguien más. ¿Y todavía te atreves a acusar a Laura de buscar fama y fortuna? Ustedes dos son repugnantes.

Mientras se gritan cosas terribles entre sí, Laura mira a uno y luego al otro, alarmada. Los ojos se le llenan de lágrimas. Se tapa los oídos para dejar de escuchar los sonidos horrendos, el veneno, la ira y el odio que emanan de dos personas que se supone que deberían amarse.

—¡Basta! —chilla. Ambos voltean a verla. Laura está temblando. Mira a Bo directo a los ojos—. El programa me dio la ropa. Tengo que devolverla cuando termine. Bianca me dio estas revistas. Cada una de ellas ha pedido entrevistarme y fotografiarme. Quieren que las revise. Dije que no a todas, excepto a una que me va a pagar. En caso de que no te hayas dado cuenta, no tengo dinero —cuando dice eso, su tono se vuelve más iracundo—. No puedo pagar mi comida porque no tengo dinero. No puedo comprarme ropa porque no tengo dinero. No puedo comprar nada ni darles nada para agradecerles lo que han hecho por mí porque ¡no tengo dinero! Además de no tener dinero, no puedo sacar mi pasaporte. No tengo acta de nacimiento. No hay registro de que me hayan bautizado, ni de que me hayan educado, ni siquiera una carta de alguien que pueda atestiguar que nací en Irlanda. Tuve que ir a la radio nacional y contar mi historia para poder obtener un pasaporte —dice, y los ojos se le llenan de lágrimas de frustración—. ¿Sabes lo *humillante* que fue eso? ¿De verdad *crees* que quería hacerlo? Al parecer, el contrato que me ayudaste a firmar estipula que estoy obligada a realizar todas las labores publicitarias que me solicite *StarrQuest*. Eso incluye Australia, pero ya no tienes de qué preocuparte, porque al parecer nunca tendré pasaporte, ya que nadie en el mundo puede atestiguar mi nacimiento o mi existencia. Y nuestro acuerdo, Bo, era que ustedes me seguirían mientras yo intentaba seguir adelante con mi vida. Y acepté el trato porque no tenía alternativa. Me dijiste que Joe no quería que yo estuviera en la cabaña, y no tenía ningún otro lugar al cual ir, así que lo único que podía hacer era seguirlos. Tú me impulsaste a participar en el programa de talentos porque dijiste que me daría alternativas. Así que eso hago, busco alternativas para hacer algo con mi vida de la única forma que se me ocurre. No tengo idea de lo que hago, pero confié en ustedes —al decir esto último, voltea a ver a Solomon y se le quiebra la voz. Luego mira de nuevo a Bo y continúa—. Se supone que ustedes debían seguirme a mí, pero en realidad los he seguido yo a ustedes. Ustedes eran las únicas personas que podían ayudarme, y no saben cuánto aprecio todo lo que han hecho por mí. Intento cocinarles lo más posible para demostrarles mi gratitud, e intento pasar la mayor cantidad de tiempo posible en mi recámara o en el balcón para darles privacidad. Bo, de verdad intento no interferir en tu vida. Hago lo que puedo —Laura parece haber tomado algún tipo de decisión, pues se le secan las lágrimas y su expresión se vuelve decidida—. Por desgracia, en lugar de intentar construir algo, es obvio que estoy derrumbando todo. Cumpliré mi parte del trato con respecto al documental porque soy una persona de palabra y estoy agradecida con ustedes, pero creo que lo mejor que puedo hacer es salirme de aquí y dejarlos en paz. No quiero causarles más problemas —voltea a ver a Solomon, y los ojos se le vuelven a llenar de lágrimas—. Y definitivamente no quiero meterme entre ustedes —se da media vuelta y se dirige hacia la puerta.

—Laura, no tienes que irte —dice Solomon y siente una gran opresión en el pecho.

—Sí, sí tengo —contesta ella en voz baja, se mete a la recámara y cierra la puerta.

Solomon voltea a ver a Bo, hecho una furia.

—Adelante, Solomon —dice ella y aprieta la quijada—. Reclámame una vez más algo que dije o hice y te juro que grito. Además, no es como que Laura tenga otro lugar al cual ir. —Baja la voz—. ¿Adónde iría?

Solomon lo reflexiona un instante. Bo tiene razón. Laura no tiene otro lugar al cual ir, lo cual le causa un inmenso alivio, pero también le da tristeza por ella. Pero él sí necesita alejarse de Bo de inmediato para evitar decirle o hacerle algo de lo que después se arrepienta.

—Me largo —dice él y toma su chaqueta—. En este momento, no soporto mirarte ni estar cerca de ti.

—Perfecto. El sentimiento es mutuo.

—Y renuncio al documental. No quiero tener nada que ver con él —añade, furioso, sin pensarlo bien.

Bo hace una pausa, y luego contesta en tono confiado.

—Bien.

—Empezó como algo hermoso, pero tenías que convertirlo en una mierda.

—Guau, gracias.

—¿Me oíste, Bo?

—Oí tus insultos perfectamente bien. Soy una persona horrible, Solomon, y tú eres un santo. Me queda claro. ¿Por qué no te vas de una vez y dejas que el resto del mundo se encargue del desastre, como siempre? Así puedes montarte en tu pedestal moral y culpar a todo el mundo menos a ti mismo.

—Vete al carajo —contesta él, toma sus llaves y azota la puerta al salir.

Una vez sola y en silencio, Bo se sienta en el sillón. Aún está llena de adrenalina. Se muerde las uñas, agita el pie de arriba abajo y finge que no le importa nada. Pero siente una punzada bajo la uña y percibe el sabor de la sangre y… claro que le importa. Ha puesto todo en este documental: dinero, promesas a inversionistas, su reputación. Su relación sentimental. Todo.

Ni siquiera escucha a Laura moverse en su recámara. No la escucha empacar sus maletas. Bo duda que vaya a irse. Lo que le dijo a Solomon es cierto: Laura no tiene ningún otro lugar al cual irse.

Conforme pasan los minutos, Bo se tranquiliza; quizás exageró al reprender a Laura por lo del programa de radio. Finalmente, ¿de qué otra forma explicaría no poder sacar su pasaporte si no contaba la historia completa? No es culpa sólo de Laura. Las cosas se han salido de control. Ha habido un mal manejo de la información, pero ¿quién habría podido predecir esta locura?

Alguien toca a la puerta. Bo se levanta para abrir, pues supone que es Solomon, pero, al poner la mano en la perilla, recuerda que él se llevó sus llaves.

Hace una pausa.

—¿Quién es?

—Bianca, de *StarrQuest*. Un vecino me dejó entrar.

Bo abre la puerta.

—¿Qué haces aquí?

—Hola, por cierto —dice Bianca—. Vine a recoger a Ave Lira. Para llevarla a su hotel.

Bo la mira, boquiabierta.

—Pero… no puedes llevártela.

Bianca frunce el ceño.

—No vine a llevármela. Ella me llamó. Hola —le dice a alguien por encima del hombro de Bo.

La mente de Bo se acelera. Debería llamarle a Sol. Él impediría que esto ocurriera. Sin embargo, para cuando lo procesa y toma la decisión de sacar el celular, Laura ya se va con Bianca y lleva consigo todas sus pertenencias.

Laura voltea a ver a Bo.

—Agradezco todo lo que han hecho por mí. Gracias por recibirme en tu casa, pero tienes razón, Bo; soy una adulta y no necesito que me cuiden.

Bo se queda boquiabierta y presencia cómo Ave Lira sale volando de su vida.

En un hotel del centro de la ciudad, Laura camina de un lado al otro de su pequeña recámara, y siente que el corazón le va a explotar de angustia.

¿Qué ha hecho? ¿Cómo pudo cortar lazos con la gente a la que más necesita? A pesar del temor que le provocan sus actos, sabe que es lo correcto. La atmósfera en el departamento es tóxica. Tenía que alejarse de ellos. Además, ¿que no Solomon buscaba formas de distanciarse de ella? Al principio era intermitente, pero luego desapareció y cortó lazos por completo. Quizá Laura ha vivido sola la mayor parte de su vida, pero aún es capaz de interpretar los gestos de la gente.

Suena el teléfono y la sobresalta.

—¿Sí?

—Soy Jane, de la recepción, señorita Button. Hay un hombre aquí llamado Solomon que desea verla. ¿Le digo que suba?

El corazón se le acelera.

—Sí, gracias —contesta Laura. Siente que no puede respirar.

Corre al baño y se echa agua en la cara. Su mente se acelera e intenta encontrar las palabras para expresarse. Le dirá que no quiere volver al departamento. O quizá no se niegue, quizás esto es justamente lo que ella desea. Él la ha salvado de nuevo y se la llevará de este horrible hotel en el que en realidad no desea estar.

Tocan a la puerta.

Laura no confía en sí misma cuando está a solas con Solomon en una habitación. Lo que siente por él está mal. Le pone la cadena a la puerta antes de entreabrirla.

Los ojos oscuros de Solomon se clavan en los suyos. Laura pasa saliva. Él mira la cadena y se siente herido.

—Entiendo que no quieras verme. No te culpo, después de lo que te hicimos. Quiero disculparme por todo. Perdón por lo que Bo te dijo hoy, y perdón por pedirte que participaras en *StarrQuest*, y perdón por abandonarte esta semana. Perdón por alejarte de tu hogar. Lo lamento todo —dice él. El pulso de Laura se acelera. No puede procesar con claridad todo lo que escucha—. No te culpo por irte del departamento. Tienes razón, y no te culpo si no quieres volver a vernos jamás —Solomon baja la mirada—. Sólo vine a pedirte perdón. Tienes razón de pensar que estás mejor sin nosotros. La gente del programa te cuidará. Tienes toda una vida por delante.

Laura siente que Solomon la toma de la mano y baja la mirada para descubrir que él metió la mano por la franja de la puerta. La piel suave de Solomon le produce cosquilleo. Siente una descarga de adrenalina y una dulce tristeza. Siente el dolor de su despedida. Lo está perdiendo, y ella es testigo de todo, mientras su corazón retumba y retumba en señal de advertencia. Ella deseaba que él la sacara de ahí. Quería que él le pidiera que volviera a su lado. En vez de eso, la está dejando ir.

—Si alguna vez me necesitas —dice él, avergonzado de sugerirlo, pues siente que ha hecho cosas terribles—, aquí estaré. Siempre estaré aquí.

Y luego, antes de terminar de enunciar la última palabra, suelta a Laura y se esfuma. Laura se queda ahí, sin aliento, mirando el espacio vacío.

El dolor mental parece haberse trasladado al corazón, y siente una gran herida que le recorre el pecho entero. Se desliza por el muro hasta llegar al suelo, cierra la puerta y se queda ahí sentada, hasta que la habitación se oscurece, mientras experimenta una pérdida más.

¿Qué ha hecho?

25

Laura se equivocó con respecto a la suerte de Bo. Las cosas van de mal en peor para el documental a medida que el público se vuelca sobre Ave Lira. Antes de que entienda lo que sucede, Laura recibe un pasaporte de emergencia para volar a Australia. Producciones Boca a Boca tiene prohibido acompañarla al viaje. Después de la revelación sobre la vida triste y solitaria de Ave Lira, el país entero se conduele de ella y desea ayudarla tanto como sea posible.

Ese domingo en la tarde, con una pequeña maleta en mano, Laura aborda el vuelo a Australia. Llegará allá el martes a las 6:25 de la mañana. Dará entrevistas y participará en una sesión fotográfica el martes, saldrá en televisión el miércoles y partirá de Australia el jueves a las 22:25 p.m. para llegar a Dublín el sábado a las 11:20 de la noche. Dos días en Australia. Y volverá a tiempo para la actuación en las semifinales del lunes.

A pesar de haber aterrizado temprano, Laura tiene que empezar a trabajar al mediodía. La suposición es que debe haber descansado bastante después del viaje de veintitrés horas en primera clase. En realidad, apenas si cabeceó, pues había demasiadas cosas por conocer y procesar. Nunca había estado en un aeropuerto, ni en un avión, y, una vez que se subió a él, no pudo parar de imitar los sonidos de la aeronave, lo cual le generó gran frustración al sobrecargo cada vez que Laura imitaba el sonido del llamado de asistencia. Después de las primeras cuatro veces, de plano dejó de acudir al llamado, por lo que, cuando en realidad sí necesitó su ayuda con la charola de comida, él no la asistió.

Laura se mantiene alerta y atenta durante todo el traslado al hotel. Hay tanto que ver. En el aeropuerto la recibieron incontables reporteros y fotógrafos, antes de que la escoltaran a un jeep negro con vidrios polarizados. La llevan a una enorme y hermosa suite del Hotel Langham. Se da un baño en la tina y está a punto de quedarse dormida cuando Bianca la llama para decirle que un auto la espera para llevarla a la sesión fotográfica en la cordillera Dandenong.

Laura se sienta en la parte trasera del auto, en silencio, sin hablar con Bianca. Pero eso no es ningún problema. Hay tanto que ver en este nuevo mundo. Los nuevos acentos, sonidos, aromas y vistas. Aunque desea sumergirse en lo que parece un universo nuevo, no puede evitar sentirse aislada. Es como si le faltara una pieza, como si hubiera dejado parte de ella en casa. Extraña su hogar. Es la segunda vez en la vida que lo siente: cuando se fue de la casa de su familia para mudarse a la cabaña Toolin y cuando se fue de esa casa para ir a Dublín. Se siente desconectada, como si fuera la misma persona, pero estuviera en el lugar equivocado. Es una sensación surreal, pues el resto del mundo sigue adelante a su alrededor.

Sesión fotográfica con Ave Lira es lo que anuncia el calendario, pero, al llegar a su destino, Laura descubre que el lugar de la sesión de fotos es un encantador espacio boutique para bodas llamado cascada Ave Lira, el cual se encuentra en medio del bosque perenne de la cordillera Dandenong, a las orillas de Melbourne.

La espera todo un equipo de gente. Laura estrecha tantas manos y escucha tantos nombres poco memorables que apenas si tiene oportunidad de mirar a su alrededor antes de que la sienten para peinarla y maquillarla. Todos son amistosos y parlanchines, y todos están vestidos de negro. Laura no puede evitar sentirse desconectada, como si estuviera ahí pero también estuviera fuera de sí misma, y los mirara desde lejos. No es capaz de participar del momento.

Todos han visto su audición en *StarrQuest.* Le hacen preguntas respetuosas sobre su talento, por ejemplo, dónde y cómo lo aprendió. No sabe qué contestarles, así que guardan silencio por cortesía. Bianca le dice que debería preparar respuestas a esas preguntas para futuras entrevistas. Laura rumia las preguntas largo rato. Nunca había tenido que examinarse tan de cerca ni prestar tanta atención a sus acciones. ¿Por qué hace las cosas que hace? ¿Por qué es la persona que es? Laura se pregunta por qué ese tipo de cosas les parecen tan importantes a los demás.

A pesar de que el equipo de estilistas y maquillistas está familiarizado con su audición, les preocupa que tenga arrebatos espontáneos. La estilista abre un cierre, y Laura lo imita.

—¿Estás bien? —le pregunta mientras saca de un pequeño bolso un fantástico riel del cual empieza a colgar la ropa.

Laura imita el sonido de la laca para cabello.

—¿Quieres agua?

—¿Ensayas tu rutina?

Lo que no ha explicado el sinfín de medios impresos y de redes sociales dedicados a Laura "Ave Lira" Button es que ese "don" que tiene es del todo natural. No lo construyó, ni lo creó, ni lo concibió como parte de un espectáculo. Es algo que trae dentro, que es parte de ella. Es el material del que está hecha, su función, su forma de comunicarse, así como otras personas tienen otras formas de hacerlo. Nadie habla de su espontaneidad, de su peculiaridad, por llamarle de algún modo. Es casi como si no lo vieran o no quisieran verlo, como si en la actualidad sólo fueran válidos los dones que vienen convencionalmente envueltos para regalo. No es algo que pueda encender y apagar a voluntad, y aun así se espera que Laura tenga control sobre ello, aun cuando sabían en lo que se metían desde el principio.

Solomon nunca le pidió que dejara de hacerlo ni le preguntó por qué lo hacía. Ni una vez. Laura siente que la cabeza le da vueltas y que se avecina una migraña. Sufre por la ausencia de Sol.

Laura absorbe los sonidos nuevos, los acentos nuevos, el incremento en el tono de voz al final de las oraciones.

La noche siguiente saldrá en televisión, en el programa de Corey Cooke. Jack dará una entrevista en el sofá. También estará Will Smith, quien va a promocionar su nueva película. Y luego se espera una presentación de Ave Lira.

—¿Qué me toca hacer en el programa? —le pregunta Laura a Bianca.

—El calendario dice PDC —le explica, asomada por encima del riel de la ropa. Sostiene vestidos frente a su pecho y se mira al espejo.

—¿Qué significa PDC?

Bianca la mira un instante para asegurarse de que habla en serio.

—Pendiente de confirmación —contesta—. Ya nos dirán más tarde qué esperan que hagas.

Una hora después, ya peinada y maquillada, está a la espera de la elección de vestuario: un total de seis atuendos para seis tomas, o mejor ocho, por si acaso. El programa de televisión se ha puesto en contacto con Bianca, y el acuerdo es que Ave Lira se siente en primera fila en el estudio. Jack hará su entrevista "en el sofá", y la cámara la enfocará cuando Jack hable de Ave Lira y su impacto en *StarrQuest.* Al parecer es muy afortunada de poder sentarse en primera fila en el estudio del programa de Cory Cooke.

Una hora más tarde, luego de que se difunden fotos de ella en el aeropuerto y aumenta el frenesí en redes sociales de que Ave Lira está en Australia, la producción del programa televisivo llama a Bianca. Además de estar sentada en primera fila, Laura contestará dos preguntas del anfitrión, Cory Cooke. Las preguntas están PDC y se confirmarán durante la junta de producción. Para cuando la selección de vestuario ha terminado, Ave Lira ha dejado el asiento de primera fila para bajar por la ilustre escalinata que sólo recorren las celebridades. Bianca le explica que es un grandísimo honor. Al parecer, ahora ve a Laura con nuevos ojos. Lo que se espera que haga Ave Lira después de bajar los escalones está PDC.

Laura comienza a relajarse cuando le dan un minuto de receso para salir a tomar aire antes del primer atuendo. Nunca se había sentido tan presionada, pero al menos el bosque le ayuda a relajarse lo suficiente. Había olvidado casi por completo lo que se sentía estar tan relajada, casi hipnotizada, mientras realizaba sus labores diarias en el entorno armónico del bosque. Incluso en los momentos menos estresantes en Dublín, cuando se sentaba en el sofá con una taza de té o conversaba con Solomon, nunca se sentía así de relajada.

Laura cierra los ojos, inhala profundo y disfruta el aire libre y los novedosos sonidos de las aves locales. Cuando se da media vuelta, ve al equipo de peinado y maquillaje, así como a los periodistas y fotógrafos de la prensa reunidos en la puerta, mirándola fijamente.

—¿Qué? —pregunta, avergonzada—. ¿Arruiné mi peinado?

Wanda, la encantadora maquillista, la observa maravillada.

—Sonaste igualito que una cucaburra.

—¿En serio? —Laura sonríe.

—Y que una zordala —agrega la estilista.

—Ni siquiera sé qué es una zordala —la sonrisa de Laura se ensancha.

La gente sale a la veranda a acompañarla, y Bianca voltea a ver el reloj con gesto nervioso. Aceptó acompañar a Ave Lira a hacer este viaje por la cercanía de edad entre ellas. Bianca es un año menor que Laura, y este viaje es una gran oportunidad profesional para ella. Laura se da cuenta de que Bianca está igual de nerviosa que ella, a pesar de que intente disimularlo con su actitud fresca y confiada.

—Ése de ahí —dice Wanda—. Ése es el sonido de la cucaburra. ¿Cómo suena la zordana, Jane?

Todos guardan silencio y prestan atención.

—Es ése —susurra Jane y voltea a ver a Laura—. Ése.

Laura cierra los ojos y escucha los sonidos con atención. Ni siquiera se da cuenta cuando empieza a imitarlos, hasta que oye que todos los presentes se ríen de alegría.

—¡Eres una maravilla! —exclama alguien, y otros identifican tantas aves como pueden, aunque su conocimiento de ornitología es bastante limitado. Identifican los sonidos de urracas y cacatúas, pero no más. Sin embargo, Laura no necesita saber cómo se llaman, pues de cualquier modo disfruta escuchar los sonidos desconocidos. A pesar de que Bianca señala que esto las retrasa, Laura agradece que los presentes hayan hecho una pausa para disfrutar ese momento con ella.

—Qué agradable. —Jane alza el rostro al cielo y cierra los ojos—. A veces es lindo simplemente... frenar todo.

Los demás asienten en silencio e inhalan el aire fresco antes de que todo vuelva a la normalidad y deban regresar a su vida de compromisos, a casa con su familia o al trabajo, a trabajar y trabajar, a planear y planear. Al menos en este instante pueden disfrutar el presente.

—Viniste en el momento adecuado —le explica Grace—. Las aves liras se aparean en pleno invierno, los machos adultos empiezan a cantar como media hora antes de que amanezca y cantan como si la vida se les fuera en ello —Grace se ríe.

—Y, ¿sabes qué es lo más curioso? Que tal vez ni siquiera hayas imitado a una cucaburra de verdad —dice Bianca. Todos voltean a verla—. Quizás hayas imitado a un ave lira que imitaba a una cucaburra.

Es peculiar que sea Bianca quien haga ese comentario. Hasta ella misma parece sorprendida. Laura y Bianca se ríen como si hubieran compartido un chiste privado.

Llega la hora del primer vestido, y Laura y el equipo salen al bosque para las primeras tomas. Laura siente todas las miradas curiosas sobre ella: el equipo de estilistas, el fotógrafo de prensa, el fotógrafo de la revista y su asistente, Grace la periodista. Se siente un poco intimidada por la atención.

A pesar de que junio es pleno invierno en Australia, la exuberancia del bosque es deslumbrante. El aire es fresco y natural, lo cual le agrada a Laura. Después de pasar tanto tiempo en el avión y en hoteles con aire acondicionado, es un alivio poder respirar aire de verdad. Laura ansía ir a pasear, pero la estilista no quiere que se le ensucien los zapatos. Los zapatos le quedaron un poco grandes, así que tuvieron que ponerle algodón en la punta. El vestido es demasiado suelto, así que tuvieron que ajustárselo con pinzas en la espalda, lo cual le impide flexionarse. Puede voltear a ver al ave lira, pero no demasiado para que la cámara no capte las pinzas, le advierten.

Mientras le hacen algunos retoques al maquillaje y el fotógrafo se concentra en cuestiones de iluminación, Laura escucha a Bianca decirle a alguien por teléfono que Ave Lira bajará los escalones del programa de Cory Cooke. Es una excelente noticia. Todos en la sesión fotográfica parecen impresionados. Ave Lira no se sentará en el sofá ni estará en primera fila. Que vaya a sentarse está PDC. Laura se ríe para sus adentros. La miran como si fuera peculiar, lo cual le provoca más risa. ¿De verdad creen que *esto* es peculiar?

El fotógrafo quiere hablar a solas con Laura. Se alejan un poco de los demás, y él hace gestos dramáticos y taciturnos. Es atractivo. Las mangas de la camiseta se le pegan a los bíceps, y los jeans negros que le caen un poco por debajo de las caderas revelan su pubis escultural. Laura se pregunta si traerá ropa interior. Siente que él coquetea con ella, a pesar de que sólo discuten las tomas. Es su expresión facial. Es algo en sus labios y ojos. Eso y la falta de ropa interior despiertan su interés, hasta que se da cuenta de que el fotógrafo mira todo y a todos del mismo modo, con los ojos entrecerrados, los labios apretados, la mano en el cabello. El hombre coquetea con todo lo que lo rodea. Laura se siente cansada. Sólo comió un tazón de frutas de temporada en el hotel, y quizá no fue suficiente. Está un poco mareada. Tanta gente, tantas curiosidades, tanto que analizar y entender para trabajar con ellos; es agotador. Bianca debe sentirse igual porque está sentada en silencio, lejos de los demás, con una botella de agua de la que bebe pequeños sorbos.

Laura mira el bosque a su alrededor.

—¿Esperaremos a que un ave lira se me acerque o…?

—No, traeremos el ave lira a la toma —le explica Grace con una sonrisa.

Y justamente eso hacen. Así como trajeron a Laura en avión, traen con ellos un ave lira en una jaula. La trae un guardabosques, que asienta la jaula con el ave alterada en el suelo de madera. Parece una gallina de Guinea con el cuello alargado y un plumaje deslumbrante. El fotógrafo le indica a Laura dónde pararse. Las suelas de los zapatos están recubiertas de cinta para que no se ensucien, y le han advertido que no los "manche", pues hay que devolverlos a la tienda en la tarde. Todos la observan como si esperaran algo.

Laura no entiende qué esperan que pase. ¿Creen que de repente empezará a conversar con el ave en su lenguaje secreto de aves liras? Es un ave. Un ave alterada que fue privada de su libertad y puesta en cautiverio, trasladada al otro lado de la reserva y colocada junto a una mujer desvelada, y Laura sabe que, a pesar del apodo, ella no es más que una humana, una humana sin superpoderes para comunicarse o entender a las criaturas con alas. Tampoco el ave lira tiene esa cualidad; ambas son imitadoras. Pero todos las observan, emocionados, conmovidos por el encuentro de esas dos especies.

El fotógrafo no permite que saquen al ave lira de la jaula hasta que la iluminación esté lista. El pájaro está muy alterado. Laura imita sus sonidos y lo observa. Tan pronto lo liberan, brinca y se esconde detrás de un árbol para guarecerse del peligro.

—No te culpo —le dice Laura en voz alta. Decide seguirlo e ignorar los llamados que le avisan que se alcanzan a ver las pinzas en la parte trasera del vestido que es dos tallas más grande que la suya. Laura patea sus zapatos para quitárselos, y la estilista corre a recogerlos. Laura se acerca al ave, se queda quieta y la observa detenidamente.

El ave imita el chirrido del obturador de la cámara. Laura sonríe y se agacha. El fotógrafo quiere que se acerque más, pero ella sabe que, si lo hace, el ave huirá. Es lo que ella haría. Es lo que debería hacer.

El fotógrafo se agacha y se encorva, pues quiere encontrar el mejor ángulo para la toma. Le habla a Laura para hacer que volteé el rostro de una u otra manera, que incline la barbilla en esta y aquella dirección, que abra los dedos, cierre el puño, apoye el brazo, relaje el brazo. Que mire al ave lira, que mire por encima del ave lira, que mire a la distancia.

—No entrecierres los ojos; cierra los ojos y luego ábrelos a la cuenta de tres. No engarrotes los dedos, actúa sofisticada, flexiona la rodilla, ladea la barbilla; no, así no, de la otra forma. Crea lazos con el ave lira.

Si el fotógrafo da un paso más hacia ella, Laura saldrá disparada y se esconderá en el bosque. Hará lo mismo que intenta hacer esta peculiar criaturita.

Recuerda que, cuando vivía con su madre y su abuela, solía salir a jugar. Supuestamente debía volver a casa para el almuerzo, pero se le fue el tiempo. Al volver a casa, había una clienta, un auto en la entrada. Había niños que jugaban en el jardín mientras esperaban a su madre. Laura nunca había estado tan cerca de otros niños. Había leído sobre ellos en libros y los había visto en televisión o desde la ventana del transporte en los paseos que hacían fuera de Cork. Se escondió de ellos en el bosque, pero se mantuvo cerca para sentir que era uno de ellos, aunque ellos nunca supieran de su existencia. Los niños jugaron a lanzar ramas al río y ver a cuál la arrastraba más rápido la corriente. Laura también lanzó su propia rama, como si fuera parte del grupo. Los chicos pensaron que esa rama se había caído de un árbol. Después de eso, Laura se dedicó a planear sus aventuras a escondidas. Entre senderistas y paseadores, cazadores y excursionistas.

Cuando Laura alza la vista, descubre que la maquillista tiene los ojos llenos de lágrimas. Los fotógrafos capturan imágenes felizmente. Laura no está segura de qué sonidos emitió al recordar su infancia, pero es evidente que les transmitió su nostalgia. Es sólo cuando el ave lira imita sus sonidos que Laura se da cuenta de cómo sonó; el ave reproduce el sonido de la risa alegre de los niños. Laura examina al animalito, sorprendida. Y él la mira a ella.

Ambos guardan silencio. Laura lo mira fijamente a los ojos y se pregunta si de verdad habrá una conexión entre ellos. Quizá todos tienen razón. Quizá sí se puedan entender entre ellos.

El fotógrafo da un paso al frente y el ave lira se escabulle. El hombre baja la cámara, desilusionado. Laura observa al ave que está feliz de haber escapado. Espera que encuentre a su pareja. Ella ansía encontrar la suya.

Al día siguiente, a las 9:42 p.m., después de la entrevista que le hizo Cory Cooke a Jack en la que discutieron su éxito del pasado, su coqueteo con las drogas, la temporada que pasó en rehabilitación, su matrimonio fallido y su regreso inesperado a la cima con *StarrQuest*, Cory Cooke anuncia a su siguiente invitada: Ave Lira.

—Nunca hemos conocido a alguien así, después de Michael Winslow, el hombre de los mil sonidos de *Loca academia de policía*. Nuestra siguiente invitada, a quien ustedes conocen como Ave Lira, participó en una audición en el programa de talentos *StarrQuest* en Irlanda la semana pasada, y en cuestión de días ha tenido más de doscientos millones de reproducciones en YouTube. ¡Es una cosa extraordinaria!

—Ya son doscientos veinte —lo interrumpe Jack, y el público se carcajea.

—Mejor aún —Cory se une a las risas—. ¡Hela aquí! ¡Ave Lira!

El público enloquece, casi tanto como con Will Smith.

Laura trae puesto un despampanante vestido rojo tan ajustado que la estilista lo llamó vendaje. Tiene los labios pintados de color carmesí, que mantiene cerrados por temor a embarrarse el labial, mientras que las sandalias tienen un tacón tan alto que Laura siente que le tiemblan los tobillos al descender por la famosa escalera. Hace una pausa en la cima, como le indicaron, y agita la mano para saludar al público del estudio y al que mira desde casa. Luego baja los escalones que suelen estar reservados para la crema y nata de las celebridades. Se detiene en el lugar que le indicaron, el cual está marcado con cinta en el suelo, y ahí saluda al anfitrión. No se sienta en el sofá ni en primera fila. Todo esto le fue confirmado apenas hace media hora.

—Bienvenida, Ave Lira, a la tierra de las auténticas aves lira.

—Gracias —Laura sonríe.

—¿Qué tal estuvo el vuelo? —pregunta Cory—. Tengo entendido que es la primera vez que te subes a un avión.

Laura imita el sonido del altavoz de anuncios, del botón para llamar al sobrecargo, del cinturón de seguridad al ser abrochado.

El público se ríe.

—Y también tengo entendido que hoy te fotografiaron con un ave lira. ¿Qué sentiste al conocer a tus congéneres?

El público se ríe.

Laura imita el sonido del obturador de la cámara, de la cucaburra, de la zordana, de las urracas y las cacatúas.

Al público le resulta fascinante. Luego imita el sonido de un tren. Eso no lo planeó, simplemente acaba de recordarlo.

—Ya veo —dice Cory entre risas, un tanto sorprendido—. Alguien estuvo viendo *Thomas y sus amigos*. He hablado con Jack sobre la increíble reacción del público a tu audición y lo que eso ha significado para el programa y para él. No me puedo imaginar lo que ha significado para ti. ¿Estás contenta de haber entrado a la contienda después de ver la recepción que has tenido?

—Lo estoy —contesta Laura—. Es abrumador, pero todos son un encanto. Además, venir aquí… —repite los sonidos del cinturón de seguridad, del botón de llamado, del obturador de la cámara—, ha sido una experiencia fantástica. Mi vida ha cambiado por completo.

—¿Qué esperas ganar con esta experiencia? ¿Tu propio programa televisivo? ¿Actuar en cine o teatro? ¿Qué tipo de carrera se puede hacer con una habilidad como la tuya?

Laura lo reflexiona un instante. Se tarda demasiado en términos televisivos, así que Cory interviene de nuevo.

—¿Por qué decidiste participar? ¿Conocías a Jack? ¿Eras su fan?

—No. —Laura agita la cabeza, y el público se ríe. Jack se cubre la cara con ambas manos, en un intento cómico por fingir vergüenza.

—Querías que tu vida cambiara —interviene Jack para intentar cerrar el tema y concluir el programa en buenos términos.

—Mi vida ya había cambiado —contesta Laura—. Mi papá murió. Mi tío no quería que viviera en su tierra por más tiempo. Mi mamá y mi abuela murieron hace muchos años. No tenía alternativa. Tenía que cambiar con el cambio. Tenía que empezar mi propia vida.

Esto parece conmover al anfitrión, quien le lanza una mirada más compasiva, la cual demuestra que no sólo escucha las voces que le hablan al oído.

—Muy bien, Ave Lira. En nombre de Australia, te deseo la mejor de las suertes y espero que tu vida sea un éxito.

—Fue impecable —le dice Jack tras bambalinas y la abraza—. ¿Viste lo bien que fluyó? Para cuando estés en las semifinales serás toda una profesional.

Jack, Curtis y el resto del equipo salen a cenar. Jack quiere presentarle varias personas a Laura, pero ella insiste en volver al hotel. Necesita dormir, necesita aislarse, necesita volver a su capullo. No entiende cómo Jack soporta estar rodeado de tanta gente todo el tiempo. A ella la fatiga, le drena la energía. Está tan agotada por el cambio de horario que siente que el suelo se mueve, como si estuviera en un bote.

Corre para alcanzar el ascensor y se sorprende al descubrir que Bianca está ahí.

—¿No ibas a cenar con los demás? —le pregunta Laura.

Bianca cierra los ojos y gruñe.

—Me escapé. ¿Nunca te ha pasado que sientes que, si alguien te pide una sola cosa más, vas a gritarles hasta de lo que se van a morir? —dice Bianca. Laura la mira, desconcertada. Bianca se ríe—. No me refería a ti.

—Ay, qué bueno —contesta Laura, aliviada. Hoy sintió que la relación entre ellas había mejorado bastante.

—Estoy cansada. Y no me encanta estar rodeada de gente.

Laura la mira fijamente, sin entender del todo.

—Pero te desenvuelves *de maravilla* cuando estás rodeada de gente —a pesar de la actitud distante de Bianca, ha dedicado el día entero a organizar, procesar y arreglar todo lo que tiene que ver con Laura.

—Un rato nada más —contesta—. Pero después me drenan la energía, y entonces necesito recargar baterías.

Laura no lo puede creer.

—Es bueno saber que no soy la única que se siente así.

—No, para nada eres la única —dice Bianca y bosteza—. Mi mamá dice que esto me pasa porque soy muy empática. Porque siento las energías ajenas y eso me drena. Pero yo creo que sólo lo dice porque me quiere —el ascensor se detiene y las puertas se abren—. Yo creo que es porque soy una perra maldita —el tono de voz de Bianca hace reír a Laura. Bianca también se ríe y sale del ascensor—. Buenas noches.

Laura se recuesta desnuda en la enorme cama del hotel después de haberse quitado la ropa que le dijeron que usara en su nueva vida. La ropa nueva parece uniforme, y la ropa de su vida anterior ya no parece ser apropiada.

Laura busca el calendario en su bolso, del cual se cae la hoja adicional que Bianca le entregó horas antes.

> Entrevista con Cory Cooke
>
> P1: ¿Qué tal el viaje a Australia, Ave Lira? ¿Primera vez en un avión?
>
> Ave Lira: sonidos de avión. Cinturón de seguridad, botón de llamado.
>
> P2: ¿Qué se sintió conocer un ave lira de verdad?
>
> Ave Lira: cucaburra, obturador, zordana, urraca, cacatúa.
>
> P3: ¿Estás contenta de haber entrado al concurso?
>
> Ave Lira: Ha sido abrumador, pero todos son un encanto, y venir aquí ha sido una experiencia fantástica. Mi vida ha cambiado por completo.

Laura arruga la hoja de papel y se siente asqueada. Como si fuera un mono entrenado. Jack le dijo que sería una forma de refinar su arte, pero eso la hace pensar en la varilla metálica con la que Gaga afilaba el cuchillo trinchador para los asados dominicales. Cuando era niña le daba mucho miedo el sonido metálico, la cara que ponía Gaga mientras frotaba la cuchilla contra el afilador, sobre todo porque sabía lo que la gente pensaba de Gaga.

En ese instante, suena el teléfono en la mesa de noche, y Laura vuelve a sentir una intensa jaqueca que le perfora los ojos. Las migrañas son cada vez peores. Ignora el teléfono, pues cree que es alguien de StarrGaze con más instrucciones para ella. No sabe ni intuye que es Solomon, quien acaba de despertar y está desesperado por saber si ella está bien. Laura se mete abajo de las cobijas y hunde la cabeza en las almohadas para bloquear el timbre del teléfono. Basta de sonidos.

Después de un rato, se queda dormida, desnuda, mientras en su cabeza resuenan el sonido de Gaga afilando el cuchillo una y otra y otra vez, y la expresión escalofriante de su rostro.

26

Laura siente que se le mueve el piso. Es como si estuviera sentada en una barca. Ayer a esta misma hora estaba en Australia. ¿Fue ayer o antier? ¿Cuánto tiempo perdió en el avión? No está segura. Sabe que es lunes por la noche, el día de la semifinal. Ayer lo dedicaron a ensayar. Hace unos días estaba en invierno, y hoy es verano. No puede recordar nada. La tormenta se agrava y las olas se escarpan. Laura necesita apoyarse en el muro para no perder el equilibrio. Alguien la toma de la mano.

Es Gloria, la coreógrafa de *StarrQuest.* La mira con furia.

—Cuidado con el set —la reprende.

Claro. Si Laura se hubiera apoyado en él, se habría derrumbado por completo. ¿O no? ¿No será que los sets están construidos de materiales más resistentes? Tiene papel tapiz floreado para asemejarse a la sala de alguien; al parecer, por el acto que entra en escena, es la sala de una viejita. Laura no entiende bien qué tiene que ver el acto con la sala de una viejita, pero en realidad no presta suficiente atención. Claro que no es real. Desde que llegó aquí ha estado rodeada de cosas falsas. Las habitaciones falsas son sólo la punta del iceberg. Cables expuestos, muros falsos, techos abiertos, intrigas, puertas traseras, el detrás de cámaras del glamoroso mundo televisivo. Ha tenido que salir de hoteles por la puerta de empleados, ha tenido que salir de restaurantes por la salida de emergencia y ha tenido que acceder a lugares por puertas traseras rodeadas de basura con más frecuencia que por la entrada principal. Se escabulle en los intersticios, las orillas, los fondos, para después aparecer en medio del escenario. Lo que se espera es que se mueva en las sombras para luego emerger bajo los reflectores. El piso se le mueve de nuevo con el cambio de horario. Cierra los ojos con fuerza e inhala profundo.

—¿Estás bien? —le pregunta Bianca. A pesar de que a Bianca le dieron unos cuantos días libres para recuperarse después del viaje a Australia, decidió volver apenas un día después para la presentación de esta noche, lo cual Laura le agradece infinitamente.

Están a unos cuantos minutos de la semifinal en vivo, y le han permitido a Laura ser la última en presentarse para que pueda descansar. Al parecer, fue idea de Bianca. Le permiten recostarse, pero la mente le da vueltas y se niega a apagarse. No puede dejar de repasar una y otra vez los episodios de la semana pasada. Le habría sido más sencillo seguir en movimiento. No se puede descansar muy bien en un diminuto vestidor de set televisivo. El edificio palpita con la energía nerviosa tanto de los participantes como de la producción. El programa está bajo escrutinio mundial desde la audición de Laura, y es muy fuerte la presión de entretener a la audiencia en aumento.

Gente nerviosa le ha dicho a Laura que no se ponga nerviosa; productores ansiosos le han dicho que no se ponga ansiosa. El anfitrión exhausto no ha parado de decirle que no puede estar cansada, que a su edad él recorría el mundo entero, despertaba a diario en un país distinto y tocaba a diario en escenarios diferentes. Laura pensó en recordarle la factura que le pasó a él ese ritmo de vida: alcohol, drogas, divorcio, destrucción, desesperación previa a la rehabilitación, una vida tranquila y luego el refrito de un *reality show.* Al parecer, la gente joven no debería sufrir el *jet lag*, como si la gente joven fuera inmune al dolor que la vida reparte.

Laura vuelve a sentir que el piso se mueve, como si temblara.

Inhala despacio y exhala por la boca. Tan pronto abordó el avión para volver a casa, Bianca le entregó el "guion" de su siguiente presentación en *StarrQuest*. Los productores consideraron que su aparición ensayada en el programa de Cory Cooke fue tan exitosa y se volvió tan viral que lo mejor sería guiar la siguiente presentación de Laura en una dirección distinta, un rumbo predecible, esperado, manejable, controlable y programable.

—Lo harás genial. Todo el mundo espera a verte —le dice Tommy, el jefe de planta, y le da una palmada en el brazo. Laura esboza una ligera sonrisa, pues no tiene energía para más.

—Seguro que no. No es eso. Es el *jet lag*…

—Pero estás muy joven para que te afecte el *jet lag* —dice él y se ríe.

Laura se pregunta si le ordenaron que le dijera eso para impulsarla a seguir adelante o si de verdad lo cree.

Escucha el sonido de olas que rompen en la playa, de remos que golpean el costado de una barca, y se da cuenta de que provienen de ella. Es un recuerdo de un viaje en bote con Mamá y Gaga. Fueron al lago Tahilla, en el condado de Kerry, en una de sus inusuales vacaciones de verano, pero en temporada baja para que nadie las viera. Siempre viajaban en temporada baja. Gaga odiaba el agua porque no sabía nadar, así que decidió quedarse sentada en una roca cercana, con su tejido, pero ayudó a eviscerar y cocinar el pescado.

Tommy la observa con una sonrisa triste.

—¿Estás bien? —le pregunta Laura.

—Sí, sí —contesta y agita la cabeza—. Mi papá era pescador. Solíamos acompañarlo en su bote a veces —parece que va a decir algo más, pero se contiene—. En fin, no necesitas escuchar eso… Estoy segura de que la gente siempre te quiere compartir sus historias. Me hiciste recordarlo. Nada más.

El público aplaude al final de la presentación. Laura tiene el pulso acelerado, la boca seca y las piernas temblorosas. Necesita agua. El público enloquece justo antes del corte comercial, y Laura siente que el corazón se le agita con el rugido del público. La adrenalina que recorre los quinientos asientos del auditorio la energiza como múltiples corrientes eléctricas conectadas a su corazón y a sus entrañas.

Las bailarinas toman sus lugares a su alrededor y hacen estiramientos de piernas. Son tan flexibles que incluso pueden llevarse la pierna atrás de la oreja. Luego se dan palmaditas mutuamente en la espalda y las nalgas para desearse buena suerte. Gloria, la coreógrafa, supervisa la rutina; viste de negro, usa mucho delineador negro y suele tener el ceño fruncido mientras mira, juzga, calcula, evalúa y califica todo lo que la gente hace y dice no sólo en la pista de baile. Se da cuenta de que Laura la mira y empieza a dar órdenes de último minuto. Tiene el rostro contraído, torcido, y, aunque Laura intenta ponerle atención, sólo puede escuchar el sonido de un corcho al ser extraído de una botella hasta que truena.

Gloria frunce el ceño. Laura no sabe cómo explicárselo.

Tommy le hace señas para que avance. Laura siente que se le retuerce el estómago. Todos voltean a verla, desconcertados, mientras ella se percata de que el sonido del vómito ha salido de su boca. Recuerda una ocasión, cuando era recolectora novata, en que eligió el hongo equivocado. Tommy la mira, alarmado, con los ojos abiertos como platos, sin saber a ciencia cierta si es grave o no, pero la trata como si de verdad acabara de vomitar, pues así de convincente fue el sonido. La última vez que estuvo así de nerviosa, Solomon la ayudó. Recuerda entonces el aliento de Solomon en su oreja, su aroma tan cercano a ella. Le dijo que era hermosa. Su presencia siempre la tranquilizaba, y ahora le gustaría que él estuviera aquí, pero sabe que fue ella quien se alejó de él. La ausencia de Solomon es culpa de ella.

—¿Estás bien? ¿Necesitas agua?

Laura tiene las pupilas dilatadas. El pánico, el miedo, el maldito programa en vivo… y la estrella perdió la cabeza.

—Estoy bien —contesta ella, agitada.

Laura lo sigue al escenario y, tan pronto sube los escalones, el público se desvive en aplausos y ovaciones. Laura sonríe con timidez y se siente menos sola. Saluda al público y toma su lugar en el escenario, sobre la marca blanca que indica su lugar de partida. Una mujer en primera fila sonríe tanto que se le ven todos los dientes, y alza el pulgar en señal de apoyo. Laura sonríe. Sólo es gente. Mucha gente. Más gente de la que ha conocido en toda su vida, pero no es la gente lo que le preocupa… es ella misma.

Tommy inicia la cuenta regresiva para volver al programa. Un minuto. Las bailarinas ocupan sus lugares. El corazón de Laura late con tanta fuerza que está segura de que todos en el auditorio alcanzan a escucharlo. De pronto, el público rompe en carcajadas y se da cuenta de que ha reproducido el sonido de su propio corazón.

Voltea a ver a Jack, quien sonríe y le guiña el ojo. Se ve exhausto, incluso mientras Harriet lo maquilla. Así es exactamente como ella se siente.

Laura está de pie en medio de un enorme escenario, las bailarinas se acomodan, las cámaras se posicionan mientras en la televisión se reproduce la cortinilla de presentación de Ave Lira.

En las últimas semanas, mi vida cambió por completo. Pasé de tener una vida tranquila en Cork a ser reconocida en todo el mundo. La cortinilla incluye tomas de ella durante una caminata por Grafton Street, y luego de una multitud que la persigue. Todo va en cámara rápida, como si fuera una película del Gordo y el Flaco. Claro que todo es ficticio. Lo filmaron ayer, ¿o fue esta mañana? Y luego hay tomas de ella en las que enuncia frases que no estaba segura de decir. Ella quería expresar eso mismo de forma distinta, y se lo permitieron amablemente, pero también le pidieron una toma a su manera, para elegir la mejor. Como era de esperarse, esta última es la que usan; cada enunciado está editado a la perfección, y con cada uno la cámara se acerca. La filmación va acompañada de un tambor estruendoso que enfatiza el dramatismo de la situación.

"No quiero volver a ser quien era". Bum.
"Ésta es mi única oportunidad para brillar". Bum.
"El mundo entero me observa". Bum.
"Lucharé por obtener un lugar en la final". Bum.
"Cuidado, mundo". Bum.
"El Ave Lira viene con todo". Bum.

Laura se avergüenza al oír su propia voz. Suena tan vacía como se sintió al decir esas palabras. No le agrada esa persona. No le agrada la chica en que la quieren convertir. No le agrada que chicas como ella, que la ven desde sus casas, piensen que algún día tendrán que enfrentar un momento en el que deberán demostrar su valía. No existe tal cosa. No hay nada tan maravilloso que dependa de un momento así.

De pronto empieza la música. Laura siente el ritmo en el pecho. Las luces se encienden. El público vitorea. Empieza el espectáculo.

Laura empieza a caminar sobre lo que resulta ser una banda de caminadora. A sus espaldas se reproduce un video del bosque en pantalla grande. Es una animación. Se mueve de tal forma que parece que Laura en realidad caminan por el bosque. Su larga cabellera rubia está atada en dos trenzas que le caen sobre los hombros y culminan en dos infantiles moños rojos. Trae puesto un mini vestidito con hombreras esponjosas y un delantal con cuadros azules y blancos, y en un brazo carga una canasta de paja. No está segura de quién se supone que es: Dorothy de *El mago de Oz* o Caperucita Roja. No le dio mayor importancia al vestuario después de bajarse del avión proveniente de Australia.

Trae calcetas con holanes y tacones rojos de charol. La música de fondo es "El picnic de los osos", pero en versión remix. Laura imita el sonido de los tacones en el suelo, y el público se ríe. Le había dicho a Gloria y a cualquiera que la escuchara que, para ser realista, los tacones no sonarían así en el suelo de tierra, pero entonces ellos le explicaron qué es la realidad aumentada. En el bosque, Laura se encuentra una casa hecha de caramelos. Finge comer y lamer algunos, con los sonidos pertinentes, y el público se ríe. Luego imita el sonido de alguien que toca a la puerta. La puerta se abre, y de ella salen tres sensuales cerditas a quienes persigue un lobo feroz. Laura se asoma y ve a un atractivo hombre oso: un bailarín sin camisa. Prueba a cada uno de los tres hombres hasta que encuentra el ideal. Se mueve por el escenario y produce los efectos de sonido que le fueron indicados, que son como de comedia de pastelazo inspirada en las antiguas rutinas cómicas del Gordo y el Flaco. Es una producción sofisticada; el equipo de vestuario debe haber rentado todos los disfraces de animales salvajes existentes en Irlanda.

Después de una rutina de baile en la que Laura hace el torpe intento de seguirles el paso a las sensuales cerditas, los tres osos musculosos y el resto de las bailarinas vestidas de sexis criaturas del bosque, Laura termina en brazos del más musculoso de los osos. Es el ideal. Y una luz roja en forma de corazón los enmarca al final de la coreografía.

Lisa Logan, la jueza invitada de esa noche de semifinales en *StarrQuest*, quien no sólo es estrella de teatro y televisión, sino que también tiene su propia escuela de actuación, está de pie, y aplaude con la esperanza de salir en el clip que se hará viral y que podría reactivar su moribunda carrera. Laura se queda de pie en la marca al centro del escenario para esperar la retroalimentación de los jueces.

—Hola, Ave Lira —dice Lisa, emocionada—. De entre todos los concursantes que hemos visto esta noche, a quien más nos intrigaba ver a mí y al resto del mundo era a ti. Debo confesar que, a pesar de tu evidente talento, tenía dudas de cómo podrías implementarlo en el mundo del espectáculo. ¿Cómo hacer algo viable, relevante y hasta comercial con ese talento? Pero esta noche nos demostraste cómo hacerlo. Éste es justo el camino cabaretero estilo

Las Vegas que deberías seguir. Eres joven, eres atractiva y eres talentosa. ¡Debes estar en las nubes! ¡Wuuu! —grita y lanza un puñetazo al aire. La audiencia se une a las ovaciones.

Lisa Logan califica a Ave Lira con un pulgar dorado.

A Laura le sorprende la reacción tan exagerada. ¿En serio creen que puede hacer una carrera de *esto*? ¿Acaso ella *quiere* hacer esto?

El público guarda silencio en espera de la respuesta de Jack.

—Ave Lira —dice él y se acaricia la barbilla con expresión incómoda, como si no supiera qué palabras usar—. Eso fue terrible —el público lo abuchea—. No, hablo en serio —por encima de los abucheos y siseos, Jack continúa—. Fue torpe. Fue… para ser franco, fue vergonzoso. Sentí pena ajena por ti. Parecías incómoda. No eres bailarina…

—No, no bailas *para nada* —interviene Lisa—. Pero es parte de lo que lo hace gracioso. Es *comedia*.

—No creo que su intención fuera ser graciosa, ¿o sí, Ave Lira?

Ambos jueces la miran. Silencio.

—Quería que fuera entretenido, que la gente del público y la gente que nos mira desde casa se divirtiera —contesta ella, con una gran sonrisa.

El público la ovaciona.

—No, Ave Lira. Creo que tu verdadera habilidad fue la que vimos en la audición. Fue una presentación orgánica, genuina. Una presentación conmovedora, en la que transportaste al público a algún lugar especial. Esto estuvo mal. Fue puro circo —abucheos del público—. Como bien sabes, sólo uno de los actos de hoy pasará a la final. Y lo mismo con los actos que se presenten el resto de la semana. ¿Crees que diste el máximo hoy, Ave Lira? Te daré un consejo: si pasas a la final esta noche, apégate a los actos sinceros. Por lo pronto, estás en problemas. Espero que el público te dé otra oportunidad, porque yo temo que no alcances un lugar en la final.

27

Después del programa, Laura se sienta frente al escritorio de Jack. Pasó a la final. Lo logró. Sin embargo, no siente tanta alegría como debería. Jack se ve exhausto, y su apariencia empeora conforme se desmaquilla con una toallita húmeda.

—¿Cómo puedo seguir despierto? —dice mientras se frota la toalla con desesperación y se embarra el rímel. Laura no se anima a señalárselo—. ¿Tú cómo andas? —le pregunta Jack—. Probablemente mucho mejor que yo, pues eres veinte años más joven.

—Estoy agotada —contesta ella.

Jack debe percibir el cambio en el tono de voz de Laura porque voltea a verla y suelta el pañuelo.

—Esto no es nada fácil, ¿verdad? —dice Jack. Laura asiente. Se siente drenada—. Sí, te entiendo. Créeme. Sé lo que es estar en tus zapatos. Probablemente tenía tu edad cuando mi álbum llegó al primer lugar de las listas en cincuenta países. Una locura —agita la cabeza—. No entendía lo que sucedía. No sabía…

Curtis entra a la oficina, y Jack se endereza. Curtis asienta una taza de café en el escritorio, frente a Jack, y luego toma su lugar habitual a un costado de la mesa, como una sombra.

—Gracias, compadre —Jack le da un sorbo al café y adopta una actitud profesional para darle retroalimentación sobre su acto, como ha hecho con todos los participantes que esperan su consejo. Antes y después del programa, se acercan a Jack siempre que hay oportunidad, ansiosos de recibir un poco de atención o algún halago. Durante los últimos dos días de absoluto cansancio, Laura se ha mantenido al margen y ha observado. Siente que son como pajarillos que acechan en la terraza de un restaurante para alimentarse de sobras y migajas. Observan y esperan, listos para recibir cualquier cosa que Jack les lance; un cumplido, una recomendación, un consejo o hasta una crítica o advertencia velada. La atrapan y la picotean, la picotean, la picotean, la analizan, se aferran a ella e intentan sentirse satisfechos, pero nunca es suficiente. Nunca son suficientes halagos, análisis o disecciones de sí mismos y su talento en voz del maestro.

—Mira, Ave Lira, no te preocupes por esta noche. Es parte del programa. Todos experimentan altibajos. Es bueno que tengas un viaje, que el público vea que tú, al igual que ellos, estás en una lucha constante. El público decidió salvarte. Piensa en los pobres Rose y Tony; su presentación fue catastrófica. Ella se cayó de hocico, vestida como un *hot dog* —empieza a reírse. Es el tipo de risa rasposa de un fumador—. ¿Viste las manchas de cátsup? —Jack para de reír al notar que Laura no le hace segunda.

—Tu equipo diseñó mi presentación de esta noche mientras yo estaba en Australia —le dice Laura, confundida—. Me dijeron que la memorizara durante el vuelo. Tuve un día para aprender el baile.

Jack suspira.

—Entiendo que hayas tenido poco tiempo para ensayar, pero créeme que el viaje a Australia fue una oportunidad única. Lo discutimos y creímos que sería lo mejor, y que te necesitaríamos en el primer programa de las semifinales para que no se perdiera el interés del público después del programa de Cory Cooke. Ese viaje fue una experiencia única en la vida, y cualquiera de los otros concursantes habría preferido hacerlo que tener más tiempo para ensayar.

—Los otros ni siquiera me voltean a ver.

—Están celosos, Ave Lira. Vas a ganar y lo saben.

Laura se queda boquiabierta.

—Jack, dijiste que fui torpe. Dijiste que lo hice fatal. Dijiste que no sé bailar. Estabas avergonzado… casi asqueado…

—Es verdad —se ríe—. Estuvo fatal —aún se ríe solo—. Pero no te pongas así. No es para tanto.

—Yo no quería hacer esa rutina. Te dije que no sé bailar. Te dije que no iba conmigo. Estábamos aquí, y te dije que no me gustaba el guion. Tú me dijiste que lo hiciera.

—Ave Lira…

—¡Mi nombre es Laura! —exclama y azota ambas manos sobre la mesa.

—Cuidado, señorita —le advierte Curtis—. Que no se te olvide quién es quién.

—No hay problema —dice Jack con voz cansada—. Es sólo un programa. Cada quien desempeña su papel. Yo fui el juez malo que criticó a la novia de Irlanda. Tú oíste las reacciones del público; mañana no hablarán de otra cosa, y la gente te adorará aún más. Créeme, así es esto. ¿Sabes cuántos votos recibió el *ganador* del año pasado? Sesenta y cinco mil. ¿Sabes cuántos votos recibiste esta noche para pasar a la final?

Laura niega con la cabeza y detesta sentir ansias de averiguarlo.

—Trescientos treinta mil.

Laura los mira a ambos sin poder creerlo, pero no por las razones que ellos creen. Se siente honrada, halagada, anonadada por la cifra, pero hay otra cosa que la desconcierta.

—Para ustedes sólo es un juego —dice ella en voz baja.

Tal vez lo que más le afecta a Jack es el tono de voz en que lo dice. No le da razones para indignarse. No es que Laura esté enojada, sino que apenas si ha tenido tiempo para procesarlo antes de decirlo. Se acabó la fantasía. Y Jack acaba de ser testigo de ello. Se le queda viendo, paralizado.

—Bueno, acabemos con esto por hoy —dice Curtis y se pone de pie tras haberse apoyado en una mesa en la orilla de la habitación—. Puedes irte —le dice a Laura y le da la espalda.

—Sólo quiero decir una cosa más —dice Laura, sintiéndose hueca—. Tiene que ver con Bo. Siente que la sacaron de la jugada. Sé que firmé un contrato con ustedes, pero también tenía un acuerdo con ella. Previo. Ella me trajo aquí, y tengo la obligación de cumplir con ella. No me sentiré cómoda si no le cumplo lo que le prometí.

Quizá sea el cambio de horario, pero está convencida casi por completo de que no, de que ahora mismo piensa con claridad. Sin duda alguna, su vida está toda torcida. Muchas cosas están fuera de lugar, y parece ser contagioso. El viaje a Australia le ayudó a ver las cosas con otra perspectiva, y el programa de esta noche le recordó aquello que intentó sacarse de la cabeza, pero esta junta ha arraigado su postura. Algo no anda bien aquí. Sin importar lo que haya ocurrido entre Bo, Solomon y ella antes del viaje a Australia, sabe que el primer paso para enderezar las cosas es terminar de hacer el documental.

—Los problemas con Producciones Boca a Boca no te corresponden —le dice Curtis—. Es un tema contractual que está en revisión de nuestros abogados.

—¿Abogados? —Laura voltea a ver a Jack—. Pero todo podría ser mucho más sencillo. Por favor, habla con Bo —siente que el pánico la sofoca. Creía que iba camino a la libertad, pero en vez de eso está varada en una isla.

—Necesito un momento a solas con Jack. Puedes retirarte —le dice Curtis, se pone a un costado del escritorio y se inclina sobre él como si fuera a decirle a Jack un secreto al oído, como si el oído de Jack le perteneciera.

Laura los observa, desconcertada, y el pulso se le acelera. Quiere interrumpirlos, quiere intentar una vez más convencer a Jack.

Curtis empieza a hablar como si ella ya no estuviera ahí.

—Alan Murphy quiere hablar contigo sobre la prohibición para dar conciertos mientras el programa esté al aire. Dice que de otro modo no puede ganar dinero. Le dije que eso está en el contrato que él firmó y que no puede tenerlo todo. Es importante que sepas todo esto, por si acaso saca el tema.

—¡Dios! Ésta es la plataforma más grande del mundo, y ¿todavía se queja? —pregunta Jack, irritado, mientras lanza la toallita húmeda hecha bola sobre la mesa.

Laura se pone de pie lentamente y camina hacia la puerta; sin embargo, antes de salir, decide interpelar a Jack una última vez.

—Es la Primera Comunión de la sobrina de Alan. Su hermano le pidió que tocara, pero el programa se lo prohíbe. No le van a pagar.

Jack voltea a ver a Curtis.

—¿Eso es cierto?

—Bueno, desconozco los detalles. Cualquier presentación en vivo cuenta como concierto.

Jack mira fijamente a Laura y toma en cuenta su comentario.

—Averigua exactamente de qué se trata. Si es la fiesta de Primera Comunión de su sobrina, entonces no le pongas trabas estúpidas, Curtis.

Laura asiente en señal de agradecimiento, de reconocimiento de la humanidad de Jack, y abre la puerta para irse, no sin antes percibir la mirada fulminante de Curtis.

Pero Jack no ha terminado aún.

—Y no te preocupes, Ave Lira. Hablaré con Bo. Entre nosotros nos arreglamos. Ya se prolongó demasiado, y tienes razón: si se lo dejamos a los abogados, nunca lo resolverán.

Laura siente tal alivio que es casi como si caminara sobre nubes al cruzar el pasillo, entre miradas codiciosas, entre las cámaras de celular que le apuntan, entre los *flashes* poderosos que se atreven a invadir las ventanas polarizadas de la camioneta y amenazan con perforarle el alma.

Laura se estremece, y espera que los fotógrafos no hagan más que capturar sus propios reflejos.

28

Después de haber pasado el día sin poder mantener los ojos abiertos, Laura está bien despierta. Mientras Michael la lleva a su hotel, a Laura la inunda el terror de pasar otra noche sola en ese cuarto de hotel, sin poder conciliar el sueño, con la resaca del cambio de horario y con una soledad dolorosa. Cuando Solomon la visitó en el hotel, la última vez que se vieron, la tomó de la mano y le dijo que lo contactara si lo necesitaba. Y ahora lo necesita, siempre lo ha necesitado, pero no ha sido capaz de tomar el teléfono por temor a trastornarle la vida de nuevo. No puede negar que, al intentar cumplir su trato con Bo, también busca verlo de nuevo. Se alejó de ellos con la promesa de que no se inmiscuiría en su relación, pues era obvio que su presencia los destruía. No puede negar que ansiar verlo es egoísta, ni que enviar a Jack a hacer el trabajo sucio en su lugar es un tanto cobarde. Entre más tiempo pasa con la gente, más se evidencian sus propios defectos. En la cabaña era generosa, era gentil, era positiva. En este nuevo mundo han surgido aspectos de ella que no le agradan. Laura creía ser mejor persona.

Se abre paso entre los fotógrafos que la hostigan en la entrada del hotel, y se detiene a firmar fotografías suyas para los fans que la esperan ahí día y noche, y halagan su caótica presentación. Luego pasa a la recepción por la llave de la habitación.

—Hay un hombre que la espera en el bar —le dice la recepcionista—. El señor Fallon.

A Laura se le ilumina el rostro. Tiene que ser Solomon.

—Gracias —dice con una sonrisa.

Prácticamente corre por el vestíbulo hasta el bar, en donde da lentas vueltas en busca de la cabellera negra de Solomon, en busca del chongo en la coronilla que se destaca entre la gente. Pero no lo encuentra por ninguna parte. Confundida, emprende el regreso al vestíbulo.

En ese momento, siente una mano en la cintura.

—¡Hola! —dice un hombre—. ¿Te acuerdas de mí? —es Rory. Laura emite el sonido de un disparo, de la liebre caída, del gimoteo del animal moribundo—. Sí —Rory baja la mirada y se rasca la cabeza con gesto incómodo—. Quería hablar contigo sobre eso. Vine a disculparme —se ve genuinamente atribulado, hasta avergonzado—. ¿Podemos hablar? Conozco un buen lugar.

Laura y Rory se sientan uno frente al otro en uno de los gabinetes más aislados de Mulligans, un *pub* oscuro. Es el lugar más tranquilo que encuentran, pues, en el instante en que entraron, todo el mundo volteó a ver a Laura. Todos saben quién es, desde los más jóvenes hasta los más ancianos. Y, aunque no la reconozcan, sin duda han oído hablar de ella y de sus habilidades. El primer trago es cortesía de la casa, como un gesto de bienvenida para Ave Lira. Rory ordena una pinta de Guinness, y Laura pide agua. Él no hace comentario alguno sobre su elección de bebida, pues ya ha metido tanto la pata que no quiere cometer ningún otro error. Rory llamó a Solomon para disculparse por lo que ocurrió en el campo de tiro, lo cual le costó mucho trabajo, sobre todo porque no acostumbra pedirle perdón a Solomon. Pidió hablar con Laura, pero Solomon le insistió en que eso no era posible, como si no quisiera compartirla con nadie, lo cual hizo rabiar a Rory aún más. Su hermano ya tenía novia, y aun así no dejaba de proteger a Laura como si fuera de su propiedad. Su hermano siempre había sido así, reservado y hermético con las cosas, y nunca ha dejado a Rory entrar. La relación entre ellos siempre ha sido ríspida, incómoda, y nunca se han tirado carrilla sana como lo hacen con los otros. Rory entiende a los otros, y ellos se ríen de sus chistes, o, si no se ríen, al menos los entienden. Solomon nunca los entiende. Se ofende por todo y siempre lo juzga.

Rory está avergonzado por todo el asunto del campo de tiro. Viéndolo en retrospectiva, se da cuenta de que fue un imbécil, pero en el momento tenía tantas ganas de que Laura se fijara en él que no pensó en las consecuencias; no pensó en el peligro ni pensó en que parecería un maldito psicópata. Una cosa fue meter la pata él solo, pero otra fue hacerlo frente a sus hermanos y su papá, por no mencionar a Laura.

Claro que Solomon se negó a aceptar la disculpa de su hermano y no hizo más que echarle sal a la herida. Rory supo que no le pasaría su mensaje a Laura. Después de ver su audición en televisión y luego de que el mundo entero empezó a hablar de ella, supo que debía buscarla y verla en persona. No fue difícil de encontrar, pues los tabloides no han tenido reparos en revelar su ubicación. Cuando se enteró de que se hospedaba en un hotel en Dublín, supo que sólo podría hablar con ella sin la intervención de Solomon si la iba a buscar ahí.

Ahora examina a Laura. Es una joven inusual, pero de una belleza extraordinaria. Exótica, tanto como se puede serlo en las montañas de Cork. Se pregunta qué ocurrió en el departamento y por qué dejó a Solomon y a Bo. Pero lo que su hermano pierde él lo gana, y así es como siempre han sido las cosas.

Primero que nada, la disculpa; no es que no esté genuinamente avergonzado, pero tiene intención de demostrarlo como mejor sabe hacerlo. Ojos de perrito triste. Siempre funciona. A las chicas les encanta.

Laura se siente un poco mareada. Ha bebido dos copas de vino blanco en el *pub* con Rory, y no está acostumbrada a los efectos del alcohol. Le agrada y cree que podría tomar más. Ya no se siente confundida ni siente la jaqueca latente que se arraigó detrás de sus ojos desde Galway, desde que Rory le disparó a la liebre. Siente que desde entonces no se le ha quitado del todo, sólo se le intensifica en momentos de estrés. Es curioso que su dolor de cabeza haya desaparecido, ya que fue Rory quien se lo provocó en un inicio y quien ha logrado quitárselo. O quizá fue el vino, pero, como sea, él es el responsable. Rory es gracioso. Laura no ha parado de reír desde que él abrió la boca. Genuinamente cree que está avergonzado por lo que hizo, a pesar de que sus disculpas son un tanto exageradas para el gusto de Laura. Hace ese mismo gesto coqueto que hacía el fotógrafo australiano, que era endulzar la mirada. No es real, pero ellos parecen creer que funciona. Y no es que Laura crea que Rory debe arrepentirse, pues ¿quién es ella para juzgarlo? Sin duda fue algo que la afectó profundamente, pero ella sabe que no es ningún tipo de autoridad moral, y se lo hace saber a Rory también.

Rory es como su padre. Cuenta largas historias sobre noches en las que sus hermanos adolescentes y él hacían travesuras. Parece que pasaba más tiempo echándoles la culpa a sus hermanos que haciendo cualquier otra cosa, pero no parece molestarle. A Laura le agrada escuchar esos relatos, sobre todo los que incluyen a Solomon, pues le gusta saber más sobre cómo era en su juventud. Intenta limitar sus preguntas sobre Solomon cuando se da cuenta de que Rory se tensa al oírlas, así que opta por ponerse cómoda y escucharlo, a la espera de que vuelva a mencionar el nombre de su hermano. Cuando Rory menciona algo sobre alguna exnovia de Solomon, Laura intenta no moverse demasiado ni demostrar demasiado interés. Descubre que siempre ha salido con chicas intensas y estrafalarias; una chica con la que salió durante varios años estudió arte, y Rory y su familia tuvieron que ir a ver su exposición sobre pies. Era arte sobre pies peludos con uñas amarillentas; Rory se ríe, y Laura no tiene claro si lo que dice es verdad o no.

—¿Por qué crees que salía con chicas así? —pregunta Laura, en un intento por disimular su interés.

—Porque Solomon es insulso —contesta Rory con cierto rencor.

Extrañamente, estar con Rory la hace sentirse conectada con Solomon. Para empezar, se parecen. Rory tiene el cabello muy corto, y es de menor estatura, y sus facciones son menos angulosas, pero es como una versión en miniatura de Solomon. Tiene expresión más jovial y cara de niño, mientras que Solomon tiene facciones más marcadas y angulosas, y todos sus gestos poseen cierta intensidad: sus movimientos, su postura y, sobre todo, sus ojos. Rory tiene un porte casual y rara vez la mira a los ojos; en vez de eso, pasea la mirada por todas partes. Sus ojos tienen cierto brillo, cierto fulgor juguetón que revela su chispa interna y su naturaleza traviesa, pero nunca los clava demasiado tiempo en algo, al igual que su concentración. Eso hace que sea interesante estar con él. Es capaz de hablar mientras mira hacia otro lado, por lo regular en dirección de aquello sobre lo que habla, pues la mayoría de las cosas que dice tienen que ver con personas que están cerca. Hace voces graciosas y finge imitar la conversación de una pareja sentada cerca. Inventa una falsa conversación hasta que a Laura le duele el estómago de la risa.

Rory es carpintero y, aunque Laura lo visualiza en un entorno romántico en el que talla muebles, como hizo su papá para el cumpleaños de Marie, él dice que no es nada por el estilo.

—Sobre todo tenemos trabajos en edificios y negocios, en donde hacemos exactamente lo que nos piden y seguimos instrucciones —dice él, aburrido—. Para ser franco —la mira con ojos de cachorro triste y se inclina hacia ella como si fuera a compartirle un secreto—, odio mi trabajo. Los demás no lo saben. No podría decírselo a mi papá, le rompería el corazón. Soy el único que sigue en el negocio familiar. Los demás huyeron del gallinero. Soy el rezagado —admite, con una sonrisa que no se le refleja en los ojos.

Laura considera que Rory habla con honestidad, tal vez por primera vez desde que se sentaron. Siente que se identifica con él en ese sentido. A pesar de su aparente confianza y personalidad extrovertida, también se siente perdido.

Rory se termina la cuarta cerveza, y Laura nota que parece inquieto. Ella se siente muy cómoda, sobre todo después de dos copas de vino, y gustosa se quedaría ahí, pero él parece muy agitado, lo cual le dificulta a ella relajarse.

—Rory, perdón por no poder comprarte un trago. No tengo un solo centavo a mi nombre —dice Laura. Rory parece sorprendido—. Ni siquiera puedo subirme a un autobús, aunque tuviera algún lugar al cual ir —al decirlo, Laura se da cuenta de lo aterrador que le resulta—. Al menos en la cabaña podía vivir de la tierra, podía salir a recolectar hierbas y plantar mis propias frutas y verduras, y tenía una alacena llena de conservas y frutas secas para sobrevivir el invierno cuando las opciones eran limitadas. De ser necesario, habría podido sobrevivir incluso sin lo que me llevaba Tom. Pero aquí, en la ciudad, no puedo hacer nada sola —es irónico estar rodeada de todo lo deseable y que no sea asequible.

De pronto a Rory se le iluminan los ojos.

—En eso te equivocas, mi querida Ave Lira. En este momento, eres la persona más famosa del mundo —aunque Laura se ríe de lo ridículo que eso suena, Rory insiste—. Te enseñaré a *recolectar* en la ciudad.

Recolectar en la ciudad incluye ir a una disco exclusiva en donde el costo de entrada es de veinte euros, pero sin tener que pagar después de que Rory presentara a Ave Lira con los guardias de seguridad como si ella fuera el boleto de entrada. Recolectar en el club implica encontrar gente adecuada con la cual conversar para que les compren tragos gratis o los inviten a su mesa.

Alrededor de la medianoche, Laura siente que se tambalea mientras conversa con un hombre, el cual la toma del brazo de repente y retoma su plática como si no pasara nada, sin soltarla. En ese instante, se revienta la burbuja de alegría etílica de Laura, y ella se disculpa y se libera del hombre. El suelo da vueltas a sus pies mientras se abre camino al baño. A medida que avanza, la música parece volverse más audible, y el golpeteo de la música electrónica le retumba en la cabeza, en el pecho. Choca contra los cuerpos que la rodean y que parecen estar más cerca que antes. Es consciente de que hay menos espacio que antes, cuando se sentía mejor. Una vez en el baño, la música se apaga y se convierte en una mera sensación de golpeteo seco en el pecho. Siente los oídos bloqueados, como si estuviera en un avión y se le taparan. Frente a ella hay una larga fila de mujeres. Las cosas parecen muy distantes, pero ella aún está aquí. Siente como si estuviera detrás de sí misma. Todo se mueve demasiado rápido y sus ojos registran todo lo que observan. Zapato de mujer, tobillo lesionado, maquillaje corrido, piso húmedo, lavamanos, pañuelos mojados. Se enciende el secador de manos a su lado, y ella se sobresalta, se lleva las manos a las orejas y baja la mirada. Ve sus propias botas. Están manchadas de gotas de cerveza y vino y quién sabe qué otras cosas. Laura cierra los ojos. El secador de manos se detiene, y Laura se quita las manos de las orejas y alza la mirada. La chica que está frente a ella la reconoce. Laura se pregunta si debería decirle algo. La chica dice algo, pero en ese instante el secador de manos vuelve a encenderse y a bloquearle la audición a Laura.

—Pinche vieja pendeja —dicen los labios de la chica.

Hay un ruido constante de pestillos de puertas que se abren y se cierran, el repiqueteo de tacones altos sobre el piso de baldosa, puertas que se azotan. Todo el mundo la mira. Todas las miradas, ojos abiertos como platos. El suelo se mueve a sus pies. Laura necesita agarrarse de algo o se caerá. Decide que no se apoyará en la chica de enfrente, de piel aceitunada, pechos grandes y ombliguera. Tiene un arete color turquesa en el ombligo. Se puso delineador de labios, mas no labial. Laura busca algo en qué apoyarse, los lavamanos, pero hay una fila de chicas que se retocan el maquillaje, con los celulares en las manos, y apuntan hacia ella. Los destellos de *flashes* la ciegan. Nadie la ayuda. No está segura de si ha pedido ayuda. Quizá debería hacerlo. Todas la miran a través de sus pantallas como si no fuera de verdad, como si no fuera una persona de carne y hueso que está frente a ellas. La miran como si la vieran en televisión.

En la cabaña, en casa con Mamá y Gaga, Laura solía ver gente en la televisión, o en los libros, los diarios y las revistas. A veces ansiaba ver a la gente de verdad, poder incluso tocarla. En este mundo, la gente goza de ese lujo, pero prefiere verse a través de pantallas.

Escucha el clic del cerrojo de las puertas, los azotes, el agua que corre en los inodoros, el traqueteo de los tacones. Las chicas a su alrededor se empiezan a reír. Echan la cabeza hacia atrás y se carcajean con ganas. Quizás esos sonidos salieron de la boca de Laura. No está segura. Está demasiado mareada. Está aquí, pero siente como si no estuviera aquí. Se lleva una mano a la cabeza brumosa. Necesita ayuda, estira la mano hacia la chica de piel aceitunada y ve su tatuaje de serpiente en la muñeca, una serpiente negra que le sube por el brazo. Laura sisea en señal de reconocimiento, y luego se cae encima de ella, pero ella la empuja en sentido contrario. Algunas chicas intervienen y gritan.

—¡Pelea!

Laura está confundida. No quiere pelear, simplemente no quiere caerse.

Entonces, de repente, está en brazos de alguien que la saca de ahí. No quiere pelear, todas las chicas se ríen y alzan los celulares para tomar fotos o video. La sacan del baño y la arrastran por el pasillo, y entonces se da cuenta de que quien la lleva es un hombre al que no conoce y entra en pánico. Empieza a forcejear. ¿Por qué las chicas se rieron de esto y no la ayudaron? ¿Por qué no la defendieron?

Tiene un vaso enfrente. Sigue sin reconocer al hombre. Él intenta que ella beba el contenido del vaso. Pero Laura no quiere. No hay nadie más a su alrededor; la música es tan estridente que no alcanza a escuchar lo que le dice. Ha oído de gente que pone drogas en las bebidas de las mujeres. Él la presiona para que beba del vaso y la sostiene con fuerza. Laura no quiere. Se lo arrebata de la mano y lo avienta el piso. El hombre parece enojado. Laura está confundida. El hombre vuelve a arrastrarla por el pasillo, y ella mira a su alrededor, pero todo es borroso y no puede enfocar la mirada en una sola cosa. No puede ver, no puede oír, no puede pensar. Quiere ver a Solomon, lo necesita en este instante. No puede pensar en nadie más.

De pronto está afuera de la disco, y el hombre furioso la deja sola. Luego regresa a entregarle su abrigo, y entonces ella se da cuenta de que no trataba de secuestrarla ni drogarla. Es un guardia de seguridad del lugar. Laura siente que se congela y se pone el abrigo.

—Lo siento —dice Laura en voz baja, pero el tipo no le presta la mayor atención. Tiene el traje mojado. Le dice que espere ahí y vuelve a entrar a la disco. Luego sale con Rory, quien parece confundido, pero al verla sonríe. Después se pone su chaqueta.

—¿En qué te metiste? Me dijeron que era urgente sacarme de ahí.

Laura siente que la cabeza le da vueltas y necesita alejarse cuanto antes. Se da media vuelta para emprender la partida cuando ve una multitud de gente que quiere entrar a la disco. Laura intenta hacerse a un lado para dejarlos pasar, pero, en vez de eso, forman un muro que le bloquea el paso. Laura se da cuenta de que tienen cámaras y la fotografían. No puede siquiera ver el suelo frente a ella, y apenas si puede ver algo con tantos destellos de las cámaras. Se tambalea y cae al suelo. No le duele, pero tarda en reaccionar. Rory está ahí y la toma de las axilas. Ella lo escucha reír mientras la levanta.

Laura no cree que sea gracioso. Él no puede parar de reír.

Laura intenta caminar en línea recta, pero siente que cae en sentido contrario. Rory se ríe entre dientes y la sostiene con fuerza. Tiene náuseas.

Todo esto está mal. Están en un callejón, y no se ve la salida, lo cual le hace sentir claustrofobia. No hay espacio en esta ciudad. Hay demasiada gente. Le vienen arcadas.

—No, aquí no —dice Rory, ya sin reírse—. Laura —su tono es serio, casi amenazante, pues están rodeados de *paparazzi*. Laura se le resbala de los brazos; su cuerpo y sus piernas parecen de gelatina. Es más alta que él, así que le cuesta trabajo mantenerla en pie—. Quítense de aquí —les grita a los fotógrafos.

Llegan a la avenida, donde hay una multitud de mirones reunidos que quieren saber cuál es la fuente del alboroto y qué celebridad acaba de salir de la disco.

—Ave Lira, Ave Lira —Laura escucha a la gente que susurra a su alrededor como el viento que sopla entre las hojas en la montaña. Pero ya no está en la montaña. Está aquí, rodeada de cámaras de celular y libretas para autógrafos y bolígrafos extendidos en dirección hacia ella.

Un grupo de chicos empieza a imitar sonidos de cucos. Los sonidos la persiguen por la calle. Rory la sube al primer taxi que ve en una parada cercana. Laura cae en el asiento trasero, y reclina la cabeza y cierra los ojos. Las cámaras chocan con el cristal del auto y no dejan de fotografiarla. Ella cierra los ojos, respira profundo y hace el esfuerzo por no vomitar a pesar de que la cabeza no ha parado de darle vueltas.

—¿Adónde los llevo? —pregunta el conductor, desconcertado por la presencia de los fotógrafos.

—Solomon —dice Laura, con los ojos cerrados y la cabeza apoyada en el respaldo.

Las cámaras se estrellan con la ventana.

—¡Oigan! ¿Adónde los llevo? —repite el conductor, agitado—. ¡Quítense de enfrente! —baja la ventana y les grita a los fotógrafos, quienes no dejan de acosarlo por los costados, así que el conductor se baja y los confronta. Las cámaras captan el altercado en el que se ve implicado el conductor del taxi de Ave Lira, mientras ella pierde la conciencia en el asiento trasero.

—¡Mierda! —exclama Rory, quien está sentado atrás con Laura. Están rodeados y no tienen conductor—. ¡Mierda!

—Solomon —repite Laura con voz adormilada.

—No, no, Solomon no. A ver, Laura, cambio de planes —Rory la agita para intentar despertarla. Se baja del auto y lo rodea para llegar a la puerta de ella. La baja e intenta mantenerla en pie, pero ella está demasiado agotada e intoxicada. Las cámaras ignoran el altercado del conductor y vuelven a enfocarse en Laura y Rory.

—¡Ey! ¿Adónde van? —les grita el conductor.

—No nos quedaremos ahí sentados mientras discutes —le grita Rory.

—Esto es culpa de ustedes. ¿Quién se creen que son? —el conductor le grita varios improperios más mientras él intenta arrastrar a Laura para sacarla de ahí. Ya no hay taxis en la parada—. ¡Ya perdí otros clientes por su culpa!

Un taxi se para junto a ellos en medio de la calle. Tiene la luz apagada. Trae gente adentro. Se abre una puerta.

—Súbanse.

Rory se asoma y reconoce a dos tipos que estaban en la disco. Sube a Laura al asiento del copiloto e intenta bajarle el vestido que se le subió y deja ver sus largas piernas delgadas. Más que un vestido, es una camisa de tartán, combinada con botas Doc Martens y calcetas gruesas. Rory se sube atrás, en donde se hace espacio junto a los dos hombres.

—¿Adónde van? —le pregunta uno de ellos. Rory cree que el tipo se llama Niall y que trabaja en bienes raíces. ¿O se confundió de persona? Al verlo bien, se pregunta si de verdad se conocieron en la disco.

—Adonde sea —contesta Rory y se cubre la cara de las cámaras que los acosan desde afuera.

Los hombres se ríen. El taxi arranca.

29

Laura se despierta a oscuras. La cabeza, la garganta, los ojos… todo le duele. Hay un zumbido, el familiar zumbido de un celular que vibra, y eso le recuerda a Solomon. Laura mira a su alrededor y ve luz proveniente de un zapato. El celular vibra dentro de un tenis. Vibra una vez más y luego emite un pitido antes de apagarse por falta de batería. La luz se apaga. Es como atestiguar otra muerte. La jaqueca sorda que le empezó en Galway y se le agudizó en Dublín, pero que se esfumó después de dos copas de vino, regresó y es más intensa que nunca. Le duele siquiera levantar la cabeza, y la gravedad parece ser más intensa y jalarla con más fuerza hacia abajo. Tiene miedo; no sabe dónde está, así que se endereza. Está en un sofá, junto a una cama matrimonial. Hay una persona sobre las cobijas y un bulto debajo.

Percibe un olor a vómito y cae en cuenta de que proviene de su cabello y de su ropa, y entonces el aroma le hace recordar que volvió el estómago en un inodoro, un inodoro sucio que tenía manchas de mierda en un costado. Alguien le sostuvo el cabello. Hay muchas risas, chicas a su lado y a su alrededor. Una voz cercana al oído le dice que estará bien. Una voz gentil. Una voz de mujer. Recuerda a Rory, la disco, el hombre que la atacó. Recuerda que la sacaron, los *flashes* de las cámaras, el taxi, otro taxi, las náuseas.

No recuerda el lugar en que está. No recuerda haber llegado aquí, ni recuerda la habitación ni sabe con quién está. Ve el par de Converse y el celular sin batería y reconoce que son de Rory. Así que está aquí y es probable que sea quien está acostado en la cama. Él la trajo aquí. No puede culparlo por lo que pasó; la culpa es toda de ella. Tiene veintiséis años y debería saberse cuidar mejor. Está tan avergonzada de haber perdido el control, de haber sido tan irresponsable, de haber permitido que otros la vieran así, que no se anima a despertar a Rory. Aún trae puestas sus botas, no le importa encontrar su chaqueta, sólo quiere irse de ahí.

Se pone de pie e intenta equilibrarse, a pesar del mareo. Espera un momento para que se le pase, inhala profundo, e intenta ser lo más silenciosa posible para no despertar a los durmientes. Hace mucho calor en la recámara. Huele a alcohol y a cuerpos sudorosos, lo cual le produce arcadas. Laura se tropieza con los zapatos y las botellas, pero logra detenerse con la pared. El golpe hace que alguien a sus espaldas se agite, como si se despertara asustado. Laura no mira atrás, sólo camina hacia la salida, pues sabe que tiene que irse antes de que alguien despierte.

Afuera de la recámara hay un pasillo. Alcanza a ver la puerta principal. La siguiente puerta es el baño y luego está la puerta de salida. Pasa por una estancia donde está la cocina, más cuerpos tirados en el piso y los sillones, y una pareja que se besuquea en el sofá. La mano del hombre se mueve bajo la blusa de ella, y ella emite ligeros gemidos.

Entonces recuerda cuando Solomon y Bo hacían el amor en el hotel, y debe hacer algún sonido que la delata, pues de pronto la pareja deja de besarse y alza la mirada. Una cabeza se asoma por encima de la barra de la cocina.

—¿Qué carajos fue ese ruido? —pregunta la chica.

—El ave —dice el tipo en el sofá.

—Ave Lira —dice la chica entre risas.

—Sí, eso. Hola —dice el hombre, y Laura cree reconocerlo. Recuerda haberlo conocido en la disco. Fue un tipo amable que ofreció comprarle tragos y que confrontó a alguien que accidentalmente la empujó al pasar. Atraía la atención del *barman* con más facilidad que cualquier otra persona. Recuerda también que le susurró cosas al oído a ella. ¿Le besó la oreja? ¿El cuello? Él fue quien la sostuvo cuando se tambaleó.

—Soy Gary. Soy actor. Estrenamos nuestra obra anoche en el festival —dice. Laura recuerda que eso la impresionó, pues nunca había conocido a un actor. O al menos no a un actor profesional, al parecer.

—Eres un idiota, Gary —le dice la chica y le da un manotazo, y luego se levanta del sillón tan rápido que sin querer le da un rodillazo. El tipo gruñe—. ¿Le dijiste que eras un pinche actor? ¿Quién te crees? ¿Leonardo DiCaprio?

—Sólo bromeaba, nena. Relájate.

—No me digas nena —le da otro manotazo, lo cual agita a los durmientes.

Su voz le resulta familiar. Laura la examina para descifrar de dónde la conoce. Y entonces lo recuerda. En el baño, cuando Laura tenía la cabeza metida en el inodoro e intentaba ignorar la mierda adherida, entre risas escuchó la voz de esa chica, quien levantaba la mirada entre arcadas para ver un celular que tenía en la mano.

—Basta —le había dicho Laura, mientras se tapaba la cara.

—Salte de aquí, Lisa —dijo otra voz.

—Esto va directo a Facebook —dijo la chica al salir del baño—. Ave Lira, vomitiva —dice entre risas.

Laura debe haberlo repetido en voz alta.

—Cara, ¿subiste fotos de ella cuando vomitaba a Facebook? —le pregunta Gary—. ¿Y me reclamas a mí?

—¿Estás bien? —le pregunta una voz desde la cocina—. ¿Quieres una taza de té?

Laura no reconoce el rostro, pero sí la voz. Fue quien la cuidó en el baño, quien le dijo al oído: "Calma, calma. Todo estará bien."

Laura sabe que acaba de repetirlo porque la chica le sonríe. Su expresión es amistosa, lo cual es reconfortante. Le extiende una taza de té.

Laura niega con la cabeza y camina hacia la puerta. Debe ir al baño a limpiarse, pero también sabe que debe irse. No quiere que Rory se despierte. No quiere tener que hablar de lo que ocurrió la noche anterior.

No tiene idea de dónde está o de dónde se encuentra su bolso. Está en un departamento en algún lado. Se dirige a la salida de emergencia y baja cinco pisos a toda prisa, con la sensación de que alguien la persigue. Aunque no escucha pasos a sus espaldas, prefiere no mirar atrás por temor a que la atrapen. Es como una pesadilla que se repite, o es ella quien la repite con la imaginación. Corre por las escaleras, con las manos sobre el pasamanos, mientras siente cómo se le adhieren escamas de pintura descascarillada. Piensa que estará atrapada en esas escaleras para siempre, que nunca terminarán, hasta que por fin llega a la planta baja. Pasa junto a un muro cubierto de buzones grises que no tienen números ni la dirección, aunque tampoco significaría algo para ella. Sale dando tumbos a la calle, con la esperanza de ver algo conocido, alguno de los lugares a los que fue con Solomon, Bo o Rachel, pero no reconoce nada. Frente a ella hay otro edificio idéntico, y todos los edificios de los alrededores son iguales.

El sonido de un claxon la asusta, y alza la mirada justo a tiempo para ver que el tranvía va directo hacia ella. Salta a un lado y siente que el corazón se le acelera, mientras el conductor le grita al pasar.

Cuando logra tranquilizarse lo suficiente, mira en ambas direcciones y decide ir hacia la izquierda, hacia donde fue el tranvía, pues debe llevar a la gente a algún lugar. Algún lugar es mejor que la incertidumbre; es el razonamiento por el que se ha guiado desde que Bo y Solomon llegaron a su vida. *Síguelos, ellos van a algún lugar, algún lugar es mejor que nada.* Mientras camina, piensa en el sonido del tranvía que casi la mata. No escucha que lo imita, pero sí escucha el sonido, como una canción que no logra sacarse de la mente. La gente se sobresalta y brinca del susto, y algunas personas se ríen al verla acercarse.

Quizá no es porque haga el sonido del tranvía, sino porque verla y olerla es demasiado perturbador. El vómito en el cabello, el vómito seco en las botas que Laura nota por primera vez. Se ve fatal y huele peor. Intenta atarse el cabello, parecer un poco menos desastrosa, sobre todo cuando alguien saca el celular de un bolso para fotografiarla. Es como un efecto dominó: una vez que alguien lo hace, pareciera darles permiso e infundirles confianza a otros para que también lo hagan.

Siente en el pecho el latido de la música de anoche, los gritos de la gente, el vaso roto, los sonidos amortiguados que se mezclan en una cacofonía estruendosa y abrumadora. Laura se lleva las manos a las orejas para bloquearlo todo. La gente la mira fijamente, con los celulares en alto, los *flashes* de las cámaras. Entonces lo recuerda. Los fotógrafos. ¡Dios mío! La gente verá su foto en los diarios. ¿Se atreverán a publicar esas fotos tan terribles? Imagina a Solomon abriendo el periódico matutino. Si la ve así, jamás se atreverá a mirarla de nuevo a los ojos. Así de avergonzada se siente.

Escucha el crujido de su periódico matutino mientras Bo teclea algo en el celular. Para ella, todo está en una pantalla. Para él, sólo existe lo tangible. Crujido, clic, tranvía, vaso que se rompe. Un taxista furioso que le grita. Una mano que la jala con violencia. Ahora lo recuerda. Vomitó en el taxi, y el taxista los sacó del auto. Ella se arrodilló en la banqueta y devolvió un poco más. Los hombres se reían. Converse azules a su lado, con manchas de vómito en las puntas blancas. Más risas. Una mano apoyada en su cabeza, y luego un brazo que la toma de la cintura. Sin poder ponerse en pie, la llevan, una chica, una chica agradable que le pregunta al dueño del brazo que la toma de la cintura qué carajos cree que hace. Rory le dice al hombre del brazo que la toma de la cintura que la suelte. ¿Qué le hacía? La intensa vergüenza de haberse permitido terminar en esa situación la hace sonrojarse.

Luego vino el baño, el inodoro, la mancha de mierda en el costado. Una cobija cálida, un vaso de agua. Música y risas lejanas.

Se lleva las manos a las orejas y se derrumba, en un intento por esconderse de las cámaras. Su mamá y Gaga habían tenido razón al esconderla, pues no está preparada para todo esto y no hay lugar adónde huir. Desearía que estuvieran aquí para esconderla.

Cuando piensa en ellas, los ruidos que retumban en su mente empiezan a disminuir. A medida que se silencian, puede pensar con más claridad, y escucha la combinación de gimoteos, llanto, jadeos e hipo que proviene de ella. Está sentada en el suelo. Hay una multitud a su alrededor. Hay gente que tiene la decencia de no mirarla a los ojos, pero aun así no se van. Laura alza la mirada para ver a la persona que está de pie a su lado. Una policía. Mujer. Mamá y Gaga siempre le dijeron que no confiara en la policía. Pero esta policía parece amable. Se ve angustiada. Se encuclilla a su lado y le sonríe, y su gesto es de preocupación.

—¿Quieres venir conmigo?

Le tiende una mano, y Laura la acepta. No tiene alternativa. Algún lugar es mejor que nada.

30

Laura está sentada en la esquina de un cuarto en la estación de policías, envuelta en una cobija. Entre ambas manos sostiene una taza de té caliente que le ha ayudado a tranquilizarse. Está a la espera de que alguien vaya por ella. No quiso dar el nombre de Solomon ni el de Bo, pues no quiere que la vean así ni que sepan nada de lo que ocurrió. Tiene el orgullo herido. Quería demostrarles que podía estar bien sin ellos, y fracasó.

Los policías hacen su trabajo a su alrededor. Abren y cierran las ventanillas para sellar formularios de solicitud de pasaportes, licencias para conducir y otros documentos que la gente solicita. Mucho papeleo; es el lado oculto de la procuración de justicia. Laura siente que está en un lugar seguro, pues no está cerca de las celdas donde encierran a los ladrones. Si Gaga o su mamá supieran que está aquí, se aterrarían al ver materializado el peor de sus miedos, pero ella no siente temor alguno. Está tranquila. Laura piensa en Gaga y escucha de nuevo el sonido del cuchillo cuando lo afilaba. No es un sonido adecuado para una estación de policías; atrae varias miradas suspicaces. Quizá por eso lo hace, porque sabe que no debería. ¿Es porque está demasiado nerviosa, o porque quiere rebelarse, o porque quiere ser distinta o llamar la atención? Todas esas preguntas se las hizo Bo cuando estuvieron a solas. Laura piensa en ello como no lo ha hecho antes, pues nunca ha necesitado analizarse tanto a sí misma. No está segura de por qué hace los sonidos que hace, o al menos no siempre, porque otras veces sí tienen mucho sentido. Pero sabe que hacer el sonido del afilado del cuchillo en una estación de policía no es buena idea. Cuando está relajada en la montaña tiene sentido hacer sonidos, mientras lee un libro y un petirrojo construye su nido cerca de ella. Ahí no puede evitar contribuir con los sonidos.

—Un petirrojo —dice de pronto un policía—. Ese sonido sí lo reconozco.

—No tenía idea de que supieras algo de aves, Derek.

—Tenemos una familia de petirrojos en el jardín trasero —se gira en su silla para conversar con su colega—. El papá es bastante agresivo.

—Son muy territoriales —interviene Laura y sigue con sus recuerdos.

—Es por eso —dice el policía y asienta el bolígrafo en la mesa—. Esos petirrojos son capaces de ahuyentar a nuestro perro. Daisy se aterra al verlos.

—Bueno, yo creo que cualquier cosa ahuyenta a Daisy —dice su colega mientras revisa documentos—. Con ese nombre…

Los demás se ríen.

Mientras los policías se relajan, el sonido de sus risas desencadena algo en Laura. Vuelve a sentir el latido de la música de la discoteca en el pecho.

Pinche vieja pendeja. La chica creyó que Laura se tapaba los oídos para evitar conversar con ella, pero fue porque el sonido de la secadora de manos la asustó. Todo fue un malentendido.

Misofonía, le explicó Bo alguna vez. La gente con misofonía detesta ciertos sonidos, que se conocen como detonantes, y reaccionan a ellos con estrés, ira, irritación y, en casos extremos, arranques de violencia física. Laura no creía que fuera su caso, pero ¿y si Bo tenía razón? Vuelve a recordar el episodio.

Las chicas que se reían en el baño, las cámaras de los celulares que le apuntaban. El hombre que la tomó de la cintura y la llevó a algún lugar, mientras le decía cosas al oído. La chica amable que le susurró al oído que todo estaría bien, y le sostuvo el cabello y le frotó la espalda.

No. Laura se detiene. No reaccionó de forma violenta. No hizo más que taparse los oídos.

Hipersensibilidad al ruido, dijo Bo en otra ocasión.

El policía que tiene la familia de petirrojos en el jardín se arrastra hacia ella sobre su silla de escritorio con ruedas y la mira con expresión paternal.

—Si hay algo que quieras compartirnos sobre los episodios de anoche, hazlo con toda confianza.

Laura pasa saliva, se estremece y luego niega con la cabeza.

Un policía al que no había visto hasta ahora llega para iniciar su turno y deja caer el periódico en el escritorio. Laura ve una fotografía suya en primera plana. El encabezado dice PAJARRACO BORRACHO. Laura entra en pánico. El policía se sobresalta, pues no tenía idea de que Ave Lira estuviera en la estación. La amable policía que la encontró tapa el periódico e intenta tranquilizarla de nuevo.

Laura no logra escuchar sus propias palabras en medio de los sonidos trastornados; el avión, el gruñido de Mossie, los murciélagos en la noche, las sirenas en la ciudad, los obturadores de las cámaras, el sonido de la jaula del ave lira, el clic del cinturón de seguridad del avión, el agua de los inodoros, los tacones sobre las baldosas, los secadores de manos eléctricos. Todo se fusiona en su cabeza.

A pesar de la gentileza de los policías, debió haber sabido que la calma no duraría demasiado. De algún modo, la prensa descubre que está en la estación. Están afuera, a la espera de que salga. Bianca y Michael llegan a recogerla. Michael se queda afuera para abrirle camino a Laura hasta la camioneta con vidrios polarizados. Laura no quiso contactar a Solomon ni a Bo, y Bianca fue la única persona a la que se le ocurrió hablarle.

—¿Estás bien? —le pregunta Bianca, preocupada, mientras Laura sale al vestíbulo.

Laura gimotea como Mossie, como la liebre moribunda.

—Tuvo una noche difícil —interviene la policía que la encontró—. Necesita descansar.

—¿La otra chica va a presentar cargos? ¿Laura está en problemas? —pregunta Bianca.

—Nadie ha venido a denunciar nada —contesta la policía.

Bianca se voltea hacia Laura.

—Una chica dice que la empujaste en un baño de una disco. Dice que la atacaste. Curtis necesita saber qué pasó, para el comunicado de prensa.

Laura pasa saliva con gesto nervioso e intenta recordar.

—No empujé a nadie. Estaba mareada. Intenté apoyarme en ella. Necesitaba ayuda. ¿Estoy… en problemas?

—No —contesta la policía, un poco molesta—. No ha venido nadie a presentar cargos. Tienes que creernos a nosotros antes que a los medios. La llevarás a algún lugar seguro, me imagino.

Laura hace sonidos. Está nerviosa, inquieta, e intenta revivir todo lo que pasó para procesarlo.

Bianca la mira de reojo, con cautela. Ha escuchado los sonidos de Laura muchas veces, pero nunca habían reflejado tanta agitación. Se le desbordan como la respiración entrecortada y el hipo que preceden un largo llanto.

—¿Estás bien, Laura? —le pregunta con dulzura.

—Tenemos entendido que la producción de sonidos es normal para ella, ¿cierto?

—Sí, pero… —Bianca está realmente consternada.

—Estoy bien —contesta Laura—. Sólo quiero irme… —está a punto de decir “a casa”. Casa. Ya no sabe dónde queda eso. El agotamiento la inunda.

—De acuerdo, te llevaré a un lugar cómodo y seguro. No te preocupes. Hay muchos fotógrafos allá afuera —le advierte Bianca, pues le inquieta la apariencia de Laura—. Mira, ponte éstos —le entrega un par de gafas de sol grandes. Laura se las pone y al instante siente que la protegen del mundo—. Y ponte éste —Bianca se quita el chaleco de peluche y se lo entrega a Laura, quien titubea. Desconocía este lado de Bianca—. No es piel de verdad —agrega, como si ése fuera el problema.

Laura termina por ponérselo, con la conciencia de que, aunque quizá no combina con la camisa masculina de tartán que le dio Tom y a la que ella le agrega un cinturón para que parezca un vestido, cumple con la función de cubrir las manchas. Les agradece a los policías y se prepara para enfrentar la barricada de fotógrafos y una cámara televisiva. Al principio cree que es Rachel, lo que significaría que Solomon estaría a su lado, por lo que la inunda la esperanza de ver su expresión intensa de absoluta concentración mientras escucha los sonidos que lo rodean, pero él no está ahí, y Laura se da cuenta de que la cámara es de un noticiero, cuyo corresponsal le ladra preguntas mientras la hostiga con un enorme micrófono de mano. Bianca y Mickey la escoltan tan rápido que todo a su alrededor se desdibuja. Más tarde, al ver las fotografías, Laura siente que ésa no es ella. Tenía el cabello atado en un chongo elevado para disimular el vómito seco, el chaleco de falsa piel sobre la camisa de tartán, las enormes gafas de sol y las gastadas botas Doc Martens que tiene desde los dieciséis y que suele usar con gruesas calcetas de lana que sobresalen. Las revistas de moda la señalan como un nuevo ícono de la temporada. Piel y tartán, Doc Martens y calcetas de lana. A todo el mundo le gusta el estilo estrafalario de Ave Lira. Pero ella no se reconoce al ver las revistas. Mientras Michael conduce la camioneta, Bianca lanza un periódico al asiento contiguo al de Laura.

—Ésta es la única que llegó a imprenta a tiempo. Al parecer mañana saldrán más historias.

—No necesita verlo —dice Michael en tono protector.

—Curtis me dijo que se lo mostrara —contesta Bianca. Michael aprieta los labios. Laura voltea a ver el periódico que tiene a un lado.

PAJARRACO BORRACHO

COMO PÁJARO DESPLUMADO

AVE LIRA REGURGITA

DESPUÉS DE UNA NOCHE DE JUERGA

Se le acelera el corazón y siente náuseas. Siente que le falta el aire, así que baja la ventana. No entiende por qué están tan enojados con ella. Percibe la furia que emana de las páginas del diario, y eso la aterra.

Bianca voltea a verla desde el asiento del copiloto, y Mickey la examina a través del espejo retrovisor. Bianca estira el brazo para tomar los periódicos y los echa al suelo de su asiento. Pero aunque Bianca se haya llevado los diarios, Laura nunca olvidará lo que acaba de ver: horrendas imágenes en las que Rory la levanta del suelo mientras se ríe, y ella tiene el cabello en la cara. Su cara, sus piernas y sus pies apuntan todas en ángulos distintos, como desencajados. En algunas fotos sale con los ojos entreabiertos y parece estar drogada. Sus ojos parecen muertos; tiene las pupilas tan dilatadas que casi no se distingue que son verdes. En otras aparece tumbada en un callejón sucio, sobre el suelo empapado de alcohol o de quién sabe qué cosas. Se le ve la piel casi transparente por el reflejo del *flash* de la cámara. No parece ebria ni asustada, y entonces Laura entiende cuál es el problema; han evidenciado que es una mentirosa, que no es la chica inocente que se abstiene de beber y que está conectada con la tierra en formas desconocidas para la humanidad, como solían creer antes. Parece una chica fuera de control, drogada, desagradable. Los medios están furiosos porque sienten que los han timado.

Tal vez tienen razón. Tal vez ella es así.

Le pide los periódicos a Bianca. El peor de los tabloides usó puras fotografías tomadas por la chica de la fiesta en la que terminó Ave Lira la noche. No se ve enferma, ni asustada, ni ansiosa de volver a casa. Pareciera más bien alguien que se inyectó heroína. No logra cerrar el periódico ni dejar de mirar sus fotografías. No se reconoce en ellas. Las imágenes no coinciden con cómo se sentía ella en ese momento: asustada, confundida, aterrada. Pero la expresión de la chica de la foto es arrogante, engreída, pretensiosa.

—Te quedarás en la mansión de los concursantes hasta la final. Ya sacamos tus cosas del hotel, pues hay demasiados *paparazzis* ahí. StarrGaze hospeda a los finalistas en una casa privada hasta la final. La primera en llegar serás tú. Eso te protegerá de la prensa y evitará que los demás concursantes hablen sobre ti con los medios. Aunque algunos ya lo han hecho —Bianca mira a su alrededor—. Cuídate de Alice. Es una bala. Su semifinal es mañana, pero tiene tantos votos que es casi seguro que pasará a la final.

En lugar de sentirse inquieta por tener que enfrentar a Curtis y por tener que vivir con Alice, quien nunca ha sido fan de Laura, siente un gran alivio de que la vayan a llevar a algún lugar. Otro puente; al menos no está varada en su isla solitaria. Otro hogar, otro lugar en el cual ocultarse, otro puente por el cual cruzar hacia lo completamente desconocido. No hay vuelta atrás. En lo absoluto. Físicamente, no tiene la energía para mirar atrás.

La casa de los concursantes está a las afueras de Dublín, en las montañas Wicklow. Le da gusto estar rodeada por la naturaleza, por árboles y montañas y espacio. No obstante, apenas si puede disfrutar la vista, pues no deja de ver las fotografías publicadas en los tabloides y a la extraña que trae puesta su ropa. Sin embargo, ver árboles al menos le ayuda a respirar de nuevo.

Cuando llegan al portón, descubren que algunos fotógrafos los esperan. Laura vuelve a enfrentar el acoso de las cámaras al otro lado de la ventana, lo cual la hace recordar los episodios de la noche anterior. Entonces escucha cómo ella misma reproduce los sonidos otra vez. Michael la observa por el espejo retrovisor mientras esperan a que se abra el portón.

—Ya casi llegamos —le dice con dulzura.

La casa se alcanza a ver desde el portón, lo cual no ofrece mucha privacidad. Todas las cortinas están abiertas, y Laura alcanza a ver a alguien que los observa desde la ventana y luego se esconde. Toma nota de no asomarse nunca por la ventana.

No se atreve a mirar a Simon, el miembro del equipo de producción que la recibe en la casa. Él vivirá con los concursantes y se encargará de ayudarlos en lo que necesiten. Laura quiere disculparse con Michael, Bianca y Simon por haber atraído tanta atención de los medios, pero está demasiado avergonzada como para mirarlos a los ojos. No se quita las gafas que le prestó Bianca, pues le agrada la forma en que la escudan del mundo. Baja la mirada, mientras los demás la ven caminar hacia las escaleras. Mickey la ayuda con el equipaje. Bianca intenta ayudarla a acomodarse y le dice que Curtis la visitará mañana. A pesar de la dulzura de su tono, suena a que es una advertencia.

Laura apaga las luces y cierra las cortinas; agradece que su ventana dé hacia la parte trasera de la casa, hacia los árboles. En el jardín hay un columpio y una resbaladilla. Se da una ducha y por fin se siente limpia. Se mete a la cama, pues aún tiene resaca y se siente mortificada. Tiene hambre, pero no quiere bajar por temor a encontrarse a alguien. Se recuesta en su nueva cama y se hace ovillo bajo las cobijas para ocultarse. Después duerme.

31

"De jovencita serrana a superestrella de internet. Pareciera que la presión de la fama recién adquirida por fin le ha pasado factura a Ave Lira, la concursante favorita de esta temporada de *StarrQuest*. El portavoz de Laura Button confirma los rumores de que anoche estuvo implicada en un incidente en el baño de una discoteca dublinesa. Las fotografías que se publican hoy en los diarios la muestran siendo arrastrada por un guardia de seguridad de la discoteca que intervino en el incidente, a quien después atacó al lanzarle un vaso de agua."

El reportaje salta a escenas de un video de Laura.

"Su audición la hizo famosa en todo el mundo en cuestión de semanas; sin embargo, según reportes, fue encontrada mientras vagaba por las calles de Dublín, desorientada y alterada, y fue llevada a una estación de policía por su propia seguridad. Ahora está de nuevo bajo la custodia de los productores del programa televisivo, y se quedará en la residencia privada de *StarrQuest* para los finalistas del programa.

"Los productores de *StarrQuest* se han pronunciado esta mañana en defensa de Ave Lira con una extensa declaración en la que ruegan que pare el acoso mediático. Jack Starr describe a Ave Lira como una joven amable y generosa que ha tenido una vida difícil. A los dieciséis años, tras la muerte de su madre, Laura fue abandonada en una cabaña por su abuela. Ahí vivió diez años, sin que nadie lo supiera más que su padre, quien mantuvo su existencia en secreto. Starr declaró que a Laura se le ha dificultado adaptarse y que se ha sentido abrumada desde su primera audición. Starr afirma que convertirse en una estrella internacional en tan poco tiempo es aterrador y desconcertante, como Laura puede constatar.

"Ave Lira ha tenido más que sólo quince minutos de fama y podría hacer mucho dinero por medio de contratos editoriales, contratos con patrocinadores o apariciones públicas. Pero la fama tiene un costo elevado, y todo parece indicar que Laura Button empieza a pagarlo."

Solomon se pone de pie y lanza el control remoto contra el muro de la chimenea. El control se estrella contra los ladrillos; la tapa de las baterías se desprende, y las baterías se dispersan en el suelo. Bo se agacha y se hace un ovillo en la orilla del sofá. Solomon voltea a verla, pero ninguno de los dos dice una palabra. No es necesario; la expresión de Bo revela la culpa que él también siente.

—Tenemos que hacer algo —dice Solomon, y siente y percibe la intensidad de su voz. No soporta quedarse con los brazos cruzados mientras observa cómo desmenuzan a Laura.

—Eso intento, Solomon —contesta Bo, con los ojos llenos de lágrimas.

—Ya estoy harto de intentar comunicarnos con ella a través de *StarrQuest* —Solomon camina de un lado a otro de la estancia, hecho una furia—. Tenemos que encontrar la forma de hablar con ella directamente. ¿Dónde está esa casa privada que mencionaron en el noticiero?

—No tengo idea —contesta Bo, ensimismada. Y luego se endereza cuando se le ocurre una idea—. Pero los sitios de fanáticos deben saberlo.

—Soy amigo de Laura Button y vengo a verla —le dice Solomon al guardia de seguridad que cuida el portón de entrada a la casa de los concursantes.

El guardia se ríe y se le acerca con un portapapeles en la mano.

—Todos ellos también son sus amigos.

Solomon mira a su alrededor. Una docena de fotógrafos y un camarógrafo lo observan, primero con interés y luego con gesto burlón al descubrir que le niegan el acceso. Detrás de ellos hay un puñado de fanáticos intensos que acampan afuera de la casa con un cartel que dice *Te ♥ Ave Lira.*

—Déjenla en paz —le grita una jovencita.

Solomon se enfurece.

—Si le avisa que estoy aquí, ella le pedirá que me deje entrar.

El guardia de seguridad lo mira de arriba abajo.

—¿Por qué no le llama y le dice que me llame para que yo lo deje entrar?

Solomon rechina los dientes.

—No puedo llamarla. Por eso estoy aquí.

—Ya veo. Pues no puedo dejarlo pasar. Si su nombre no está en la lista, no puedo dejarlo pasar.

Solomon apaga el auto e intenta abrir la puerta para bajarse.

—Señor, le recomiendo que se quede en el auto. No hay necesidad de que se baje —el guardia está tan cerca de la puerta del auto que le impide abrirla. Solomon la empuja con más fuerza y golpea al guardia, quien da un paso atrás—. ¿Qué carajos hace? ¡Le dije que se quedara en el auto!

—Pues no me bloquee la puerta. ¡No bloquee mi puerta! —Solomon se le acerca a la cara mientras se gritan mutuamente.

Un fotógrafo aburrido hace un par de tomas.

De la caseta sale un segundo guardia de seguridad.

—¿Estás bien, Barry? —pregunta, preocupado.

—Genial, quizás usted pueda ayudarme —dice Solomon y se quita el cabello de la cara para intentar aparentar compostura frente a la multitud—. Necesito contactar a mi amiga Laura Button. Entiendo que no estoy en la lista, pero, si le llama, lo cual no le tomará más de un segundo, ella le dirá que me deje entrar. ¿Está bien?

—¿A quién busca? —pregunta y voltea a ver a su colega antes de volver a ver a Solomon.

—Al Ave Lira —contesta Barry.

—De hecho, se llama Laura. Su nombre es Laura Button —Solomon vuelve a alterarse.

—Dejen al Ave Lira en paz —vuelve a gritar la fan—. La gente como ustedes sólo le hacen más daño.

Solomon la ignora.

—Que sepa su nombre no significa nada. Sólo que lee las noticias —dice Barry, sin dejarse impresionar.

—A ver, a ver, guardemos la calma —interviene el segundo guardia de seguridad—. No hay necesidad de alterarnos —dice. Solomon se tranquiliza. Éste sí es un hombre sensato, capaz de entender razones—. Acompáñeme por acá —Solomon lo sigue, lejos de la multitud, hacia la caseta de seguridad. Por fin siente que alguien lo toma en serio—. Mire, permítame explicarle cómo funcionan las cosas aquí —le dice con absoluta serenidad.

—Ya se lo expliqué —interviene Barry a espaldas suyas.

—Barry —dice en tono de advertencia, y Barry sale de la caseta—. Mire, nos dan una lista de personas que tienen permitido venir de visita. Es una lista muy limitada. Si quiere visitar a alguien en la casa, tiene que contactar a la oficina de producción, quien nos pasa la información. No podemos permitir que entre cualquier hijo de vecino. Además, ni siquiera es su familiar. Y son las diez de la noche. Es demasiado tarde para visitas.

—Lo entiendo y sé que es importante. Entiendo que así debe ser, pero sé que Laura necesita verme. No estoy en la lista porque ella no sabía que puede recibir visitas, pero yo sí lo sé, y, si usted le avisa que estoy aquí, le prometo que todo esto no será una pérdida de tiempo.

El guardia mira a Solomon como si tratara de entenderlo.

Entonces toma el teléfono, y Solomon se siente aliviado.

—Simon, habla Richie. Hay alguien que viene a ver a Ave Lira. Sí. Aquí está. No está en la lista, pero quiere verla.

—Solomon Fallon —dice Solomon al darse cuenta de que el guardia no le ha preguntado su nombre.

—Solomon Fallon —repite el guardia al teléfono. Escucha la respuesta. Y espera—. Lo están consultando —dice. Luego mira a su alrededor mientras espera un poco más.

Hay algo sospechoso. Solomon percibe que algo no anda bien. Entonces voltea a ver el teléfono y se da cuenta de que Richie no está al teléfono. No hizo ninguna llamada. Todo es una farsa. Si Solomon pone atención, alcanza a escuchar el tono de la línea telefónica que proviene del auricular.

—Patrañas. Puras patrañas —tira al piso los documentos que están en la mesa y se va furioso a su auto. Barry lo saluda, y Richie se encoge de hombros como si de verdad lo hubiera intentado.

—Hable con la oficina de producción —repite Richie con firmeza y le da una palmada al capó del auto.

Solomon presiona con fuerza el acelerador y se aleja a toda prisa. Le hierve la sangre.

Un golpe a la puerta despierta a Laura a la mañana siguiente. Simon, de StarrGaze Entertainment, le avisa que Curtis la espera. Laura se pone un par de jeans, una camiseta y un suéter holgado que abraza para sentirse protegida. Es el suéter que Solomon le compró en Cork. Se deja el cabello recién lavado suelto para que le cubra el rostro y baja de puntillas hacia la sala de juntas.

Curtis está sentado en la cabecera de un comedor, el cual da hacia el frente de la casa. Laura hace una pausa en la puerta y se asoma por la ventana.

—Siéntate —le dice él.

—¿Nos alcanzan a ver?

Curtis se asoma por la ventana.

—¿Ahora sí te preocupa que te vean? —se pone de pie y cierra las cortinas de cualquier manera.

—Gracias —dice ella en voz baja, con nerviosismo.

—StarrGaze ha hecho mucho por ti. Te abrimos los brazos, te tratamos bien, te dimos una plataforma internacional, te llevamos a Australia, te compramos ropa, te pagamos estilistas y hoteles. No hemos reparado en gastos.

—Lo sé, y estoy muy agrade…

Curtis continúa como si ella no hubiera abierto la boca.

—Somos un programa familiar. Más de setenta por ciento de nuestro público tiene entre dieciséis y treinta y cuatro años —la mira con hostilidad, como para enfatizar que debe quedarle claro—. Esperamos que te apegues al contrato que firmaste con nosotros, el cual estipula que no harás nada que dañe la buena imagen de *StarrQuest* y StarrGaze Entertainment —Curtis no le permite replicar—. Hemos discutido y tomamos la decisión de que puedes permanecer en el programa. Te permitiremos presentarte en la final.

Hace una larga pausa, y Laura lo mira con los ojos abiertos como platos. No le había pasado por la cabeza la posibilidad de que la expulsaran del programa. Él la mira como si esperara una respuesta.

—Gracias —murmura ella, con la voz entrecortada. Siente que le concedieron una vida adicional que ni siquiera sabía que necesitaba.

—No hay de qué —contesta él en tono sombrío—. Pero ahora viene lo más complicado. Tienes que hacer que mucha gente cambie su opinión sobre ti.

Laura asiente. Miles de cosas le pasan por la cabeza.

Curtis se pone de pie y habla como si fuera un guion ensayado.

—Comprendo que tu vida ha cambiado inmensamente. Has tenido que procesar muchas cosas. *StarrQuest* puede poner un terapeuta calificado a tu disposición, si lo deseas. Te recomiendo que hables con él. ¿Quieres que te agende una cita?

Laura imagina sentarse con alguna otra persona relacionada con *StarrQuest* y tener que explicarle todo. No cree que ayudaría en nada. Sólo la haría revivirlo de nuevo, y lo que quiere es olvidarlo.

Niega con la cabeza.

—Si cambias de opinión, díselo a tu manager. Sugiero que no hables con nadie antes de la presentación. Especialmente con los medios. Ésa no es sugerencia, es una solicitud directa de parte de *StarrQuest.*

—De acuerdo —Laura carraspea—. ¿Y el documental? Jack iba a hablar con...

—Con Producciones Boca a Boca. Sí, tu relación con ellos se ha terminado —afirma Curtis con determinación.

Laura siente que los ojos se le llenan de lágrimas. Está confirmado. Es una realidad. Ya no tiene vínculo alguno con Solomon, y eso le rompe el corazón. Siente que se sonroja y que los ojos le arden al calor de las lágrimas. Teme preguntar si es porque Bo y Solomon ya no quieren verla después de los sucesos del lunes, o si es que Curtis se salió con la suya. A pesar de su pérdida, es un alivio poder ocultarse de Solomon, pues está tan avergonzada que siente que no podría encararlo. Intentó convencerse de que quizás él no vería los diarios, pero debe ser realista: su hermano sale en las fotos, su familia y sus amigos y los amables vecinos que conoció en la fiesta de su madre deben haberlas visto. Toda esa gente que fue muy bondadosa con ella verá el desastre que hizo.

De camino a la salida, Curtis se frena, casi como si se hubiera arrepentido de algo, si acaso era capaz de sentir arrepentimiento. El corazón de Laura se acelera mientras espera que Curtis le diga que está bien, que puede ver a Solomon. O que ha decidido correrla del programa.

—La historia se mantendrá vigente durante varios días. Me dieron una copia por adelantado que deberías ver para que de una vez pienses en una respuesta.

Curtis asienta un gran sobre café en la mesa y se va.

Laura lo mira fijamente. El pulso se le acelera aún más.

Alguien toca a la puerta, lo que hace a Laura voltear. Está abierta, pero no hay nadie. Luego se asoma un rostro por el marco de la puerta. Pero no es un rostro humano. Es Mabel, la muñeca de Alan, el ventrílocuo. Pero Alan no está a la vista.

Mabel carraspea.

—Hola, Mabel —Laura sonríe.

—Mabel quiere saber si Ave Lira quiere una taza de té. Ave Lira no ha comido nada desde que llegó ayer, según me dicen. Alan está haciendo té.

—Gracias, Mabel —contesta Laura con una sonrisa—. Eres muy amable. Puedes llamarme Laura.

—De acuerdo, Laura —contesta Mabel tímidamente, y Laura se ríe. Aunque Mabel no puede sonrojarse, es tan expresiva, y Alan es tan bueno para manejar su rostro, que parece real.

En ese momento, Alan se asoma por la puerta. A Laura le simpatiza Alan. Ambos hicieron su primera audición la misma noche. Es un buen hombre y muy peculiar. Tiene cuarenta años y vive con sus padres, y todo su dinero lo invierte en Mabel y su acto. Tiene un gran corazón y muchísimo talento.

—Felicidades, Alan. No sabía que pasaste a la final. Me perdí el programa de anoche —Laura se siente avergonzada de haberse ensimismado una noche que fue tan importante para sus compañeros concursantes. Otra evidencia de su egoísmo.

—Gracias. Me siento bastante cansado hoy. Mabel me obligó a desvelarme y celebrar con una botella de Jameson —dice Alan, y Laura se ríe—. Mabel dice que ella puede llamarte Laura. ¿Puedo yo también?

—Por supuesto.

Alan da un paso al frente, casi de puntillas, como si no debiera estar ahí. Así se comporta en todas partes, como si fuera un intruso, como si interfiriera en las vidas ajenas. Sin embargo, cuando tiene a Mabel en el brazo, se convierte en otro hombre: carismático, sagaz y hasta travieso. En voz de Mabel se atreve a decir cosas que Laura no se imagina que a Alan le pasan por la mente. Y, con ayuda de Mabel, Alan no hace más que brindarle alegría a la gente.

—Sólo quería saber si estás bien —dice Alan.

A Laura se le llenan los ojos de lágrimas. Desvía la mirada.

—Ay no, la hiciste llorar, tarado —le dice Mabel a Alan.

Laura se ríe.

—Y tú la hiciste reír —le dice Alan a Mabel.

—¿Qué harías sin mí? —le pregunta Mabel.

Laura se limpia los ojos.

Alan se sienta a su lado.

—Estoy tan avergonzada, Alan. No me atrevo a mirar a nadie a los ojos.

—Pero no tienes de qué avergonzarte. Todos hemos pasado por algo así —dice Alan. Laura lo mira a los ojos—. Bueno, tal vez yo no, pero Mabel sí —Mabel gira lentamente la cabeza para fulminarlo con la mirada. Laura vuelve a reír—. Mira, todos estamos juntos en esto. Algunos de los otros…

—Alice —carraspea Mabel.

—…consideran que es una competencia. Nosotros contra los otros. Pero yo no lo veo así. Yo compito conmigo mismo. Siempre ha sido así. De mí depende ser mejor de lo que soy.

—Yo también —lo interrumpe Mabel.

—Tú también, Mabel. Esto te cambia la vida. Ayer alguien me reconoció en la farmacia. Mientras compraba piedra pómez. ¿Sabes qué es eso? —dice Alan. Laura niega con la cabeza—. Es para limarse los callos de los pies.

—Qué sexy —interviene Mabel.

—Sin duda —coincide Alan—. Firmé mi primer autógrafo en medio de una discusión sobre piedra pómez —Laura se ríe—. No tengo ni la décima parte de fama que tienes tú, y enfrento dificultades. Tú eres un blanco para ellos. Doscientos millones de personas quieren saber cuál será tu siguiente paso —se encoge de hombros—. Así que mándalos al diablo.

—Gracias. El programa me dará otra oportunidad.

Alan la mira, sorprendido.

—¿Por eso Curtis…?

—Imbécil —lo interrumpe Mabel.

—¿…estaba aquí?

Laura asiente.

Alan se inclina hacia ella y asienta a Mabel en la mesa.

—Au —se queja Mabel.

—Sabes que el programa no sería nada sin ti. De no ser por ti, sólo sería una basura irlandesa de la que nadie en el mundo ha oído hablar —dice Alan. Laura parece sorprendida—. Tú le diste visibilidad. Gracias a ti, han vendido el formato a doce territorios más, y los que faltan. Si renunciaras ahora, se quedarían en la calle.

—Hablarás por ti —dice Mabel desde la mesa, en donde está recostada, mientras mira el techo.

Laura lo reflexiona.

—¿Qué es eso? —pregunta Alan al ver el sobre café.

—Un artículo que saldrá mañana en el periódico. Curtis me lo dio para que lo leyera.

—No lo leas —le dice Alan.

—Pero debería.

—No, no deberías. No deberías volver a leer esa mierda —dice él, con absoluta seriedad—. No te envenenes con esas cosas, Laura. Eres la persona más pura y natural que conozco. Y deseo que ganes.

Laura le sonríe.

—Y yo deseo que ganes tú.

Se miran un instante a los ojos. Laura agradece mucho el apoyo. Cuando el silencio se vuelve incómodo, Mabel interviene.

—¿Y yo qué carajos?

Ambos se ríen.

—Bien, te traeré una taza de té. Hay que aprovechar el silencio antes de que llegue el siguiente finalista. Haré algo para almorzar. No sé cocinar, pero ¿está bien sándwiches de jamón y queso?

—Está perfecto. Gracias.

—Yo no los comería, si fuera tú —le susurra Mabel al oído antes de que Alan se la lleve—. Creo que quiere envenenarme.

Laura se ríe mientras Alan se va a la cocina.

Una vez que se siente más tranquila, mira el sobre que está encima de la mesa. Alan tiene razón; debe estar por encima de las circunstancias. Aunque se siente más confiada después de su conversación, de todos modos necesita saber qué opina la gente de ella.

Saca los papeles del sobre.

El primer documento es la carta del abogado del periódico, en la cual anuncia que publicarán la historia al día siguiente. Si hay algo que Laura Button quiera contestar al respecto, debe hacerlo antes de que concluya el día laboral.

Laura pone la carta a un lado y empieza a leer.

¿PÁJARA EMBUSTERA? es el encabezado, y la nota habla de que, según un policía de Gougane Barra, Hattie Button, la abuela de Laura, asesinó a su esposo. En ese entonces, el policía también sospechó que Isabel, la hija de Hattie que tenía entonces catorce años, también estuvo implicada en el crimen. Liam O'Grady, el policía, murió hace varios años, pero su hija concedió una entrevista al diario.

En ella, relata que su pobre padre dedicó su vida entera a intentar llevar ante la justicia a quienes creía que eran responsables de la muerte de su amigo Sean Murphy. La esposa del difunto, Hattie Button, de nacionalidad inglesa, conoció a Sean mientras trabajaba como niñera de una familia de la localidad. Sean se enamoró de ella, y al poco tiempo se casaron y tuvieron una hija. Sin embargo, Hattie era una mujer inusual que rara vez iba al pueblo o se involucraba en cuestiones sociales, por lo que siempre se le consideró una paria. Si bien a Sean le gustaba beber de forma ocasional, era un granjero trabajador y un buen hombre. Cuando le preguntan si Sean era un hombre violento, pues tras su muerte se observaron heridas y moretones recientes y antiguos en su esposa, la hija del oficial dice desconocer esa parte de su historia, pero afirma que eso no cambia el hecho de que Hattie Button y su hija asesinaron a Sean Murphy, el abuelo de Laura.

Laura siente náuseas repentinas.

A Sean lo encontraron tendido boca abajo en un arroyo de su propiedad. Se ahogó en aguas poco profundas. Tenía alcohol en la sangre, y se determinó que la causa de muerte fue un fuerte golpe en la nuca. Sheila afirma que su padre siempre creyó que Hattie fue la responsable del asesinato, aunque nunca pudo probarlo. Sacó a su hija de la escuela, y ambas se convirtieron en ermitañas. Su único contacto con la comunidad era a través del negocio familiar de corte y confección que necesitaban para sobrevivir. El oficial O'Grady siempre estuvo presente en la vida de Hattie, con la esperanza de encontrar evidencias del crimen, pero eso nunca ocurrió. Murió creyendo que le había fallado a su amigo. La madre de Laura era una mujer simple que "tenía algún tipo de problema". Independientemente de lo que opina del papel que desempeñó en la muerte de Sean Murphy, la hija del oficial considera que es vergonzoso "lo que le hizo Tom Toolin al aprovecharse de una mujer enferma. Con razón ocultaron a la niña del mundo." A Sheila no le sorprende en lo absoluto la noticia del comportamiento violento de Ave Lira en la disco. "No es la dulce pajarita que nos quiere hacer creer. Es una pajarraca embustera. Tan embustera como su abuela y su madre."

Laura no puede respirar. Se queda sin aliento. No puede proferir sonido alguno. Vuelve a leer la nota completa que destruye la memoria de sus amadas y difuntas Gaga y Mamá. La revelación de secretos, de horribles mentiras que intentaron contener con mucho esfuerzo; la entrevista no captura ni muestra nada de su espíritu, de la alegría, diversión y felicidad que rodeaba aquella cabaña. No son más que horrendas mentiras sucias y vomitivas.

Es culpa de Laura. Ella lo provocó. Debió quedarse escondida en las montañas.

32

—Creo que está en shock —dice Selena, la cantante de ópera que despide un ligero olor a cigarrillo. Acaba de volver del jardín, después de fumarse un mentolado, como lo hace cada hora, y que cree que los demás ignoran.

Se han terminado las semifinales de *StarrQuest*, y todos los finalistas han llegado a la casa. Los últimos llegaron anoche: Sparks, un mago de diecinueve años, y Kevin, un joven y fortachón cantante de música country. Aunque en teoría sólo uno de los dos podía pasar a la final, tuvieron el mismo número de votos, pues la nación se enamoró de ambos. Jack, en un momento de debilidad, no se atrevió a favorecer a uno de los dos, así que les permitió a ambos continuar. Fue un episodio lleno de momentos de tensión y lágrimas. Como resultado de su decisión compasiva, en la final del próximo fin de semana habrá seis finalistas en lugar de cinco, y tendrán que convivir en la casa durante una semana mientras preparan sus presentaciones finales. Los otros cinco finalistas rodean la cama de Laura y la miran, acurrucada en posición fetal, con la mirada perdida e insensible a los estímulos.

—Definitivamente está en shock —dice Brendan, el maestro de ceremonias del acto circense de Alice y Brendan—. Si a mí se me hace extraño, no quiero imaginar cómo se siente ella.

—¡A mí me parece fascinante! —interviene Kevin, el cantante de country. Después de declarársele en televisión a su amor secreto, fue merecedor de quinientas mil reproducciones en YouTube.

Independientemente de lo conmovedora que fue su declaración, era demasiado popular como para que Jack se arriesgara a sacarlo de la final. Además, el objeto de su afecto había cambiado; ahora su verdadero amor era Alice, del dueto circense Alice y Brendan.

—¿Puede escucharnos? —pregunta Alice en voz demasiado alta—. Quizá tuvo un derrame cerebral o un ataque de nervios, y no puede oírnos.

—Claro que puede oírnos —dice Alan—. Pero elige no contestar.

—No contestarte —agrega Mabel.

—Oye, basta ya —Kevin defiende a su amada.

—Te hace falta sentido del humor —interviene Brendan, el maestro de ceremonias, quien desde hace años ha estado enamorado en secreto de su compañera contorsionista. Se conocieron cuando ella tenía catorce y él veinticuatro, y siempre le había parecido que sería un error decirle lo que sentía por ella, ya que la conoce desde que era muy joven. Pero ahora Alice tiene veintidós y él tiene treinta y dos, y no estaría mal que se lo dijera, de no ser porque el idiota cantante de música country se ha interpuesto en su camino.

—¿Se han dado cuenta de que no ha dicho nada? —pregunta Selena.

—Si no estoy sorda —contesta Mabel.

—No hablo de *palabras* —le explica la cantante a Mabel. Todos la consideran una integrante más del equipo, pues así de vívida es su presencia en la casa, y Alan pareciera ser incapaz de controlarla—. No ha hecho sus sonidos habituales. Siempre hace algún sonido.

Todos observan a Laura, acurrucada en la cama, mirando la pared como si no la rodeara una caterva de finalistas de un programa de televisión. No emite sonido alguno. Es algo inusual en ella.

Alice está fascinada. Implica menos competencia.

—Es como resolver el misterio de un asesinato —dice Alice entre risas—. ¿Quién de nosotros se robó el repertorio del Ave Lira? Yo no fui.

—Fueron ellos —contesta Alan mientras mira los periódicos que rodean la cama. Levanta un tabloide abierto, el cual publicó el artículo sobre la supuesta intervención de la madre y la abuela de Laura en la muerte de su abuelo. Se publicó ayer, el día de la última semifinal de *StarrQuest*, en primera plana: PAJARRACO EMBUSTERO. Aunque Laura había guardado relativo silencio desde la llegada de Alan hace cuatro días, entró en este estado desde que leyó la nota. Alan está preocupado. Dobla el diario y se lo pone bajo el brazo, mientras lo inunda la ira. Tiene la intención de destruirlo para que Laura no vuelva a leerlo jamás. Otro artículo de tabloide revela la historia oculta del ave lira que fue injustamente capturada para la sesión de fotos promocional que realizó Ave Lira en Melbourne. Viene acompañado de una fotografía grande de Laura junto a un ave enjaulada, la cual ha despertado implacables críticas de parte de múltiples defensores de animales y de aves.

—Deberíamos avisarles a los productores —dice Sparks con nerviosismo.

—No —interviene Alan de inmediato—. No debemos decirles nada. Ellos fueron quienes la pusieron en este estado. La subirán al escenario en estas condiciones de ser necesario.

—¿Y Bianca? Llamó a Laura hace unos días para decirle que le llamara a un tipo. Le dejó el número de teléfono, pero Laura ni siquiera lo volteó a ver.

—Sólo debemos hablar con gente que pueda ayudarla —dice Alan, sin darle importancia a lo del teléfono—. ¿Qué hay del terapeuta del que tanto hablan?

—Larry —dice Sparks, quien llegó a la final gracias a su habilidad para hacer trucos con una baraja, a pesar de que desarrolló un ligero temblor en las manos que no logra controlar. Tuvo una sesión de tres horas con Larry esta mañana.

—¿Es bueno? —pregunta Selena.

—Muéstranos las manos —interviene Mabel, y Alan la fulmina con la mirada por considerar que su comentario es inapropiado.

—Lo siento —le dice Alan a Sparks en nombre de Mabel.

—No hay problema —contesta Sparks, quien por un instante olvida que Mabel es Alan.

—¿Le harías una cita con el terapeuta? —pregunta Alan.

—Claro.

—Gracias.

—Sparks es confiable —dice Mabel tan pronto Sparks sale de la recámara—. Fiel como la miel, así es Sparks.

Los otros sonríen y menean la cabeza para contener la risa.

Alan vuelve a reprender a Mabel con la mirada.

Laura los escucha. Claro que los escucha. Agradece que se preocupen, pero agradece aún más que se vayan. Cuando salen, se sienta en la cama, envuelta por el pánico. No lo había notado, pero tienen razón: no ha sentido ni oído sus imitaciones. Claro que no siempre es consciente de ello, pero en el fondo sabe que sus compañeros tienen razón. No ha hecho un solo sonido. No es que pensara en el pasado; no ha repasado recuerdos felices, tristes ni de ningún otro tipo. Está demasiado aturdida como para pensar en otra cosa que no sea el presente, y en el presente no hay nada. Cualquier otra cosa le resulta demasiado dolorosa. Tiene la mente vacía de recuerdos, de pensamientos y de sentimientos. Sólo el aquí y el ahora, que son nada. Sólo eso permite que el pánico se disipe y ella pueda tranquilizarse.

Si se queda callada, entonces quizás el mundo guarde silencio con ella. Y eso le parece muy liberador.

33

La frustración de Solomon es inmensa. No pueden continuar con la filmación del documental sobre Ave Lira debido a las restricciones impuestas por *StarrQuest* y StarrGaze Entertainment, contra las cuales lucha el padre de Bo, un abogado sumamente experimentado. El único contacto que pueden tener es con el equipo de abogados de StarrGaze Entertainment, y no tienen forma alguna de comunicarse con Laura. El padre de Bo les preguntó si Producciones Boca a Boca deseaba demandar a Laura por incumplimiento de contrato.

Solomon sintió gusto y alivio cuando escuchó a Bo contestar con un contundente "no".

Es una situación desastrosa y, para ser franco, en realidad el documental le da lo mismo; lo único que le importa es ver a Laura. Se siente como un adicto: la necesita y, entre menos puede verla, entre más negativas recibe y más puertas se cierran y más veces le cuelgan el teléfono, más la desea. Dado que ha concluido la filmación de la más reciente temporada de *Cuerpos grotescos*, no tiene nada más que hacer. No quiere estar en el departamento con Bo, sin hacer nada más que esperar que algo ocurra. Su vida en pareja está en pausa, lo cual le demuestra cuánto de su vida en común depende de este proyecto. Si se acaba, no les queda nada. Sólo hablan de Laura. Al principio hablaban de lo fascinante que era, pero ahora sólo discuten estrategias para recuperarla. Es como la hija que les fue arrebatada. Todo a causa de la codicia de Bo y de la ingenuidad de ambos. Cuando Laura estuvo con ellos, abrió la grieta que los separaba; ahora que ya no está, lo único que los mantiene unidos es ella. Si no está ella o no hablan de ella, no les queda nada. La relación se ha estancado.

Esta semana, su prioridad ha sido no salir de Dublín y tratar de contactar a Laura; ya sea ir a la casa donde está hospedada o a través de Bianca. Sin embargo, el intento de Bianca para que Laura le llamara fracasó. No sabe si creer que Bianca le pasó sus mensajes. Dado que el último intento falló, no puede seguir en el limbo del departamento con Bo. Su vida laboral está en el limbo; su relación está en el limbo. Lo único que se le ocurre hacer en este instante es ir a Galway a partirle el hocico a Rory. Ha querido hacerlo por algún tiempo, desde el martes en la mañana que salió a la luz la noticia de la noche de juerga de Laura en compañía del pendejo de su hermanito. Ha imaginado durante algún tiempo cómo se las cobrará a su hermano, y ahora está listo para hacerlo.

Las tres horas que dura el viaje en auto no contribuyen a apaciguar su ira; de hecho, la intensifican. Tiene demasiado tiempo para pensar en todas las fotos de la prensa que no dejan de salir a la turbia superficie cada vez que se menciona el nombre de Laura. Ella tambaleándose. Rory riéndose. *Riéndose.*

Es sábado. Solomon le llama a Marie para preguntarle casualmente si Rory está en casa. Rory trabaja con su papá, y ambos vuelven a casa todos los días para almorzar con Marie. Guarda la calma, sólo pregunta por curiosidad, está seguro de que su mamá no lo nota, no dice nada con respecto a ir de visita, con respecto a que va de camino. Pero ella lo conoce bien. Al llegar a la casa, sus padres y el resto de sus hermanos, Cormac, Donal y Cara, están ahí. El comité de bienvenida lo espera en la mesa de la cocina.

—¿Qué significa esto? —pregunta, furioso.

Marie, con expresión de culpabilidad, baja la mirada y luego mira a un costado. Luego, cuando no soporta más la mirada penetrante de su hijo, cruza la cocina para poner la tetera. Té. Distracción.

—Es una intervención, Solomon. Por tus problemas de ira —bromea Donal, pero Solomon no está de humor para bromas. Vino aquí a partirle el hocico a alguien, no a hablar. Ha esperado este momento durante días. Es demasiado tiempo, demasiadas horas sentado, demasiada energía que necesita liberar. No quiere que se desperdicie.

—¿Dónde está? —pregunta Solomon, sin siquiera intentar disimular a qué vino.

—Primero hablemos —contesta su papá.

—¿Dónde está el cabroncito de mierda? —gruñe Solomon—. Mírense nada más, lo defienden como si fueran sus guardaespaldas. Siempre hacen lo mismo. En toda su vida, el cobarde de mierda nunca ha tenido que dar la cara por sus desmadres. Y miren lo mucho que le ha servido. Aún vive con mami y papi. Aún se lleva al trabajo el almuerzo que le prepara mami todas las mañanas. No es por ofender, mamá, pero es un cabroncito malcriado. Siempre lo ha sido.

Su madre parece herida.

—Está tan apenado por lo que pasó, corazón. Si lo vieras...

—¿Apenado? —Solomon se ríe sarcásticamente—. Qué bueno. Dime donde está para ver con mis propios ojos qué tan apenado está el cabrón de mierda.

Marie frunce el ceño.

—Basta ya —interviene su papá con seriedad.

—Es un idiota, Solomon —dice Donal con la intención de mediar—. Todos lo sabemos. Metió la pata hasta el fondo, pero no era su intención. No tenía idea de lo que hacía.

—A ver, gente —Solomon intenta calmarse y mirarlos a todos a los ojos para que lo entiendan—. Rory le *arruinó* la vida. *Destruyó* su reputación a nivel mundial. Ella no tenía *nada*, vivía en una montaña, no conocía a nadie, nadie sabía de su existencia. Y, de pronto, el mundo entero supo de su existencia. Y tenía una oportunidad... —vuelve a inundarlo la ira, pero intenta combatirla—. Ni siquiera había probado el alcohol. Nunca en la vida —afirma. Marie parece molesta—. Y, ¿adónde decide llevarla? A un *pub*. Y luego a una *disco*. A una disco muy exclusiva donde la usó como boleto de entrada. Nunca pensó en ella, en lo que ella quería... Todo lo hizo por él y para él. Un viaje gratis a Dublín y, ¿de quién se podía aprovechar? En ningún momento se le ocurrió llamarme. Los habría ayudado. Después de que los rodearon los fotógrafos, después de que ella apenas si se puede *sostener en pie*, ¿qué hace él? La lleva a una *fiesta*. Permite que la gente la fotografíe mientras vomita, se cae, pierde la conciencia. ¿Dónde carajos estaba él? Debió haberla cuidado. Era *su* responsabilidad.

Eso último lo dice casi para sus adentros. Laura era responsabilidad de él mismo y de nadie más. Él mismo dejó que se fuera, dejó que esto ocurriera. Quiere partirle el hocico a Rory cuando el irresponsable fue él mismo.

—No puedo escuchar esto ni un minuto más —dice Rory de repente, y Solomon se da media vuelta para confrontar a su hermano—. ¿En qué planeta vives? Es una mujer adulta, Sol. No necesita niñera.

Solomon cierra los puños. Elige un punto del rostro infantil de Rory como blanco. Se tomará su tiempo, lo disfrutará. Escucha el chirrido de las sillas que se arrastran sobre la losa del suelo de la cocina. Sus hermanos y Cara se ponen de pie, se alistan. Lo rodean.

—Rory —interviene el papá—. Estás equivocado y lo sabes. Reconócelo, discúlpate con Solomon y dejemos el tema en paz. Compórtense como hombres.

—¿Por qué tengo que disculparme con Solomon? Él no es nada de Laura. En todo caso, a quien le debo una disculpa es a ella.

—Nunca en la vida volverás a acercarte a ella —gruñe Solomon.

—Ni tú, por lo que veo —contesta Rory con una sonrisa. Se miran fijamente a los ojos durante unos instantes. Luego Rory mira el puño de Solomon—. ¿Qué planeas hacer? ¿Noquearme? —esboza una sonrisa burlona. Solomon lo recuerda cuando era niño, cuando se burlaba de su impedimento del habla. De su tartamudeo. Siente una ira incontrolable, un odio tan intenso que le preocupa hasta dónde puede llevarlo. Quiere herirlo, pero también piensa en formas de hacerlo sin romperlo en pedazos.

—Discúlpate con Solomon *en este instante*, Rory —dice Marie tajantemente, y Solomon vuelve a sentirse como un niño.

—Perdón —dice Rory, finalmente—. De verdad lo siento. No creí que fuera a convertirse en un caos. La razón por la que no te llamé es que ella me pidió que no lo hiciera.

A Solomon se le acelera el corazón. Todo lo que Rory le dice está calculado para que Solomon le dé un puñetazo en el rostro. Y, entonces, el malo de la historia será Solomon y todos se pondrán del lado de Rory.

—Ella tiene nombre.

—Ave Lira —dice Rory y pone los ojos en blanco—. Ave Lira me pidió que no te llamara.

—Se llama Laura —dice Solomon entre dientes—. Ni siquiera puedes recordar su nombre.

—No sabía adónde llevarla —Rory continúa con su disculpa fingida—. No quería ir al hotel, no podía ir a tu departamento porque se pelearon y ella se tuvo que salir de ahí, así que pensé que era buena idea aceptar la ayuda que nos ofrecieron. Las chicas de la fiesta cuidaban de ella. Creí que estaba en buenas manos, pero supongo que me equivoqué —la expresión facial de Rory no encaja con su tono de voz. Solomon siente que sus hermanos se acercan más a él para formar un escudo—. Pero estoy seguro de que esto no sería un problema si no fuera porque Solomon está celoso de que invité a *Laura* a salir.

—Basta —interviene Marie.

—Dense la mano —dice Papá.

Rory le tiende la mano, y Solomon la estrecha. Quiere jalarlo hacia él y darle un cabezazo. Romperle la pinche nariz. Rory le estrecha la mano con demasiada fuerza para un tipo tan delgado, pero es que Rory siempre ha recurrido a otras tácticas para sobrevivir en la familia, para recibir atenciones, para ser visto y escuchado. Que lo hayan acorralado de esta forma no es cualquier cosa. Aunque no lo demuestre, aunque finja indiferencia, Solomon no se traga la actitud despreocupada de su hermano. Solomon sabe que es la peor situación posible para Rory, que la familia entera lo obligue a disculparse con Solomon por algo que sabe que hizo mal. De repente, Solomon empieza a disfrutar saberlo y le permite a Rory pensar que se ha salido con la suya, cuando en realidad quien ha dejado ver su debilidad es el propio Rory. Solomon siente que se le derrite un poco la tensión en los hombros.

Rory parece darse cuenta de que la ira de Solomon se desvanece, de que Solomon ha dejado de ponerse en el papel de víctima, porque entonces jala un poco más la cuerda.

—Ella sí que sabe divertirse en privado —dice Rory, lo cual enfurece a su madre y lo hace merecedor de un grito de su padre.

Rory suelta la mano de Solomon. Solomon siente la garganta reseca, el corazón explosivo que retumba como tambores tribales para anunciar la guerra.

Solomon ve un puño que forma un arco en el aire antes de entrar en contacto con el rostro de Rory. Rory se tambalea. Para sorpresa de todos, el puño no es de Solomon, sino de Cormac. El hermano mayor, el responsable. Todos lo miran desconcertados al principio, y nadie hace el menor intento por ayudar a Rory, quien está tumbado en el suelo. Pero luego los chillidos de Cormac los hacen entrar en acción.

—Creo que me rompí los dedos —gimotea.

Rory se endereza y alza la cara, con gesto agónico.

—¿Quién golpea a alguien en la frente?

Cara suelta una carcajada, alza la cámara y empieza a tomar fotos.

Esa misma noche, los hermanos y Cara se sientan en la mesa redonda del jardín a beber cerveza. Marie ha decidido ignorarlos y hacerles la ley del hielo a todos para castigarlos por su comportamiento, y Papá decidió apoyarla y hacer lo mismo, aunque todos saben que muere de ganas de acompañarlos en el jardín.

Cormac trae el brazo en cabestrillo. Se le rompieron dos dedos, y la mezcla de analgésicos y alcohol lo ha convertido en el entretenimiento principal de la noche.

Rory se sienta lejos de Solomon, con un bulto del tamaño de un huevo de codorniz en la frente. Las nubes borrascosas han soltado algo de lluvia y nada se ha secado aún; el jardín está hecho una sopa, así que los hermanos se encaraman en los pocos lugares secos. Hay algo que Solomon no logra sacarse de la cabeza: ¿Rory se acostó con Laura? Está casi seguro de que Rory lo inventó para hacerlo enfurecer, y lo hizo, pero igual Solomon no logra dejar de pensar en ello. Por fortuna, Cara viene al rescate.

—¿Sabes qué, Rory? Si de verdad te acostaste con Laura, es posible que tengas que enfrentar cargos policiales.

—¿Qué? —aúlla Rory—. ¿De qué carajos hablas?

—Hay una cosa llamada consentimiento de la que no sé si has oído hablar… —Cara le explica—. Es indispensable que la mujer exprese abiertamente su deseo con un "sí" explícito. Así son las cosas. Otros hombres no tienen relaciones sexuales con mujeres inconscientes. Con mujeres incapaces de mirarlos a los ojos. O sea, ya sé que tú no tienes problema con eso, pero…

—Cierra el pico, Cara.

Cara le hace un guiño a Solomon.

—Hablo en serio. Todos vimos las fotografías. El mundo entero las vio. Laura no podía poner un pie enfrente del otro. Si la llevaste a esa fiesta y le hiciste lo que dices haberle hecho, entonces estás en serios problemas.

Rory mira a los demás, sin pasar por Solomon.

—Ay, ¡por Dios! Claro que no me acosté con ella. Ni siquiera se acordaba de su propio nombre. Vomitó durante toda la noche.

Solomon siente un alivio abrumador, pero se le rompe el corazón al pensar en Laura y en lo que tuvo que sobrellevar en soledad.

—Rory tiene razón en algo —agrega Cormac en voz baja.

—Y vuelve la burra al trigo —dice Donal con una sonrisa traviesa.

—A ver, a ver, hablo en serio —dice Cormac. Los demás guardan silencio—. Es evidente que estás… infatuado con esa chica, Solomon. —Le cuesta trabajo pronunciar la palabra *infatuado*, pero se empeña en usarla—. Y, aunque Rory hizo mal, no estarías tan furioso si no fuera por lo que sientes por ella.

—Cormac Fallon, el Doctor Corazón de la región de Spiddal —bromea Solomon.

—Tiene un buen punto —dice Donal.

—Lástima que a ella le guste el hermano equivocado —interviene Rory, quien se gana un coscorrón de Cormac—. Ya déjame. Me retumba la cabeza.

—Entonces cállate ya —dice Cormac. Todos se ríen, incluso Rory. Su comportamiento es tan distinto al del mayor de los hermanos—. Bo —continúa Cormac y frunce el rostro—. No estoy muy convencido de tu relación con Bo.

—Y a mí no me convence tu relación con Madeleine —revira Solomon, ofendido, y luego le da un trago a su cerveza.

—Uuuuy —dicen los demás al unísono y observan la discusión con interés.

—Tienes razón —dice Cormac con solemnidad, a lo cual contestan los demás con risotadas de sorpresa—. A veces a mí tampoco me convence mi relación con Madeleine.

Rory alza el celular y comienza a filmar.

—Deja de ser tan pendejo —le dice Cara y le da un manotazo en la nuca. Rory suelta el celular.

Cormac continúa.

—Madeleine es… a veces *ni siquiera* me cae bien Madeleine —dice, y los demás se ríen mientras él intenta silenciarlos para terminar—. Pero… pero… mira. Madeleine suele ser la persona más irritante del mundo. Y me dan ganas de ahorcarla. O de dejarla. Pero, hasta en los peores momentos, y mira que han sido muchos, sobre todo recientemente… es la maldita menopausia. Si pudiera dejarla hasta que se le pase, lo haría. De verdad lo haría.

Los hermanos se carcajean, y Cara niega con la cabeza.

—No jodas.

—Pero no puedo. Porque, aunque no me simpatice Madeleine, la amo con locura. —Es quizá lo más retorcido y romántico que cualquiera de ellos ha dicho sobre sus parejas—. Pero ¿en qué estaba? —entrecierra los ojos para tratar de enfocarse en Solomon—. Ah, sí. Bo y tú. No creo que sean el uno para el otro. No hacen buena pareja.

—Con todo respeto, Cormac, agradezco que te preocupes por mí —dice Solomon en voz baja—, pero el que Bo y yo seamos el uno para el otro no es de la incumbencia de nadie.

—¡Por supuesto! —Cormac alza las manos al aire y derrama parte de la cerveza. Luego estira los brazos y le da un picotazo a Solomon en el pecho con el dedo empapado en cerveza—. Pero *¿tú* sientes que hacen buena pareja? Solomon, ésta es la vida, hermano, y no tiene nada de malo ni de vergonzoso admitir que las cosas no funcionan. Sal de ahí mientras puedas —agita la mano con displicencia—. No sé para qué te aferras.

Al día siguiente, a pesar de la terrible resaca, Solomon conduce de regreso a Dublín para reflexionar sobre lo que le dijeron Cormac y el resto de sus hermanos.

Anoche todo parecía tener sentido. Terminaría con Bo. Cara lo aconsejó sobre qué decirle, y hablaron hasta el amanecer. Sin embargo, bajo la fría luz de la sobriedad, a Solomon le aterra hacerlo.

Enciende la radio para distraerse.

—Y en más noticias de la farándula, no se sabe aún si Ave Lira subirá al escenario de la final de *StarrQuest.* El video de la primera audición de la concursante, cuyo nombre real es Laura Button, ha sido reproducido en redes sociales doscientos cincuenta millones de veces, pero la semana pasada acaparó los titulares tras una noche de parranda, lo cual ha generado rechazo por parte de los medios. Al respecto, durante una conferencia de prensa con el resto de los finalistas el día de hoy, Jack Starr se pronunció así:

—Confiamos en que Ave Lira se presentará en la final. Sabemos que depende de ella, y todo el equipo de *StarrQuest* le brindará el apoyo y el respaldo que necesite.

—Alan, uno de los compañeros finalistas de Ave Lira y responsable del acto de Alan y Mabel, dijo al respecto:

—Laura está bien. Está bien de salud. Es sólo el agotamiento físico y mental. Esto es una montaña rusa para todos nosotros, así que no imagino cómo se sentirá ella. Creo que sólo le hace falta descansar un poco, tener privacidad y sobreponerse a todo lo que le ha sucedido, pues lo que le ha sucedido no tiene precedentes.

—Con respecto a la escandalosa noche de juerga de Ave Lira que acaparó las primeras planas en el mundo entero, Alan dijo lo siguiente:

—Laura acababa de bajarse de un avión proveniente de Australia, en donde estuvo apenas dos días, trabajando sin parar, y luego tuvo que enfocarse en los ensayos para la semifinal, la cual ganó, y luego tomó unas cuantas copas por primera vez en su vida. Creo que tenía derecho a celebrar su éxito. No hizo nada malo en la disco. Todo fue un malentendido. Ella necesitaba ayuda, pero, en vez de eso, la gente se aprovechó de su situación. Aprendió la lección por las malas, pero la aprendió.

—¿Se presentará Ave Lira en la final?

—Confío en que sí —contesta Alan.

—¿En serio? Pero es tu principal competencia. Ustedes son los favoritos.

—Laura es, sin lugar a dudas, la persona más encantadora y talentosa que he conocido. Espero que suba al escenario y le demuestre al mundo la razón por la cual captó su atención en un principio. Y espero que gane.

—Y esto sólo hace que adoremos más a los maravillosos Alan y Mabel. ¿Será entonces que Ave Lira perdió su repertorio? ¡Sintonicen la final de *StarrQuest* para averiguarlo!

Solomon da un volantazo y atraviesa tres carriles para estacionarse en el acotamiento, a pesar de los pitazos de los conductores furiosos. Pone las intermitentes, baja la ventana e inhala profundo. Nunca ha ansiado ni necesitado tanto a alguien en la vida.

34

Cuando Laura decidió cerrar la boca, ella cerró todas las puertas que la rodeaban. La del resto de los concursantes con los que vivía; la de Curtis, a quien se rehusaba a ver; la de Bianca, con quien se rehusaba a hablar; la de Solomon, a quien no se atrevía a confrontar después de la vergüenza; y la de Bo, pues, por órdenes de StarrGaze Entertainment, tenía prohibido hablar con cualquier medio en el futuro inmediato.

A pesar de las protestas de Bo, a pesar de sus esfuerzos por hacer cambiar de opinión a Jack, primero con dulzura y luego por medio de amenazas y oficios legales, nada ha funcionado. Bo ya no puede comunicarse con Jack porque Curtis bloquea cualquier intento suyo. Todos en *StarrQuest* parecen estar aterrados bajo los reflectores mundiales; aunque al principio disfrutaron la atención que atrajo Ave Lira con los millones de reproducciones en el mundo entero, se ha acabado la diversión. Las represalias mediáticas han dejado de concentrarse en Ave Lira y se han enfocado en *StarrQuest* y *StarrGaze* Entertainment. Los ataques vienen de todas partes: columnas de opinión en la prensa y paneles televisivos donde se discute si el programa fracasó en su intento por proteger a la estrella. A fin de cuentas, ¿no era Ave Lira responsabilidad de ellos? ¿No fueron ellos quienes permitieron esta debacle? ¿No deberían acaso hacer mejores esfuerzos por evaluar a sus concursantes e insistir en que se sometan a pruebas psiquiátricas, así como proveerles apoyo terapéutico antes, durante y después del proceso de audición y los programas en vivo? ¿No deberían los programas de talento responsabilizarse más del bienestar de sus participantes?

Jack Starr ha dado entrevistas con CNN, Sky News y otros importantes medios a nivel mundial para explicar la relación cercana que tiene con los participantes y asegurar que su bienestar se antepone a cualquier otra cosa.

—Nadie podría haber anticipado los efectos que tuvo aquella primera audición de Ave Lira. Nadie podría haberse preparado para eso. Nadie podría haber sabido el efecto que tendría esa cantidad de atención en una persona como ella. Fue algo nuevo para todos, y todos fuimos y somos responsables: el programa, los medios, la sociedad, el público y la propia Ave Lira. Esto no tiene precedentes. Tiene un enorme talento que queremos nutrir y proteger. Les garantizo que eso es lo que hacemos. Lo nuestro es el entretenimiento y, si no hay alegría, no sirve para nada. Le hemos preguntado varias veces a Ave Lira si está segura de continuar. La decisión de presentarse en la final es sólo suya. Nosotros jamás la presionaremos.

—Jack, tomando en cuenta tu propia historia en el negocio de la música, ¿no crees que debiste estar mejor preparado para saber qué efectos tendría la fama en alguien como ella? ¿Que no se supone que ésa es la idea de que tengan un mentor como tú, alguien con experiencia en los efectos tanto positivos como negativos de la industria? —le pregunta el periodista. Jack lo mira fijamente, casi como si se hubiera paralizado. No sabe cómo responder. Sorpresa, aprehensión, culpa… su expresión lo refleja todo—. ¿Participará Ave Lira en la final?

Jack es capaz de recomponerse y contestar.

—Ave Lira tiene muchos seguidores, pero también muchos detractores. Y está dispuesta a refutarlos.

Laura apaga la televisión de su recámara, la cual queda en silencio. Le agrada esta habitación. Es como un capullo. Es segura. Las cortinas permanecen cerradas día y noche, y las paredes son de color rosa pálido. No se parece en nada a su refugio en Cork. Es sobria, como el resto de la casa. No da la impresión de estar habitada ni de que sea propiedad de alguien. El lugar carece de identidad, salvo por el columpio y la resbaladilla abandonados en el jardín. A Laura le agrada esa falta de identidad. Colores crema y beige, y alfombra pálida. Laura se acurruca abajo del edredón y cierra los ojos. Presta atención por si acaso hay algún sonido, pero no escucha nada.

Nada en lo absoluto.

TERCERA PARTE

Las primeras plumas que desprende el macho durante el periodo de mudanza de plumaje son las dos plumas delgadas, como alambre, que se asemejan a una lira, y que, al extender la cola, se proyectan por encima del abanico y siempre están en un ángulo agudo en relación con las plumas principales mientras el ave se exhibe...

Cuando termina la muda de plumaje, es difícil distinguir al macho de la hembra por varias semanas. Durante este periodo, el macho se mantiene en una especie de reclusión. Se aleja de sus lugares habituales, y rara vez se escucha su canto... Deja de bailar y casi no canta... Además, su semblante es triste y apagado. Un estudio cercano y prolongado ha concluido que el Menura macho es una criatura sumamente orgullosa y vanidosa que, al verse privado de su esplendor, se siente avergonzado y desconsolado, y prefiere mantenerse oculto.

AMBROSE PRATT,
El repertorio del ave lira

35

Bo está sola en el departamento silencioso con la mirada fija en el reloj. Solomon no ha vuelto del viaje a Galway; ni siquiera la ha llamado. Ella tampoco le ha llamado. No está segura de si vuelve a casa hoy o mañana. No está segura de que le importe. Últimamente han tenido tan poco que decirse, tan pocas cosas positivas, que es evidente que llegaron al final. Esto no es un bache; esos están diseñados para hacerte frenar, recapitular y procesar lo que ocurre. No. Esta vez se enfrentan a un enorme semáforo en rojo que les pide a gritos que terminen. Que dejen de avanzar.

Se sienta a la mesa, la cabeza le da vueltas mientras contempla qué partes de su vida siguen en pie. El documental se cayó a pedazos, y no planea demandar a Laura como sugirió su padre. Nunca fue su intención. Necesita seguir adelante, sin duda. Pero ¿cómo hacerlo? La vergüenza no es lo peor que ha salido de todo esto. Aunque su reputación se vio un poco afectada, eso no es lo que le molesta. Lo que no la deja en paz es pensar que no puede pasar a la siguiente historia hasta que termine de contar ésta. Sin importar lo que Solomon crea, Bo tiene el corazón puesto en la historia de Ave Lira.

Suena el teléfono y, al ver el identificador de llamadas, el corazón le da un vuelco. Desde que terminaron y ella se embarcó en una relación con Solomon, Jack tiene el tino de llamarle en los momentos de más debilidad; es como si percibiera su vulnerabilidad, como si supiera que probablemente lo dejaría entrar. Desde que empezó el pleito legal sobre Ave Lira, Bo ansía el regreso de aquellas llamadas que antes rogaba que cesaran.

—Hola.

—Hola —contesta Jack. Suena derrotado.

—Agradezco que por fin me hayas llamado —dice Bo, incapaz de disimular la ira en la voz.

Jack suspira.

—Bo Peep. Ayúdame —dice Jack. A Bo le sorprende su tono de voz. No es común en él—. Todo aquí ha sido una locura en los últimos días. Ha sido sumamente estresante. Estoy exhausto, Bo —dice y hace una pausa—. Creí que había aprendido de mis errores la última vez. Creí que sabía cómo ayudar a mis concursantes. Creí que podía impedir que les ocurriera lo que me ocurrió a mí. Creí... —suspira—. La cagué. Estoy dispuesto a dejar mi orgullo de lado. Al carajo los abogados. Al carajo todo. Necesito que me ayudes.

—¿Yo?

—Ave Lira no sale de su recámara desde hace días. No ha dicho una sola palabra ni emitido sonido alguno. No hay final sin ella. No podemos presionarla para que participe porque ya hemos llamado demasiado la atención. El mundo entero nos vigila. Esperan que el programa fracase, que ella fracase. O sea, ¿en qué momento dejó de tratarse de los talentos? Y no la culpo. Sé lo que es estar en sus zapatos —dice Jack. A Bo le desconcierta todo esto. Esperaba una discusión—. Necesito que me ayudes, Bo. La conoces mejor que nosotros. ¿Qué hacemos?

—Te di consejos para la semifinal, te dije que usaran el tema del bosque, te dije exactamente qué hacer, y lo arruinaste.

—Lo sé, lo sé y lo siento —contesta él—. La cagamos. Siempre me he enorgullecido de proteger a mis talentos, de que estas cosas no nos pasan a nosotros. ¿Sabes? La actual Ave Lira me recuerda a mí, cuando todo se volvió oscuro. Todo esto me recuerda esa época... —guarda silencio un instante—. Digo, no es que quiera recaer en el alcohol —dice como si intentara convencerse de ello—. No lo haré. Pero sí fumé un cigarrillo. Espero que eso no impida que me des una oportunidad —agrega en tono bromista, aunque en realidad se nota que no está de ánimo para hacer bromas.

—¿Podemos vernos? —pregunta Bo y se endereza. Vuelve a sentir que la inunda toda la energía perdida. Le preocupa Jack y le emociona contribuir. Por fin podrá entrar en contacto con Laura.

—Te lo suplico —suspira él—. Necesitamos toda la ayuda posible. *Yo* necesito toda la ayuda posible.

—Haré lo que pueda —dice Bo, se pone de pie y mete algunas cosas a su bolso—. Pero, antes que nada, un consejo.

—Dime.

—Empieza por llamarla Laura —le dice con voz dulce.

—De acuerdo. Entendido —contesta Jack.

36

Laura despierta sobresaltada. El corazón le retumba en los oídos, al igual que los fuertes gorjeos de las aves. Si acaso tuvo una pesadilla no lo recuerda, pero siente los vestigios del pánico en el pecho. Algo la asustó. Escucha que, en el piso de abajo, los concursantes conversan y ríen. Todos comparten un trago después del drama más reciente que obligó a uno de los finalistas a abandonar el programa e hizo que otro lo remplazara en la casa.

Kevin, el cantante de música country, fue expulsado de *StarrQuest* cuando los productores se enteraron de que alguna vez tuvo un contrato de grabación que sigue vigente. Va contra las normas del programa que los participantes tengan contratos que afecten los derechos de StarrGaze sobre sus presentaciones. El más feliz de todos es Brendan. Lo que no sabe es que, cuando Kevin volvió a la casa por sus maletas, Alice le dio un regalo de despedida. En la recámara contigua a la de Laura, la cabecera de la cama se azotó contra la pared al ritmo de los gemidos guturales y exclamaciones de "¡Dios bendito!" de Kevin. Luego, los amantes hablaron de sus ofertas para hacer sesiones de fotografías en revistas y sus planes para participar en *Big Brother VIP*, hasta que por fin Kevin empacó su sombrero y sus botas vaqueras, y partió.

La contorsionista de doce años tomó su lugar. Ahora está afuera, en donde practica su presentación pirómana, la cual involucra saltar a través de aros de fuego, mientras su madre y su padre la evalúan. Portan trajes deportivos con el nombre y el rostro de su hija impresos en la espalda.

Las lágrimas de Alice no tardaron en secarse, y ahora está en el vestíbulo, donde discute con Brendan, quien la acusa de falta de concentración. Una vez que Laura está bien despierta, se endereza y presta atención a su conversación. Brendan le dice que ella debería concentrarse en su carrera conjunta, en su carrera con él. Alice está harta del "nosotros" y necesita una vida distinta a la de su espectáculo conjunto, y el programa televisivo se la ha brindado. Para Brendan, eso es como una bala que le atraviesa el corazón.

Durante la discusión, Laura escucha el eco de gorjeos. Está segura de que no provienen de su boca. Hasta donde sabe, sigue sin emitir sonido alguno, pues siente como si alguien le hubiera cerrado la cortina de la garganta. Enciende la luz de la recámara y se sienta en la cama. La envuelve el cálido brillo amarillento de la estancia.

Pero el corazón no deja de retumbarle.

Inhala y exhala despacio para intentar recomponerse. Esta sensación la confunde. Durante varios días, esta recámara ha sido su guarida. Sin embargo, al cerrarle la cortina a su voz, le ha cerrado la cortina al mundo; durante un tiempo le ayudó a sentirse segura, protegida, en paz. Ahora se siente atrapada, como si los muros se le vinieran encima. Lo que antes parecía grande y espacioso, ahora le resulta asfixiante. Es como si estuviera enjaulada.

Ese pensamiento desencadena nuevamente los gorjeos en su cabeza, y entonces sabe de dónde provienen. Se levanta y se viste a toda prisa, y luego se asoma por la ventana. Son las dos de la mañana y los fotógrafos no se quedan toda la noche, así que podrá irse sin que la vean. Empaca algunas cosas en una mochila, como el dinero que el programa le ha dado para sus gastos cotidianos. El problema será salir de ahí, ya que la casa está en una zona alejada de Enniskerry, y, aunque hay un pueblo a unos minutos de distancia, no es una distancia caminable, al menos no a esta hora. Tendría que pedir un taxi, y todos los teléfonos están en el piso de abajo. Alice y Brendan ya no discuten en el vestíbulo. Laura abre la puerta y baja sigilosamente, con la esperanza de no cruzarse con Alice, quien parece informarles a los medios de todo lo que Laura hace o deja de hacer.

Laura frunce el rostro cuando el piso cruje bajo su peso. Para cuando termina de bajar las escaleras, todos parecen haberse ido a descansar en preparación para la final de mañana en la noche. Laura camina de puntillas a uno de los salones y está a punto de llamar a un taxi cuando aparece una silueta en la puerta.

—Alan —dice Laura, sobresaltada.

—¡Laura! —él suena tan sorprendido como ella—. ¿Qué haces?

—Llamo a un taxi.

—Yo te llevo en mi auto.

—Ni siquiera sabes adónde voy.

Alan se encoge de hombros.

—Cualquier lugar es mejor que éste.

Ella sonríe con gesto empático.

—¿Qué haces despierto?

—Es la única hora a la que puedo ensayar. Durante el día esto es una locura, con todos los concursantes. Todos se vigilan entre sí. A veces te envidio, en la soledad de tu recámara.

—Lo lamento.

—No lo lamentes.

—Necesito salir de aquí —le explica ella.

—¿Planeas volver?

—Quiero hacerlo —contesta ella con absoluta franqueza. No quiere decepcionar a todas las personas que la han ayudado. No es culpa de ellos que las cosas hayan escalado de esta manera; la culpa es sólo de ella. Pero ¿cómo va a participar en el programa si no es capaz de producir sonido alguno? En el radio y la televisión afirman que Ave Lira ha perdido su repertorio. Alan se ve cansado—. Deberías dormir, Alan. Mañana te espera una noche importante.

—No puedo —contesta él y se frota los ojos—. Nunca en la vida he estado así de nervioso —tartamudea—. Mabel, por el contrario, disfruta su siesta de belleza. No puede vivir sin ella.

Laura se ríe.

—Cuando dije que espero que ganes hablaba en serio. Lo mereces más que los demás.

—Creo que tú y yo lo merecemos más que los demás —agrega él en tono cordial. Ambos sonríen—. Entonces, si alguno de los dos gana, ya ganamos los dos —agrega—. ¿Puedo hacerte una pregunta? ¿Por qué decidiste participar en el programa? No creo que seas el tipo de persona a la que le interese este tipo de vida. Y no es por juzgar —tartamudea—. Si vieras de dónde vengo, entenderías por qué entré. No tengo nada. Vivo con mamá y papá. Sólo tengo a Mabel… y nada más. Si no logro que funcione, no sé qué otra cosa podría hacer. He intentado todo —niega con la cabeza—. Y he fracasado en todo. Mabel es lo único que me mantiene en pie.

Laura lo reflexiona un instante.

—Creo que tenemos más en común de lo que te imaginas, Alan. Si no estuviera aquí, tampoco sé qué otra cosa podría hacer con mi vida. Pero no sabía que hacer algo que amo hacer de forma natural me complicaría tanto la existencia.

Alan esboza una sonrisa melancólica.

—Y eso que somos los afortunados. Imagínate que no lo supiéramos —argumenta Alan. Laura lo reflexiona—. Iré por las llaves del auto.

Salen de la casa sin despertar sospechas, aunque a Laura no le sorprendería que mañana salieran a la luz noticias sobre un supuesto romance secreto entre Alan y Ave Lira. Alice es capaz de hacer cualquier cosa con tal de poner en peligro la permanencia de los demás finalistas en el programa. Laura está segura de que Alice es la responsable de la filtración del "altercado tras bambalinas" entre Ave Lira y el productor de *StarrQuest*.

El viaje a Dublín transcurre sin problema, dado que no hay tráfico a esa hora.

—¿Aquí vive el sonidista? —le pregunta Alan mientras mira el bloque de departamentos.

—Sí —contesta Laura—. ¿Cómo sabes?

—Te he visto con él —dice Alan—. Mabel sospechaba que había algo entre ustedes.

Laura apoya la cabeza en el respaldo.

—Mabel se equivoca. No hay nada entre nosotros —trata de contener las lágrimas.

—No estoy tan seguro. Mabel es muy lista —dice Alan mientras examina su expresión—. Bianca te llamó para dejarte el número de teléfono del tipo, ¿sabes?

—Lo sé —suspira ella—. No me atreví. Estoy demasiado avergonzada.

—Tienes que superarlo, Laura. En la boda de mi hermano me emborraché tanto que le hice un baile erótico a su suegra. Ni siquiera me acuerdo de eso, pero alguien lo filmó. Me arranqué la camisa. Le reventé todos los botones. Casi le saco un ojo a la pobre mujer. Si yo puedo mirarla a los ojos todas las navidades, cumpleaños y fiestas familiares, tú también puedes.

A Laura se le escapa una risita.

—Gracias, Alan.

Alan no está seguro de dejarla sola afuera del edifico de Solomon, pero Laura lo convence de que todo estará bien y finge tocar el timbre para que Alan crea que alguien le abrirá. Laura espera a que emprenda el regreso a la casa de los concursantes. Se imagina que Alan ensayará su acto en el auto con una Mabel invisible.

Al detenerse abajo del balcón, se imagina que escucha el sonido de la guitarra de Solomon. Le gustaría ser capaz de imitarlo, pero no puede. La cortina en su garganta sigue cerrada. Alza la mirada hacia la ventana de la recámara en donde dormía ella, acompañada de las camisas y camisetas de Solomon. Le encantaba el aroma y la presencia de las cosas de Solomon: los instrumentos musicales, la guitarra en una esquina de la habitación, el equipo de audio para las filmaciones. Piensa en Bo y en Solomon cuando hacían el amor, y se le estruja el corazón. Necesita alejarse de él, seguir adelante con su vida. De hecho, no vino aquí a verlo a él.

Vuelve a escuchar el gorjeo en su cabeza, el sonido que la despertó de la pesadilla. El restaurante de la planta baja dejó afuera una pila de mesas y sillas que están apoyadas contra la ventana. A Laura se le ocurre una idea. Se mueve con el mayor sigilo posible porque, al haberse hospedado en la recámara de visitas, sabe con cuánta claridad se escucha todo lo que pasa afuera. Ella es más sensible a los sonidos que la mayoría de la gente, y Solomon es la única otra persona que conoce que escucha las cosas como ella. Tiene la audición bien afinada, ya sea por su formación musical o por su entrenamiento como sonidista, pero está capacitado para escuchar más allá de lo evidente. Apila cuatro sillas y busca la forma de subirse en ellas. Se tambalean demasiado y no la elevan lo suficiente. Medio levanta y medio arrastra una mesa hacia el balcón, y quita las sillas de la pila y las asienta sobre la mesa. Arrastrar la mesa ha sido más escandaloso, así que alza la mirada para asegurarse de que nadie se asome por los balcones. Todas las luces de los departamentos siguen apagadas y nadie se asoma. Usa una silla para subirse a la mesa. Se apoya en la ventana del café mientras trepa la pila de sillas. Es lo suficientemente alto como para permitirle alcanzar el balcón, pero la base se tambalea bajo su peso. Laura se arriesga y se inclina hacia el frente para tomar el barandal. Luego se aferra con fuerza y apoya un pie en la orilla del balcón, mientras el otro pie permanece apoyado en la pila de sillas. Finalmente, inhala profundo e inclina el cuerpo entero hacia el balcón, de modo que se sostiene en la parte externa del barandal. Al dejar de poner presión sobre la pila de sillas, éstas se mecen sobre la mesa y caen al suelo, lo que produce un gran escándalo que hace eco en el canal. Se le acelera el pulso al ver que varias luces se encienden y que algunas ventanas se abren, así que rápidamente se trepa por el barandal y se agacha pegada a la pared. Inhala profundo, con la esperanza de que nadie la vea ahí, hecha un ovillo en la oscuridad. Quizás esté a salvo por el momento, pero ya no podrá bajar, dado que ya no tiene en dónde apoyarse.

Vuelve a escuchar el gorjeo, así que busca la jaula. El piso del balcón está decorado con cajas de juguetes que protegen sus contenidos del clima. La madre del niñito usa cualquier espacio libre del pequeño departamento para las cosas de su hijo. Laura está preparada para liberar al ave. Después de escuchar su gorjeo durante tanto tiempo y observarlo desde el balcón de Solomon y Bo, sigue sin saber hablar el idioma de las aves; sin embargo, al imitar los sonidos del pájaro, sintió que éste quería comunicar algo. *Estoy atrapado. Déjenme salir de aquí.* Sin embargo, su sonrisa se esfuma cuando mira a su alrededor en busca de la jaula y no la encuentra.

Comienza a llorar. Se siente inútil, impotente, patética.

De pronto se encienden las luces del departamento. Laura entra en pánico, pues sabe que saltar del balcón a la mesa puede ser peligroso. La mesa no aguantaría el peso y se rompería. Laura terminaría en el suelo de cualquier manera. ¿Vale la pena arriesgarse?

Se abre la cortina y revela un rostro de mujer. Al ver a Laura, la mujer empieza a gritar. En polaco. Laura se pone de pie e intenta hacer gestos para calmarla.

—No pasa nada —dice Laura, a sabiendas de que la mujer no puede oírla. Aun si pudiera escucharla, tal vez no entienda el español—. Por favor...

Se encienden también las luces del departamento de Solomon.

Laura entra en pánico. No puede verla aquí, no así. Se abre la ventana del balcón y Solomon se asoma, con expresión somnolienta. No trae camiseta y trae el resorte del pantalón de dormir ligeramente por debajo de la cadera. A pesar de la desesperación, Laura no puede evitar absorberlo con la mirada. Él se frota los ojos como si no pudiera creer lo que ve.

—¿Laura?

Ella empieza a llorar de nuevo; se siente ridícula, patética, mortificada y aliviada de verlo de nuevo. Tantas cosas, todas a la vez.

Solomon toca a la puerta. Escucha a Katja que grita del otro lado y al niño que aúlla. No abre la puerta y parece hablar con alguien en el departamento. Chilla y grita, mientras el niño llora. Otras personas han salido de sus departamentos y se han reunido en el corredor. Observan con mirada somnolienta a Solomon, quien vuelve a golpear la puerta, como si todo fuera su culpa. Él los ignora. Se le acelera el corazón; necesita entrar.

—¡Katja! —Solomon alza la voz e ignora los intentos que hacen sus vecinos de silenciarlo.

Finalmente, Katja abre la puerta. Tiene los ojos rojos, la mirada aterrada, las mejillas mojadas de lágrimas, la nariz llena de mocos. Con un brazo carga a un bebé que llora, un niñito se aferra a su pierna, y en la otra mano trae un celular pegado a la oreja.

—Soy Solomon, tu vecino —dice él, y la mirada de terror se convierte en confusión. Jamás han cruzado palabra, salvo por el ocasional saludo al encontrarse en el pasillo, pero nada más, nada verdaderamente amistoso.

—Hay un ladrón en el pasillo —le dice, y luego vuelve a parlotear en polaco al teléfono. Deja abierta la puerta y regresa al interior del departamento. Camina de un lado a otro en el extremo más alejado del balcón, como si temiera acercarse al ladrón que permanece atrapado ahí, sentado en el suelo frío del balcón, con la cara en las manos.

—¿Llamaste a la policía? —pregunta Solomon.

—¿A quién?

—A la policía.

—¡No! ¡Mi marido! Sus amigos vienen ya.

—No, no, no —dice Solomon e intenta quitarle el celular para explicarle al hombre del otro lado de la línea, pero ella le da un puñetazo en el brazo que lo toma por sorpresa. El bebé aúlla, el niñito intenta patearlo—. Escucha, Katja —le suplica e intenta tranquilizarla, hacer que deje de gritar al teléfono—. Es un error. No es una ladrona. Es mi amiga. La ladrona en el balcón. Es mi amiga —dice Solomon. Katja por fin se detiene y lo mira con suspicacia—. Es un malentendido. Mi amiga quería sorprenderme. Se subió al balcón equivocado —de hecho, Solomon no tiene la menor idea de qué hace Laura en ese balcón. Podría estar ahí con la intención de cometer un crimen, pero él la defenderá hasta el final. Además, conoce al marido de Katja. Y no quiere conocer a sus amigos—. Es un error. Se equivocó de balcón.

—¿Por qué querría meterse a tu balcón?

—Para… para… ser romántica, ¿sabes? Shakespeare. *Romeo y Julieta*. El balcón. ¿Sabes? Te juro que no es una ladrona. Todo esto es un malentendido. Dile a tu esposo que no traiga a sus amigos.

Katja lo piensa un momento y luego dispara una metralleta de palabras enfurecidas al teléfono.

Mientras lo hace, Solomon abre la puerta corrediza que da al balcón, se encuclilla para quedar al nivel de Laura, quien sigue hecha un ovillo en el suelo y se abraza las piernas con más fuerza al oír que se abre la puerta corrediza. Tiene el rostro hundido entre las rodillas, las piernas flexionadas y abrazadas con fuerza contra el pecho.

—No pasa nada —le susurra él mientras se acerca a ella e intenta mirarla a los ojos.

—Quería liberarla —dice ella entre gimoteos.

—¿Qué querías liberar? —Solomon frunce el ceño.

—Al ave —Laura por fin alza la mirada—. La escuché. Me despertó. Quería escapar. Intenté liberarla, pero no estaba aquí…

Solomon entiende a qué se refiere.

—Ay, Laura —la envuelve con los brazos y la jala hacia él. La abraza con fuerza y alcanza a sentir su piel bajo la blusa que se le levantó por encima de la cintura. Le da un beso en la coronilla e inhala su aroma. Podría permanecer así para siempre. Ella se aferra con la misma fuerza que él, y él experimenta este abrazo con cada fibra de su ser; ha ansiado este instante más que cualquier otra cosa en la vida.

Laura saca el rostro de su refugio en el pecho de Solomon para mirarlo a los ojos. Al moverse, con la frente le roza la barbilla; él siente un hormigueo en la piel; la de ella se estremece. Sus corazones retumban al unísono. Al alzar la mirada, sus labios quedan tan cerca que sus alientos entran en contacto. Ella busca en los ojos de él la respuesta. Solomon tiene las pupilas dilatadas, y Laura observa en ellas el deseo. Eso la hace sonreír.

Katja se acerca a la puerta, con el bebé que aún llora en sus brazos.

—Vámonos —le susurra Solomon, sin querer moverse, pero con ansias de salir de ahí antes de que vuelva el esposo de Katja. Laura se mueve al mismo ritmo que él, sus manos se encuentran y se estrechan con fuerza. Al ponerse en pie, Solomon ve que hay alguien en el balcón contiguo. En su balcón. Es Bo. Los ha observado durante todo este tiempo.

—Lo lamento —dice Laura entre sollozos, mientras se abraza las piernas y se hace un ovillo en el sillón. Se envuelve con una manta, sin parar de temblar. No se atreve a mirarlos a los ojos. Bo y Solomon la observan desde el sofá. Aunque han vuelto a ser dos contra uno, las afiliaciones han cambiado. Bo está sentada lo más lejos posible de Solomon, encaramada en una orilla del sofá—. Tuve una pesadilla. Luego desperté y me sentí atrapada. Además, escuchaba al ave —Laura menea la cabeza.

—¿Cómo sonaba? —pregunta Bo para poner a prueba sus capacidades.

Laura guarda silencio un instante, y luego niega con la cabeza, sin poder emitir sonido alguno.

—Siento que me vuelvo loca —se frota los ojos cansados—. ¿En qué pensaba?

—No, no estás loca —le dice Bo con gentileza, y Solomon voltea a verla, sorprendido. Bo lo ignora. Toma una silla de la mesa de la cocina y la pone cerca del sillón de Laura para quedar frente a ella. A Solomon no le queda claro si Bo quiere impedir que vea a la mujer a la que no ha dejado de admirar desde que se conocieron o si simplemente quiere dejarlo fuera de su propio panorama—. Lo que te ha ocurrido ha sido una locura. No sé de qué otra forma esperábamos que lidiaras con todo esto. Lo has hecho lo mejor posible. Te has convertido en una ladronzuela —bromea. Laura la mira a los ojos, sorprendida, y ambas se ríen, lo que rompe la tensión—. El pájaro del vecino es un canario. Yo tenía uno cuando era niña. No sabe vivir fuera de su jaula. Y debe dormir dentro de casa por las noches —le explica Bo.

—Oh —Laura solloza—. Debí haberlo sabido.

—Creo que no se trataba tanto de liberar al canario, sino de que te sentías atrapada y querías salir de ahí —sugiere Bo.

Solomon no da crédito a lo que sucede. Guarda silencio, pues por primera vez tiene la impresión de que Bo puede hacerse cargo de la situación.

—Todos han sido tan generosos —dice Laura—. No tengo razones para sentirme así. Solomon y tú han sido muy buenos conmigo. Me hospedaron en su casa, me alimentaron —mira a Solomon de reojo, pero luego vuelve a fijar la mirada en Bo, pues no desea traicionar a quien se comporta tan comprensiva con ella—. No quiero arruinarles las cosas, ni avergonzarlos, ni decepcionarlos.

—Y no has hecho nada de eso —dice Bo, irritada. No está molesta con Laura, sino consigo misma—. Nosotros... Bueno, sólo puedo hablar por mí misma. Debí haberte protegido. Te aventé a los leones y me quedé con los brazos cruzados. Intenté convencerme de que era lo mejor para ti, pero claro que no lo era.

Laura y Solomon miran fijamente a Bo, incrédulos.

—No, no fue así, tú me salvaste —le dice Laura—. Y estoy muy agradecida por todo.

—No lo estés —dice Bo en voz baja—. Por favor. Todos nos emocionamos tanto contigo, nos emocionó lo preciada y peculiar y fantástica que eres, que perdimos la perspectiva. Tu talento...

—Pero es que yo no tengo ningún talento —la interrumpe Laura—. Alan sí que tiene talento. Se desvela todas las noches para trabajar en su rutina. La escribe, la actúa y hasta repara a su marioneta cuando es necesario. Durante quince años ha viajado por todo el país y aceptado cualquier oportunidad que le ofrezcan, por insignificante que sea. Ha recibido gritos, burlas y malos tratos con tal de afilar sus habilidades —al decir la palabra "afilar" vuelve a visualizar a Gaga con el cuchillo, pero aún no puede producir sonido alguno. Se acabó. Esto la hace enfurecer aún más—. Alice, a pesar de sus defectos, pasa cuatro horas diarias en el gimnasio, sin falta. No dice nada que no tenga propósito, repite una y mil veces su acto, y le dedica la vida entera a su profesión. Sparks hace trucos de cartas desde que tenía siete años. ¡Siete años! Y practica seis horas al día. Selena canta como un ángel, y luego está la niñita de doce años que salta a través de aros de fuego en el jardín. *Eso* sí es talento. ¿Yo qué soy? Un bicho raro que abre la boca e imita sonidos. No hay nada original en eso. Soy como un perico o un... un mono. Soy un fenómeno de la naturaleza, una rareza digna de un circo, no de un programa de talentos. Soy una estafa, una mentira. Eso que dicen de mí es verdad. No soy original, ni única, ni auténtica. Sólo imito sonidos, y la mayor parte del tiempo ni siquiera soy consciente de ello. Sé que no debería estar aquí. No debí haberme inmiscuido en sus vidas ni debí haberme metido entre ustedes. Sé que lo he hecho y lo lamento mucho —le caen lágrimas por las mejillas—. Pero no sabía qué más hacer. No tengo adónde más ir, y no puedo volver. Todo el tiempo trato de seguir adelante, pero intento aferrarme a lo que sea y todo se me escapa de las manos… —baja la voz a medida que el llanto aumenta.

A Solomon se le llenan los ojos de lágrimas. Si Bo no estuviera ahí, se pondría de pie, caminaría hacia Laura, la abrazaría, la besaría, besaría cada centímetro de su ser, le diría lo hermosa que es y lo talentosa que es y lo perfecta que es en todos sentidos. Le diría que es la persona más única y talentosa y auténtica que ha conocido jamás. Le diría que lo cautiva con su simple presencia. Pero no puede. Bo está presente, y cualquier sonido o movimiento que él haga lo traicionará. Traicionará a Bo. Así que guarda silencio, a pesar de sentirse atrapado en su propio cuerpo, mientras ve que la mujer a la que ama se desmorona frente a la mujer a la que intentó amar.

Y la mujer a la que intentó amar habla por él, con más fuerza que él, con más fuerza de la que él podría reunir, cosa que le agradece profundamente.

—Laura, te diré una cosa sobre tu habilidad —anuncia Bo con absoluta convicción—. Parte de tu habilidad consiste en exhibir la belleza del mundo. Eres capaz de reconocer los detalles más nimios en la gente, los animales, los objetos, cualquier cosa. Escuchas cosas que los demás no percibimos o a las que ya ni siquiera les prestamos atención. Capturas esas pequeñas cosas y se las presentas al mundo. Nos recuerdas dónde radica la belleza. Hay personas que dicen que yo hago eso con mis documentales al mostrarle al mundo historias y personajes que permanecían ocultos. Encuentro personas, sus historias, y luego las ayudo a contárselas al mundo. Tú haces todo eso a través de un simple sonido. Si percibo el aroma del perfume de mi mamá, de inmediato me transporta a mi infancia. Tus sonidos transportan a la gente a otros lugares y momentos. Conmueves a la gente, Laura. Entiéndelo. Solomon me contó que, cuando su madre te escuchó imitar el arpa en su fiesta de cumpleaños, dijo que era el sonido más hermoso que había escuchado jamás. Y ella lleva cincuenta años produciendo ese sonido, pero a través de ti lo escuchó por primera vez. ¿Sabes lo importante que fue eso para ella? Cuando conociste a Caroline en el vestuario no te tomó más de un minuto conmoverla hasta las lágrimas. La hiciste regresar a cuando tenía seis años y acompañaba a su mamá en su taller de costura. Creo que no dimensionas la magnitud de lo que le provocas a la gente. Eres capaz de resaltar la belleza del mundo, la melancolía de la cotidianidad, lo extraordinario en lo ordinario, lo enigmático en lo mundano. ¡Por Dios, Laura, entraste a un programa de talentos con algo tan simple como imitar una *cafetera* durante un minuto entero! —los tres se ríen—. Eres importante, relevante, única. Y mereces subirte a ese escenario tanto como los demás. Da igual que no tengas que ensayar; eso no significa que no seas lo suficientemente buena. ¿Acaso todos debemos enfrentar *dificultades* para ser grandiosos? ¿Sólo porque no se te dificulta significa que no tienes talento? ¿Significa que no eres maravillosa? Es quizá la lección más importante que puedes enseñarnos; lo que tienes proviene del interior. Es natural, inusual. Es una habilidad divina.

—Pero ya la perdí —susurra Laura.

—Estoy segura de que sigue ahí. Es como el hipo. Un susto te la ahuyentó por un instante, pero sigue ahí. La encontrarás de nuevo.

—¿Cómo?

—Quizá te sirva intentar recordar cómo empezó todo. Dejaste de sentir curiosidad o intriga, dejaste de enamorarte de las cosas. Pero recordar podría inspirarte de nuevo —mira de reojo a Solomon, casi como para entregarle la batuta. ¿De verdad le intenta decir lo que él cree que le intenta decir? Esa mirada extraña, el tono triste de resignación. Bo se pone de pie—. Tienes hasta mañana en la noche. Hoy estuve con Jack y le ayudé a pensar en crear un entorno adecuado para ti, que te haga sentir cómoda. Esta vez no habrá bailarines en poca ropa ni osos bailarines. Te haremos sentir como en casa. Bueno, creo que lo mejor es que los deje… —mira a su alrededor con gesto incómodo y reúne sus cosas mientras Solomon la observa. Él quisiera decirle algo, pero no sabe qué. No está seguro de entender lo que sucede. Bo se mete a la recámara, y él escucha que se abre el cierre de una maleta. El pulso se le acelera.

Voltea a ver a Laura y se pregunta si dimensiona lo que ocurre en ese momento, pero ella está ensimismada, concentrada en analizar las cosas que Bo le dijo.

Solomon se dirige a la recámara. Encuentra a Bo ocupada en empacar todas sus pertenencias.

—Bo… —dicen Solomon y Laura al unísono.

—¿Qué? —Bo le contesta a Laura y se acerca a la puerta.

—Dijiste que, si puedo recordar cómo empezó todo…

—Sí, bueno, es sólo una idea…

—¿Tienes aquí la cámara?

Bo se sonroja.

—No me refería a eso. No era mi intención pedirte que…

—Lo sé. Pero quiero contártelo.

—Laura, no tenemos permitido seguir con la filmación del documental. Los abogados de StarrGaze Entertainment han sido tajantes al respecto.

—No me importa lo que digan. Es mi boca, son mis palabras y mis pensamientos. No les pertenecen a ellos.

Solomon y Bo se miran el uno al otro. Él asiente.

Rachel está en el hospital con Susie, quien está en trabajo de parto. Pero Laura quiere hacerlo ahora, así que Bo prepara la cámara en el trípode. Solomon se encarga del sonido. No tardan en prepararlo todo sin mucho alboroto. Laura está lista para contarlo todo.

37

Isabel se deterioró en muy poco tiempo. Se debilitó muy rápido. Había tomado con regularidad las medicinas caseras, todo lo que descubrieron que podían preparar en casa. En ningún momento quiso tomar medicinas de hospital. Estaba en contra de la quimioterapia y quería probar tratamientos alternativos y dietas específicas. Hizo una investigación exhaustiva, al igual que Gaga. Siempre habían sido así, como si todo lo que habían aprendido en la vida había sido para enfrentar ese momento. Se sometió a terapias de desintoxicación hepática y de alcalinización de la comida, lo que implicaba comer alimentos alcalinos para balancear el pH del cuerpo. Y, cuando ya no pudo comer sólidos, empezó una dieta líquida.

—Si me voy a morir —dice la madre y estira el brazo para limpiar la lágrima que corre por la mejilla de su hija—, moriré sana.

Laura sonríe y con un resoplido contiene las lágrimas. Luego besa el dorso de la mano de su madre.

El taller de costura está dentro de la casa, de modo que Gaga y Laura pueden trabajar en las reparaciones de ropa y cuidarla al mismo tiempo, aunque Gaga aún recibe a las clientas en el garaje. Su hogar es un espacio privado. Siempre ha sido prioritario proteger a Laura, pero ahora también se le dificulta a Gaga dejar ahí a su hija enferma. Laura suele pensar que, aunque ella acompaña a su mamá casi en todo momento, Gaga quiere también estar a su lado. Ha descuidado el negocio, descuidado la calidad, todo con tal de no separarse de su hija. La salud de su mamá se deteriora con rapidez, y ellas hacen guardia a su lado toda la noche. Se supone que lo harían por turnos, pero ninguna de las dos quiere estar dormida cuando llegue el momento. Ocurre uno de esos días en los que Gaga lidia con una clienta en el garaje, mientras Laura está sola con su mamá. Laura se da cuenta de que algo pasa por el cambio en la respiración de su madre.

—Mami —dice Isabel, con voz rasposa y aguda, como si fuera una niña.

Es la primera palabra que dice en días.

—Estoy aquí, mamá. Soy Laura —Laura toma una de las manos de su madre y se la lleva a los labios.

—Mami —repite Isabel. Tiene los ojos abiertos y mira en todas direcciones, como si buscara a Gaga.

A Laura se le acelera el corazón. Corre hacia la ventana que da al garaje y se asoma por las persianas. No hay señales de Gaga, y el auto de la clienta sigue estacionado en la entrada. Laura voltea a ver a su madre, y luego vuelve a asomarse a la ventana; se siente atrapada, más que nunca en la vida. Si llama a Gaga, la clienta la escuchará o la verá. Las tres convinieron en que Laura debía permanecer oculta siempre, o al menos hasta que tuviera cierta edad. Es un acuerdo antiguo del que no han vuelto a hablar. La idea de salir al mundo antes de los dieciséis años le resulta aterradora.

Laura no sabe qué hacer. La respiración de su madre se ha vuelto superficial. Sabe que está por irse de este mundo, pero no puede llamar a Gaga y arriesgarse a que alguien descubra su existencia. Sin embargo, tampoco puede permitir que su mamá se vaya con la idea de que está sola.

El pánico. El calor abrumador y las gotas de sudor que le caen por la frente y la espalda. Las palpitaciones. El temor paralizante. Está a punto de perder a su mamá y, aunque ansía gritar a los cuatro vientos para que alguien la ayude, sabe que no puede arriesgarse a que la alejen de Gaga también. Lo perdería todo.

No quiere que su mamá muera con la idea de que está sola, así como se sentirá ella cuando su mamá ya no esté. No quiere que Gaga sepa que su hija murió sin creer que ella estaba a su lado. Se sienta junto a su madre, cierra los ojos y se empeña en resolver el problema con todas sus fuerzas.

Abre la boca y empieza a cantar. Cuando canta, escucha la voz de Gaga, la voz de una mujer mayor con acento de Yorkshire. Isabel le aprieta la mano.

El árbol quebrado y la rama rota,
clavada en el césped marchito, bajo el cielo gris.
Flores que serán siempre botones,
el esqueleto del tronco en el denso bosque.
Ni una araña trepa, ningún animal reina,
en el árbol quebrado, con la rama rota.
Pero en la rama rota se monta una jilguera,
con el pico al aire y la mirada intensa.
Y canta su cantar para todo el bosque,
y los botones florean y los pétalos tiemblan.
Las arañas trepan y tejen sus telas,
las moscas de la fruta huyen de las fresas.
El árbol quebrado deja de estarlo
cuando la jilguera se posa a cantar su canto.
El árbol revive, la rama se endereza,
los animales lo habitan pues el canto los embelesa.
Los chiquillos trepan y ríen y juegan.
El árbol cobra vida por lo que resta del día.
La jilguera para el canto y emprende el vuelo,
y el árbol quebrado volverá a estarlo.

Solomon y Bo contienen el aliento mientras miran a Laura. No sólo le cambió la voz al recordar la canción que cantó en el lecho de muerte de su madre, sino que de algún modo ha logrado hacer que el espíritu de Gaga se encarne en ella. Es algo sumamente mágico. Bo voltea a ver a Solomon y lo mira bien por primera vez desde que decidió dejarlo; Bo tiene los ojos bien abiertos, llenos de lágrimas. Él le tiende la mano, y ella la toma y la estruja. Laura abre los ojos y mira las manos estrechadas.

Bo se limpia la mejilla, y Laura sonríe.

—¿Fue entonces…? —Bo carraspea para hacer a un lado la conmoción y empieza de nuevo—. ¿Fue ésa la primera vez que fuiste consciente de que tenías esta habilidad?

—Sí —contesta Laura en voz baja—. Fue la primera vez que fui consciente de mi habilidad. Pero entonces, al descubrirla, me di cuenta de que no era la primera vez que lo hacía —afirma. Bo asiente para que continúe—. Gaga lo sacó a colación un día, varios años antes. Estábamos tumbadas en el pasto, atrás de la casa. Yo hacía coronas de margaritas. Mamá leía una novela romántica. A ella le encantaban las novelas románticas, y Gaga las odiaba. A veces Mamá leía en voz alta para hacerla rabiar —se ríe—. Las puedo escuchar aún. Gaga se tapaba los oídos y decía *la la la la la*.

Isabel no lee en voz alta. Está callada. De pronto, Gaga se empieza a reír.

—Ése estuvo bueno, Laura —dice.

Laura no tiene idea de a qué se refiere.

—Basta —la mamá de Laura se asoma por encima del libro y reprende a su mamá.

—¿Qué? Fue un sonido especialmente bueno. No puedes negar que tu hija ha mejorado mucho, Isabel.

Laura se endereza y asoma la cabeza por encima de la maleza.

—¿En qué he mejorado?

Gaga mira a su hija y alza las cejas.

—Nada, corazón. Nada. No le hagas caso a tu Gaga que ya está viejita —dice Isabel.

—Bueno, eso ya lo sabemos. Pero aún tengo el oído de una jovencita —contesta Gaga y le guiña un ojo a Laura.

Laura se ríe.

—Dime.

Mamá asienta el libro. Le lanza a Gaga una mirada fulminante, pero con una pizca de sumisión, como para darle permiso, pero con la advertencia de que se vaya con cuidado.

—Haces unos sonidos maravillosos, nena. ¿No lo has notado?

—¿Sonidos? No. ¿Qué tipo de sonidos? —Laura se ríe porque cree que esto es un timo de Gaga.

—Toda clase de sonidos. Hace unos minutos zumbaste como abeja. ¡Por un momento pensé que me ibas a picar! —Gaga se dobla de la risa.

—Claro que no —dice Laura, confundida.

Su madre voltea a ver a Gaga, con cierta preocupación.

—Oh sí, mi querida abejita —dice mientras cierra los ojos y alza el rostro al sol.

—No, no zumbé. ¿Por qué dices eso? —pregunta Laura, con voz temblorosa.

—Porque te escuché —contesta Gaga.

—Basta ya, Madre.

—De acuerdo —contesta Gaga y mira de reojo a Mamá, antes de cerrar de nuevo los ojos.

Laura las mira fijamente a ambas. Gaga, echada perezosamente en una tumbona. Mamá, con su libro. A Laura la inunda la ira.

—¡Mentirosa! —le grita Laura y corre del jardín hacia la casa.

—¿Cuántos años tenías? —le pregunta Bo.

—Tenía siete años. Nadie dijo nada durante varios meses. Al menos un año. Mamá no quería hablar del tema, pues sabía que a mí me causaba ansiedad, y le ordenó a Gaga que no dijera una palabra al respecto.

—¿Por qué crees que te causaba tanta ansiedad?

—¿Te puedes imaginar qué se siente que te digan con frecuencia que haces algo que no sabes que haces?

Bo sonríe y se muerde el labio. Mira de reojo a Solomon con mirada insolente.

—Digamos que sí, que me identifico con eso. Te hace sentir como si enloquecieras. Te hace resentirte con la persona que te lo dice.

Solomon sabe exactamente a lo que se refiere.

—Aunque sepas que te lo dicen por tu propio bien —agrega Laura—. Aunque sepas que no es una invención de su parte porque confías en ellos. Te hace cuestionarte todo. Una vez hice un sonido que sobresaltó a Mamá. La hizo querer hablar del tema.

—¿Qué sonido fue?

—El radiocomunicador de un policía —Laura pasa saliva—. Sólo imitaba sonidos que hubiera escuchado. Podría haberlo sacado de la televisión, pero a Mamá le pareció demasiado realista. No pudo ignorarlo. Era el sonido que ambas habían temido durante mucho tiempo. Quería saber dónde lo había escuchado, pero, como yo no sabía de qué sonido hablaba, no sabía que lo había producido. Finalmente logramos identificarlo. Era el radiocomunicador de un policía. Lo escuché un día que ninguna de las dos estaba en casa. Yo estaba en mi recámara, con las cortinas cerradas, como debía ser. Al vivir en un bungaló, debíamos tener mucho cuidado porque cualquiera podía asomarse por las ventanas si no estaban Mamá y Gaga en casa.

—¿Te dejaron sola en casa a los siete años? —pregunta Bo, preocupada.

—Salieron a recolectar al bosque. Yo decidí quedarme en casa a leer. Escuché que un coche se acercaba a la casa. Me eché al piso y me escondí debajo de la cama. Escuché pasos en la grava. Había alguien cerca de mi ventana. Afuera de mi ventana. Y entonces escuché el sonido del radiocomunicador —Laura se estremece mientras relata la historia—. No les dije nada a Mamá y a Gaga cuando volvieron a casa porque no quería preocuparlas. No había pasado nada y no había razón para decirles, pero igual lo revelé con mis sonidos.

—¿Cómo lo tomó tu mamá?

—Entró en pánico. Llamó a Gaga. Me hizo contarles la historia una y otra vez, decirles exactamente qué había escuchado una y otra vez. Yo estaba confundida. Sabía que los policías las ponían nerviosas, pero no sabía por qué.

—¿Te explicaron por qué?

—Ese día se los pregunté. Pensé que tenían miedo de que me alejaran de ellas por mis sonidos. Tan pronto le dije eso a mamá, me hizo sentarme y me contó la historia desde el principio. Gaga y ella. Me contaron todo.

—Todo…

Laura voltea a ver a Solomon e inhala profundo.

—Todo lo relacionado con la muerte de mi abuelo.

Solomon se quita los audífonos.

—Laura, estás segura de que… Bo, quizá deberíamos apagar la cámara…

—Ya está hecho —contesta Bo y voltea a verlo con los ojos bien abiertos. Solomon y ella leyeron aquel artículo de tabloide sobre la presunta implicación de Isabel y Hattie en la muerte del abuelo de Laura, historia que Bo escuchó en Cork cuando les preguntó a los vecinos por Hattie e Isabel. Era la historia que esperaba desenterrar cuando entrevistó a Laura afuera de la cabaña Button, pero ahora teme grabarla. No está segura de querer escuchar la verdad. Le resulta curioso cómo cambian las cosas.

—Laura —interviene Solomon con voz dulce mientras asienta el equipo en el piso—, no es necesario que cuentes esta historia.

—Creo que sí.

—No —insiste Bo—. No quiero que te sientas obligada a hacerlo. No quiero presionarte.

—Ni yo —dice Solomon con firmeza—. De hecho —agrega y se pone de pie—, quizá deberíamos hacer una pausa y estirar las piernas. Es tarde. Son casi las tres de la mañana. Ha sido una noche larga y llena de emociones. Mañana es un día importante, así que deberíamos…

—Tengo que contarla. Por Mamá y Gaga —dice Laura—. Él ya no puede hacerles daño.

—¿De quién hablas? —pregunta Bo—. ¿Del policía? ¿O de tu abuelo?

—Ambos. Tengo que contar la historia. Por el bien de la memoria de Mamá y de Gaga. Cuando me escondieron, escondieron también la verdad. Lo hicieron para protegerme, y ahora me toca protegerlas a ellas.

Solomon observa a Laura e intenta descifrarla. Laura mira a Solomon, y Bo los examina a ambos mientras hacen aquello que los ha caracterizado desde que se conocieron, esa forma de comunicarse sin hablar.

Desvía la mirada para darles algo de privacidad, para darse algo de privacidad, para abstraerse de esa situación tan extraña. Desde el principio supo que había algo entre ellos y les dio cuerda. Los empujó a estar juntos para obtener su historia. Usó a Solomon para acercarse a Laura. No puede negar que lo hizo. Él quería mantenerse al margen porque sabía lo que sentía, pero Bo lo empujó a los brazos de Laura. No puede culpar a ninguno de los dos. Tampoco se culpa a sí misma, pero ve las cosas en su justa dimensión, de forma realista y equilibrada. Hay algo sustancial entre ellos, algo que los conecta, algo que Bo no está segura de que Solomon ve. Solomon, quien siempre ha mirado con microscopio los defectos de Bo y los del resto del mundo, es incapaz de alejarse lo suficiente como para verse a sí mismo.

Lo que transcurre entre ellos sirve para tomar una decisión.

—De acuerdo —dice Solomon y se pasa la mano por el cabello—. Si es lo que quieres —lo dice con dulzura, con voz comprensiva, y Bo se pregunta si alguna vez le habló así a ella y si acaso es consciente del tono de voz que usa al hablarle a Laura.

—Lo es —contesta Laura con firmeza. Al asentir, el cabello le cae sobre los hombros. Toma asiento en el sillón, frente a las cortinas color crema que ahora están cerradas, y la luz de la lámpara la rodea con un ligero brillo cálido. El cojín y la cobija color verde oscuro que cubren el respaldo del sillón ayudan a resaltar aún más el color de sus ojos.

Solomon toma asiento, sin quitarle la vista de encima a Laura. Bo se siente como una intrusa, y se da cuenta de que así se ha sentido cada vez que ha estado en el mismo lugar que ellos. Mira a Solomon de reojo y lo ve ponerse los audífonos y ajustar de nuevo el sonido. Piensa en las incontables veces que lo ha visto perderse en el ensimismamiento que le permiten aquellos audífonos, ya sea por cuestiones de trabajo o para escuchar su propia música. Solomon usa el sonido como válvula de escape, al igual que Laura. La mirada de Bo salta de Solomon a Laura y de regreso. Piensa que no tienen idea, o que sí la tienen, pero que han sido sumamente respetuosos con ella todo este tiempo. Extrañamente, le dan ganas de abrazarlos a ambos y reunirlos para que dejen de hacerse tontos.

Bo voltea a ver a Laura.

—¿Lista?

Laura asiente con firmeza. Su mirada es decidida.

—Mi abuelo solía lastimarlas. A Gaga y a mi mamá. Bebía demasiado. Gaga decía que en general era mezquino, pero se volvía violento cuando bebía. El sargento O'Grady, un policía local, era su mejor amigo. Habían estudiado juntos y bebían juntos. Gaga no era de ahí. Ella creció en Leeds. Trabajaba como niñera y se mudó a Irlanda para cuidar a los niños de una familia. Conoció al abuelo y eso fue todo; decidió quedarse, pero le costó trabajo adaptarse. Le gustaba su privacidad. A la gente de por ahí no le simpatizaba eso, lo que la obligó a recluirse aún más. El abuelo era posesivo y solía contradecir todo lo que ella decía frente a otras personas y la reprendía por su comportamiento, así que ella decidió que lo mejor era no salir de casa. Según ella, quedarse en casa le sentaba bien. Pero luego el abuelo se volvió agresivo. Empezó a golpearla. Un día terminó en el hospital con costillas rotas. Las cosas se pusieron tan mal que decidió buscar al oficial O'Grady, el amigo del abuelo, para hablar con él. No quería denunciar al abuelo, sino pedirle que hablara con él, como su amigo, y que lo ayudara. Al oficial no le agradó lo que ella le dijo y argumentó que debía ser culpa suya que el abuelo se enojara tanto. Todo lo volcó en su contra. No habría vuelto a recurrir a él, salvo porque el abuelo golpeó a Mamá. Le dijo al oficial que, si no hacía algo, denunciaría al abuelo. El oficial O'Grady le contó al abuelo lo que ella había dicho. Esa noche, el abuelo volvió a casa borracho. Golpeó a Gaga y dijo que mataría a Mamá. Gaga le dijo a Mamá que huyera, así que ella se escapó y corrió por el bosque. El abuelo la persiguió, pero estaba demasiado ebrio. Estaba oscuro, no alcanzaba a ver bien y estaba ahogado de borracho. Gaga lo siguió. Ella vio que se tropezó y se golpeó la cabeza con una roca. Él le suplicó que lo ayudara, que llamara una ambulancia. Pero ella no pudo ayudarlo. Dice que se paralizó. Ahí estaba el hombre al que había amado, el hombre que acababa de golpearla y que amenazó con matar a su propia hija, y ella no pudo hacer más que sentarse y verlo ahogarse en el arroyo. Dijo que fue lo mejor que pudo hacer por ambos. No lo golpeó ni lo mató, pero tampoco intentó salvarlo. Dijo que eligió salvarse a sí misma y salvar a su hija —Laura alza la barbilla—. Estoy orgullosa de ella. De lo que ambas hicieron.

De que fueron lo suficientemente fuertes como para defenderse de la única forma que encontraron. Intentaron hablar con el amigo del abuelo, intentaron hablar con la justicia, y no sirvió de nada. El abuelo murió por su propia mano.

—Pero ¿por qué decidieron mantener tu existencia en secreto?

—Porque el oficial O'Grady no las dejaba en paz. Durante varios meses, llamó a Gaga a la estación para interrogarla. Les hizo la vida imposible. Hablaba tan mal de ella que le ahuyentó a toda la clientela. Incluso atormentaba a Mamá, quien entonces tenía catorce años. La interrogó incontables veces. Las acusó a ambas de asesinato. Solía visitar la casa en horarios aleatorios del día o de la noche. Las asustaba y amenazaba con encerrarlas de por vida. Ellas vivieron mucho tiempo aterradas, pero no quisieron mudarse. Cuando bajó la clientela, Mamá buscó otro trabajo. Fue entonces que empezó a trabajar con los gemelos Toolin. Y tuvo un romance con Tom Toolin. No sé cuánto tiempo duró, pero sé que terminó cuando ella se embarazó. Nunca le dijo que tuvo un bebé. Le aterraba que el oficial O'Grady me arrebatara, que encontrara la forma de separarme de ellas. Gaga sentía lo mismo. Por eso me mantuvieron en secreto. No querían que tuviera la misma vida que ellas tuvieron. No querían que él me atormentara. Me protegieron tanto como pudieron.

—¿Crees que lo que te hicieron, que la vida que eligieron para ti fue la adecuada?

—Hicieron lo que estuvo en sus manos. Me protegieron. Pude haberme ido de la cabaña Toolin en cualquier momento, pero era feliz ahí. Cuando era niña, disfrutaba esconderme y que me escondieran. Me gustaba mirar todo desde afuera, desde lejos. De no ser así, no habría podido sumergirme tanto en los sonidos que me rodeaban. Los sonidos se volvieron parte de mí. Yo absorbía todo, como una esponja, porque había lugar para ello en mi vida. Mientras que otras personas enfrentan dificultades y presiones interminables, yo no tuve ninguna. Era una persona completa.

—Completa —dice Bo y saborea la palabra—. ¿Te sientes completa al estar lejos de la cabaña? ¿Ahora que te has sumergido en la sociedad?

—No —contesta Laura y baja la mirada—. Ya no escucho tantas cosas como antes. Hay mucho ruido. Mucha confusión… —busca la palabra indicada, pero no la encuentra—. Me hace sentir como si me hubiera quebrado —agrega con tristeza.

38

Solomon tarda más de lo habitual en lavarse los dientes. Se mira al espejo, pero en realidad no se ve. De pronto alza la mirada y ve reflejada a Bo, quien está parada en la puerta del baño con una maleta.

Tiene los ojos cristalinos.

Solomon escupe la pasta dental a toda prisa y se limpia la boca. Vuelve a la recámara y cierra un cajón abierto con la cadera. Sisea para transitar el dolor mientras piensa en qué le dirá a Bo, pero no se le ocurre nada, nada apropiado; sólo lo inunda el pánico de saber que finalmente llegó el momento, y, después de todo, ¿de verdad es lo que él quiere? No siente alivio; sólo pánico, terror. La terrible sensación de tener que confrontarla, de afrontar las cosas sin esconderse. Es la maravilla natural de la duda que conlleva la confrontación del cambio.

—¿Jack? —le pregunta él y carraspea nerviosamente.

—No —contesta Bo, con una risita—. Simplemente no tú —a Solomon lo toma por sorpresa la brutalidad del asunto—. Por Dios, Sol. A ninguno de los dos debería sorprendernos —argumenta Bo. Él se frota las caderas sin pensarlo—. Estás enamorado de ella —se apresura a decir Bo y se limpia una única lágrima que le cae por la mejilla. Bo nunca ha sido muy buena para llorar. Solomon abre los ojos como platos—. No sé si lo sepas o no, pero lo estás. Contigo nunca estoy segura. No sé qué es lo que sabes y lo que finges ignorar, o lo que bloqueas de forma consciente… A veces ves las cosas con mucha claridad, y otras veces eres incapaz de verte a ti mismo. Pero bueno, eso nos pasa a todos, ¿no? —Bo esboza una sonrisa triste.

Solomon se acerca a ella y la abraza con fuerza. Ella suelta la maleta y lo abraza también. Solomon le da un beso en la coronilla.

—Lamento no haber sido mejor pareja —susurra él.

—Yo también —contesta ella, y él se separa y hace una mueca graciosa. Bo se ríe y toma de nuevo la maleta—. En fin, no es culpa mía, ¿cierto?

—Para nada —contesta él con una sonrisa. Menea la cabeza y se siente un poco perdido, como si perdiera una parte de sí mismo al perderla a ella.

Ella se detiene al llegar a la puerta del departamento y baja la voz.

—Fuiste un gran novio. Tuvimos momentos maravillosos. Algo nos pasó cuando la conocimos. Es como alguna vez dijiste: ella te obliga a mirarte al espejo. No me gustó lo que reflejó sobre nosotros, sobre todo cuando vi el tipo de hombre que puedes llegar a ser —dice Bo. Solomon siente que se le sube el color a la cara—. Ella nos salvó, creo —agrega Bo, y los ojos vuelven a llenársele de lágrimas, pero intenta contenerlas—. ¿Quién pensaría que alguien que separa gente es una salvadora? Debimos ser una pésima pareja.

—No lo éramos —dice él en tono defensivo. Quizá su relación no era perfecta, pero tuvo muchos buenos momentos, o al menos fue buena mientras duró, pero no sería buena para siempre. No la recordará como un fracaso—. ¿Adónde irás?

—No a casa de mis padres —Bo hace una mueca y retrocede.

—¿Jack? —vuelve a preguntar Solomon.

—Ya supéralo —dice Bo, irritada.

—Tú también —contesta él, y ella pone los ojos en blanco y se da media vuelta.

A pesar de las circunstancias, Solomon siente que odia a Jack más que nunca y ansía golpearlo más que antes.

—Ayudo a *StarrQuest* a idear la presentación final de Laura. Sólo necesito que la lleves al estudio mañana. Vendré por el resto de mis cosas la próxima semana. No juegues con mi lencería.

—Procuraré no hacerlo —contesta él y cruza los brazos sin dejar de mirarla—. Pero es que usar encaje me hace sentir bonito.

Bo intenta no sonreír mientras abre la puerta del departamento.

—Es el truene más raro de la historia.

—Fue la coexistencia más rara de la historia.

—Se me ocurren otras más raras —dice ella por encima del hombro.

Solomon mira atrás, con la esperanza de encontrar a Laura, pero la puerta de la recámara de visitas está cerrada. Para cuando voltea de nuevo hacia la entrada, Bo se ha ido. En ese momento, Solomon se da cuenta de que tiembla ligeramente por la conmoción, la pérdida. Vuelve a mirar la puerta cerrada de Laura mientras piensa en lo que Bo le dijo.

Enamorado de ella.

Claro que lo está. Lo supo desde que la vio por primera vez.

Ahora sabe cuál es la solución a su dilema de si es mejor proteger algo preciado e inusual, o compartirlo. El amor que sentía por ella era preciado, y su intensidad era inusual. El amor que sentía por ella era mejor no compartirlo. Ella estaría mejor sin él; él la trajo hasta aquí y no la había ayudado en nada. No podía serle de utilidad alguna a alguien como ella. Era mejor proteger lo preciado.

Sin embargo, ahora le toca a Solomon arreglar el desastre en que la metió, el desastre en que la convirtió. La sacó de su nido, fracturó su vida y la abandonó. Ahora hará todo lo posible para enmendarlo y resolverlo. Cierra la puerta de su recámara, y el sonido proveniente del cuarto de Laura le rompe el corazón: silencio.

39

Alrededor de las cinco de la mañana, a Solomon lo despierta el sonido de la televisión en la sala. Laura sigue despierta. Solomon no alberga demasiadas esperanzas de que pueda participar en el programa de esta noche. Técnicamente ya es de día, pues ha amanecido y el sol brilla con fuerza. Pero Solomon no le da importancia. Evalúa el daño que implicaría que no se presentara en el estudio; Laura no le debe nada al programa, pero sí se lo debe a sí misma. El público se ha quedado con una impresión errónea de ella y, aunque a nadie debería importarle lo que piensen los demás, cuando alguien tiene algo tan hermoso que mostrarle al mundo, cuando la gente puede beneficiarse de la existencia misma de alguien, entonces ese alguien merece ejercer su derecho de réplica para ser comprendido. Se debe a sí misma subirse al escenario una última vez, como ella misma, de la forma en que se sienta cómoda. Solomon no imagina qué tiene Bo en mente, pero confía en ella. La mujer que Bo ha demostrado ser en las últimas veinticuatro horas se ha arraigado como una de las grandes en el imaginario de Solomon. Es la razón por la que ha ganado tantos premios este año. Es una paladina en su campo, capaz de cautivar mentes y corazones con su habilidad para contar historias.

Solomon no puede volver a conciliar el sueño y, aunque intenta mantenerse distanciado de Laura, sobre todo en contextos tan íntimos, no puede quedarse tumbado ahí mientras ella está allá afuera. No es que planee abalanzársele sin su consentimiento, aunque lo que más desee sea tenerla entre sus brazos. Lo mejor es mantener su distancia. Con esa idea en mente, se levanta de la cama, pero no se toma la molestia de ponerse una camiseta. Abre la puerta de la recámara. Laura está sentada en el sofá, de espaldas a él. Está viendo *Los gemelos Toolin*.

Solomon la observa. Trae puesta una de sus camisetas, tiene las piernas flexionadas a un costado sobre el sofá, y el cabello despeinado le cae de forma imprecisa sobre los hombros; se nota que estuvo dando vueltas en la cama. Solomon siente que el corazón le retumba. Está a punto de decir algo, algo reconfortante, algo bueno sobre su tío y su padre, pero entonces ella rebobina la cinta unos cuantos segundos y reproduce nuevamente la escena. Solomon no quiere interrumpir lo que sea que ella quiere ver u oír de nuevo. Espera, la observa. Y entonces, cuando termina, Laura se endereza y vuelve a rebobinar y reproducir. Solomon mira la televisión, a los hermanos en la montaña cuidando sus ovejas. Laura rebobina y vuelve a reproducir.

No es un buen momento para acercarse. Tiene razón al creer que probablemente nunca será un buen momento. Cierra la puerta con cuidado y se queda dormido al ritmo del rebobinado y reproducción del tío y el padre de Laura.

Laura tiene la mirada clavada en la televisión cuando escucha que se abre la puerta a sus espaldas. Siente un cosquilleo en la piel, escalofríos. Se queda ahí, paralizada. Están solos él y ella en el departamento; escuchó cuando Bo se fue, escuchó parte de su conversación, aunque intentó no escuchar nada por respeto. Siente que interfirió tanto en su relación que al menos debería mantenerse al margen de su despedida y permitirles que eso sea sólo suyo. Así que se quedó en la cama, con los ojos bien abiertos, sin poder dormir a pesar de la hora, en una recámara que olía a Solomon, ese mismo aroma que percibió en el bosque el día que se conocieron.

Sintió su presencia antes de percibir su olor.

Percibió su olor en el viento mucho antes de verlo.

Lo observó largo rato antes de que él se percatara de su presencia.

Mientras lo miraba oculta tras un árbol sintió el deseo abrumador de que él la viera. No como cuando era niña. En ese entonces observaba a otros niños jugar en el bosque y quería jugar con ellos, pero sabía que no era prudente; por lo tanto, la mayor parte del tiempo se conformaba con observarlos. Le parecía que era suficiente. Sin embargo, aquel día que conoció a Solomon en el bosque, perdió la razón y no quería otra cosa que no fuera captar su mirada. Deliberadamente hizo un ruido para que él volteara a su alrededor. Ese momento cambió su vida. No fue la muerte de su madre, ni que Gaga la llevara a vivir a la cabaña Toolin, ni la muerte de su padre. El mayor riesgo que Laura podía tomar era hacer un sonido para que Solomon la viera. Nunca había visto un hombre como él y ansiaba captar su mirada.

Y, por un instante, en aquel bosque, él fue suyo.

Después, todo cambió; su vida se dividió entre antes y después de conocer a Solomon.

Pasa saliva, con un nudo en la garganta. Ha soñado con sentir las manos de Solomon en su cuerpo, sus besos en su piel; ha imaginado cómo se sentirá el contacto con su cuerpo. ¿Será gentil o fuerte? ¿Cómo besará? Algunas veces lo vio de reojo con Bo; ha visto la ternura de la que Solomon es capaz y se pregunta si sería así con ella o si sería distinto. No puede evitar preguntarse cómo sabrá su piel, cómo se sentirá su lengua. Desde que lo vio, no ha logrado frenar esos pensamientos.

Sabía que no estaba bien sentirse así. Intentó reprimirlo, pero la atracción era demasiado fuerte. Mamá y Gaga le habían enseñado que no hay peor mujer que la que le arrebata el hombre a otra. Ellas la verían con malos ojos; ella misma se veía con malos ojos, a pesar de que sólo fueran pensamientos privados. Se había aferrado a él, como un salvavidas, sin pensar en nadie más. Pensó que ayudaría estar del otro lado del mundo, en Australia, lo más lejos posible de él, pero no sirvió de nada. Creyó que conocer otros hombres la distraería. Quizá sentía eso porque él era el único que conocía, y por eso todo era tan intenso. Pero tampoco fue el caso. Parecía irónico, romántico y un poco enfermo que el primer hombre al que conoció fuera el único al que querría jamás.

Ninguna distracción posible sirvió. Y su aroma... No era sólo la colonia, sino su piel. Dormir en su habitación, vivir en su casa, era como estar entre sus brazos. Cuando se acostaba boca abajo y hundía la cara en la almohada, era como hundir la cara en él. Laura emitió ligeros gemidos de frustración porque no le bastaba. Estar rodeada de él, fuera de él, cerca de él. No era suficiente. Por eso se sentó en el sofá, para distraerse.

Teme respirar al percibirlo a sus espaldas. Cierra los ojos mientras el documental se reproduce, e imagina que Solomon se acerca, le besa el cuello, la toma de las caderas y le acaricia todo el cuerpo. Se sobresalta al pensar esas cosas cuando está tan cerca de él, abre los ojos y se concentra tanto como puede en el documental, en lo que dicen su padre y su tío. El corazón le retumba, pero no por ver a su padre en vida.

Hasta el momento, ver el documental no la ha reconfortado en lo absoluto. De hecho, se siente más sola que nunca. Esperaba sentirse conectada, arraigada, que su mente dejara de flotar a la deriva y aterrizara en lo que ocurre en el presente. Empezar a sentir, empezar a oír, empezar a producir sonidos de nuevo. Sin embargo, mientras ve el documental no puede evitar pensar que ella estuvo apenas a unos metros de la filmación y no hay rastro alguno de ella ni pista alguna de su existencia.

—¿Nunca quisiste tener esposa? ¿Hijos? —pregunta Bo en el documental, y Laura se endereza.

Joe niega con la cabeza. La pregunta le parece divertida y lo intimida un poco. ¿Una *mujer*? A pesar de las arrugas en el rostro, parece un chiquillo cuando habla de ese tema.

—Estoy muy ocupado. Con la granja. Mucho que hacer.

—Además, ¿quién se fijaría en él? —dice Tom en tono burlón.

—¿Y tú, Tom? ¿Alguna vez pensaste en casarte y tener una familia?

Tom se tarda más en reflexionar la pregunta que su hermano.

—Todo lo que tengo, todo lo que necesito, está aquí, en esta montaña.

Laura pone pausa. El corazón le retumba en el pecho, pero esta vez sí es por su padre. Rebobina la cinta y vuelve a reproducirla. Ve a Bo hacerles la misma pregunta a los dos hombres con gorros que están inclinados sobre fardos de heno. La fotografía de Rachel es tan extraordinaria que la toma de los gemelos idénticos por sí sola es cautivadora. Envejecieron exactamente de la misma manera.

Laura rebobina y reproduce de nuevo.

Su padre.

—Todo lo que tengo, todo lo que necesito, está aquí, en esta montaña.

En esta montaña.

Laura siente que el corazón le va a explotar. Para no caer en una espiral, examina el paisaje para asegurarse de que sea la montaña correcta. Por si acaso. Tal vez hay otra hija en otra montaña, tal vez hubo otra mujer en la vida de Tom después de Isabel. Laura está segura de que no fue así, pero, por si acaso, tiene que entender a cabalidad algo tan grande como esto. Rebobina de nuevo. Reproduce.

Después de la cuarta reproducción, está segura. Tom tuvo tiempo para pensarlo, tanto que Joe volteó a verlo con su tímida sonrisa de chiquillo y se rio burlonamente de que a su hermano le preguntaran por mujeres.

¿Qué había en la montaña de Tom? Joe, su casa, su negocio, sus ovejas, sus perros, sus recuerdos... y sí, Laura. Ella vivía en aquella montaña, lo que implica que también la incluyó. Quizá no la amara de la forma convencional en que los padres aman a sus hijas, pero la reconoció, la validó, la valoró. Y eso es lo más importante para ella.

No es sino hasta entonces que recuerda que Solomon estaba atrás de ella. Se da media vuelta con una gran sonrisa. Pero él se ha ido. La puerta de su recámara está cerrada. La sonrisa se esfuma casi al instante, hasta que recuerda las palabras de su padre. Laura se va a la cama, sintiendo que su padre le dio el abrazo que ella tanto anhelaba y que no había recibido hasta entonces.

40

Solomon da un ligero golpecito a la puerta de Laura. Al principio titubea, pero luego vuelve a tocar con más confianza.

—Laura, yo...

Laura abre la puerta. Sólo trae puesta una camiseta de Solomon. Lo mira fijamente, con los ojos verdes somnolientos entrecerrados por la falta de luz. Exuda un aroma dormilón, el acogedor aroma de la cama tibia, y Solomon no ansía nada más que acostarse con ella, en ella. La mira de arriba abajo mientras ella se tapa los ojos; sus piernas largas, los delgados muslos que desaparecen bajo su camiseta.

—Perdón por tomar tu camiseta —Laura se disculpa—. Debí pedirte permiso, pero... —no se le ocurre una excusa, y a él no le importa.

—No te disculpes. Está bien. Genial. Digo, eres genial. Es genial verte —dice torpemente. El cuello de la camiseta es demasiado ancho para ella. Tiene tres botones que están abiertos y dejan ver la curva de su busto. Una de las solapas se abre y, si Solomon se inclinara hacia el frente, probablemente alcanzaría a verle... Laura mira el plato que trae Solomon en la mano—. Ah, sí, te hice ensalada de pollo. Con granada. Sólo porque ahora está de moda ponerle granada a todo —dice. Laura le sonríe, agradecida—. Deberías comer antes de ir al estudio. Esto es mejor que la basura que sirven ahí. —Solomon baja la mirada al plato—. O quizá no —siente que está siendo intrusivo. Es un hombre adulto que ansía con desesperación acostarse con esa mujer, y debería actuar en consecuencia. Pero el problema es que no puede acostarse con ella. Le haría daño. Hasta el momento es lo único que ha hecho. Solomon se endereza, retrocede un paso y se da cuenta de que prácticamente la acecha—. Debemos irnos en unas horas. Dormiste toda la mañana.

—Anoche tuve insomnio —a Laura parece aterrarle pensar en el programa de esta noche.

—Yo también —sus miradas se encuentran. Solomon podría jurar que ella lo hipnotiza. Trata de romper el encanto—. El programa empieza a las ocho. Eres la última en presentarse. No es necesario que llegues antes de las seis. Es un poco más tarde de lo habitual porque no quieren que te abrume pasar demasiado tiempo ahí. Harán las pruebas de sonido sin ti.

—¿Y el ensayo? —pregunta ella, confundida.

—Dicen que no es necesario. Estarás bien, Laura. Es el último programa. Serán los últimos dos minutos que pases en ese escenario. Sácales provecho.

—Había empezado a sentirme mejor hasta que dijiste eso.

—Me refiero a que necesitas demostrarles quién eres. De hecho, no necesitas demostrarles nada. Sólo sé tú misma. Y ellos lo verán —cuando ella le sonríe, él se ríe—. Soy bastante malo para esto, ¿verdad? La última vez que abrí un concierto de alguien más, veinte personas se fueron antes del evento principal.

Laura se ríe entre dientes.

—Tal vez podrías hacerlo por mí también. Sería más fácil.

Laura toma el plato de manos de Solomon y se dirige a la mesa de la cocina. Se sienta a comer, y él la observa. Laura cruza las piernas. Está descalza. A Solomon se le acelera el pulso. Debería irse, pero no puede dejarla sola en el departamento, sobre todo después de que ella le confiara la responsabilidad de llevarla al estudio sana y salva. Si la deja sola, quizás intente volver a trepar balcones ajenos.

Solomon sonríe al recordar lo que ocurrió anoche.

—¿Qué?

—Nada —se sienta al otro lado de la mesa. Siempre que piensa que debe alejarse de ella, hace justo lo contrario. Además, la forma en que ella lo mira lo distrae demasiado—. Pensaba en tu experiencia ninja de anoche.

Laura se muerde el labio.

—Qué bueno que el esposo nunca salió.

—Si vienen a buscarte, huiré y te dejaré a tu suerte —Solomon se inclina sobre la mesa, apoya la cabeza sobre los brazos cruzados y alza la mirada.

—Oye —dice ella y le da una ligera patadita por debajo de la mesa.

Silencio. Solomon la mira comer. La mira pensar y examina las franjas de su ceño. Su seriedad lo hace sonreír. Todo lo que ella hace le saca una sonrisa. Sin embargo, cuando ella lo voltea a ver, el rostro de Solomon se contrae al intentar disimular esas sonrisas reveladoras. Siente el entusiasmo inocente de un chico de doce años.

—La vez pasada tuve que ensayar dos días. Era una rutina de baile complicada. Esta semana, nada. No sé cómo tomarlo —lo mira a los ojos—. ¿La viste?

Solomon no para de sonreír, y ahora Laura cree que se burla de ella.

—Claro que la vi —contesta él—. Fue terrible —Laura gruñe, echa la cabeza hacia atrás y estira el largo cuello—. No fue tu culpa. Bo le sugirió al director artístico que hiciera alguna conexión con el bosque, pero Ricitos de Oro y los tres osos no era precisamente lo que ella tenía en mente. No fue tu culpa.

—Le dije a Jack que no quería hacerlo, pero me preguntaron si tenía alguna otra sugerencia y no supe qué decir.

—Así que era eso o nada.

Laura asiente.

—¿De verdad fue tan horrible?

Solomon recuerda cómo se sintió al verla. Era como si no la hubiera visto en mucho tiempo: se mudó al hotel, fue a Australia, se sintió completamente alejado de ella.

—Simplemente me dio gusto verte. Tenía tiempo sin verte —contesta Solomon. Laura sonríe y le brillan los ojos—. Pero sé que puedes hacerlo mucho mejor. Bo prepara algo especial para esta noche. Se ha esforzado mucho. Creo que quiere redimirse, demostrarte que le importas —él ansía hacer lo mismo, pero no sabe bien por dónde empezar.

—Bo no me debe nada —Laura frunce el ceño—. Los errores son sólo míos. Debo hacerme responsable de ellos.

—Bueno, hablando de hacerse responsable… Lo que pasó con Rory… —empieza a decir Solomon. Laura hace una mueca de dolor. No quiere volver a pensar en ello. Solomon se endereza—. Te fallé. En grande. Jamás me perdonaré por eso, pero quiero que sepas que lo lamento. Debí protegerte mejor. Simplemente no quería… Pensé que debía darte espacio. Sin importar los motivos, sin importar mis motivos, no quería abrumarte ni estorbarte en este nuevo camino que empezabas a recorrer —Solomon la mira a los ojos y se pregunta si debería continuar.

—Te vi por primera vez hace tres años —ella lo interrumpe de repente, como si no hubiera puesto atención a lo que él le decía, aunque sabe que sí lo hizo, que lo escuchó con atención—. En la montaña. Mientras recolectaba comida. Buscaba un sauco. Tom los había podado todos porque quería evitar que los setos dañaran al ganado, lo cual me molestó porque las moras son deliciosas en agosto, y las flores… bueno, eso no importa.

—Continúa —le ruega Solomon.

—Las flores son las verdaderas estrellas. Les dan un exquisito sabor a los vinos, las bebidas y las jaleas. Gaga solía hacer un delicioso licor de flor de sauco que tardaba seis meses en destilarse.

Tenía una misión. Quería encontrar un sauco que Tom y Joe no hubieran destruido, así que me alejé más de lo habitual. Al salir del bosque, estabas ahí, con los ojos cerrados, los audífonos alrededor del cuello y el bolso colgado del hombro. En ese entonces no sabía quién eras ni qué hacías ahí. Ahora sé qué era lo que escuchabas, los sonidos, pero en ese momento lo único que supe era lo apacible que te veías.

—Yo no te vi.

Ella niega con la cabeza.

—No quería que me vieras.

—¿Eso fue hace tres años?

—En mayo —el cuatro de mayo, si mal no recuerda. Y no sólo porque era la época de floración del sauco—. Le pregunté a Tom por ti. Me dijo que hacías un programa de televisión. Y que te gustaban los sonidos. Eso fue lo que me dijo —pasa saliva con dificultad, como si fuera a hacer una confesión—. Te espié varias veces.

—¿En serio? —Solomon sonríe y el corazón se le acelera—. Ojalá te hubieras acercado.

—Deseaba hacerlo —contesta Laura en voz baja—. Cada día que pasaba y no te veía, deseaba que me hubieras visto. Cuando te veía, no me animaba. Así que, esta última vez que te vi en el bosque, después de tanto tiempo, supe que no podía arriesgarme a que ocurriera de nuevo. Por eso hice el sonido. Quería llamar tu atención.

Lo mira por debajo de sus largas pestañas curveadas. Siente alivio de haber revelado la verdad.

—Bueno, pues sin duda llamaste mi atención —dice él y extiende ambos brazos sobre la mesa para quitar el plato de en medio y tomarla de las manos.

Laura desea que Solomon la bese.

Solomon ansía besarla con desesperación. Rodea la mesa, le pone una mano en la mejilla y la jala hacia él. Al principio la besa con dulzura y se separa para mirarla a los ojos, para asegurarse de que todo está bien. Laura tiene las pupilas dilatadas, y el delgado aro verde que las rodea parece emanar luz propia. Laura cierra los ojos y lo besa con ansias.

Laura lo percibió con todos los sentidos. Sintió su presencia antes de percibir su olor. Percibió su olor antes de verlo. Lo vio antes de que él la viera a ella. Lo conoció antes de que él la conociera. ¿Y él? Él la amó mucho antes de besarla.

41

Conforme Laura y Solomon se acercan en la camioneta, la tensión, la adrenalina y la emoción que emanan de Slaughter House se vuelven cada vez más viscerales. Hay cientos de fanáticos afuera, contenidos por barreras metálicas, que agitan carteles, sostienen cámaras y cantan las canciones de sus artistas favoritos, los cuales no tienen nada que ver con el programa de talentos, pero sirven para unir a la gente en su entusiasmo compartido. Al acercarse la camioneta de Laura, los fanáticos la ovacionan, y el ruido de todas esas voces hace que Laura sienta un vuelco en el estómago. Solomon también lo siente, a pesar de que él ni siquiera se acercará al escenario. No culparía a Laura si decide huir. No le debe nada a nadie.

Los elementos de seguridad en su uniforme negro de combate, chalecos reflejantes y radiocomunicadores acordonan la barrera metálica y la entrada a Slaughter House. Los medios también están presentes; ahora que el programa tiene éxito a nivel mundial, hay más fotógrafos y periodistas que nunca que intentan con desesperación alcanzar a ver quiénes llegan. Ya no se trata tanto de quién va a ganar, sino de averiguar si Ave Lira se presentará en el escenario. StarrGaze no es una productora ingenua y sabe lo que el público y los medios quieren, así que no está ansiosa de proteger a Laura, sobre todo después de que los mantuviera toda la semana en la incertidumbre de si se presentaría en vivo o no. Por lo tanto, a pesar de la gran lealtad que Michael ha desarrollado por Ave Lira, les advierte que abrirá la puerta del auto que da hacia donde están los medios de comunicación.

Cuando Michael se baja del vehículo, Laura y Solomon saben que no les queda más de un minuto antes de que se desate el frenesí. Solomon le toma la mano y se la estrecha. Están lejos de su lecho aislado del mundo, en donde podían explorarse mutuamente en absoluto silencio, paz y serenidad. Una tarde entera de acariciarse como habían fantaseado desde hace mucho tiempo.

Ahora ambos están expuestos. La puerta trasera de la camioneta se desliza, y sus manos se separan. Algunas cosas son y deben permanecer sagradas. Laura se asoma, y la reciben los *flashes*, el mar de cámaras, rostros, gritos y ovaciones. También hay algunos abucheos de gente que aún le recrimina la juerga.

Michael asiente para demostrar su apoyo, le tiende la mano, y ella la toma. Es una mano grande, firme, cálida y fuerte, la cual ha noqueado a más gente de la que Laura puede imaginar, pero en este instante es un contacto gentil que la guía. Laura se desliza sobre el asiento de cuero para proteger su intimidad de las cámaras que apuntan hacia sus piernas. Ya aprendió la lección. Trae puesta otra de las camisas de Solomon, una camisa verde de cuadros, ajustada con un cinturón marrón de cuero y botines color marrón con una franja de gamuza que rodea los tobillos. Bajo la camisa trae puesta una blusa ajustada de mezclilla, y tiene los brazos cubiertos de brazaletes. La revista *Grazia* definió su estilo como *Ave Lira Chic*. El público se estremece, los medios le piden entrevistas a gritos. Sin saber bien qué hacer, Laura los saluda con la mano, les sonríe tímidamente a los detractores y le permite a Mickey escoltarla a la puerta. Una vez adentro la recibe Bianca, quien esboza una sonrisa de oreja a oreja.

—Bienvenida —le dice alegremente, sin una pizca de sarcasmo—. Iremos directo a peinado y maquillaje. No tenemos mucho tiempo. Los demás ya hicieron pruebas de sonido y están vestidos y maquillados. Ahora dan entrevistas y están listos para la presentación. Tú no harás prueba de sonido y serás la última en presentarte, a las siete cuarenta y cinco —Bianca baja la voz y susurra con emoción—. Te va a *encantar* lo que hicieron. Vamos.

Bianca emprende el camino, y Ave Lira y Solomon la siguen.

—¿Tomaste pastillas para la felicidad o algo, Bianca? —le pregunta Solomon, y Laura sonríe.

—Vete a la mierda, Solomon —contesta Bianca.

—Ésa es la Bianca que yo conozco.

Bianca hace un esfuerzo por disimular la sonrisa. Los guía al vestuario y, al entrar, se encuentran a Bo, acompañada de un hombre al que Laura no ha visto nunca.

—Laura. Solomon —dice Bo, un poco nerviosa, mientras pasea la mirada entre ambos. Laura siente el calor del sonrojo al recordar lo que Solomon y ella hicieron durante el día. Las mejillas la traicionan, y Bo debe darse cuenta, pero no dice nada al respecto—. Les presento a Benoît. Es el director artístico del programa de esta noche. Trabajó con Jack en algunas de sus giras, y Jack le pidió que viniera a ayudarte. Es un genio en lo que hace —comenta Bo, incapaz de contener la emoción.

Benoît es un tipo calvo que viste totalmente de negro, pero es el negro más sedoso y refinado que Laura ha visto jamás. Usa gafas redondas de armazón dorado y tiene una postura y porte elegantes. Cuando habla, su voz es relajante, hipnótica, lírica.

—Es un honor conocerte, querida Ave Lira —dice Benoît y toma a Laura de la mano con delicadeza—. Soy un gran entusiasta de tu trabajo. Espero que te agrade lo que diseñamos para ti esta noche.

—Nada de paseos por el bosque, ¿verdad? —pregunta Solomon.

Benoît luce ofendido ante la sugerencia de que se atrevería a imitar el desastre de la semifinal.

—No, queridos. Este programa está en manos de profesionales. En fin, no tenemos mucho tiempo —señala, impaciente.

—¡Qué gusto que estés aquí! —le dice Caroline a Laura—. Ya verás que guardamos lo mejor para el final.

Laura sonríe al sentirse tan apreciada y rodeada de afecto y alegría. Benoît se sienta junto a ella.

—Ave Lira... ¿Te importa si te llamo Ave Lira? Conozco demasiadas Lauras, pero nunca había conocido un Ave Lira.

Laura sonríe.

—Para nada.

—Excelente —se inclina hacia ella—. Tenemos una escenografía espectacular preparada para ti esta noche. Lo que Bo hizo es... cautivador.

—¿Qué tengo que hacer?

—Sólo tienes que ser tú misma. No hay guion ni vergonzosos bailarines sin camisa vestidos de oso ni nada por el estilo. Sólo tú y lo que tú desees hacer —le explica. A Laura se le desorbitan los ojos del terror, y Benoît suelta una carcajada benevolente—. Lo sé, querida. Ser uno mismo suele ser aterrador. Esta noche... —le muestra un dibujo hecho en un cuaderno— he diseñado una jaula de tamaño humano. Sólo que no es para un ave, sino para ti, querida Ave Lira. Es de bronce pulido; una amiga muy querida me hizo el favor de construirla especialmente para hoy. Fue un encargo costoso, pero necesario, y creo que los productores de *StarrQuest* coincidirán conmigo. Colgará del techo del escenario. Hice que soldaran refuerzos especiales en el techo para asegurarnos de que aguante el peso. Y lo hará. Ya la probamos —cierra los ojos y extiende los dedos—. Es perfecta. Adentro hay un columpio. Te sentarás en él. Habrá una pantalla en el escenario sólo para ti. Necesito que la veas. Observa las imágenes, absórbelas, desbórdalas... haz lo que consideres necesario. En esa pantalla habrá imágenes, y tú podrás producir los sonidos que desees. Es tu historia, tu momento. Te hemos arrebatado de ti misma en las últimas semanas... —es honroso que se incluya en la acusación, a pesar de que él no tuvo nada que ver con los programas anteriores—. Pero ahora te devolveremos. Exprésate como lo desees.

Laura observa el dibujo sencillo y sonríe.

—Gracias.

—Tu vestuario será un leotardo delgado. Dorado. De la seda más fina posible. Caroline le cosió a mano trescientos delicados brillantes. Y tu modestia estará protegida por ropa interior color piel. Es exquisito, ¿verdad?

—Guau.

—¿Ves la forma en que los cristales capturan la luz? Es obra de Caroline.

Caroline sonríe, emocionada, y se sonroja.

Laura acaricia la hermosa seda y los cristales que relucen al moverse. El leotardo parece demasiado pequeño para ella. Laura voltea a ver a Solomon, quien alza las cejas con mirada sugerente.

—*Oui*, despertarás muchos apetitos con este atuendo —dice Benoît con una sonrisa.

Laura mira a Bo con expresión nerviosa, y Solomon baja la mirada al suelo. Bo retrocede, desvía la mirada hacia las paredes y los percheros y los vestuarios. Prefiere mirar cualquier otra cosa que no sean ellos.

Benoît regresa al tema del vestuario, sin disimular el entusiasmo.

—Caroline, por favor muéstrale el detalle final.

No deja de mirar a Laura ni un instante. Absorbe su reacción con ansias de averiguar si a ella le agrada o no lo que está a punto de ver. Laura decide fingir que le encanta. Es evidente que han puesto mucho esfuerzo en todo esto. Laura se da cuenta de lo importante que es este momento para él y se lo agradece. Pero fingir es innecesario, pues lo que Caroline le muestra la deja sin aliento. Al instante se le llenan los ojos de lágrimas de tan hermoso que es.

Benoît está fascinado con su reacción y no puede evitar aplaudir alegremente.

—Una cosa hermosa para una mujer hermosa.

—¡Guau! —exclama Solomon.

Es un par de alas, un hermoso y enorme par de alas que Laura llevará en la espalda. Relucen con los mismos brillantes que el leotardo, pero multiplicados por miles.

—Diez mil en total —susurra Caroline, como si hablar a un volumen normal fuera a quebrar las frágiles alas. Pero no parecen frágiles. Son grandes y fuertes. Tienen una longitud de 1.80 metros. Son grandes y majestuosas, y su brillo dentro del vestidor es tan imponente que Laura es incapaz de dimensionar el impacto que tendrán en el escenario.

—¿Puedo...?

—Sí, sí, por supuesto. Son tuyas —contesta Benoît.

Laura se pone de pie para tocarlas.

—¿Tú hiciste todo esto? —le pregunta a Caroline.

—Lo hicimos juntos. Con los diseños de Benoît. Fue... —los ojos se le llenan de lágrimas—. Bueno, fue apasionante crear algo tan hermoso. Me hizo recordar mis tiempos en la universidad... Y, bueno, te lo mereces.

—Gracias —susurra Laura.

Al tomar las alas, la estancia se llena del sonido del aleteo de un ave grande, un águila calva que aletea en cámara lenta, aunque pocos puedan reconocerla. El sonido inunda la habitación, y todos se paralizan y se quedan boquiabiertos. Laura cree que quizás agregaron el efecto de sonido a las alas hasta que se da cuenta de que es ella quien lo ha producido.

Caroline se lleva la mano al corazón.

—Te lo dije, Benoît —susurra.

—Voz de profeta —le contesta Benoît mientras la mira, fascinado. Se pone de pie, con la espalda erguida, y hace una reverencia como si estuviera frente a Laura por primera vez—. Hora de trabajar, Ave Lira. Hay mucho por hacer.

—Para la jaula me inspiré en mi película favorita. *Zouzou.* ¿La conoces? —le pregunta Benoît mientras la ayudan a vestirse. Laura niega con la cabeza. Benoît inhala a través de la quijada apretada—. Sacrilegio. Ya la verás. Mañana, el mundo entero la verá. En ella, Josephine Baker, la primera actriz negra en actuar en una película, canta como un ave enjaulada. Trina y se mece. Es una escena importante. Una película esencial.

Mientras Benoît habla, Laura intenta captar lo que ocurre en el programa. Ya empezó. Hay seis presentaciones en la final. Las cortinillas que se filmaron a principios de la semana o durante el transcurso del día de hoy en las que figuran los otros seis huéspedes de la mansión evidencian la importancia que tiene este momento en sus vidas.

—Es ahora o nunca.

—Matar o morir.

—Cantar como si mi vida dependiera de ello.

—La presentación de mi vida.

—Lo hago por mis hijos. Para que estén orgullosos de su mamá.

Benoît interviene.

—Estarán orgullosos de ella de cualquier manera. Pero eso ya lo sabemos, ¿cierto, Ave Lira?

Laura asiente. Benoît emana una vibra tranquilizante, como si fuera un nigromante omnisciente que ha vivido esto miles de veces. Sólo sus creaciones importan. Todo estará bien. Laura se relaja.

La presentación de Alice y Brendan es impecable y deslumbrante. Han elevado los estándares al arriesgarse y usar fuego, agua y espadas que vuelan por los aires. Alice exuda un aire fuerte y poderoso. Brendan es esbelto y mordaz. En conjunto, son una máquina.

Serena, la soprano, recibe la ovación de pie más larga en la historia del programa.

Sparks controla sus manos temblorosas. La gimnasta de doce años brinca, da vueltas de carro y salta a través de aros de fuego.

Nadie se equivoca.

Rachel y su esposa Susie llegan acompañadas del nuevo miembro de su familia, Brennan. Laura sostiene al pequeño bebito en brazos y se pierde en su llanto. Y luego, cuando Alan se dirige hacia el escenario, se escuchan radiocomunicadores en el pasillo, seguidos de un golpe a la puerta que le revuelve el estómago a Laura. Vienen por ella. Es hora de irse. Laura mira a Solomon, quien voltea a ver de reojo a Bo con expresión nerviosa.

—Ay, ¡por Dios! Ya, bésala —exclama Bo y desvía la mirada hacia la pared.

Rachel abre los ojos como platos, sin saber bien lo que pasa, mientras Solomon besa a Laura en la boca con ternura.

—Sólo sé tú misma —le susurra al oído—. Tanto como puedas serlo con un leotardo dorado y alas de casi dos metros.

A Laura se le escapa un resoplido, y ambos se ríen mientras se separan.

—Qué encanto —dice Benoît, en un intento por disimular su falta de interés, aunque el brillo en su mirada pícara lo delata.

Escoltan a Laura al escenario, con las alas cerradas. Benoît le dio instrucciones de que no las abriera hasta que estuviera en la jaula, pues de otro modo no cabría por la puerta. Laura espera tras bambalinas y observa mientras Alan cautiva al público. Su acto está afinado a la perfección y parece salirle natural, a pesar de las horas que ella sabe que le ha invertido. El acto consiste en que Mabel le dice que quiere terminar con él. Va a dejarlo. Conoció a otro hombre. Un hombre que la hace sentir distinta y sonar distinta. Ese hombre se llama Jack Starr. En medio de los aplausos, Jack sube al escenario y mete la mano en la marioneta, lo cual es extraño para Mabel, pues sólo un hombre la ha tocado de esa manera. Tan pronto abre la boca, suena del todo distinta, pues ahora su voz es más grave y ridícula. Es la segunda marioneta en la que Alan ha trabajado, cuyas expresiones faciales puede manejar a control remoto.

Alan discute con Mabel, quien le pide que regresen. Pero Alan se niega. Se detiene en la orilla del escenario, con los brazos cruzados, y se gritan el uno al otro, mientras Jack, quien está entre los dos, se ríe tanto que le lloran los ojos. Finalmente, Alan accede a regresar a los brazos de Mabel, y entonces vuelven a ser uno mismo.

El público enloquece.

Lo logró.

Y luego, cuando Alan termina, llega la hora de reproducir la cortinilla de Laura. Escucha su propia voz, una voz honesta que habla sobre un viaje, sobre cómo ha cambiado su vida. No es nada del otro mundo; es ella y es la verdad. Mientras oye su voz, la voz que el país entero escucha en vivo, Alan pasa a su lado y le aprieta la mano y le da un besito en la mejilla.

—Tú puedes.

La jaula desciende del techo del escenario y, aunque se supone que el público debe guardar silencio, no pueden contener la sorpresa. La puerta de la jaula se abre para dejar entrar a Laura. Benoît se quedó corto. No es una jaula modesta como la del esbozo, sino una compleja obra de arte, cuyos barrotes parecen torcerse como enredaderas en las que crecen hojas de bronce pulido. Laura se sienta en el columpio; a sus espaldas, alguien le engancha un arnés de seguridad, y entonces se cierra la jaula. Lentamente se eleva por el aire. Las piernas y el cuerpo centellean con el movimiento, lo cual atrae todas las miradas. Se siente hermosa, siente que reluce, se siente mágica y vulnerable al estar atrapada en esta jaula que cuelga en las alturas. Se endereza, en posición perfecta para el columpio. Aunque no sabe qué va a ocurrir, sabe que debe poner atención a la pantalla.

—He recorrido un largo camino —dice, mientras mira la pantalla—. Pero aún hay mucho por delante. ¿Mi sueño? Mi sueño es extender las alas y planear alegremente hacia el futuro.

Se encienden las luces; no todas, sólo un reflector que la ilumina. Laura enciende la pantalla y observa. Reconoce escenas del documental de Bo, *Los gemelos Toolin*. Vistas amplias desde el cielo que recorren las montañas de Gougane Barra, los campos de viento, las granjas de ovejas. Su montaña, su hogar. Las copas de los árboles. Laura cierra los ojos un instante e inhala profundo. Se siente casi como si estuviera en casa. Imagina sus caminatas matutinas, salir a recolectar, estirar las piernas, ejercitarse, explorar. El sonido de sus pies al entrar en contacto con la tierra suave, la lluvia al golpear las hojas de los árboles, las cuatro estaciones de la vida en la naturaleza. Las aves, furiosas, alegres, pendencieras, constructoras, hambrientas. Sonidos lejanos de tractores, de sierras eléctricas, de vehículos.

Su cabaña. Su casa. Piensa en el agua que hierve en la estufa, en el crujido de la leña ardiente durante las noches de invierno en las que oscurece tan rápido que ya no se puede salir de casa después de las tres de la tarde. Cebollas fritas, cuyo aroma inunda la habitación, cebollas de su propio jardín. El cacareo del gallo que la despierta, las dos gallinas que ponen huevos cada mañana, el crujido de la cáscara de huevo al estrellarlos contra la sartén, el burbujeo del huevo frito, el mugido de la cabra que le daba leche. El sonido de una noche tormentosa, el viento que sopla en el cobertizo. Los ronquidos de Mossie, los búhos, los murciélagos.

Hay una fotografía de la casa en la que vivía con Gaga y Mamá. El taller. Jazz, la grabadora, la máquina de coser, el hierro ardiente, el sonido repentino del vapor, las tijeras para cortar tela, las tijeras que aterrizan sobre otras herramientas cuando Gaga las deja caer.

Una fotografía de Mamá y Gaga. El chasquido de las copas, las risas y carcajadas de dos mujeres que se adoraban entre sí, que vivían la una para la otra, que sólo se tenían la una a la otra, y sólo se querían la una a la otra, aunque hicieron espacio en su corazón para una más.

Una fotografía del Slaughter House. La primera presentación en vivo de Laura. Jack con su goma de mascar, luces, cámara, acción, el aplauso de la multitud. El conteo, los radiocomunicadores de los guardias de seguridad, la infame noche de juerga. Fotografías en la prensa. *Flashes*, insultos, la chica en el baño que se rehusó a ayudarla, la que quería una foto con ella, los tacones en el suelo de losa, el azote de las puertas del baño, los pestillos al abrirse y cerrarse, el agua que corre por el inodoro, el rugido de los secadores de manos. Cristal que se rompe, *flashes*, gritos de la prensa, su nombre en boca de todos, rostros y sonidos borrosos. La confusión, el inodoro, los ecos, el vómito. ¿Estás bien? La vergüenza, ayuda, ayuda, pero nadie ayuda.

Todos los ruidos de la ciudad de Dublín. Demasiados sonidos que apenas si puede procesar. Ambulancias, sirenas, máquinas para hacer capuchino, cajeros automáticos, timbres de celular, mensajes recibidos, cajas de supermercado, videojuegos, el zumbido de los autobuses al frenar, sonidos desconocidos y nuevos.

La estación de policía. Una foto de Laura al salir de ahí en la que intenta cubrirse el rostro.

—¿Estás bien? —escucha la voz de la policía que la ayudó.

De repente, se acaba el video. Y se ve a sí misma. Se mira a sí misma en la pantalla: mujer ave que refulge bajo las luces. El viaje la trajo al presente.

¿Qué sonidos le corresponden al presente? Sonidos para el final de un viaje. Laura se queda callada.

Después de todo el esfuerzo de Benoît, olvidó las alas, olvidó que debía extender las alas. Nerviosamente jala el cordón que hace que se abran. Las alas se extienden con tanta fuerza que casi la levantan por los aires.

El público se queda boquiabierto. Laura los mira mientras ellos la observan.

No es el fin del viaje. Piensa en Solomon, en su carraspera incómoda, en su suspiro de satisfacción, en sus gruñidos irascibles, en los acordes de su guitarra. La alegría y la belleza de este día a su lado.

El sonido mágico de su madre cuando toca el arpa. Las olas que se rompen en la playa cerca de su casa. Las gaviotas. Ellos dos, solos, no necesitan a nadie ni nada. No es el final. Es apenas el comienzo.

Piensa en Rachel y su hermoso bebé Brennan, y de pronto lo escucha llorar en el estudio. Deben haberlo llevado al estudio, y Rachel y Susie se sentirán avergonzadas de que el bebé haya roto el silencio, pero a nadie parece importarle porque no voltean a su alrededor. La mayoría de los asistentes sonríe, algunos incluso se limpian las lágrimas. A Laura le agrada el llanto del bebé, pues no es un sonido triste. Podría escucharlo todo el día, y eso hace, mientras se mece en el columpio, con las alas bien extendidas.

Mira a un lado y ve a la gente que la trajo hasta aquí.

Bo llora.

Solomon la mira con orgullo, sonriente, con un brillo en la mirada.

Bianca solloza.

Hasta a Rachel se le dificulta contenerse. Brennan está dormido en los brazos de Susie, y entonces Laura se da cuenta de que es ella quien ha reproducido su llanto. Debió suponerlo.

La jaula desciende despacio. Laura se aferra al columpio hasta que por fin la jaula aterriza con delicadeza en el escenario. El público guarda silencio mientras desciende. Y entonces ya no sabe qué hacer. Aún no se acaba el tiempo. Tiene cinco segundos más. En la pantalla de arriba se despliega el cronómetro. Al quedar sólo un segundo, la puerta se abre de forma automática.

El toque final, cortesía de Benoît, la hace sonreír.

42

Laura y Alan están en el centro del escenario de *StarrQuest*. Entre los dos está Jack. A Laura no le importa y estira el brazo para tomar la mano sudorosa de Alan. En la otra mano, Alan sostiene a la leal Mabel, quien se tapa los ojos a la espera del resultado.

A sus espaldas, el resto de los finalistas esperan en la sombra. Sus reflectores se apagaron tan pronto Jack anunció que quedaron eliminados en la votación del público. Alice tiene el ceño fruncido. La gimnasta de doce años ya se peleó con sus padres en el pasillo. Ahora, mientras esperan los votos definitivos, la decisión está entre Alan y Laura.

A pesar de que la tensión crece a su alrededor, Laura siente que se le desborda la calma. Ella ya ganó. Logró lo que quería y mucho más. Ha abierto las alas de verdad. Se embarcó en una aventura y cambió su vida. Después de permanecer tantos años escondida, no volverá a ocultarse jamás.

Jack Starr abre el sobre dorado. Tiene pequeñas gotas de sudor en el ceño y arriba del labio.

—El ganador de *StarrQuest* 2016 es… ¡ALAN Y MABEL!

Laura esboza una enorme sonrisa. La puerta de la jaula ha vuelto a abrirse. Y, ahora, tiene la libertad de irse.

CUARTA PARTE

Entre finales de junio y mediados de julio, el canto del ave lira macho experimenta un cambio peculiar. Durante este periodo, rara vez ejerce su capacidad de imitación y, en vez de eso, se concentra en producir sus propias notas particulares para gorjear la larga y dulce melodía nupcial de su tribu. Es, sin lugar a dudas, la pieza más conmovedora de su amplio repertorio, y al menos durante quince días al año se esmera en ejecutarla a la perfección, para lo cual la ensaya una y otra y otra vez, desde que amanece y hasta que se pone el sol. Durante este periodo, la pareja de macho y hembra prácticamente no se separan. Recorren juntos un camino fijo por el bosque y la maleza y los helechos, pasan de un montículo al siguiente, y en cada uno de ellos el macho se detiene para exhibir su canto.

AMBROSE PRATT,
El repertorio del ave lira

43

Laura está sentada en el balcón. Trae puesta otra de las camisetas de Solomon. Sus largas piernas se extienden hasta donde los tobillos se entrecruzan sobre el barandal, y en las manos sostiene una tibia taza de té verde. Tiene los ojos cerrados y el rostro elevado hacia el sol matutino. Solomon la observa apaciblemente desde el sofá donde está tumbado. Rasga despacio la guitarra mientras compone una canción nueva y murmura palabras aisladas que intenta encajar en la composición. Jamás habría podido hacer esto frente a Bo; siempre necesitaba estar solo, pues ella lo hacía sentirse cohibido. Sin embargo, la presencia de Laura es relajante. Lo escucha y, en algunas ocasiones, imita el sonido de sus acordes. Él se detiene para escucharla, y ella hace varios intentos hasta que perfecciona el sonido. Él practica su canción; ella, la suya. Solomon sonríe y agita la cabeza al pensar en lo hermosamente extraño que es todo esto.

Laura abre los ojos y voltea a ver el periódico doblado que Solomon puso a su lado. Percibió que lo puso ahí antes de sentarse en el sofá a tocar la guitarra.

Lee el encabezado. AVE SOBERBIA.

—Me dijiste que nunca leyera estas cosas.

Él no deja de tocar la guitarra.

—Creo que ésta deberías leerla.

Laura suspira y baja los pies del barandal. Necesita plantarse en el suelo, prepararse para un posible ataque, aunque supone que, si Solomon se la puso ahí es porque debe ser positiva. Es una reseña sobre la final de *StarrQuest*, escrita por la crítica de televisión Emilia Belvedere. Laura se prepara para lo peor.

Mi madre era partera, pero se identificaba más como una entusiasta de la jardinería. Dedicaba la mayor parte de su tiempo libre a combatir una guerra contra las plantas invasoras que crecían en las grietas del pavimento y en el césped; se ponía de rodillas y las maldecía y amenazaba. Las grietas y las fisuras son guaridas cómodas para los hierbajos escurridizos cuyas semillas arrastra el viento. Arrancarlas de ahí es inútil. Dientes de león, cardos, lavándula, bledo, aquilea… Todos los archienemigos de mi madre. Recuerdo esta analogía en particular cuando examino el impacto de los actuales programas televisivos de talento en nuestra sociedad.

Los jueces, los cazatalentos, no son el viento que arrastra las semillas. Tienen algo en común con mi madre, en tanto que examinan lo que arrancan, pero (al menos al principio) carecen de su agresividad. Su propósito no es aniquilar, aunque es lo que muchas veces terminan por hacer. Encuentran algo peculiar, algo hermoso pero desorientado, y lo extraen de raíz. Luego lo ponen en un florero elegante, un lugar donde la hierba pueda exhibir su belleza. Convencen a la hierba silvestre de que compita con todas las otras hierbas silvestres que destacaban en sus propias grietas, en sus propios pavimentos, y que nunca habían tenido que pelear entre sí. Es la maravilla y la maldición de los programas de talentos. El agua del florero no es suficiente para hacer prosperar a las hierbas silvestres. Al haberlas sacado de raíz y haberlas reubicado, las hierbas no tardan en debilitarse en su nuevo entorno. No pueden crecer, no logran florecer, pues han perdido la tierra que les brindaba la vitalidad. Se pierden en lo desconocido, en un mundo artificial que carece de empatía.

El propósito de sus captores es ponerlas bajo los reflectores y mostrarle su belleza al mundo, pero los reflectores suelen aturdirlas o cegarlas.

He despreciado los programas de talentos desde sus orígenes. Es una hora de talento recién descubierto, desplegado en el lugar equivocado y nutrido de forma equívoca, si acaso. Quizá no somos testigos de que las ahoguen con vinagre concentrado, pero bien podrían hacerlo a escondidas. Este año, un programa de talentos me hizo cambiar de opinión: descubrieron la hierba silvestre más peculiar de todas y le permitieron crecer y florecer en la más distante de las fisuras…

Alan y Mabel merecieron ganar *StarrQuest*; fue una presentación agradable, entrañable, graciosa, que logró conmovernos con su velada desesperación. Pero Ave Lira se robó el corazón del país entero… o quizás incluso el del mundo entero. En una sola presentación, fue capaz de transportarme a mi infancia. Y eso no es algo que ocurra con facilidad. Por lo regular, ansiamos escapar, alejarnos de aquello que conocemos bien. Ave Lira, en cambio, me confrontó con el corazón de mis propias tinieblas.

Los sonidos de Ave Lira fluían y formaban oleadas que en ocasiones se traslapaban de forma maravillosa, de modo que es imposible que los espectadores los hayan escuchado en su totalidad, incluso si después vieron repeticiones del acto. Cada sonido resuena distinto en cada persona. Mientras lidiábamos con las repercusiones de uno, llegaba otro. En mi interior se abrieron puertas; las emociones brotaron de formas inesperadas por doquier. Sentí un murmullo en el corazón, un tronido en las entrañas, un nudo en la garganta, un ardor en los conductos lagrimales. Escuché mi infancia, mi adolescencia, mi juventud, mi feminidad, mi matrimonio, mi maternidad… todo en cuestión de dos minutos. Fue tan maravilloso, tan abrumador que tuve que contener el aliento y dejar fluir las lágrimas mientras veía a aquella quieta criatura en el columpio, dentro de aquella jaula, contarnos la historia de su vida. Una vida reflejada en sonidos, sus propios sonidos que también son partes de una vida que todos compartimos. Sus sonidos nos reunieron, convocaron una reunión colectiva de mentes y corazones.

Quizá careció de la pompa y circunstancia de las finales anteriores, y es probable que otros críticos señalen la ausencia de pirotecnia como un defecto, pero su fortaleza estuvo en la sutileza y majestuosidad. Tal refinamiento requirió un talento muy particular, pero, al haber dependido del diseñador Benoît Moreau, ayudado por la documentalista Bo Healy, no sorprende el resultado. Y, paradójicamente, claro que nos sorprendió. Estuvo lleno de humanidad, emoción y calidez. Fue brutal e intenso, pero también suave y gentil. Alcanzó la cima y luego nos dio un descanso, para finalmente ascender de nuevo. Sonidos discordantes acompañados de imágenes sutiles, suaves suspiros de aceptación frente a la melancolía inquebrantable.

La presentación de Ave Lira fue cautivadora, encantadora. No sólo fue un momento de auténtica magia televisiva en vivo, sino del tipo de magia que rara vez ocurre en la vida real. Sin importar qué haya transpirado en los cuarteles de *StarrQuest*, sin importar qué supuestas conversaciones o altercados hayan transcurrido ahí, fue lo correcto, lo justo, lo necesario. Lo correcto ganó. Como suele pasar, la gente olvidará lo que sintió durante esos dos minutos. Quizá se disipó en el tiempo que tardaron en poner la tetera, arropar a los niños, enviar un mensaje de texto o cambiar el canal, pero la sensación existió en ese instante, y nadie lo puede negar.

Ocurrió un cambio, no sólo en el género de los programas de talentos, sino también dentro de mí. Por ende, soy una crítica de televisión, una mujer dividida; soy aquella que era antes de ver la presentación de Ave Lira y la que soy a partir de entonces.

Preguntarle a Laura Button en qué momento exacto desarrolló esa habilidad es como pedirle a la humanidad que explique en qué momento dejó de ser simiesca. Es parte de su evolución. Sabemos que Laura vivió la mayor parte de su vida recluida, que pasó diez años en soledad, y que sus primeros dieciséis años vivió en aislamiento parcial con su madre y su abuela. Lo que sabemos es que los animales que viven aislados durante demasiado tiempo evolucionan de formas peculiares y extraordinarias. Laura no es la excepción.

El repertorio del ave lira se extendió a lo largo y ancho del mundo a gran velocidad. Salió de la fisura, de la grieta, y llegó a las profundidades de la mente y el corazón humanos.

La luz de los reflectores no favorece el crecimiento, sino la luz del sol. Es la lección que Jack Starr aprendió esta noche.

Los cazatalentos la encontraron; los entusiastas como yo apreciaremos el regalo que nos dio y la dejaremos ser ella misma y volar hacia la libertad.

Laura termina de leer la columna y se queda sin aliento, con los ojos llenos de lágrimas. Voltea a ver a Solomon, quien ha dejado de tocar la guitarra y la mira.

Solomon sonríe al ver su reacción.

—Te dije que valdría la pena —dice él. En ese momento, alguien toca a la puerta. Es domingo a las diez de la mañana, y Solomon no acostumbra recibir visitas—. Quédate ahí —le dice con expresión protectora mientras asienta la guitarra. Camina de puntillas a la puerta y se asoma por la mirilla. Es Bo—. Laura, es Bo —anuncia a toda prisa para darle la oportunidad de prepararse antes de abrir la puerta—. Hola, Bo —dice Solomon torpemente mientras abre la puerta y se acomoda un mechón de cabello atrás de la oreja.

Bo absorbe al instante su apariencia desaliñada.

—Espero no haber interrumpido… —empieza a decir y ve a Laura en el balcón. Parece aliviada de no haberlos interrumpido en un momento de intimidad—. ¿Puedo pasar? No será una visita larga.

—Claro, pasa.

Laura asienta la taza de té para ponerse de pie.

—No te levantes —Bo agita la mano con cierta displicencia. Es incómodo ser huésped en la que hasta hace unos días era su casa.

—Siéntate, por favor —Laura jala hacia ella la segunda silla del balcón.

Bo toma asiento, y Solomon mantiene su distancia. Bo mira el periódico en la silla.

—Bien. Qué bueno que la hayas leído.

Laura sonríe.

—También te menciona a ti. Gracias, Bo. Agradezco mucho todo lo que hiciste por mí en los últimos días.

Bo se sonroja.

—No deberías agradecerme nada. Fue lo correcto. Finalmente. Debí intervenir antes, pero no sabía cómo. ¿Tienes idea de qué te depara el futuro? Imagino que tendrás montones de ofertas.

Laura niega con la cabeza.

—Tengo mucho que pensar. Y sí, me han llegado muchas ofertas. Hasta para un programa de cocina —contesta Laura con una sonrisa.

—¡Sería un gran éxito! —Bo se ríe.

—Me gustaría salir a recolectar… fuera de la cocina —dice Laura, pero luego cambia el tema—. No sé. Lo único que quiero hacer es volver a casa. Siento que no puedo seguir adelante si no regreso. Quiero hablar con Joe. Hay mucho que quiero decirle, preguntarle, explicarle. Estoy segura de que se siente herido por lo que Tom hizo, pero hay mucho que puedo decirle que quizá lo hará sentir un poco mejor. Y quiero que sepas que cumpliré mi parte del trato con el documental. Cumpliré mi parte, pero, si Joe accede a hablar conmigo, creo que tendré que hacerlo sola.

—Por supuesto, Laura, eso está de más —dice Bo y agita la mano con displicencia—. Vine a traerte esto —abre el bolso y saca un sobre—. Lo obtuve de StarrGaze Entertainment.

Solomon ve el sobre con suspicacia. No quiere que en su casa haya nada proveniente de StarrGaze; aunque al final se portaron bien con Laura, sospecha de cualquier otra "ayuda" que puedan ofrecerle.

Bo percibe su reticencia.

—Sigues sin confiar en mí —dice Bo en voz baja. Se siente traicionada, pero suena resignada.

—Bo —dice él con gentileza—. No tiene que ver contigo, sino con ellos. Lo siento. Claro que confío en ti, sobre todo después de todo lo que hiciste para la final.

Bo parece aliviada.

—¿Les gustó?

—Nos encantó, pero usaste las tomas del documental.

Bo se encoge de hombros.

—Bueno, todavía son de mi propiedad. Ya no son exclusivas, pero creo que puedo vivir con eso. Fue lo correcto. Mira, no pedí permiso para llevarme esto, así que…

—No diremos una palabra —dice Solomon mientras ve a Laura examinar el sobre y abrir los ojos como platos al ver quién es el remitente—. ¿Qué es? —pregunta, preocupado.

—Es de Joe Toolin, Granja Toolin, Gougane Barra —lee Laura y se apresura a sacar la carta.

Solomon voltea a ver a Bo, sorprendido.

Ambos miran mientras Laura desdobla la carta y perciben el ligero tremor del papel entre sus manos temblorosas. Laura lee en voz alta.

> A quien corresponda:
>
> Laura Button nació en Gougane Barra, Cork, Irlanda. Su madre fue Isabel Button (Murphy), y su padre fue Tom Toolin.

Laura vivió con Hattie Button e Isabel Button hasta los dieciséis años, y luego vivió en mi propiedad, en la Cabaña Toolin, dentro de la Granja Toolin, Gougane Barra, Cork, hasta hace poco.

Soy su tío. Espero que esta carta sea suficiente para que obtenga su pasaporte.

Le deseo mucha suerte a Laura.

JOE TOOLIN

Laura alza el rostro; tiene los ojos llenos de lágrimas.

—Debe haberte escuchado en la radio —dice Bo—. Jack dice que envió esa carta sin que la agencia se lo solicitara. Te lo habría dicho antes, pero apenas me enteré de su existencia.

Solomon voltea a ver a Bo y percibe que se ve improvisada, lo cual es inusual para ella. Se ve distinta, apresurada. Es domingo y son las diez de la mañana. Vino tan pronto como pudo. Solomon se pregunta en qué circunstancias se habrá enterado de que Jack tenía esa carta como para sentir la prisa de buscar a Laura un domingo en la mañana. Los celos habituales comienzan a resurgir, como un ardor en el pecho, pero los ahoga al instante y se avergüenza de sentirse así.

—Pensé que te ayudaría con tus… opciones —Bo sonríe.

—Sí, sí me ayuda. Muchas gracias.

Laura se pone de pie y abraza a Bo. Bo le contesta el abrazo y pasan unos instantes abrazadas en el balcón. Una arrepentida, la otra agradecida; una redimida, la otra restaurada. Ambas agradecidas la una con la otra.

El auto de Solomon cruza el portón de entrada de la granja Toolin, en Gougane Barra, a las seis de la tarde. Joe podría haber estado en cualquier parte de su extenso terreno montañoso, y podrían haber tenido que esperarlo durante varias horas, pero Laura tuvo suerte. Joe repara una cerca frente a su casa.

Joe alza la mirada conforme el auto se acerca y entrecierra los ojos para ver quién viene en él. Es una mirada hostil ante la posibilidad de que sean más periodistas que vienen a interrogarlo sobre Ave Lira. Solomon baja la ventana y lo saluda con una sonrisa. Joe parece relajarse un poco al reconocer a Solomon y el vehículo. Solomon se estaciona junto a la finca.

Laura voltea a ver a Solomon.

—Tómate todo el tiempo que necesites —le dice—. Sin importar dónde decidas construir tu montículo, yo te seguiré y te miraré con devoción.

Laura sonríe.

—Gracias —susurra y se inclina hacia él. Le toma la cara entre las manos. Lo besa, al hombre al que observó y adoró, en el que confió y a quien siguió hasta que se encontró a sí misma. Tan pronto se baja del auto, Ring y un nuevo cachorro corren a recibirla, la rodean, emocionados de verla después de tanto tiempo. Solomon se baja del auto, y apoya los codos en el techo para observarla.

Laura salta la barda que rodea la finca y recorre la ladera para alcanzar a su tío. El viento le agita el cabello. Joe la mira, en espera de un saludo, pero ella no dice una palabra. En vez de eso, se pone a ayudarlo con la barda. Alza un poste y lo sostiene para que él pueda atarlo con alambre. Joe la mira un instante, absorbe su presencia y trata de entender que hace ahí. Luego toma el alambre y reanuda su trabajo en compañía de ella.

Sinopsis

Cuando tejemos todos los hilos que tenemos al alcance para entender al ave lira, experimentamos una atracción imperiosa hacia el misterioso reino en donde la inteligencia se separa del instinto y se fusiona con una especie de conciencia espiritual inaprehensible.

El ave Menura, como hemos visto, voluntariamente supedita su vida a una regulación basada en un código definido de principios rectores.

Tiene un sólido sentido de los derechos y valores de la propiedad.

Respeta los derechos territoriales de sus vecinos y defiende los propios.

Posee la capacidad de impartir ideas por medio de una especie de lenguaje.

Es monógamo y sumamente fiel a su pareja, al parecer incluso después de llorar la muerte de su compañera de vida (aunque esto no se ha determinado de forma definitiva).

Exhibe un profundo amor por la melodía, el cual expresa con dulzura gracias a su capacidad artística consumada.

Baila hermosamente y acompaña sus pasos con una peculiar música menuda, entrelazada con las pulsaciones rítmicas de su danza.

Siente una atracción irresistible por vivir en lugares de extrema belleza y grandilocuencia, perennemente perfumado por los más exquisitos aromas de la naturaleza.

Es de naturaleza amigable y bondadosa, y su temperamento es indudablemente sociable.

Es capaz de entablar amistades leales con seres humanos, pero su amistad, a diferencia de la de otras criaturas salvajes, no se gana con ofrendas alimenticias.

Su vida doméstica es ejemplar y jamás se ve alterada por conflictos.

AMBROSE PRATT,
El repertorio del ave lira

Agradecimientos

Fue gracias a las interesantes observaciones de Ambrose Pratt en *El repertorio del ave lira* que pude sumergirme en el mundo del ave lira y enamorarme de este peculiar pajarillo. El evidente afecto, curiosidad y admiración que demuestra Pratt por el ave lira, en conjunto con *El ave lira – La maravilla musical de Australia* de R.T. Littlejohns, me permitieron tomar las cualidades y virtudes del ave lira para crear a mi Laura, una mujer con su propio repertorio único y poderoso.

Le agradezco inmensamente a mi pequeña familia: David, Robin y Sonny. Gracias por el apoyo, el amor y la energía. Mi corazón rebosa de alegría gracias a ustedes.

Agradezco también a mis maravillosos padres, Georgina, Nicky, a mis amistades ultrapacientes, Marianne Gunn O'Connor, Lynne Drew, Martha Ashby, Liz Dawson, Charlie Redmayne, Kate Elton, Roger Cazalet, Tony Purdue, Mary Byrne, Ann-Marie Dolan y a todo el equipo de HarperCollins por su creatividad y apoyo. Les agradezco con el corazón.

A mis lectores y lectoras: gracias por emprender una nueva aventura conmigo. Espero que disfruten el viaje tanto como lo hice yo.

Ave lira de Cecelia Ahern
se terminó de imprimir en octubre de 2018
en los talleres de
Litográfica Ingramex, S.A. de C.V.
Centeno 162-1, Col. Granjas Esmeralda, C.P. 09810
Ciudad de México.